Das Buch

Ronnie ist die zweite Frau von Senator Lewis. Doch die Ehe mit dem mächtigen, weitaus älteren Mann stellt sie vor eine Reihe schwieriger Aufgaben. Auf einmal muss sich die junge Frau in der ungewohnten Welt der großen Politik zurechtfinden. Um im Rampenlicht der Öffentlichkeit anerkannt zu werden, hat Ronnie erst noch ein hartes Trainingsprogramm zu absolvieren. Von nun an wird ihr ganzes Leben streng kontrolliert – es gibt genaue Richtlinien darüber, was sie sagen, wie sie sich benehmen, was für Kleidung sie tragen soll. Der Senator stellt seiner Frau einen persönlichen Berater zur Seite, der sie in allen Angelegenheiten unterstützen soll. Ronnie und der gut aussehende Tom kommen sich jedoch näher als beabsichtigt: Die beiden verlieben sich Hals über Kopf. Als kurz darauf ein Mordanschlag auf den Senator verübt wird, scheint alles klar zu sein ...

Die Autorin

Die preisgekrönte amerikanische Schriftstellerin Karen Robards schrieb über 20 Romane, darunter zahlreiche Bestseller. Im Wilhelm Heyne Verlag sind außerdem ihre beiden Romane *Piraten der Liebe* (01/10631) und *Nacht des Schicksals* (01/13465) erschienen.

Karen Robards

Die Frau des Senators

Roman

Aus dem Amerikanischen
von Alexandra von Reinhardt

WILHELM HEYNE VERLAG
MÜNCHEN

HEYNE ALLGEMEINE REIHE
Band-Nr. 01/13601

Die Originalausgabe
THE SENATOR'S WIFE
erschien bei Delacorte Press

Umwelthinweis:
Dieses Buch wurde auf
chlor-und säurefreiem Papier gedruckt.

(Der Titel erschien bereits in der Reihe
Romane für »Sie« mit der Band-Nr. 04/265.)

Taschenbuchausgabe 10/2002

Printed in Germany 2002
Umschlagillustration: Bildagentur Mauritius/Frauke
Umschlaggstaltung: Nele Schütz Design, München
Satz: Pinkuin Satz und Datentechnik, Berlin
Druck: Elsnerdruck, Berlin

ISBN: 3-453-21124-3

http://www.heyne.de

Widmung

Dieses Buch ist wie immer in Liebe meinem Mann Doug und unseren Söhnen Peter, Christopher und Jack gewidmet. Es soll auch an meine Neffen Michael Chase Johnson, geb. am 23. September 1996, Trevor James Johnson, geb. am 24. Februar 1997 sowie Justin Read Colepaugh, geb. am 7. Juli 1996, erinnern.

1. Kapitel

Donnerstag, 10. Juli 1997

»Süßer, das sieht mir aber gar nicht nach einem Hot dog aus, viel eher nach einem Wiener Würstchen!«

Die Kleine war betrunken. Stockbesoffen und dazu noch high von Koks und allen möglichen anderen Drogen. In ihrem Zustand wußte sie gar nicht mehr, was sie sagte, rief er sich ins Gedächtnis, doch trotzdem schweifte sein Blick unwillkürlich zum Objekt ihrer Belustigung.

Er hatte gerade erklärt, daß er seinen Hot dog zwischen ihre Arschbacken schieben würde, aber was sie beide betrachteten, war wirklich klein und schrumpelig – ein Wiener Würstchen!

»Winzling, Winzling!« kicherte sie, während er am Fußende des Bettes stand. »Das wäre der ideale Spitzname für dich – Winzling!«

Sie war eine der Nutten, die für diese Party engagiert worden waren. Zwei Männer hatten sie schon bearbeitet, und es schien ihr gefallen zu haben. Schwaches Licht aus den Casinos am nahen Ufer von Biloxi fiel durch die Luke ein und verlieh ihrem Körper von der Taille bis zu den Füßen einen seidigen Schimmer. Lange schwarze Haare fielen ihr wie ein Vorhang über das Gesicht, aber dazwischen blitzten strahlend weiße Zähne und amüsiert funkelnde Augen hervor. Sie war genauso splitternackt wie er selbst und lag bäuchlings da, Arme und Beine x-förmig gespreizt, mit Seidentüchern, die sie selbst mitgebracht hatte, an die Bettpfosten gefesselt. Ihr wohlgeformtes weißes Gesäß, von Liebesbissen gezeichnet, wackelte einladend. Sie gehörte offenbar zu den seltenen Huren, die Sexspiele wirklich genossen, und das ärgerte ihn, weil er dadurch seine absolute Macht einbüßte. Wie sie gekreischt hatte, als Clay es ihr besorgte! Er hatte sie durch die geschlossene Kabinentür gehört, während er ungeduldig darauf wartete, selbst an die Reihe zu kommen, und diese schrillen Lustschreie hatten ihn so erregt, daß er einen Steifen bekam.

Davon war jetzt bedauerlicherweise nichts mehr übrig.

»Willst du's beim Glotzen belassen, Darling, oder aktiv werden?« fragte sie frech.

»Halt's Maul!« rief er wütend und versetzte ihr einen kräftigen Schlag auf den Hintern.

»Aua!«

Sie wand sich übertrieben, und er verabreichte ihr noch einige Hiebe. Ihre wilden Zuckungen lösten bei ihm eine leichte Erektion aus, aber sie verdarb alles wieder durch hysterisches Kichern.

»Ruhe!« schrie er, kniete sich zwischen ihre Beine und versuchte sie zu besteigen.

»Süßer, ich hoffe wirklich, daß Hingucken dir genug Spaß macht, denn mit deinem Schwanz wird das heute nichts mehr! Der ist ja so weich wie'n Mohrenkopf.«

Ihm fiel plötzlich ein, daß andere draußen vor der Tür genauso lüstern lauschen könnten, wie er selbst es zuvor getan hatte, und ihr albernes Kichern würde seinen Ruf zunichte machen.

»Hör auf zu lachen!« knurrte er, drückte ihr Gesicht ins Kissen und warf ein zweites Kissen über ihren Kopf. Jetzt waren die Geräusche, die sie von sich gab, wenigstens so gedämpft, daß niemand außerhalb der Kabine sie hören konnte.

Konzentriere dich auf deine Aufgabe, befahl er sich und rieb seinen Penis hingebungsvoll. Nichts!

Es lag gar nicht an ihm, redete er sich ein, sondern an ihr, an diesem *Kichern*.

»Du sollst damit aufhören, hab' ich gesagt!«

Er legte sich mit seinem schweren Körper auf die zierliche Person und preßte das Kissen auf ihren Kopf. Das tat seine Wirkung: Endlich verstummte das störende Geräusch.

Gut! Es war nicht ganz einfach, eine Position zu finden, in der er sie ruhig halten und gleichzeitig sein Werk verrichten konnte. Er bevorzugte bei Frauen den hinteren Eingang, und als er endlich am Ziel seiner Wünsche war, bäumte sie sich so wild auf, als verschaffte er ihr grenzenlose Lust.

»Dumme Pute!« murmelte er, aber ihr Zappeln und Strampeln erregte ihn so, daß er schon nach wenigen Stößen zum Höhepunkt gelangte. Keuchend ließ er sich auf sie fallen, sehr zufrieden, weil es ihm wieder einmal gelungen war, seine Manneswürde zu bewahren.

Vielleicht sollte er, um nicht impotent zu werden, das Trinken und den Drogenkonsum einstellen, aber andererseits machte ihm beides viel mehr Spaß als Sex.

Würde sie wieder kichern, wenn er das Kissen entfernte? Verdammt, dann würde er sie umbringen!

Endlich stieg er vom Bett hinab. Sie bewegte sich nicht, während er sich anzog. Das nahm einige Zeit in Anspruch, denn der soeben vollbrachte Kraftakt hatte ihn erschöpft, und außerdem schaukelte die Yacht im leichten Wellengang.

Jemand hämmerte an die Tür. »He, Zuchtbulle, bist du bald fertig?«

»Du kannst schon mal den Hosenstall aufmachen!« rief er, plötzlich wieder gutgelaunt. Die Nutte lag immer noch schlaff und regungslos da. Er hatte es ihr ordentlich besorgt, er war ein Teufelskerl! Jetzt konnte er hocherhobenen Hauptes die Kajüte verlassen. Nachdem er das Kissen beiseite geworfen hatte, kniff er das Mädchen ins Gesäß und riß die Tür auf.

»Der Nächste bitte!« grinste er, während er auf den dunklen Gang hinaustrat. Ralph taumelte an ihm vorüber, so betrunken, daß er sich kaum noch auf den Beinen halten konnte.

»Taugt sie was?« lallte er mit offenem Reißverschluß.

Der andere begnügte sich mit einem Achselzucken, mit den Gedanken schon wieder an Deck, wo es flotte Musik, nackte Mädchen, eisgekühlte Getränke und Drogen gab. Was gab es Schöneres?

Durch die geschlossene Tür hörte er Ralph plötzlich schreien: »O Gott!«

Und gleich darauf: »Scheiße! Scheiße! Verdammte Scheiße!«

2. Kapitel

Montag, 14. Juli,
Jackson, Mississippi

»Ich hab's! Wie wär's, wenn sie schwanger würde?«

In seinem bequemen Sessel zurückgelehnt, reagierte Tom Quinlan nicht sofort auf den nur halb ernstgemeinten Vorschlag seines Partners. Er beobachtete intensiv die schlanke rothaarige Frau auf dem Bildschirm. Das Video zeigte sie bei einer Rede, die sie vergangene Woche bei einem Abendessen für Autohändler und deren Frauen gehalten hatte.

Tom liebte es, seine zukünftigen Klienten in Aktion zu sehen, bevor er sie persönlich kennenlernte, weil ihm das ein objektiveres Urteil ermöglichte.

Diese Frau war nicht das, was er erwartet hatte. Bei der Wahl seiner zweiten Gemahlin hatte der Senator allem Anschein nach nicht sein Gehirn, sondern ganz andere Körperteile entscheiden lassen. Sie war mittelgroß, zierlich, jung und schön. Im Zeitalter des Fernsehens konnte man sich im Grunde gar nichts Besseres wünschen, doch in diesem Fall war es eher von Nachteil, denn die weiblichen Wähler würden zwangsläufig eifersüchtig und neidisch sein.

Toms Stirn legte sich in immer tiefere Falten. Sie war keine gute Rednerin. Während sie ihren Text herunterleierte, wirkte sie hölzern und hielt das Pult mit beiden Händen umklammert, so als würde es verschwinden, wenn sie es einmal losließ. Wahrscheinlich hatte irgendein früherer Berater ihr diese Haltung empfohlen.

Viel zu steif und trocken, kommentierte er insgeheim, aber dagegen ließ sich Abhilfe schaffen. Problematischer war ihr Äußeres: diese auffällige Schönheit mußte unbedingt auf mehr oder weniger durchschnittliches Aussehen reduziert werden, und etwas älter sollte sie auch wirken.

Das Kinn auf beide Hände gestützt, brütete Tom vor sich hin, ohne die Frau aus den Augen zu lassen. Ihr schulterlanges Haar war kastanienbraun, aber mit einem stark rötlichen Anstrich. Naturfarbe oder Tönung? Gleichgültig, dieses Rot mußte verschwinden, denn es wurde in der Öffentlichkeit unweigerlich mit Hexen assoziiert, und dieses Image konnte sie nicht gebrauchen. Auch ihre Kleidung war falsch. Sie trug ein schwarzes Kostüm mit Silberborten und großen Knöpfen, schwarze Strümpfe und Schuhe. Eigentlich hätte man meinen sollen, daß das der ideale Aufzug für die Gemahlin eines Politikers war, aber der Strickstoff brachte ihren perfekt geformten Körper viel zu sehr zur Geltung, und der Rock, der gut zehn Zentimeter über den Knien endete, war viel zu kurz. Außerdem sah man diesem Kostüm an, daß es mehr als drei oder vier Monatslöhne des Durchschnittswählers gekostet hatte.

Die Riemchenschuhe waren viel zu modisch und hatten viel zu hohe Absätze, und ihr perfekt zum Outfit passender Schmuck war auch nicht dazu angetan, Sympathien zu gewinnen, denn die funkelnden Diamanten in den Ohrringen und im Kollier schienen echt zu sein. Kein

Modeschmuck für die zweite Mrs. Lewis R. Honneker IV, des Senators und Multimillionärs! Das hatte sie natürlich nicht nötig, würden die Wähler neidisch sagen.

Ihr Hauptproblem bestand darin, daß sie sich gar keine Mühe gab, all die Vorteile einer Ehe mit dem mehr als doppelt so alten reichen Politiker zu verbergen. Toms Aufgabe würde darin bestehen, dieses strahlende Bild zu dämpfen, und außerdem mußte er sie dazu bringen, über Themen zu sprechen, die den Wählerinnen am Herzen lagen: Kinder, Arbeitsplätze, Ehemänner und Kochkünste. Wenn der Senator die nächste Wahl gewinnen wollte, mußte sie hart arbeitende Frauen und strapazierte Mütter für sich gewinnen. Keine leichte Aufgabe, aber er würde sie ihr einpauken, koste es, was es wolle!

»Eine Schwangerschaft wäre großartig«, ging er endlich auf die Bemerkung seines Partners ein. »Frauen lieben so was! Sie würden sie bestimmt ins Herz schließen, wenn sie wie eine Ente watscheln und wegen ihres dikken Bauchs die eigenen Füße nicht mehr sehen würde! Aber um nichts dem Zufall zu überlassen, solltest du dich vielleicht an sie ranmachen, Kenny!«

»Das überlasse ich lieber dir«, schnaubte sein Partner, »oder hast du vergessen, daß ich im Gegensatz zu dir verheiratet bin? Außerdem sieht sie so aus, als würde sie nur Kerlen mit mindestens einer Million auf der Bank auch nur ein müdes Lächeln schenken!«

»Ja, da hast du recht, und damit dürften wir beide von vornherein ausscheiden.«

Toms Konto war höchstens dreistellig, und Kenny ging es nicht viel besser. Dieser neue Job war für sie ein Riesenglück, denn alle anderen Aufträge brachten nicht viel ein, und man konnte mit ihnen auch keine Reklame machen.

»Das Image der jungen Dame muß von Grund auf verändert werden. Die roten Haare müssen weg, ebenso wie die Klunker und die Kleider!«

»Wer sagt's denn?« grinste Kenny. »Du hast sie in Gedanken also schon ausgezogen!«

Sein Humor entlockte Tom nur ein müdes Lächeln. »Das Schlüsselwort lautet RESPEKT, mein Freund! Sie ist unsere Klientin, das darfst du nie vergessen.«

»Ja, ja, ich weiß schon, keine Klienten, keine Kohle … Und ich esse ganz gern.«

»Tun wir alle.« Tom warf wieder einen Blick auf den Bildschirm. »Gibt's vielleicht niedliche Kinder, die wir ausschlachten könnten?«

Kenny schüttelte den Kopf. »Nur Stiefkinder aus seiner ersten Ehe, alle älter als sie, und sie scheinen für Mylady nicht viel übrig zu haben.«

Tom schnitt eine Grimasse. Nachdem er diese Stiefkinder früher gut gekannt hatte, wunderte ihn das nicht, aber andererseits hätten sie sich in achtzehn Jahren ja auch positiv ändern können.

»Was ist mit einem Hund oder einer Katze? Einem Vogel oder Goldhamster?«

Kenny schüttelte wieder bedauernd den Kopf. »Gar nichts.«

»Jammerschade! Wir haben also überhaupt nichts Sympathieträchtiges?«

»Nein, deshalb meinte ich ja, daß eine Schwangerschaft die beste Lösung wäre.«

»Es dürfte einfacher sein, ihr einen Hund zu beschaffen, am besten irgendeinen struppigen Mischling aus dem Tierheim, den sie angeblich vor einem trostlosen Schicksal bewahrt hat! Groß, tolpatschig und liebenswert, oder auch klein, wuschelig und liebenswert. Liebenswert – nur darauf kommt es an! Such herum, finde eine Promenadenmischung, die Mylady retten kann!«

»Ich? Warum denn ich?«

»Weil ich der Seniorpartner bin und mich mit der Dame beschäftigen werde. Außerdem war es deine Idee.«

»Nein, der Köter war deine Idee – ich wollte sie mit einem Baby beglücken.«

Tom überhörte diesen Einwand. »Wir werden Fotos von ihr und dem Senator mit dem Hund machen. Gemeinsame Spaziergänge, Stöckchenwerfen und all so was … rührende Szenen, die zu Herzen gehen!«

»Ist das mit dem Hund wirklich dein Ernst?«

»O ja.«

»Und glaubst du, daß der Senator damit einverstanden sein wird?«

»Er steht in allen Meinungsumfragen so schlecht da, daß er zu allem ja und amen sagen wird.«

»Und nach den Wahlen kann man den Hund ja ins Tierheim zurückbringen, stimmt's?« fragte Kenny trocken.

»Sei nicht so zynisch, mein Freund! Vielleicht bist du schon zu lange in diesem Geschäft.«

Tom verschränkte lächelnd die Hände im Nacken und lehnte sich wieder im Schreibtischsessel zurück, der wie die übrige Büroeinrichtung nur gemietet war, aber im Geschäftsleben kam es genauso wie in der Politik darauf an, einen guten Eindruck zu machen. Tom war gerade dabei, sich mit Händen und Klauen aus einer tiefen Grube hochzuarbeiten, und teure Möbel gehörten zum Bluff.

»Verdammt, ich weiß genauso gut wie du, wie die Sache läuft«, widersprach Kenny. »Wenn Honneker in den Umfragen noch mehr Punkte verliert, wird er dich händeringend anflehen, seine Frau zu schwängern! Erfolg um jeden Preis …«

Tom lachte. »Erfolg um jeden Preis … vielleicht sollten wir diesen Slogan auf unsere Visitenkarten setzen: Quinlan, Goodman und Co., politische Berater: Erfolg um jeden Preis.«

»Hört sich nicht schlecht an!« Kenny griff nach einem Donut. Er hatte heute morgen ein Dutzend mitgebracht, und jetzt, um halb elf, fehlten schon fünf aus der Schachtel auf dem Schreibtisch.

Tom, der kein einziges gegessen hatte, bemerkte ironisch: »Wolltest du nicht Diät halten? Wenn ich mich nicht irre, hattest du letztes Jahr einen Herzinfarkt!«

»Einen ganz leichten«, verteidigte Kenny sich. »Nur eine Warnung, und verursacht durch Streß und nicht durch Donuts.«

»Okay«, sagte Tom begütigend, obwohl er insgeheim dachte, daß er schon längst tot sein müßte, wenn Streß die einzige Ursache von Herzinfarkten wäre. Statt dessen erfreute er sich mit siebenunddreißig bester Gesundheit, trotz der Katastrophen innerhalb der letzten vier Jahre. Kenny war nicht viel älter, geriet aber aufgrund seiner Fettleibigkeit leicht ins Schwitzen und hatte eine ungesund fahle Gesichtsfarbe, was Tom Sorgen bereitete, denn er hatte nicht viele Freunde, und außerdem war er für den Streß verantwortlich, auch wenn Kenny ihm nie Vorwürfe gemacht hatte. Er selbst machte sich um so mehr Vorwürfe, daß er Mist gebaut und sich und seinen Partner fast ruiniert hatte.

»Wann lernen wir die Dame denn kennen?« wollte Kenny wissen, während er die Hand nach einem weiteren Donut ausstreckte.

Tom brachte die Schachtel rasch außer Reichweite. »Heute gegen Mittag. Sie hält eine Rede auf dem Jahrmarkt von Neshoba, und ich möchte sie sehen, bevor wir uns an die Arbeit machen.«

»Die Wähler hassen sie, stimmt's?«

»Ja, allen Umfragen zufolge ist der Senator beliebt, aber sie verdirbt seine Chancen auf eine Wiederwahl. Seine erste Frau Eleanor war sehr beliebt, und alle Frauen waren entrüstet, als er diese zweite Ehe einging.«

Kenny warf einen Blick auf den Bildschirm. »Durchaus verständlich, würde ich sagen. Das ist doch der reinste Vamp!«

»Und unsere Aufgabe besteht darin, sie in eine *Mom* zu verwandeln«, erwiderte Tom nüchtern. »Wir müssen dafür sorgen, daß die Wählerinnen Mrs. Honneker als brave Südstaatlerin empfinden, als eine der ihren, und daß sie den Senator *ihretwegen* wählen.«

»Hältst du dich für ein Genie? Mir würde es schon genügen, wenn man sie nicht mehr verabscheut!«

»Das ist nicht gut genug.« Tom warf die Schachtel mit den restlichen Donuts in den Papierkorb, zerquetschte sie absichtlich und grinste anzüglich, während er das Videogerät ausschaltete. »Wenn wir ein Comeback schaffen wollen, müssen wir die Wähler dazu bringen, sie zu *lieben,* und dazu müssen wir unsere ganze Fantasie aufbieten. Komm, Kenny, es wird Zeit, unseren neuen Boß kennenzulernen.«

Nach einem letzten sehnsüchtigen Blick auf die zerdrückten Donuts folgte Kenny Goodman seinem Partner.

3. Kapitel

Der US-Staat Mississippi mußte im Juli der heißeste Ort auf Erden sein, dachte Veronica Honneker verzweifelt. Die Temperatur betrug schon 34° C, und das Thermometer stieg immer noch! In der schwülen Luft konnte man kaum atmen, und das große weiße Zelt schützte zwar vor der sengenden Sonne, staute aber die Hitze. Ronnies Leinenkleid war kurz und ärmellos, aber sie hätte es liebend gern ausgezogen, ebenso wie die Strumpfhose, die an ihren Beinen klebte, und den drückenden Büstenhalter. Ihr Deodorant war diesen Anforderungen nicht gewachsen: sie hatte nasse Achselhöhlen, und Schweiß lief ihr in Strömen über den Rücken. Der kleine Ventilator, der neben ihr auf dem Boden der Tribüne stand, war machtlos gegen die bleischwere Luft.

»Denken Sie daran – wenn Sie meinen Mann wählen, stimmen Sie für bessere Ausbildungschancen, und Bildung ist die Brücke, die Mississippi erfolgreich ins 21. Jahrhundert führen wird«, schloß Ronnie ihre Standardrede, zusätzlich entnervt von einer Fliege, die seit mindestens drei Minuten um ihren Kopf herumschwirrte. Es sah lächerlich aus, wenn man nach Fliegen schlug, das wußte sie von den Videoaufnahmen anderer Redner, die Lewis' Berater ihr vorgeführt hatten. Auf gar keinen Fall Fliegen verscheuchen, immer lächeln und sich am Pult festhalten, wenn man nicht eindrucksvoll gestikulieren konnte ... Seit sie Lewis geheiratet hatte, war sie bis zum Überdruß mit Ratschlägen dieser Art eingedeckt worden.

Erleichtert darüber, wieder einmal einen Auftritt hinter sich gebracht zu haben, löste sie ihre verkrampften Finger vom Pult, lächelte strahlend in die Runde und bedankte sich mit einem Winken für den höflichen Applaus, der verebbte, noch bevor sie die Tribüne verließ. Das Dessert war soeben serviert worden, und dafür interessierten sich die Leute viel mehr als für ihre Ausführungen.

Ronnie wußte, daß sie unbeliebt war. Sie würde hier nie angenommen werden, weil sie keine Südstaatlerin war, sondern eine ›Ausbeuterin aus dem Norden‹, eine ohne imposanten Stammbaum, die sich den Senator geangelt hatte, dessen Familie in Mississippi lebte und hohes Ansehen genoß.

Die Gastgeberin, eine Mary Sowieso – den Nachnamen hatte Ronnie nicht verstanden –, führte sie zu einem Tisch direkt vor der Rednertribüne. Hier saßen jene Leute, von denen man sich die größten Spenden erhoffte, und natürlich mußte Ronnie zu ihnen besonders charmant sein.

»Mrs. Honneker, das ist Elizabeth Chauncey ...«

Notgedrungen reichte sie der älteren Dame lächelnd die Hand.

»Ich kenne Ihre Schwiegermutter«, berichtete Mrs. Chauncey und ließ sich ausführlich über die näheren

Umstände dieser Bekanntschaft aus. Ronnie hörte mit halbem Ohr zu und rang sich einige höfliche Bemerkungen ab, bevor sie weitergeschleppt wurde. Es dauerte über eine Stunde, bis sie alle Gäste im Festzelt begrüßt hatte, und sie war völlig erschöpft und hatte gräßliches Kopfweh, als sie endlich dem letzten potentiellen Wähler die Hand schüttelte.

Als Frau eines Senators gehörte es zu ihren Pflichten, Wähler und Geldgeber zu hofieren, und sie haßte diese verlogene Komödie. Immer lächeln, egal wie sie sich fühlte … Heute fühlte sie sich hundsmiserabel und wäre am liebsten schnurstracks nach Hause gefahren, um zu duschen, Schmerztabletten zu schlucken und sich im Bett zu verkriechen.

Aber davon konnte sie nur träumen …

»Heute lief's sehr gut«, kommentierte Thea fröhlich, während sie zum Ausgang geleitet wurden, wo ein Staatspolizist ihnen die Zeltklappe aufhielt. Thea Cambridge, ihre Pressesekretärin, war dreißig, nur ein Jahr älter als Ronnie, eine attraktive schlanke Frau mit kurzen dunklen Haaren. Sie arbeitete seit zwei Jahren für die ›zweite Mrs. Honneker‹, und die beiden hatten sich angefreundet.

Grelles Sonnenlicht blendete Ronnie, sobald sie aus dem Zelt ins Freie trat, und sie hatte das Gefühl, in einen staubigen Glutofen geraten zu sein. Die verschiedenen Jahrmarktsgerüche bereiteten ihr Übelkeit: Hot dogs, Zuckerwatte, Popcorn, Viehmist und Auspuffgase. Blinzelnd rang sie um Fassung. Schlimmer als Mississippi im Juli konnte nicht einmal die Hölle sein! Wenn nicht diese gottverfluchten Wahlveranstaltungen wären, könnte sie es sich jetzt in Lewis' Cottage in Maine gemütlich machen. Seit ihrer Heirat hatte sie bisher jeden Sommer dort verbracht, und bei dem Gedanken an die kühle grüne Küstenlandschaft wurde ihr noch heißer. Jenes Cottage gehörte zu den größten Vorteilen ihrer Ehe.

Und dieser Juli in Mississippi war zweifellos der größte Nachteil.

»Mrs. Honneker?« Die tiefe Männerstimme war weich und melodisch, mit der lässigen gedehnten Sprechweise des Südens. Obwohl Ronnie immer noch von der Sonne geblendet war, vermutete sie, daß es sich um einen Reporter handelte, weil diese lästigen Typen immer dann auftauchten, wenn ihr am wenigsten nach einem Interview zumute war. Mühsam verzog sie den Mund zu einem Lächeln.

»Ja?«

»Ich bin Tom Quinlan, und das ist mein Partner Kenny Goodman. Quinlan, Goodman und Co.«

»Aha ...«

Verwirrt betrachtete Ronnie die beiden Männer in weißen Hemden und leichten Sommeranzügen. Der eine war dick, sein hellblaues offenes Sakko war zerknittert, und die gelbe Krawatte hing schief. Er hatte lockige schwarze Haare, einen ungesunden Teint und schwitzte stark. Sein Gefährte, der sie angesprochen hatte, war groß und schlank, mit blonden Haaren, Geheimratsecken und sonnengebräuntem Gesicht. Sein graues Jackett war korrekt zugeknöpft, seine marineblaue Krawatte saß tadellos, und er wirkte trotz der Hitze frisch und entspannt.

»Ich freue mich, Sie kennenzulernen«, sagte Ronnie mechanisch und reichte beiden Männern die Hand. Die Polizeibeamten, die für ihre Sicherheit verantwortlich waren, ließen die Fremden nicht aus den Augen. Einerseits mußte die Frau des Senators die Möglichkeit haben, ungehindert mit Wählern zu sprechen, aber andererseits war das immer riskant, weil man mit Attacken irgendeines Verrückten rechnen mußte.

Diese Männer sahen allerdings nicht wie Psychopathen aus. Ronnie überlegte krampfhaft, ob sie vielleicht wichtige Geldgeber waren. Müßten die Namen ihr vertraut sein? Lewis' Büro in Washington schickte ihr regelmäßig Namenslisten von großzügigen Spendern zu, die ständig aktualisiert wurden, aber sie war fast sicher, noch nie etwas von Quinlan und Goodman gehört oder gelesen zu haben.

Trotzdem setzte sie für alle Fälle ein strahlendes Lächeln auf. Lewis hatte ihr eingehämmert, daß Geld das Lebenselixier der Politik war. Wahlkampagnen waren sehr kostspielig, und Politiker lebten nur, solange sie in Amt und Würden waren, das hatte Ronnie im Laufe ihrer Ehe schmerzlich erfahren. Der Senatssitz war für Lewis genauso notwendig wie die Luft zum Atmen. Er brauchte die Macht und das Rampenlicht genauso wie Speis und Trank, aber bedauerlicherweise hatte sie das erst nach der Hochzeit begriffen.

»Wir sind politische Berater, Mrs. Honneker, und ab heute arbeiten wir für Sie«, erklärte der Blonde, dem offenbar nicht entgangen war, daß die Namen ihr nichts sagten. Aber das störte sie jetzt nicht mehr, denn Lewis hatte ihr schon so viele solcher Berater aufgezwungen, daß sie ihr genauso willkommen waren wie summende Fliegen!

Ihr Lächeln erlosch abrupt, und sie freute sich, ihre Gesichtsmuskeln wenigstens für einige Minuten entspannen zu können. Ihr Kopf dröhnte zum Zerspringen, ihre Finger schmerzten vom unablässigen Händeschütteln, und sie warf Thea einen vorwurfsvollen Blick zu.

»Wir haben heute morgen ein Fax aus Washington bekommen«, sagte die Sekretärin entschuldigend. »Ich wollte es dir später zeigen. Ich dachte nicht, daß sie schon jetzt auftauchen würden.«

Thea wußte, daß Ronnie von politischen Beratern keine hohe Meinung hatte, seit einer ihr empfohlen hatte, zwanzig Pfund zuzunehmen. »Je molliger Sie sind, desto besser können sich die meisten Frauen mit Ihnen identifizieren«, hatte er wohlmeinend verlauten lassen, und seitdem verabscheute Ronnie diesen Berufsstand.

»Mrs. Honneker, in fünf Minuten beginnt die Prämierung der *Little Miss Neshoba County!*« rief eine plumpe Frau in buntem Blumenkleid aufgeregt. Beim Anblick der riesigen Zentifolien auf dem Kleid fiel Ronnie der Name dieser Organisatorin wieder ein: Rose. Mit Hilfe solcher Gedächtnisstützen prägte sie sich Namen ein, und diese Fähigkeit gehörte ihrer eigenen Einschätzung nach zu den wenigen Trümpfen, die sie als Frau eines Politikers vorweisen konnte.

»Vielen Dank, Rose«, sagte sie lächelnd, und die Frau strahlte, sichtlich geschmeichelt, daß Ronnie sich an sie erinnerte, obwohl sie nur wenige Worte miteinander gewechselt hatten. Solche Kleinigkeiten gaben Menschen das Gefühl, wichtig zu sein, und auf diese Weise sammelte man Wählerstimmen.

»Dürfen wir mitkommen?« fragte Quinlan, und Ronnie nickte resigniert. Zwei Polizisten bahnten ihr und ihrem Gefolge – Thea, Rose, einem weiteren Polizisten und den beiden neuen politischen Beratern – einen Weg durch die Jahrmarktsbesucher. Junge Paare schlenderten Hand in Hand umher, Frauen in legerer Kleidung schoben Kinderwagen, Teenager in knappen Shorts gaben lautstarke Kommentare ab, und ältere Frauen in geblümten Kleidern plauderten in kleinen Grüppchen. Ronnie lächelte allen mechanisch zu, und einige lächelten zurück, aber es waren nur sehr wenige.

Manchmal kam sie sich wie die meistgehaßte Frau des Staates Mississippi vor!

Sie waren fast am Ziel, als es passierte … Ronnie hatte gerade das große weiße Zelt hinter dem Zuckerwattestand erspäht, das wegen des mit Ballons geschmückten Plakats – *14 Uhr: Little Miss Neshoba County Pageant* – viele Besucher anlockte, als eine dicke Frau in viel zu engen grünen Shorts und gestreifter Bluse mit hochrotem verschwitztem Gesicht unter wasserstoffgebleichten Haaren auf sie zugerannt kam.

»Hure!« kreischte sie.

Ronnie wich erschrocken zurück und riß instinktiv einen Arm hoch, als etwas Silbriges auf sie zuflog. Der Behälter prallte hart gegen ihre Hand, und ein scharfer Geruch stieg ihr in die Nase, während die Flüssigkeit sie bespritzte, kühl und klebrig.

O Gott, dachte sie, jetzt ist alles aus!

4. Kapitel

Die Flüssigkeit ergoß sich über Ronnies Kopf, rann über ihr Gesicht und durchnäßte das Vorderteil ihres Kleides. Sie hörte Schreie, Leute rannten an ihr vorbei und überwältigten offenbar die kreischende Angreiferin, während sie mit geschlossenen Augen nach Luft rang und sich mit zittrigen Händen über die nassen Wangen fuhr. Ihr schlimmster Alptraum war soeben Wirklichkeit geworden. Sie taumelte auf ihren hohen Absätzen und verlor das Gleichgewicht, aber jemand fing sie unerwartet auf, und ein harter Männerkörper gab ihr den nötigen Halt. Sekunden später legte sich ein Arm um ihre Schultern, ein anderer schob sich unter ihre Knie, und sie wurde hochgehoben. Blind und benommen, konnte sie sich nicht dagegen wehren. Wenn sie jetzt entführt wurde, war sie so hilflos wie ein Kleinkind.

Trotzdem versuchte sie verzweifelt, sich zu befreien.

»Sie brauchen keine Angst zu haben, ich will Sie nur in Sicherheit bringen«, murmelte eine tiefe Männerstimme ihr ins Ohr, und sie hörte beruhigt auf zu strampeln.

»Wo ist die nächste Toilette?« brüllte der Mann, und jemand mußte geantwortet haben, denn während sie an ihren verklebten Lidern rieb, wurde sie von starken Armen weggetragen, und nach der sengenden Sonne landete sie plötzlich in einem kühlen, dunklen Ort.

»Können Sie stehen?«

Ohne ihre Antwort abzuwarten, stellte der Mann sie auf die Beine. Sie traute sich nicht, die Augen zu öffnen, um nicht noch mehr von der unbekannten Flüssigkeit abzubekommen, und deshalb wußte sie nicht einmal, wer ihr Retter war. Ihr schwindelte, und sie fühlte sich einer Ohnmacht nahe. Taumelnd klammerte sie sich an einen harten Gegenstand, der gegen ihren Magen drückte. Er war kalt, glatt und abgerundet, und als ein Wasserhahn aufgedreht wurde, begriff sie, daß es ein Waschbekken war. Der Mann hatte einen Arm um ihre Taille geschlungen, und sie war dankbar für diese kräftige Stütze, denn andernfalls hätte sie sich nicht aufrecht halten können.

»Halten Sie Ihr Gesicht in den Wasserstrahl!«

Er drückte ihren Kopf behutsam nach unten, und sie bückte sich gehorsam, auf beide Arme gestützt. Eine Hand strich ihre Haare zurück, und lauwarmes Wasser lief über ihre Stirn, über ihre Nase, über ihre Wangen. Das fühlte sich angenehm auf der Haut an, prickelte auf den geschlossenen Lidern.

O Gott, war es Säure gewesen? Würde sie nun ihr Leben lang blind und entstellt sein? Bei diesem schrecklichen Gedanken krampfte sich ihr Magen zusammen.

»Öffnen Sie die Augen, damit sie gut ausgespült werden!«

Ronnie gehorchte wieder, und gleich darauf konnte sie verschwommene Formen und Farben erkennen. Gott sei Dank, sie war also nicht erblindet!

Mit mehreren rauhen Papierhandtüchern wurde ihr das Gesicht von der Stirn bis zum Kinn abgerieben. »So, drehen Sie sich mal um, damit wir uns den Schaden ansehen können.«

Ronnie hatte immer noch weiche Knie. An das Waschbecken gelehnt, hielt sie sich mit beiden Händen daran fest, während er ihr Kinn anhob und ihr Gesicht mit einem frischen Papierhandtuch abtrocknete. Dann schrubbte er ihren rechten Arm ab.

»War es Säure?« brachte Ronnie mit heiserer Stimme hervor. Ihre Sicht klärte sich allmählich, und nun konnte sie erkennen, daß ihr Retter der blonde Berater namens Quinlan war. Mit gerunzelter Stirn rieb er an ihren Armen herum.

»Nein, zum Glück war es nur Farbe! Wie geht es Ihren Augen?«

Rote Farbe! Sein Sakko war damit beschmiert. Er hatte es ruiniert, als er sie in die Toilette getragen hatte.

Denn wie sie erst jetzt registrierte, befanden sie sich in einer Herrentoilette: graue Fliesen, drei Kabinen und ein Pissoir, zwei schäbige weiße Waschbecken und ein großer gesprungener Wandspiegel. Der Abfallkübel quoll fast über, und es roch unangenehm nach Urin und Desinfektionsmitteln.

Als sie nicht gleich antwortete, wiederholte er seine Frage geduldig.

Ronnie blinzelte probeweise. »Sie brennen ein bißchen, aber ich kann sehen! Sie scheinen in Ordnung zu sein.« Wenn die Frau sie mit Säure attackiert hätte, wäre sie jetzt wahrscheinlich blind ... Bei dieser Vorstellung stieg heftige Übelkeit in ihr auf. »O Gott, ich glaube, ich muß mich übergeben!«

Sie stolperte in eine Kabine, sank auf die Knie und entleerte ihren Mageninhalt in die Kloschüssel. Als sie taumelnd aufstand, stellte sie fest, daß Quinlan sie von der Türschwelle her beobachtete.

»Setzen Sie sich hin!« befahl er, und sie nahm auf der Brille Platz, verschränkte ihre Arme auf den Knien und legte ihren Kopf darauf.

»So ist's gut!« Er entfernte sich, kam aber sofort zurück und ging vor ihr in die Hocke. »Hier.«

Das Papierhandtuch, das er ihr in die Hand drückte, war naß und kalt, und nachdem sie sich das Gesicht damit abgewischt hatte, verging die Übelkeit, aber sie hatte einen widerlichen Geschmack im Mund.

»Geht's besser?« fragte Quinlan, als sie den Kopf hob. Weil er immer noch vor ihr kauerte, waren ihre Augen auf gleicher Höhe. Die seinen waren dunkelblau, mit einem leichten Stich ins Graue, umrandet von Krähenfüßen. Brauen und Wimpern waren dunkelbraun und sehr dicht. Seine Nase war gerade, die Lippen ein bißchen dünn, aber wohlgeformt. Dieses schmale kantige Gesicht wirkte streng und asketisch, so als wären fleischliche Sünden ihm völlig fremd. Er sah wie ein Mann aus, der in allen Dingen Maß hielt und jene verurteilte, die weniger diszipliniert waren.

»Ich bin wieder okay«, murmelte Ronnie, obwohl sie nicht sicher war, daß es stimmte. Mit einer Hand an die Wand gestützt, stand sie auf, und Quinlan tat es ihr stirnrunzelnd nach.

»An Ihrer Stelle würde ich noch ein paar Minuten warten.«

»Ich brauche aber dringend einen Schluck Wasser.«

Er machte ihr den Weg frei, doch die wenigen Schritte bis zum Waschbecken bewiesen ihr, daß sie alles andere als ›okay‹ war. Leichte Übelkeit stellte sich sofort wieder ein, ihre Glieder waren eiskalt, und sie taumelte seitwärts.

Quinlan packte sie rasch am Ellbogen, legte einen Arm um ihre Taille und drehte den Wasserhahn auf. Sie fing das kalte Wasser in einer gewölbten Hand auf, spülte ihren Mund gründlich aus und trank gierig einige Schlukke. Danach fühlte sie sich kräftig genug, um ihr Gesicht mit beiden Händen zu waschen.

»Es tut mir leid«, murmelte sie, als er ihr ein Papierhandtuch reichte.

Ihre Blicke trafen sich im Spiegel. Er stand hinter ihr, einen Arm immer noch um ihre Taille gelegt für den Fall, daß sie wieder das Gleichgewicht verlieren würde. Verglichen mit ihrer grazilen Statur sah er sehr groß und breitschultrig aus. Obwohl sie Schuhe mit sieben Zentimeter hohen Absätzen trug, überragte er sie um mindestens zehn Zentimeter, und seine Hand, die auf ihrem Magen lag, war breit und braungebrannt.

Trotz ihrer Benommenheit wurde ihr schlagartig bewußt, daß er ein sehr attraktiver Mann war.

»Wofür entschuldigen Sie sich? Daß man Sie mit Farbe beworfen hat, war doch wirklich nicht Ihre Schuld.«

»Ich glaube aber nicht, daß es zu den Pflichten eines politischen Beraters gehört, Kindermädchen zu spielen«, erwiderte sie kläglich.

»Oh, wir sind extrem anpassungsfähig!« Er lächelte ihr im Spiegel zu. »Wir tun, was gerade erforderlich ist.«

»Es ist mir so peinlich, daß ich mich übergeben mußte.«

»Das war der Schock ... Zum Glück scheinen Sie aber unverletzt zu sein, jedenfalls körperlich.«

Ronnie teilte seine Ansicht. Sie atmete tief durch, zwang sich zur Ruhe und betrachtete sich im Spiegel. Sobald Quinlan bemerkte, daß sie wieder fest auf ihren eigenen Beinen stand, ließ er seinen Arm sinken und trat einen Schritt zurück.

Ihre Lider waren leicht geschwollen, aber die Pupillen hatten ihre normale Größe, und mittlerweile konnte sie auch wieder alles deutlich sehen. Der Blick in den Spiegel war nicht gerade ermutigend: Das vordere Drittel ihrer Haare hing tropfnaß hinter den Ohren hinunter, und die Fransen standen wirr hoch, wie der Schopf eines Kuckucks. Rote Farbe verklebte einige Strähnen und sprenkelte Hals und Arme. Ihr Gesicht war leichenblaß, die braunen Augen waren blutunterlaufen und wäßrig, und ihre vollen Lippen bebten verdächtig. Außer verschmierten Mascararesten war von ihrem perfekten Make-up – Rouge, Puder, Lippenstift und Lidschatten – nichts mehr übrig. Ihr Modellkleid von Anna Sui war völlig ruiniert: Das dünne purpurfarbene Leinen hatte häßliche rote

Flecken, so als wären rote Mohnblumen darauf gesprossen. Sogar die Strumpfhose und die eleganten beigen Sandaletten wiesen Farbtupfer auf.

»O Gott, meine Perlen!« Entsetzt berührte sie die teure Kette, die Lewis ihr kurz nach der Hochzeit geschenkt hatte. »Sie sind völlig beschmiert …«

Ungeschickt fummelte sie am Verschluß herum. Ihre Arme waren bleischwer, und ihre Finger zitterten.

»Lassen Sie mich das machen.« Quinlan schob ihre Haare beiseite, und seine warmen Finger streiften ihren Nacken, während er geschickt den Verschluß öffnete. Sie wollte nach dem Kollier greifen, um es abzuwaschen, aber er schüttelte den Kopf und tat es lieber selbst.

»Nehmen Sie die Ohrringe ab!« befahl er, und sie stellte fest, daß auch diese Perlen rot gesprenkelt waren. Wieder kam sie mit den winzigen Verschlüssen nicht zurecht.

»Könnten Sie mir bitte noch einmal helfen?«

Er legte die Kette auf den Waschbeckenrand und befreite sie im Nu von den Ohrringen, diesmal mit kalten Fingern.

»Lassen Sie die Dinger bitte nicht in den Abfluß fallen« warnte sie. »Es sind echte Perlen.«

»Daran habe ich nicht gezweifelt«, erwiderte er trokken. Während er die Ohrringe vorsichtig in einer gewölbten Hand säuberte, betrachtete er Ronnie im Spiegel. »Sie haben Farbe in den Ohren.«

Mit einem nassen Papierhandtuch wischte sie sich die Ohren aus und rieb an ihren verklebten Haaren herum, fest entschlossen, ihre weichen Knie zu ignorieren.

Die roten Flecken auf dem Papier sahen wie Blut aus, und sie dachte, daß sie wirklich Glück gehabt hatte, denn die verrückte Frau hätte ja auch auf sie schießen können!

Nicht zum erstenmal überlegte sie, ob der Preis für das, wovon sie einst geträumt hatte, nicht doch zu hoch war …

Sie hatte einen einflußreichen und vermögenden

Mann heiraten wollen, und es war ihr gelungen. Sie hatte im Rampenlicht stehen wollen, und auch dieser Kindertraum war wahr geworden. Ihre Fantasie hatte ihr herrliche Bilder vorgegaukelt, aber die Wirklichkeit sah ganz anders aus, und sie war längst nicht so glücklich, wie sie sich das früher ausgemalt hatte.

Heute war sie sogar todunglücklich ...

Die Erkenntnis, daß sie trotz ihres Lebens im Luxus eine gähnende innere Leere verspürte, verursachte ihr erneut heftige Übelkeit, das schmutzige Papiertuch fiel ihr aus den tauben Fingern, und sie mußte sich wieder am Waschbecken festhalten. »Ich kann mich in diesem Zustand nicht mehr sehen lassen ... Das schaffe ich einfach nicht!«

»Kein Mensch verlangt das von Ihnen! Ich würde sagen, daß Ihre heutigen Termine auf ziemlich spektakuläre Weise abgesagt wurden.« Er wickelte die gesäuberten Perlen in ein Papierhandtuch und schob sie in seine Hosentasche. »Vielleicht sollten Sie sich vorsichtshalber von einem Arzt untersuchen lassen.«

»O Gott, es wird in allen Zeitungen stehen!« murmelte Ronnie. Ihr schauderte beim Gedanken an die Schlagzeilen, denn obwohl sie das Opfer eines hinterhältigen Angriffs geworden war, würde man ihr zweifellos den Schwarzen Peter zuschieben. Was auch immer sie tun mochte – Presse und Fernsehen brachten negative Berichte, und nie fehlte der höhnische Hinweis, daß sie die *zweite* Mrs. Honneker war.

Bevor Quinlan etwas erwidern konnte, wurde die Toilettentür weit aufgerissen.

»Ronnie!«

Thea eilte auf ihre Chefin zu, bedauerlicherweise gefolgt von einer bunten Menschenschar: drei Polizisten, Sicherheitsbeamten in Zivil mit orangen Armbinden sowie einem halben Dutzend weiterer Personen, darunter auch Rose in ihrem geblümten Kleid.

In der kleinen Toilette herrschte plötzlich ein unvorstellbares Gedränge, und Ronnie bekam rasendes Herzklopfen. Wer mochten all diese Leute sein?

»Wir wußten nicht, wo du abgeblieben bist!« rief Thea besorgt, während sie Ronnie von Kopf bis Fuß musterte. »Ist alles in Ordnung?«

Ronnie atmete tief durch und wollte ihre Freundin beruhigen, doch bevor sie ein Wort hervorbringen konnte, wurde sie von einem Blitzlicht geblendet. Reporter! Natürlich, sie hätte es sich denken können ... Die Sensationspresse erinnerte sie immer an Aasgeier: So wie die Vögel vom Verwesungsgeruch angezogen wurden, so witterten ihre menschlichen Artgenossen jeden Skandal, der Schlagzeilen versprach.

Sie warf einen Arm hoch, um sich vor den Kameras zu schützen. Mit fast derselben Geste hatte sie versucht, den Angriff der Verrückten abzuwehren, und sie war sich der Ironie dieser Situation durchaus bewußt. Zum zweitenmal an diesem Tag wurde ihre Menschenwürde verletzt.

»Mrs. Honneker, können Sie uns sagen ...«

Ronnie konnte den Rest nicht verstehen, weil die Meute immer dichter heranrückte, bis sie mit dem Rücken zum Waschbecken stand und das harte Email schmerzhaft gegen ihre Wirbelsäule drückte. Sie hatte wieder weiche Knie, und auch ihr Magen drohte wieder zu rebellieren. Dem Blitzlichtgewitter hilflos ausgeliefert und mit Fragen bombardiert, fühlte sie sich wie ein gehetztes Tier.

»Ronnie, mein Gott, ich kann immer noch nicht glauben, daß so was passiert ist! Soll ich einen Krankenwagen rufen?« fragte Thea.

»Nein«, murmelte Ronnie mit trockenem Mund. »Mir fehlt nichts ...«

»Mrs. Honneker, es tut uns sehr leid ...«, versicherte einer der Polizisten, der sich bis zu ihr durchgekämpft hatte. Hinter ihm flammte wieder ein Blitzlicht auf, und

Ronnie schirmte ihr Gesicht vergeblich mit der Hand ab. »O nein, bitte…«

»Lassen Sie sie doch in Ruhe!« rief Thea empört.

»Mrs. Honneker, dieser Vorfall …« Wieder ein Reporter, wieder eine Kamera. Ronnie schüttelte wortlos den Kopf und hielt verzweifelt Ausschau nach einem Fluchtweg, aber sie war von allen Seiten umzingelt.

»Bitte … ich kann jetzt nicht …«

»Lassen Sie sie endlich in Ruhe!« wiederholte Thea lauter, ohne die geringste Wirkung zu erzielen.

»War es Farbe, Mrs. Honneker?«

»Glauben Sie, es hat irgendeine besondere Bedeutung, daß Ihre Angreiferin ausgerechnet *rote* Farbe benutzt hat?«

»Kennen Sie die Frau?«

Die Fragen gaben Ronnie das Gefühl, nackt am Pranger zu stehen. Alle wußten, was passiert war, oder sie würden es bald herausfinden, und das Wort *Hure* würde in allen Artikeln weidlich ausgeschlachtet werden.

Sie konnte das nicht ertragen! Ihre Lippen zitterten, und es gelang ihr nur unter Aufbietung aller Willenskraft, die Tränen zurückzuhalten. Sie hatte nichts Schlimmes getan, sie hatte sich nichts vorzuwerfen, aber das interessierte niemanden!

»So, Herrschaften, das war's, Mrs. Honneker hat Ihnen im Augenblick nichts zu sagen. Ihre Fragen werden zu einem geeigneteren Zeitpunkt beantwortet werden«, übertönte eine autoritäre Stimme den Lärm.

Quinlan, der beim Einbruch der wilden Horde von Ronnie abgedrängt worden war, bahnte sich mit Ellbogen und Rippenstößen einen Weg durch die Menge und baute sich schützend vor ihr auf. Theas Proteste und ihre eigenen flehentlichen Bitten hatten die Reporter völlig ignoriert, aber nun wichen sie ein wenig zurück. Weil Quinlan ein Mann von imposanter Statur war? In ihrer gegenwärtigen Verfassung störte es Ronnie nicht einmal, daß sie als emanzipierte Frau auf seine Hilfe angewiesen war. Hauptsache, er erlöste sie von dieser Tortur! Vor einer halben Stunde hatte sie ihren neuen politischen Berater noch verflucht, aber jetzt war sie ihm für seinen Beistand zutiefst dankbar.

»Kein Fernsehen!« brüllte er.

Ronnie spähte vorsichtig hinter seiner Schulter hervor und sah entsetzt, daß Christine Gwen mit einem Kameramann auf den Fersen in die Toilette eindrang. Die etwa dreißigjährige Blondine vom lokalen Fernsehsender *Jackson TV News* war für ihre Sensationsreportagen berüchtigt.

»Wer, zum Teufel, sind Sie?« fragte Christine empört, musterte ihren Kontrahenten und änderte abrupt ihren Ton. »Tom Quinlan, nicht wahr? Arbeiten Sie jetzt für Senator Honneker?«

Quinlan würdigte sie keiner Antwort, und Ronnie machte sich hinter seinem breiten Rücken ganz klein.

»Räumen Sie die Toilette!« befahl Quinlan einem der Polizisten, der zustimmend nickte.

»Dies ist ein öffentlicher Ort!« protestierte Christine vehement.

»Das ist mir bekannt, Madam, trotzdem müssen wir Sie bitten, ihn zu verlassen.« Einer der Polizisten ging auf sie zu. »Das gilt auch für alle anderen.«

»Haben Sie schon mal was von Pressefreiheit gehört?« schrie ein Reporter, während er trotzig ein letztes Foto schoß, obwohl Ronnie hinter Quinlan kaum zu sehen war.

»Sie können uns nicht einfach rauswerfen!« rief ein anderer Reporter. »Die Öffentlichkeit hat ein Recht auf Informationen.«

»Kriegst du alles gut drauf, Bill?« fragte Christine ihren Kameramann mit schriller Stimme, und er machte offenbar eine bestätigende Geste, denn Quinlan fluchte leise vor sich hin.

»So wird das nichts … Wir müssen die Flucht antreten«, flüsterte er Ronnie ins Ohr, zog rasch sein Sakko aus und stülpte es ihr über den Kopf. Sie begriff, daß er sie vor der Fernsehkamera schützen wollte, und verhüllte dankbar ihr Gesicht, damit es wenigstens nicht über jeden Bildschirm flimmern konnte – leichenblaß, verstört und mit Farbe beschmiert.

»Mrs. Honneker, wissen Sie, was die Frau kreischte?« schrie ein Reporter, der von den Polizisten fast bis zur Tür abgedrängt worden war.

»Hure«, warf ein Kollege hilfreich ein, und dieses Wort löste vorübergehend betretenes Schweigen aus. Ronnie wäre am liebsten im Erdboden versunken. Die Wahlkampagne würde unweigerlich Schaden nehmen, und Lewis würde ihr Vorwürfe machen, obwohl sie nichts dafür konnte.

»Niemand weiß genau, was sie gerufen hat!« protestierte Thea, aber ihr lahmer Einwand interessierte niemanden.

»Doch, ich hab's genau gehört!« verkündete Rose stolz. »Sie hat wirklich *Hure* gebrüllt.«

»Sind Sie eine Augenzeugin?« fragte Christine eifrig und gab ihrem Kameramann neue Anweisungen, die Polizisten nicht beachtend.

»Glauben Sie, daß Sie rennen können?« flüsterte Quinlan, während die allgemeine Aufmerksamkeit sich vorübergehend auf Rose konzentrierte. Ronnie hatte weiche Knie, ihre Kehle war wie zugeschnürt, und am liebsten hätte sie sich wieder übergeben. Ihr sehnlichster Wunsch war, sich irgendwo hinzulegen, aber wenn sie rennen mußte, um diesen Aasgeiern zu entkommen, würde sie eben rennen. Sie nickte stumm, immer noch in Quinlans Sakko gehüllt.

Er legte ihr einen Arm um die Schultern und boxte ihnen den Weg aus der Toilette frei, aber sobald die Reporter sich von der ersten Überraschung erholt hatten, nahmen sie die Verfolgung auf.

5. Kapitel

»Herzlichen Dank, Mr. Quinlan.«

»Keine Ursache, Mrs. Honneker.«

Er lächelte ihr herzlich zu, wobei sich die Fältchen um seine Augen vertieften, und sie erwiderte sein Lächeln.

Sie saßen in Quinlans Wagen, einem neuen cremefarbenen Buick Regal mit beigen Samtsitzen. Das Jahrmarktgelände lag schon weit hinter ihnen, und sie fuhren eine malerische Straße entlang, die von weiten grünen Feldern gesäumt wurde, über denen sich der strahlendblaue Himmel wölbte. Trotz ihrer Verstörung fiel Ronnie nach einer Weile auf, daß das nicht die Straße nach Jackson sein konnte, denn sie brausten nach Osten und nicht nach Westen.

»Darf ich Sie darauf aufmerksam machen, daß Sie in die falsche Richtung fahren, wenn Sie mich nach Hause bringen wollen?«

»Ich bringe Sie nicht nach Hause.«

»Nicht?«

Ronnie hob ruckartig den Kopf, den sie müde in die Polster gelehnt hatte, und sah ihn mit gerunzelten Brauen an. Auf der Konsole zwischen ihnen lagen zerknüllte rot beschmierte Erfrischungstücher. Quinlan hatte eine Schachtel davon im Handschuhfach, und sie hatte mehrere benutzt, um Farbreste zu beseitigen.

»Nein.«

»Warum nicht?«

Flüchtige Gedanken an Entführung oder Schlimmeres schossen ihr durch den Kopf, aber sie verwarf sie sogleich wieder. Obwohl sie diesen Mann erst seit etwa einer Stunde kannte und außer seinem Namen und Beruf nichts von ihm wußte, vertraute sie ihm total. Er hatte sie gerettet, sich rührend um sie gekümmert und sie beschützt. Dieses Erlebnis hatte sie zusammengeschmiedet wie Soldaten, die in einer schweren Schlacht Seite an Seite kämpften.

»Einen Moment lang haben Sie mich angestarrt, als wäre ich Jack the Ripper!« grinste er.

»Diese Befürchtung hatte ich tatsächlich«, gab sie zu, während sie sich wieder entspannt zurücklehnte und den kühlen Luftzug aus der Klimaanlage genoß. Die Straßengraben waren völlig ausgetrocknet und mit Unkraut überwuchert, und die Bäume ließen vor Hitze ihre Äste hängen. »Aber warum bringen Sie mich nicht nach Hause? Ich brauche dringend eine Dusche, und umziehen sollte ich mich auch.«

Ihre Beine prickelten von dem Alkohol, mit dem die Erfrischungstücher getränkt waren. Sie hatte versucht, ihre Nylonstrumpfhose zu säubern, aber es war ihr nicht vollständig gelungen.

»Was glauben Sie denn, wohin die Schakale, denen wir soeben entkommen sind, jetzt fahren werden?«

Daran hatte Ronnie nicht gedacht, aber er hatte natürlich recht. Erbost über ihre Flucht, würden die Reporter ihr in Sedgely auflauern, dem Familiensitz der Honnekers am Stadtrand von Jackson. Sedgely war ein herrliches Herrenhaus aus der Zeit vor dem Bürgerkrieg, mit einer von alten Eichen gesäumten langen Auffahrt, aber der niedrige Steinzaun könnte nicht einmal einen unternehmungslustigen Sechsjährigen vom Eindringen in den Park abhalten, geschweige denn eine Meute Sensationsreporter.

»Ich muß Dorothy warnen.« Ronnie griff nach dem Handy auf der Konsole. »Darf ich?«

»Aber ja, bedienen Sie sich. Wer ist Dorothy?«

»Lewis' Mutter. Sie hält sich zur Zeit in Sedgely auf«, erklärte Ronnie, während sie die Nummer wählte.

»Ach so, Oma«, murmelte er.

Selma, die langjährige Haushälterin, nahm beim zweiten Klingeln den Hörer ab.

»Selma, ich bin's ... Ist meine Schwiegermutter zu Hause?«

»Nein, Madam.«

Ronnie vermutete, daß Dorothy wie so oft irgendwo zum Mittagessen eingeladen war. Um so besser, sollte Selma ihr die unangenehme Neuigkeit mitteilen.

»Können Sie sie erreichen? Hat sie eine Telefonnummer hinterlassen?«

»Sie ist bei Mrs. Cherry.«

Honoria Cherry gehörte zu Dorothys besten Freundinnen. Die Cherrys waren wie die Honnekers eine alte Südstaatenfamilie, die ihren Reichtum ausgedehnten Tabakplantagen verdankte. Ihr Besitz Waveland grenzte an Sedgely.

»Hören Sie zu, Selma – würden Sie sie bitte anrufen und ihr sagen, daß eine Frau mich auf dem Jahrmarkt mit Farbe beworfen hat. Ich bin nicht verletzt, aber die Presse wird zweifellos in Sedgely auftauchen, und ich will nicht, daß Mrs. Honneker unvorbereitet von diesen Typen überrascht wird.«

»Sagen Sie ihr, daß sie sich völlig unwissend stellen soll, falls jemand ihr Fragen stellt«, empfahl Quinlan leise, »und Oma soll dasselbe tun.«

Ronnie hielt die Sprechmuschel mit der Hand zu. »Selma berichtet, daß schon mehrere Reporter angerufen haben, und gegenüber dem Hintereingang parkt ein Auto, aber es ist leer.«

»Wahrscheinlich schnüffelt der Reporter irgendwo herum, in der Hoffnung auf ein Foto oder ein Interview. Sagen Sie ihr, was ich Ihnen gesagt habe – sie weiß von nichts.«

Ronnie instruierte die Haushälterin, versicherte ihr, daß es ihr gut gehe, und beendete das Gespräch mit einem Tastendruck.

»So, und jetzt noch Lewis«, seufzte sie mit einer Grimasse und wählte seine Handynummer. Als eine Stimme vom Band ihr mitteilte, der Teilnehmer sei zur Zeit nicht erreichbar, war sie sehr erleichtert, denn der Senator würde über den Zwischenfall alles andere als glücklich sein. Sie rief sein Washingtoner Büro an, informierte Moira Adams, seine Verwaltungsassistentin, und legte das Handy auf die Konsole zurück.

»Und was nun, wenn ich nicht nach Hause kann?«

»Ich wollte Sie zu mir mitnehmen.«

Seine tiefe Stimme mit der weichen Sprachmelodie gefiel ihr, obwohl sie diesen gedehnten Südstaatendialekt normalerweise nicht mochte, vielleicht weil Lewis ihn nur benutzte, wenn er sich in Mississippi aufhielt. Während der Wintermonate, die sie immer in Washington, in ihrem Reihenhaus in Georgetown, verbrachten, war seine südliche Herkunft ihm kaum anzuhören, und deshalb empfand Ronnie die langsame, breite Sprechweise als gekünstelt, als gezielte Methode, um sich bei Wählern einzuschmeicheln.

»Das halte ich für keine gute Idee«, widersprach sie. »Stellen Sie sich nur die Schlagzeilen vor: ›Frau des Senators versteckt sich bei ihrem politischen Berater!‹ oder so was ähnliches. Die Reporter würden doch so tun, als hätten sie mich in flagranti in einem Liebesnest ertappt!« Sie hörte sich verbittert an.

»Sie haben recht, es wäre keine gute Idee, Sie in mein Apartment in Jackson zu bringen. Wahrscheinlich lungern die Schakale auch dort schon herum. Ich meinte vielmehr das Haus meiner Mutter.«

»Das Haus Ihrer *Mutter?*«

»Ja, sie wohnt in der Nähe von De Kalb, etwa dreißig Meilen von hier entfernt. Dort wird niemand nach Ihnen suchen, und Sie können sich in Ruhe waschen und ein bißchen erholen, während wir gemeinsam überlegen, wie wir weiter vorgehen sollen.«

»Sie stammen aus Mississippi?«

Ronnie wußte nicht, warum sie so überrascht war. Sein Dialekt hätte es ihr von Anfang an verraten müssen. Aber politische Berater schienen heimatlos zu sein, weil sie ständig unterwegs waren, von Ort zu Ort flogen, von einer Wahlkampagne zur nächsten, Wandervögel par excellence. Daß einer von ihnen ausgerechnet im konservativen Mississippi seine Wurzeln hatte, war kaum vorstellbar.

»Ja, ich habe fast mein ganzes Leben hier verbracht und zusammen mit Marsden an der ›Ole Miss‹ studiert. Ein Jahr lang waren wir sogar Zimmerkollegen.«

Marsden war Lewis' ältester Sohn, Ronnies Stiefsohn, acht Jahre älter als sie selbst.

»Nun, das nenne ich wirklich eine tolle Empfehlung«, murmelte sie sarkastisch. Ihr Vertrauen zu Quinlan war soeben schwer erschüttert worden. »Als Freund von Marsden bekommen Sie bei mir jederzeit einen Traumjob.«

»Sie kommen mit Marsden wohl nicht besonders gut aus, was?« fragte er mit einem amüsierten Seitenblick.

»Das ist die Untertreibung des Jahrhunderts! Marsden glaubt unter anderem, ich hätte die Ehe seiner Eltern zerstört. Er verabscheut mich, und dieses Gefühl beruht auf Gegenseitigkeit.«

»Und haben Sie's getan?«

»Was? Ach so, Sie meinen, ob ich Lewis' Ehe zerstört habe ... Nein!«

Sie überlegte, ob sie ihm mehr erzählen sollte. Seit sie wußte, daß er Marsdens Zimmergefährte gewesen war, mißtraute sie ihm unwillkürlich, zumal er ja auch noch von Lewis' Büro engagiert worden war.

»Wissen Sie, die meisten Leute in Mississippi glauben das.« Es klang so, als wollte er sich für diese unbestreitbare Tatsache entschuldigen.

Ronnie betrachtete ihr ruiniertes Kleid und schnitt eine Grimasse. »Das brauchen Sie mir nicht zu sagen.«

»Wir werden das ändern. Wenn Sie sich an mich halten, werden Sie in sechs Monaten so beliebt sein wie Zuckerwatte auf dem Jahrmarkt, das verspreche ich Ihnen.«

Ronnie mußte unwillkürlich lachen. »Geben Sie eine Geld-zurück-Garantie?«

»Selbstverständlich«, grinste er. »Sie müssen begreifen, daß die meisten Wähler denkfaul sind und sich deshalb mit stereotypen Vorstellungen über die politischen Akteure zufriedengeben. Sie passen nun mal großartig in die Schublade ›die andere Frau, jung und attraktiv, die der liebenden langjährigen Gemahlin den Mann stiehlt‹. Kein Wunder, daß Sie unbeliebt sind.«

»Aber es stimmt wirklich nicht! Ich habe Lewis nicht gestohlen. Er lebte schon von seiner Frau getrennt, als wir miteinander auszugehen begannen.«

Ronnie legte größten Wert darauf, diesen Punkt klarzustellen.

»Und wann war das?«

»Vor etwa sechs Jahren. Ich hatte vorher schon einige Jahre in seinem Büro gearbeitet, aber zu einer privaten Beziehung kam es erst, nachdem ich erfahren hatte, daß seine Ehe mit Eleanor endgültig gescheitert war.«

»Wie haben Sie sich kennengelernt?«

»Ich war neunzehn und studierte das zweite Jahr an der American University in Washington. Lewis hielt bei uns einen interessanten Vortrag, und ich stellte ihm hinterher viele Fragen. Darauf bot er mir einen Teilzeitjob in seinem Büro an. Anfangs mußte ich alle möglichen Sekretariatsarbeiten erledigen, aber allmählich habe ich mich hochgearbeitet.«

»Sie haben also für den Senator gearbeitet ... Das wußte ich nicht.«

Ronnie beschloß nach kurzem Zögern, ihm auch einen kurzen Abriß der weiteren Entwicklung zu geben. Schließlich gab es nichts, dessen sie sich schämen müßte, auch wenn Marsden und alle Wähler von Mississippi vom Gegenteil überzeugt waren. Sie würde allerdings nicht erwähnen, daß Lewis ihr von Anfang an beharrlich den Hof gemacht hatte, denn das würde ein schlechtes

Licht auf den Senator werfen, und sie glaubte ihm Loyalität schuldig zu sein.

»Nach meinem Examen bot Lewis mir einen Ganztagsjob als legislative Assistentin an. Er und Eleanor lebten damals schon getrennt, obwohl sie es geheimhielten, um seine Wiederwahl nicht zu gefährden. Während der Wahlkampagne traten sie gelegentlich noch gemeinsam auf, aber Eleanor war schon anderweitig liiert, und ich ließ mich deshalb von Lewis ausführen. Nach der Wahl ließ Eleanor sich sofort scheiden, und der Senator und ich haben geheiratet. Er dachte, in den sechs Jahren bis zur nächsten Wahl würden die Leute sich an mich gewöhnt haben, aber nun sind schon drei Jahre vergangen, und sie lehnen mich noch genauso ab wie am ersten Tag, wie der heutige Vorfall beweist.«

»Das war wirklich keine Sympathiebekundung, da stimme ich Ihnen zu.« Quinlan warf ihr wieder einen Seitenblick zu. »Wollen Sie mit dem Senator Kinder haben?«

»Was?« Ronnie fuhr auf ihrem Sitz zusammen, schokkiert über die indiskrete Frage.

»Ein Baby würde Ihnen die Wählerherzen zufliegen lassen. Alle lieben eine junge Mutter mit ihrem süßen Baby. Wenn Sie ohnehin Kinder haben wollen, hätten Sie in den drei Jahren bis zur nächsten Wahl noch genügend Gelegenheit, auf diese Weise ein positives Image zu bekommen.«

»Ich werde ganz bestimmt kein Baby in die Welt setzen, nur damit mein Mann eine Wahl gewinnt!«

»Nichts für ungut«, murmelte Quinlan trocken, und Ronnie fragte sich, wieviel er wohl über Lewis wissen mochte. Als Marsdens ehemaliger Zimmergefährte wahrscheinlich ziemlich viel, vielleicht aber auch nicht, denn nur sehr wenige Menschen kannten den Privatmann Lewis, möglicherweise nicht einmal sein ältester Sohn.

»Haben Sie immer noch enge Beziehungen zu Marsden?« fragte sie mißtrauisch.

»Früher waren wir Freunde, heute sind wir eher gute Bekannte. Machen Sie sich keine Sorgen, ich werde ihm nicht haarklein berichten, was Sie tun und lassen. Ich arbeite für Sie, nicht für Marsden«, sagte Quinlan lächelnd.

»Gut, das wäre also klargestellt.«

Er bog nach links in eine geteerte Straße ein, die so schmal war, daß zwei Wagen nur mit Mühe aneinander vorbeikommen würden. Hinter Drahtzäunen weideten schwarzweiße Kühe, vorzugsweise im Schatten der wenigen Bäume. Vier Schweine wälzten sich genüßlich in einem schlammigen Bach, und zwei weiße Gänse zupften an den Grashalmen neben der Fahrbahn herum. Ein Farmer in Overall, mit einem Strohhut auf dem Kopf, winkte von seinem Traktor, und Quinlan winkte zurück und hupte laut.

»Kennen Sie den Mann?« wunderte Ronnie sich. Der elegant gekleidete politische Berater und der schwer schuftende Bauer schienen verschiedenen Welten anzugehören.

»Ich kenne alle Leute in dieser Gegend. Meine Familie lebt seit Generationen hier. So, da wären wir.«

Die Auffahrt war ein holpriger Kiesweg, an dessen Rand ein großer Metallbriefkasten auf verwittertem Holzpfosten stand. Vor ihnen lag ein zweistöckiges weißes Holzhaus mit kleinen Fenstern und grau gestrichener Veranda. Eine riesige Eiche breitete ihre Äste über den verwilderten Rasen aus, und unter Ahornbäumen stand ein Gartentisch. Einer Scheune neben dem Haus hätte ein frischer Anstrich gutgetan, und der Kiesweg führte weiter zu Hühnerställen und einem Obst- und Gemüsegarten. Quinlan parkte im Schatten der Ahornbäume.

Ein Teenager in Khakishorts und weißem T-Shirt kam aus dem Haus gerannt, stutzte aber, als er den Buick sah.

»Hallo, Mark!« rief Quinlan, während er ausstieg. »Warum bist du nicht bei der Arbeit?«

Der Bursche zuckte nur mit den Schultern und sprintete auf einen Wagen zu, der laut hupend hinter Quinlans Auto angehalten hatte.

»Bis bald«, rief er winkend und setzte sich ans Steuer, denn das blonde Mädchen war bereitwillig auf den Beifahrersitz gerutscht.

»Um zehn bist du zu Hause!« warnte Quinlan.

»Um Mitternacht«, widersprach der Teenager.

»Um zehn«, wiederholte Quinlan grimmig, aber Mark brauste schon im Rückwärtsgang den Kiesweg entlang.

»Loren hat ihn zum Schwimmen eingeladen, und daraufhin hat er sich krank gemeldet«, berichtete eine rundliche Frau in weiter blauer Hose und weißer Bluse, die auf die Veranda getreten war. Sie mußte in den Sechzigern sein, hatte eine wettergegerbte Haut und kurze weiße Haare.

»So was Ähnliches habe ich mir schon gedacht. Dieses Mädchen ist Gift für ihn!« knurrte Quinlan, besann sich dann aber auf seine Manieren und stellte Ronnie vor, die verunsichert neben dem Buick stand.

»Mom, das ist Mrs. Lewis Honneker, die Frau des Senators. Mrs. Honneker, das ist meine Mutter, Sally McGuire.«

Mrs. McGuire eilte mit ausgestreckter Hand die Verandastufen hinab. »Was für eine Freude, Mrs. Honneker! Ich habe früher Ihren Stiefsohn – ich meine Marsden – gut gekannt, auch die übrige Familie … Wie nett, daß Sie mich besuchen!«

»Danke.« Ronnie lächelte liebenswürdig und tauschte einen Händedruck mit der Frau, der erst jetzt die roten Flecken auf dem purpurfarbenen Kleid und auf Quinlans Anzug auffielen.

»Um Himmels willen, was ist denn passiert?« fragte sie ihren Sohn mit schreckensweit aufgerissenen Augen. »Das ist doch hoffentlich kein Blut.«

»Nein, Mom, zum Glück nur Farbe«, antwortete Quinlan, während er Ronnie ins Haus führte. »Mrs. Honneker braucht dringend eine Dusche, etwas zum Anziehen und einen kleinen Imbiß. Hast du etwas Gutes in der Küche?«

»Du weißt doch, daß ich das immer habe«, sagte seine Mutter. »Truthahn ist da, Schinken auch – das heißt, wenn Mark ihn nicht aufgefuttert hat! Und ich habe heute Kuchen gebacken – meinen ›Red Velvet‹.«

Ronnie sah sich in dem gemütlichen altmodischen Wohnzimmer um, wo es sogar eine Heimorgel gab. Sie fühlte sich hier auf Anhieb wohl.

»Meine Mutter ist die beste Köchin von ganz Mississippi«, erklärte Quinlan, einen Arm liebevoll um die Schultern der Frau gelegt. »Ihren ›Red Velvet‹-Kuchen müssen Sie unbedingt probieren, aber alles der Reihe nach. Die Dusche ist im ersten Stock, zweite Tür rechts.«

»Die Handtücher sind ganz sauber«, fügte Mrs. McGuire hinzu, »ich habe sie erst vor einer Stunde hingehängt. Shampoo finden Sie im Wandschrank, und sollten Sie sonst etwas benötigen, brauchen Sie nur zu rufen.«

»Danke«, murmelte Ronnie. Der Gedanke, bei wildfremden Menschen zu duschen, war ihr denkbar zuwider, aber Mutter und Sohn schienen es ganz natürlich zu finden, und so stieg sie notgedrungen die schmale Treppe hinauf, wobei sie sich fragte, ob Quinlan seiner Mutter berichten würde, was passiert war, sobald sie unter sich waren. Bestimmt ... Mrs. McGuire würde die demütigende Wahrheit erfahren, daß Ronnie grundlos gehaßt wurde!

6. Kapitel

15.30 h, Biloxi

Tochter eines TV-Evangelisten tot aufgefunden

Der Leichnam der dreiundzwanzigjährigen Tochter des Fernsehevangelisten Charlie Kay Martin wurde am Freitag um 16 Uhr im Golf von Mexiko, unweit von Deer Island, aus dem Wasser gefischt. Der Polizeisprecher von Biloxi, Sergeant Connie Lott, erklärte, die Autopsie habe ergeben, daß Susan Marie Martin keines natürlichen Todes gestorben sei. Die junge Frau, die sich ihrer Familie seit Jahren entfremdet hatte, soll zum Zeitpunkt ihres Todes in Biloxi gewohnt haben. Mr. Martins Pressesprecher erklärte, der TV-Prediger wolle keinen Kommentar abgeben, er und seine Frau seien aber ›am Boden zerstört‹. Sergeant Lott sagte, die Untersuchung werde fortgesetzt.

Der kurze Artikel in der Tageszeitung wäre Marla Bekker gar nicht aufgefallen, wenn er nicht direkt über der Anzeige eines Reisebüros gestanden hätte, in der für eine dreitägige Reise nach Las Vegas geworben wurde, zum unglaublichen Preis von 199 Dollar, inklusive Flug, zwei Übernachtungen und Frühstücksbüfett. Marla träumte seit langem von Las Vegas, nicht weil sie in Urlaub fahren wollte, sondern weil sie hoffte, dort irgendeinen wohlbetuchten älteren Herrn kennenzulernen, der ihr jenen Lebensstil ermöglichen würde, nach dem sie sich sehnte.

Sie war jung, blond, hübsch und langbeinig und hätte deshalb vermutlich gar keine schlechten Chancen, wenn da nicht Lissy wäre, ihre siebenjährige Tochter mit blondem Pferdeschwanz, die sie heiß und innig liebte, auch wenn das Mädchen ihre Tagträume zunichte machte, denn welcher alte Lustmolch wünschte sich schon eine Geliebte mit Kind? Und selbst wenn es einen solchen

Mann gab – wer sollte auf Lissy aufpassen, während sie in Las Vegas war, um ihn sich zu angeln?

Trotzdem malte Marla sich gern aus, daß ihre herrliche Zukunftsvision eines Tages in Erfüllung gehen würde, und deshalb las sie jeden Artikel und jede Reklame über diese Stadt. Heute hatte ihre Besessenheit dazu geführt, daß sie den Bericht über Susan entdeckte.

Obwohl sie es schwarz auf weiß vor sich sah, konnte sie es einfach nicht fassen. Susan sollte tot sein? Sie hatte sich in den letzten drei Tagen zunehmend Sorgen um ihre Freundin gemacht, aber mit *so etwas* hatte sie nie gerechnet. Susan teilte sich die Wohnung mit Lissy und ihr und war seit Donnerstagnacht nicht nach Hause gekommen. Es war schon öfter vorgekommen, daß sie übers Wochenende oder noch länger wegblieb, wenn sie einen tollen Kerl aufgegabelt hatte, aber normalerweise rief sie Marla an, um ihr Bescheid zu sagen. Diesmal hatte sie nicht angerufen.

Marla fuhr sich mit der Zunge über die Lippen und stellte erstaunt fest, daß sie den Artikel kein zweitesmal lesen konnte, weil die Buchstaben vor ihren Augen tanzten, so stark zitterten ihre Hände.

Zum Glück verbrachte Lissy den Nachmittag mit einer Freundin im Schwimmbad, und deren Mutter hatte versprochen, sie um fünf nach Hause zu fahren. Marla wollte nicht, daß Lissy sie so verstört sah. Wie sollte sie ihrer Tochter nur erklären, was passiert war? Sie hatte Susan sehr gern und nannte sie ›Tante‹, obwohl sie nicht verwandt waren. Das Kind hatte schon so viele Verluste erlebt, und nun auch das noch!

Susan war tot! Marla sagte es absichtlich laut vor sich hin, konnte es aber immer noch nicht begreifen. Wie hatte das nur geschehen können?

Sie hatte Susan und Claire Anson am Donnerstag gegen sechs zum Biloxi Yacht Club gefahren, wo die beiden mit irgendwelchen reichen Knilchen auf einer riesigen

Yacht verabredet waren, die *Sun Cloud* hieß. Oder war es *Sun Ray* gewesen? Sie konnte sich nicht genau an den Namen erinnern, obwohl das vielleicht wichtig wäre. Irgendwas mit *Sun*, aber das zweite Wort hatte sie vergessen.

Susan hatte sich von dieser Nacht viel Geld versprochen, bis zu tausend Dollar! Hoffentlich stimmt's, hatte Marla gesagt, denn die sorglose Susan hatte schon zwei Monate ihren Mietanteil nicht bezahlt, und Marla konnte nicht ewig die gesamten Kosten übernehmen. Sie mußte schließlich für Lissy sorgen. Das Geld, das sie verdiente, sollte ihrer Tochter zugute kommen, nicht Susan, auch wenn sie eine gute Freundin war.

Die Zeitung flatterte achtlos auf den Boden, als sie vom Sofa aufstand und die wenigen Schritte zum Telefon in die Küche ging.

In ihrer Verwirrung konnte sie sich nicht an Claires Nummer erinnern und mußte in Susans rotem Wildlederadreßbuch nachsehen, das in einer Schublade lag. Es verursachte ihr Übelkeit, das Büchlein in die Hand zu nehmen, fast so, als müßte sie die Leiche ihrer Freundin berühren.

Sie hatten zwei Jahre zusammen gewohnt, in drei verschiedenen Apartments, und es war unvorstellbar, daß sie Susan nie wiedersehen würde. Zu dritt mit Lissy waren sie fast so etwas wie eine Familie gewesen.

Nach dem vierten Klingeln ertönte Claires muntere Stimme. »Ich bin entweder nicht zu Hause, oder aber ich dusche oder schlafe gerade. Jedenfalls kann ich nicht ans Telefon gehen. Hinterlaßt mir eine Nachricht, dann rufe ich zurück. Ciao.«

Marla gab ihren Namen und ihre Nummer an und fügte hinzu, es sei dringend. Nachdem sie aufgelegt hatte, stand sie lange da und starrte blind vor sich hin. Die lebenslustige Susan war *tot*, eine Leiche, die man aus dem Golf von Mexiko gefischt hatte. In der Zeitung stand, sie sei keines natürlichen Todes gestorben, und das konnte nur bedeuten, daß sie ermordet worden war.

Aber wer könnte ein Interesse daran gehabt haben, Susan umzubringen?

Und was sollte sie selbst jetzt tun? Die Polizei anrufen und alles erzählen, was sie wußte? Nein, das durfte sie nicht riskieren! Sie war vor Jahren mit Lissy geflohen, als es so aussah, als würde der Scheidungsrichter das Sorgerecht nicht ihr – einem hitzköpfigen Teenager mit gelegentlichem Drogenkonsum – zusprechen, sondern ihrem Mann, einem religiösen Fanatiker. Wie das Verfahren letztlich ausgegangen war, wußte sie nicht, und es war ihr auch egal, denn sie würde Lissy niemals hergeben. Ihre Tochter gehörte nur ihr!

Sollte sie Susans Familie anrufen? Aber sie kannte diese Leute nicht, und nach allem, was Susan ihr erzählt hatte, wollte sie sie auch gar nicht kennenlernen. Sie bezweifelte, daß sie um ihre Tochter trauerten, die seit langem alle Verbindungen zu ihren Angehörigen abgebrochen hatte. Susans Vater, Charlie Kay Martin, war berühmt: Man konnte ihn jede Woche mit *The Family Prayer Hour* – Die Gebetsstunde für die Familie – im Fernsehen bewundern. Er gehörte zu jenen Predigern, die den Menschen am liebsten mit dem Höllenfeuer drohten, und sein Fanatismus erinnerte Marla immer an ihren eigenen Exmann. Susan war ein typisches Produkt dieser strengen fundamentalistischen Erziehung gewesen.

Nein, an den TV-Evangelisten würde sie sich bestimmt nicht wenden! Aber wen könnte sie sonst informieren?

Nach langem Überlegen beschloß sie, in der Modellagentur anzurufen, für die sie, Susan und Claire gelegentlich arbeiteten. Der Name Modellagentur war eine Beschönigung, denn außer ihren nackten Körpern führten die Mädchen nichts vor, aber Billie würde wissen, was in dieser Situation zu tun war. Sie machte alle Termine aus, und wahrscheinlich hatte sie auch die Verabredung auf der Yacht für Susan und Claire arrangiert. Weil sie Lissy nicht die ganze Nacht allein lassen wollte, schlug Marla solche lukrativen Jobs immer aus.

Bevor sie die Nummer wählen konnte, klopfte es an der Tür. Die Wohnung war klein – zwei Schlafzimmer, ein Wohnzimmer mit Eßecke und eine winzige Küche –, und Marla stand höchstens zwei Meter von der Tür entfernt.

Das Klopfen war leise und dezent, während ihre Bekannten meistens ausgelassen trommelten oder sonstigen Unfug trieben. Die Vermieterin klopfte sehr energisch, und Lissy rief immer: ›Mom, ich bin's!‹

Wer konnte sie mitten an einem Montagnachmittag besuchen wollen? Wahrscheinlich irgendein lästiger Vertreter für Staubsauger oder ähnliches.

Unter dem Schock von Susans Tod stehend, ging sie nur sehr zögernd auf die Tür zu. Eine innere Stimme schien ihr zuzuflüstern: »Vorsicht, Süße!« Ließ Susan ihr aus dem Jenseits eine Warnung zukommen?

Ihre nackten Füße machten auf dem fleckigen beigen Teppichboden kein Geräusch, aber als es wieder klopfte, machte sie vor Schreck fast einen Luftsprung und mußte tief durchatmen, bevor sie sich traute, einen Blick durch den Spion zu werfen.

Draußen stand ein Mann in grauem T-Shirt mit rundem blassem Gesicht. Unter einer Baseballkappe waren kurze dunkle Haare zu sehen. Ein unscheinbarer Mann, der nichts Auffälliges an sich hatte.

Ungeduldig schaute er sich auf dem Gang um, und dann zog er unerwartet Susans Schlüsselbund aus der Tasche und steckte den Wohnungsschlüssel ins Schloß.

7. Kapitel

16.00 h, Jackson

Ronnie kam sich wie ein Eindringling vor, als sie auf die Küche zuging, aus der Quinlans Stimme zu hören war, aber sie wußte, daß sie nicht ewig draußen herumstehen konnte, weil er oder seine Mutter irgendwann bestimmt nachsehen würden, wo sie abgeblieben war. Wahrscheinlich hätte sie sich nicht so unsicher gefühlt, wenn sie Lippenstift, Puder und Lockenschere zur Hand gehabt hätte, aber im Bad hatte sie nur eine Handcreme und einen Fön vorgefunden, und so mußte sie die Küche ungeschminkt und mit glatt zurückgekämmten Haaren betreten.

Quinlan und seine Mutter saßen an einem runden Eichentisch vor einem großen Fenster, das auf den Hinterhof hinausging. Der Raum war genauso altmodisch wie das übrige Haus. Ein schachbrettartig gemusterter weißgoldener Linoleumboden, senffarbige Schränke, weiße Arbeitsflächen, ein Brotkasten und ein Gewürzständer aus dunklem Holz, gelbe Vorhänge an schlichten Messingstangen. Neben der Spüle war eine Kaffeemaschine eingeschaltet, und der aromatische Duft vermischte sich mit köstlichen Gerüchen aus dem Backofen. Alles strahlte Ruhe und Behaglichkeit aus.

Die beiden schauten auf, als sie in die Küche kam. Quinlan hatte seinen beschmutzten Anzug gegen ein marineblaues Poloshirt und Jeans vertauscht, und seine feuchten Haare deuteten darauf hin, daß auch er geduscht hatte.

»Fühlen Sie sich jetzt etwas besser?« fragte Mrs. McGuire besorgt, während Quinlan sie grinsend von Kopf bis Fuß musterte. In einer blau-gelb karierten Hose und gelbem T-Shirt kam sie sich selbst wie ein Clown vor. Sie hatte Kleidergröße 36, und diese Sachen waren Größe 44! Hätte die Hose nicht einen Schnürbund gehabt, wäre sie ihr über die Hüften gerutscht.

»Sehr hübsch!« kommentierte der unverschämte Kerl.

»Du solltest nicht lästern«, tadelte seine Mutter ihn kopfschüttelnd, stand auf und wandte sich freundlich an Ronnie. »Möchten Sie ein Stück Kuchen und ein Glas Milch? Oder lieber eine Tasse Kaffee?«

»Kuchen und Milch hört sich verführerisch an«, sagte Ronnie, während sie sich an den Eichentisch setzte und zuschaute, wie Sally McGuire den Glasdeckel einer Tortenplatte abnahm und ein großes Stück Kuchen mit dikkem Zuckerguß abschnitt.

»Danke, daß Sie mir etwas zum Anziehen geborgt haben.«

»Oh, gern geschehen, ich wünschte nur, ich hätte etwas in Ihrer Größe.« Lachend stellte sie den Kuchenteller vor Ronnie hin und schenkte Milch ein. »Es ist ein Jammer, daß man nicht viel Kuchen essen und zugleich gertenschlank sein kann, stimmt's?«

»Sie haben recht.« Ronnie lief das Wasser im Munde zusammen, als sie mit der Kuchengabel den ersten Bissen abtrennte. Süßigkeiten aller Art waren für sie normalerweise tabu, aber heute konnte sie der Versuchung einfach nicht widerstehen. »Dieser Kuchen sieht fantastisch aus. Wissen Sie, ich esse sehr selten welchen.«

»Das sieht man Ihnen an«, sagte Quinlan mit unverhohlener Bewunderung. Ronnie wußte, daß sie auf ihre Figur stolz sein konnte. Schließlich tat sie auch einiges dafür: von der Magerkost ganz zu schweigen, schwamm sie regelmäßig und trainierte dreimal wöchentlich an Fitnessgeräten.

Der Kuchen zerging ihr auf der Zunge, und am liebsten hätte sie wie eine Katze beim Sahneschlecken genießerisch die Augen geschlossen.

»Einfach himmlisch«, lobte sie aufrichtig.

»Mutters ›Red Velvet‹-Kuchen ist berühmt. Wer ihn einmal probiert hat, schwärmt ein Leben lang davon«, sagte Quinlan, der sein eigenes riesiges Kuchenstück schon zur Hälfte vertilgt hatte. Wenn er immer soviel aß, war es erstaunlich, daß er so schlank war.

Ronnie schob sich wieder einen winzigen Bissen in den Mund, um den seltenen Genuß möglichst lange auszudehnen. Auch die Milch schmeckte köstlich – natürlich Vollmilch, während sie immer mit Magermilch vorlieb nahm. Wenn sie bei Mrs. McGuire wohnte, würde sie bestimmt bald zweihundert Pfund wiegen, dachte sie.

»Ach, bevor ich's vergesse, hier sind Ihre Perlen.« Quinlan holte den in ein Papierhandtuch gehüllten Schmuck aus seiner Jeanstasche und schob ihn Ronnie zu.

»Danke.« Sie steckte die Kette in ihre eigene Hosentasche, legte aber die Ohrringe an. Nachdem ihre Finger jetzt nicht mehr zitterten, kam sie mühelos mit den Verschlüssen zurecht.

»Das sind herrliche Perlen«, meinte Mrs. McGuire bewundernd. »Stammen Sie eigentlich aus Mississippi, wenn ich fragen darf?«

Ronnie schüttelte den Kopf. »Nein, aus Massachusetts. Ich bin in Boston aufgewachsen.«

»Lebt Ihre Familie immer noch dort?«

»Mein Vater und eine meiner Schwestern. Die andere lebt mit ihrer Familie in Delaware, und meine Mutter lebt mit ihrem zweiten Mann in Kalifornien. Wir sind also im ganzen Land verstreut.«

»Sie sind eine von drei Schwestern? Ich auch – die älteste.«

»Ich bin die jüngste.« Ronnie schob sich bedauernd das letzte Stückchen Kuchen in den Mund. Es würde Monate dauern, bevor sie sich wieder eine solche Kalorienbombe genehmigte.

»Wie alt sind Sie eigentlich?« fragte Quinlan unerwartet.

»Neunundzwanzig«, antwortete Ronnie wahrheitsgemäß, während Mrs. McGuire mißbilligend den Kopf schüttelte, weil es sich nicht gehörte, eine Dame nach ihrem Alter zu fragen.

»Sie sehen jünger aus«, bemerkte er ungerührt.

»Und Sie müssen siebenunddreißig sein«, konterte Ronnie, um sich nicht in die Defensive drängen zu lassen. Sie konnte sich lebhaft vorstellen, was Mutter und Sohn dachten: daß Lewis mit seinen sechzig Jahren mehr als doppelt so alt war wie sie! Aber sie brauchte sich vor Quinlan, der für sie arbeiten sollte, wahrlich nicht zu rechtfertigen.

»Gut geraten!« grinste er. »Vielleicht sollten Sie Ihr Glück einmal auf dem Jahrmarkt versuchen, wo man Alter und Gewicht von Leuten erraten muß.«

»In Ihrem Fall war es kein Kunststück«, gab sie zu. »Marsden ist siebenunddreißig, und wenn Sie zusammen im College waren, müssen Sie ungefähr gleich alt sein.«

Ihr Ton ließ Mrs. McGuire aufhorchen. »Mögen Sie Marsden nicht?« fragte sie scharfsinnig. »Ich fand ihn immer einen sehr höflichen jungen Mann.«

»Er hat Mom immer mit ›gnädige Frau‹ angeredet«, warf Quinlan schmunzelnd ein, »und ihr Komplimente über ihr Aussehen gemacht.«

»Zu mir war Marsden noch nie höflich«, stellte Ronnie klar. »Er hat sich bis heute nicht damit abgefunden, daß sein Vater mich geheiratet hat.«

»Und Joanie und Laura?« fragte Quinlan, der seinen Kuchen aufgegessen hatte und eine Tasse Kaffee trank.

»Sie sind in Marsdens Lager.« Lewis' Töchter hatten sich ihr gegenüber anfangs so feindselig benommen, wie sie sich in Gegenwart ihres Vaters trauten. Mittlerweile schienen sie sich halbwegs mit der Situation abgefunden zu haben, aber von herzlichen Beziehungen zu ihrer jüngeren Stiefmutter waren sie noch weit entfernt. Glücklicherweise sah Ronnie sie nur selten, bei den Familienfesten an Ostern, Thanksgiving und Weihnachten, und natürlich auch anläßlich von Lewis' großer Geburtstagsparty, die nächsten Monat wieder bevorstand.

»Joanie war ein so nettes Mädchen«, berichtete Mrs. McGuire. »Seinerzeit hoffte ich sogar …«

Sie verstummte und warf ihrem Sohn einen verlegenen Blick zu.

»Macht nichts, Mom, du darfst ruhig unsere Familiengeheimnisse ausplaudern«, bemerkte Quinlan trocken und fügte an Ronnie gewandt hinzu: »Ich war eine Weile mit Joanie befreundet, und Mom hoffte, daß wir heiraten würden.«

»Tatsächlich?« Ronnie lächelte honigsüß, obwohl seine engen Beziehungen zu Lewis' Kindern ihr Vertrauen zu ihm gründlich erschüttert hatten. »Schade, daß Sie es nicht getan haben, dann wären Sie jetzt mein … mein Stiefschwiegersohn!«

»Hört sich irgendwie pervers an«, kicherte Quinlan. »Aber das alles ist Schnee von vorgestern. Ich habe eine andere Frau geheiratet, Joanie hat einen anderen Mann geheiratet, und ich habe seit siebzehn Jahren nicht mehr an sie gedacht. Hat sie Kinder?«

»Zwei, einen Jungen und ein Mädchen.«

»Ich weiß, daß Marsden auch zwei Kinder hat«, sagte Mrs. McGuire. »Und Laura?«

»Sie hat eine sechsjährige Tochter namens Jilly.«

»Dann sind Sie also fünffache Stiefgroßmutter!« Quinlan schien das sehr amüsant zu finden. »Nennen die Kinder Sie Oma?«

»Sie nennen mich Ronnie, wenn sie sich überhaupt mit mir unterhalten«, erwiderte sie kühl. »Die Familie klebt nicht wie Pech und Schwefel zusammen.«

»Auf reizende Familienfotos werden wir also leider verzichten müssen«, meinte Quinlan bedauernd. »Ein Jammer, denn Oma und Opa, umgeben von Kindern und Enkeln, kommen bei den Wählern immer gut an. Aber wenn Oma jünger ist als die Kinder, stimmt das Bild nicht.« Er betrachtete Ronnie aufmerksam. »Wir müssen dafür sorgen, daß Sie reifer und seriöser aussehen. Eine Oma kriegen wir beim besten Willen nicht hin, aber ein mütterliches Image würde auch schon genügen.«

»Nachdem ich aber keine Mutter *bin*, will ich auch nicht so aussehen!« widersprach Ronnie vehement. Andere Berater hatten ihr ähnliche Vorschläge gemacht. Alle wollten sie verändern, und das hatte sie gründlich satt! Warum konnte sie nicht bleiben, wie sie war?

Quinlan und seine Mutter musterten sie, und sie stellte fest, daß beide die gleichen grau umrandeten dunkelblauen Augen, dunkelbraune Wimpern und Brauen hatten. Schöne Augen, gar kein Zweifel, aber der durchdringende Blick ging ihr auf die Nerven.

»In der Politik kommt es nun einmal hauptsächlich auf Imagepflege an, und Ihr Image sollte dazu beitragen, daß Ihr Mann die nächste Wahl gewinnt«, führte Quinlan geduldig aus.

»Und was schwebt Ihnen dabei vor?«

Sie wurde den Eindruck nicht los, daß er an ihrem Äußeren einiges auszusetzen hatte, und gleich darauf fragte er wirklich: »Färben Sie Ihre Haare?«

»Was?«

»So etwas fragt man eine Dame doch nicht!« protestierte seine Mutter, aber er wiederholte ungerührt: »Ich wollte wissen, ob Ihre Haare gefärbt sind.«

»Nein«, erwiderte Ronnie indigniert.

»Ich kann nicht glauben, daß dieses dunkle Rot natürlich ist«, beharrte Quinlan. »Es ist … es ist einfach zu rot!«

»Tut mir leid, wenn meine Haarfarbe Ihnen nicht zusagt«, fuhr Ronnie ihn schroff an. »Im übrigen geht es Sie nichts an, ob ich grüne oder rote Haare habe! Sie arbeiten für mich, nicht umgekehrt!«

Quinlan ließ sich nicht aus der Ruhe bringen. »Hören Sie zu, Mrs. Honneker – ich wurde engagiert, damit die braven Bürger von Mississippi Ihren Mann wiederwählen. Er ist in diesem Staat sehr angesehen und durchaus beliebt. Nur *Sie* stehen seiner Wahl im Wege, und deshalb müssen wir dafür sorgen, daß die Wähler auch Sie akzeptieren. Sie wissen selbst, daß Sie keine Sympathien genießen, und der heutige Vorfall hat das drastisch demonstriert. Einer der Gründe ist zweifellos, daß die meisten Leute glauben, Sie hätten die erste Ehe des Senators zerstört, aber Ihr Aussehen trägt erheblich zu dieser Vermutung bei. Sie verkörpern perfekt die attraktive junge Frau, die einer älteren den Mann stiehlt. Für die Gemahlin eines sechzigjährigen Politikers sind Sie viel zu sexy!«

»O Gott«, murmelte Mrs. McGuire bestürzt und schaute von Ronnies hochrotem Kopf zu der entschlossenen Miene ihres Sohnes. »Ich glaube, ich lasse euch das lieber allein ausdiskutieren, aber bitte denk an deine Manieren, Tommy.«

Ronnie wartete, bis sie die Küche verlassen hatte, bevor sie Quinlan wütend anfunkelte:

»Es ist aussichtslos!« erklärte sie rigoros. »Ihnen bereitet es offenbar große Probleme, daß ich soviel jünger als Lewis bin, und mir bereitet es große Probleme, daß Sie so enge Beziehungen zu Lewis' Kindern haben oder jedenfalls hatten. Obwohl ich Ihnen wirklich sehr dankbar für die Hilfe bin, die Sie mir heute erwiesen haben, kann ich nicht mit Ihnen zusammenarbeiten. Tut mir leid!« Sie schob ihren Stuhl zurück und stand auf.

Quinlan blieb sitzen, ließ sie aber nicht aus den Augen. »Soll das heißen, daß ich gefeuert bin?«

»Sie haben's erfaßt!«

Während sie ihr Glas und den Kuchenteller in die Spüle stellte, hörte sie hinter sich seine leicht amüsierte honigsüße Stimme.

»Meine liebe Mrs. Honneker, ich wurde vom Wahlkomitee des Senators engagiert, nicht von Ihnen, und deshalb kann ich auch nur von diesem Komitee entlassen werden.«

Ronnie wirbelte wütend auf dem Absatz herum. »Ich werde nicht mit Ihnen zusammenarbeiten! Ich kann Ihnen nicht vertrauen, und wenn ich sage, daß Sie entlassen sind, dann sind Sie es! Lewis wird mich unterstützen, das kann ich Ihnen versichern!«

Mit gerunzelter Stirn setzte Quinlan zu einer Antwort an, schluckte sie aber in letzter Sekunde herunter und stand seufzend auf.

»Ihr rotes Haar muß doch echt sein«, bemerkte er mit trockenem Humor, »jedenfalls haben Sie das dazu passende Temperament! Mrs. Honneker, Politik ist ein Spiel, und wenn man dieses Spiel gewinnen will, muß man manchmal Dinge tun, zu denen man keine Lust hat. Sie wollen doch bestimmt nicht, daß der Senator Ihretwegen die Wahl verliert? Ich kann dafür sorgen, daß Sie seine größte Trumpfkarte werden, während Sie bisher seine Chancen völlig zunichte machten!«

Er packte sie am Ellbogen und führte sie durch die Hintertür in den Garten hinaus, auf eine alte Hollywoodschaukel im Schatten einer großen Eiche zu.

»Sie wollen Ihrem Mann doch helfen, die Wahl zu gewinnen?« fragte er wieder.

»Ja«, murmelte sie unwillig, »aber ...«

»Dann lassen Sie uns diese Sache ausdiskutieren.«

Ronnie nahm notgedrungen auf der Schaukel Platz. Eine leichte Brise kühlte ihr erhitztes Gesicht, eine große Hummel summte gemütlich vorbei, Tabakblätter raschelten auf einem nahen Feld, und sie entspannte sich unwillkürlich.

Quinlan bewegte die Schaukel sanft hin und her. »Ich stehe auf Ihrer Seite«, versicherte er. »Daß ich Marsden, Joanie und Laura kenne, hat nichts zu bedeuten. Ich will *Ihnen* helfen, und alles, was wir besprechen, ist streng vertraulich. Ich werde bestimmt nicht bei Ihren Stiefkindern damit hausieren gehen. Wenn meine Vorschläge Ihnen nicht zusagen, können Sie sie jederzeit ablehnen, aber ich werde nun einmal dafür bezahlt, Vorschläge zu machen. Denken Sie darüber nach, ob Sie mich wirklich feuern wollen. Wenn Sie dabei bleiben, kündige ich den Job bei dem Komitee, das mich eingestellt hat, aber wenn Sie glauben, daß Sie mit mir zusammenarbeiten können, obwohl ich Ihre ungeliebten Verwandten kenne, Ihr Haar viel zu rot und Sie selbst viel zu sexy finde, dann werde ich mein Bestes für Sie tun, und ich versichere Ihnen, daß ich wirklich gute Arbeit leiste. Die Entscheidung liegt bei Ihnen.«

8. Kapitel

Ronnie war jähzornig, aber ihre Wut verflog immer sehr schnell, so auch jetzt, und es war sehr schwer, Quinlans Charme und seinem berückenden Lächeln zu widerstehen. Trotzdem wollte sie noch nicht die Waffen strecken.

»Werden Sie wirklich kündigen, wenn ich es möchte?« fragte sie.

»Ich versprech's Ihnen.«

»Jederzeit?«

»Sie brauchen es mir nur zu sagen, wenn ich gehen soll.«

»Und Sie werden nicht böse werden, wenn ich Ihre Ratschläge nicht befolgen will? Sie werden sich nicht bei Lewis, Marsden oder bei dem Wahlkomitee beschweren?«

»Nein.«

»Wenn Sie es auch nur einmal tun, feure ich Sie!« warnte sie ihn streng.

»Verstanden, Madam!«

»Dann sollten wir es vielleicht noch einmal miteinander versuchen«, gab Ronnie endlich klein bei, wenn auch mit gerunzelter Stirn und funkelnden Augen.

»Danke.« Quinlan deutete eine Verbeugung an. »Eine Schwangerschaft kommt also wirklich nicht in Frage?«

Ronnie versteifte sich sofort wieder, und ihr Blick sprach Bände.

»Das war doch nur ein Spaß«, grinste er. »Okay, keine Schwangerschaft! Und ich nehme an, daß Sie auch nicht bereit sind, Ihr Haar dezent mausbraun färben zu lassen?«

»Nein!« Sie verschwieg ihm, daß der natürliche Rotton ihrer kastanienbraunen Haare vom Friseur jeden Monat beträchtlich verstärkt wurde. Das ging ihn nun wirklich nichts an!

»Und was ist mit Ihrer Kleidung?«

»Stimmt mit meiner Kleidung etwas nicht?« fragte sie gereizt.

»Sie ist viel zu...« Quinlan verstummte, aber seine Augen blitzten amüsiert.

»Was? Los, sagen Sie, was Ihnen daran mißfällt!«

»Sie ist viel zu sexy ... Ich kann's nicht anders ausdrükken!«

»Heute habe ich ein ganz schlichtes Kleid getragen!« protestierte Ronnie empört. »Um Himmels willen, es war aus *Leinen*, und ich habe es bei Saks in Washington gekauft!

»Sie haben den Nagel auf den Kopf getroffen – es sieht nach Washington und nicht nach Mississippi aus!«

»Das ist doch lächerlich!«

»Hat auch nur eine von den Frauen, die Sie heute getroffen haben, etwas Ähnliches angehabt?«

»N-nein«, mußte Ronnie zugeben, die plötzlich Rose in ihrem bunten geblümten Kleid vor Augen hatte.

»Sehen Sie! Die Wähler müssen Sie sympathisch finden, und sympathisch findet man jemanden, der einem ähnlich ist. Sie müssen sich wie die Damen von Mississippi kleiden – vielleicht ein bißchen eleganter, aber im gleichen Stil.«

»Es war ein einfaches Sommerkleid!« widersprach Ronnie wieder.

»Okay, es war ein einfaches Sommerkleid aus Leinen, wie Sie sagen, aber es war purpurrot, ärmellos und eng anliegend, und der Rock war ziemlich kurz. Junge Männer haben bei diesem Anblick zweifellos gedacht: *Eine flotte Biene!* Ältere Männer dürften dasselbe gedacht haben, und wahrscheinlich bedauerten sie insgeheim, daß ihre eigenen Frauen nicht so wie Sie aussehen! Ältere Frauen verglichen Sie bestimmt mit Eleanor und fühlten sich mit ihr solidarisch, und junge Frauen – Frauen Ihres Alters, die in solchen kurzen ärmellosen Kleidern eine gute Figur machen würden – waren vermutlich neidisch, weil sie sich solche Outfits nicht leisten können, und aus Neid werden sie behaupten, daß Sie einen alten Mann nur wegen seines Geldes geheiratet haben. Verstehen Sie – aus verschiedenen Gründen bringen Sie alle Wähler gegen sich auf!«

»Wollen Sie damit sagen, daß ich mich nicht mehr geschmackvoll kleiden darf?«

»Keineswegs, ich sage nur, daß Sie auf geschmackvolle Kleider verzichten sollen, die kurz, eng und sehr sexy sind! Ich will, daß Sie hübsch und weiblich aussehen, aber zugleich auch konservativ. Mindestens knielange Röcke, nichts Figurbetontes, nicht zuviel nackte Haut. Sachen, die auch eine Sonntagsschullehrerin tragen könnte ...«

»Mit anderen Worten – altmodisches Zeug!« faßte Ronnie kurz zusammen.

»Denken Sie einfach immer daran, daß Ihr Mann die Wahl gewinnen soll, dann fällt's Ihnen vielleicht nicht so schwer.«

»Glauben Sie wirklich, daß meine Kleidung viel bewirken kann?«

»Sie kann jedenfalls zu einem positiveren Image beitragen.«

»Gut, ich werde Ihre Vorschläge berücksichtigen. Zufrieden?«

»Ja, mehr verlange ich gar nicht.« Er warf einen Blick auf seine Armbanduhr. »Es ist schon nach fünf, und wir sollten uns überlegen, wie wir Sie möglichst unauffällig nach Hause bringen können.«

Ronnie stellte überrascht fest, daß sie nicht die geringste Lust verspürte, nach Sedgely zurückzukehren. Allein schon der Gedanke verursachte ihr Beklemmungen. Überall würden Reporter lauern, und alle würden sie für die Katastrophe von heute mittag verantwortlich machen. Sie fühlte sich dieser Konfrontation einfach noch nicht gewachsen, und um sie wenigstens ein wenig hinauszuzögern, deutete sie auf den freien Platz neben sich. »Lassen Sie uns vorher noch ein bißchen plaudern.«

»Worüber?« fragte Quinlan, während er sich neben sie auf die Hollywoodschaukel setzte und sie mit dem Fuß leicht hin und her bewegte.

Erfreut über ihren Erfolg, lächelte Ronnie ihm zu. »Über Sie! Wenn Sie mir indiskrete Fragen stellen, muß auch ich es tun dürfen. Wie lange sind Sie verheiratet?«

»Ich bin nicht verheiratet.« Er blickte zu dem Tabakfeld hinüber, und sie stellte fest, daß sein Gesicht auch im Profil sehr attraktiv aussah. Hohe Stirn, gerade Nase, kräftiges Kinn ... Asketische, aber männliche Züge ... Sie erinnerte sich genau daran, daß er gesagt hatte, Joanie und er hätten sich für andere Lebenspartner entschieden.

»Ich bin geschieden«, erläuterte er.

»Oh ...« Eine Idee schoß Ronnie durch den Kopf. »Haben Sie eine feste Freundin?«

»Warum interessiert Sie das?«

»Das ist keine Antwort auf meine Frage.«

»Entschuldigen Sie bitte, aber mein Privatleben geht Sie nichts an.«

»Es war nur so eine Idee ... Thea ist ein Single, und sie würde das gern ändern.«

»Und wer ist Thea, wenn ich fragen darf?«

»Meine Pressesekretärin. Sie haben sie heute mittag gesehen.«

Quinlan überlegte kurz. »Kurzes schwarzes Haar, kurzer grauer Rock, wohlgeformte Beine?«

»Stimmt genau.« Ronnie runzelte die Stirn. »Fanden Sie ihren Rock viel zu kurz?«

»Nein.«

»Unsere Röcke waren gleich lang!« rief Ronnie triumphierend.

Quinlan schüttelte unbeeindruckt den Kopf. »Na und? Sie ist nicht die Gemahlin eines Senators, der wiedergewählt werden möchte. Kein Mensch fragt danach, ob sie Miniröcke trägt oder nicht.«

»Aber ich werde danach beurteilt!« Ronnie stieß einen schweren Seufzer aus. »O Gott, ich hasse diese politischen Ränkespiele!«

»Das hätten Sie sich überlegen sollen, bevor Sie den Senator geheiratet haben! Warum haben Sie es getan? War er für Sie die große Liebe?«

Ronnie setzte zu einer Antwort an, schüttelte dann aber energisch den Kopf. »O nein, jetzt reden wir über *Sie,* nicht über mich! Wie war das bei Ihnen – eine Liebesheirat?«

»Selbstverständlich.« Die Lachfältchen um Quinlans Augen veranlaßten Ronnie unwillkürlich, ebenfalls zu lächeln. Dieser Mann besaß die Gabe, eine Atmosphäre von Wärme und Geborgenheit zu verbreiten. »Wir waren beide einundzwanzig, Collegestudenten im letzten Studienjahr. Als sie schwanger wurde, haben wir geheiratet, aber das war wohl ein Fehler ...«

»Wie lange waren Sie verheiratet?«

»Zwölf Jahre. Im Grunde war unsere Ehe schon nach fünf Jahren vorbei, aber wegen des Kindes haben wir uns lange nicht getrennt.«

»Sie haben ein Kind?« fragte Ronnie verwundert, obwohl es ganz normal war, daß ein Mann seines Alters Kinder hatte.

»Meinen Sohn Mark – Sie haben ihn vorhin doch kurz gesehen.«

»Oh ...« Ronnie sah das kurze Wortgefecht plötzlich in ganz neuem Licht. »Ich habe nicht begriffen, daß er Ihr Sohn ist. Wie alt ist er?«

»Fast siebzehn, aber er glaubt, er wäre mindestens dreißig«, sagte Quinlan trocken.

»Lebt er bei Ihnen?« Ronnie hatte den Eindruck gewonnen, daß er bei Mrs. McGuire auf der Farm zu Hause war. Wohnte Quinlan auch hier?

Er schüttelte den Kopf. »Nicht ständig, nur im Sommer, an Weihnachten und manchmal an Wochenenden. Er weiß, daß er mir jederzeit willkommen ist.«

»Dann leben Sie selbst also hier draußen bei Ihrer Mutter?«

Quinlan schüttelte wieder den Kopf. »Nein, wie schon erwähnt, habe ich ein Apartment in Jackson, aber wenn Mark hier ist, verbringe auch ich viel Zeit auf der Farm ... Mein Sohn versteht sich großartig mit meiner Mutter, was ein Riesenglück ist, weil mein Beruf mich manchmal zwingt, monatelang unterwegs zu sein.«

»Arbeiten Sie schon lange als politischer Berater?« fragte Ronnie neugierig. Es gab kein Studienfach, das einen auf diesen Job vorbereitete, und wenn die Sensationsreporterin Christine Gwen ihn erkannt hatte, konnte er kein Neuling sein.

»Sie wollen wohl wissen, ob ich etwas tauge?« grinste er mit hochgezogenen Brauen. »Ich bin einer der Besten in dieser Branche, das kann ich guten Gewissens behaupten. Schon auf der High-School habe ich mich an Wahlkampagnen beteiligt.«

Ronnie bezweifelte nicht, daß er die Wahrheit sagte, aber sie ahnte, daß er ihr etwas verschwieg, denn erfolgreiche politische Konsultanten verdienten mühelos sechsstellige Zahlen im Jahr, während Quinlan sehr darauf bedacht schien, diesen Auftrag aus Geldgründen zu behalten.

Bevor sie in dieser Richtung weiterbohren konnte, trat Mrs. McGuire auf die hintere Veranda und rief: »Tommy?«

»Ja, Mom? Ich bin hier, auf der Hollywoodschaukel.«

»Telefon für dich. Es ist Kenny.«

Quinlan runzelte die Stirn. »Entschuldigen Sie mich bitte.«

Während er ins Haus eilte, gesellte seine Mutter sich zu Ronnie, blieb neben der Schaukel stehen und blickte über das Tabakfeld hinweg nach Norden, wo dunkle Wolken aufzogen. Es war immer noch schrecklich heiß, aber zwischendurch kündigte eine leichte Brise Wetterwechsel an.

»Ich glaube, daß ein heftiges Gewitter aufzieht«, sagte Mrs. McGuire.

»Hoffentlich«, murmelte Ronnie. »Diese Hitze war ja nicht mehr zu ertragen!«

»Ich liebe die Hitze«, entgegnete Mrs. McGuire lächelnd. »Sommer und Hitze gehören für mich zusammen, und meine schönsten Erinnerungen sind mit dem Sommer verbunden. Tommys Vater und ich haben im Sommer auf dieser Farm geheiratet, und er wurde im Sommer darauf hier geboren, sein Bruder drei Jahre später. Und während die Jungen aufwuchsen, gab es im Sommer immer viele Ballspiele, Grillfeste und Ausflüge zum Schwimmen.«

»Das hört sich so an, als hätten Sie hier ein idyllisches Leben geführt«, kommentierte Ronnie.

»Idyllisch nicht gerade, aber es war ein schönes Leben, jedenfalls, bis Tommys Dad starb.« Mrs McGuire seufzte. »Danach wurde alles anders ... Nun ja, Glück währt nicht ewig, diese Binsenwahrheit trifft eben doch zu!«

Die Verandatür fiel laut zu, und Quinlan näherte sich

mit düsterer Miene. Ronnie fragte sich sofort, was nun wieder passiert sein mochte. Auch seine Mutter runzelte besorgt die Stirn.

»Könntest du uns kurz allein lassen, Mom?«

»Aber ja, Tommy ...«

Während Sally McGuire ins Haus ging, ruhte Quinlans Blick auf Ronnie, und sie verkrampfte unwillkürlich ihre Hände auf dem Schoß, weil sie eine weitere unangenehme Neuigkeit befürchtete.

»Was gibt's?« brachte sie mühsam hervor.

»Mein Partner Kenny Goodman ist soeben von einem Reporter des *Globe* angerufen worden ... Ich weiß nicht, ob Sie dieses Wochenblatt kennen ...«

»O ja ... Bitte sagen Sie mir, was los ist!«

Quinlan rieb sich verlegen das Kinn. »Der *Globe* will von Ihnen einen Kommentar ... in der nächsten Ausgabe wird ein Artikel erscheinen ... ein peinlicher Artikel ... eine Prostituierte behauptet darin, eine Beziehung zu Ihrem Mann unterhalten zu haben ... eine intime Beziehung über längere Zeit hinweg ...«

9. Kapitel

»Vielleicht stimmt es gar nicht«, fügte Quinlan tröstend hinzu, als er sah, daß Ronnie leichenblaß wurde. Sie selbst hatte das Gefühl, als flutete ihr ganzes Blut plötzlich irgendwohin in die Tiefe ihres Körpers, und ihr schwindelte.

»Geht's einigermaßen?« fragte Quinlan besorgt, während er sich zu ihr auf die Schaukel setzte, aber sie konnte nicht antworten, vollauf damit beschäftigt, mühsam zu atmen: ein, aus, ein, aus ...

Als er seine Frage wiederholte, brachte sie immerhin ein Nicken zustande.

»Denken Sie daran, daß der *Globe* ein Skandalblatt ist. Unseriöse Zeitschriften dieser Art bezahlen viel Geld, um jede Woche mit Sensationen aufwarten zu können, und zweifellos hat auch diese Frau eine hübsche Summe dafür kassiert, daß sie Ihren Mann in den Schmutz zieht. Wie gesagt, vielleicht ist überhaupt nichts Wahres daran.«

Ronnie wußte, daß es wahr war. Sie spürte es tief im Innern, dort, wo ihr Blut sich konzentriert hatte, im Sonnengeflecht. Sie wußte es ›aus dem Bauch heraus‹, wie man so schön sagte, und bei diesem Gedanken hätte sie fast hysterisch gelacht.

Offenbar sah sie genauso schrecklich aus, wie sie sich fühlte, denn Quinlan griff nach ihrer Hand. Seine Finger waren warm und kräftig. Behutsam rieb er ihren eiskalten Handrücken.

»Mrs. Honneker?«

»Ronnie«, murmelte sie und rang sich ein schwaches Lächeln ab. »Nach allem, was wir heute gemeinsam durchgemacht haben, finde ich, daß wir uns mit Vornamen anreden sollten.«

»Einverstanden, Ronnie.« Er hielt ihre Hand jetzt mit seinen beiden großen Händen umfangen, und seine Miene war sowohl grimmig als auch mitleidig. »Ich weiß, daß diese Nachricht ein gewaltiger Schock für Sie ist, und es ist mir wirklich nicht leichtgefallen, Sie damit zu konfrontieren, aber sobald diese Sache bekannt wird, werden Sie unzählige Reporter am Hals haben, darauf müssen Sie vorbereitet sein. Die nächsten Wochen werden Ihnen sehr viel Kraft abverlangen, und Sie werden jedes Wort auf die Goldwaage legen müssen.«

Ronnie glaubte, vor Verstörung zu ersticken. In einer Welt, die schlagartig zu arktischer Kälte erstarrt war, spendeten nur Quinlans Finger ein wenig Wärme.

»O Gott, die Reporter! Ich glaube nicht, daß ich das durchstehen kann …«

Er suchte ihren Blick. »Ronnie, ich kann mir vorstellen, wie Ihnen zumute ist …«

Sie gab einen skeptischen Laut von sich.

»O ja, ich kann es mir gut vorstellen«, fuhr er unbeirrt fort, »denn meine eigene Ehe endete, als ich herausfand, daß meine Frau unzählige Liebhaber hatte, während ich auf Reisen war. Ich weiß, daß es verdammt weh tut, daß man das Gefühl hat, als wäre man von einem Maulesel in den Magen getreten worden. Aber in Ihrem speziellen Fall steht mehr auf dem Spiel als eine Ehe.«

»Die Wahl«, warf sie sarkastisch ein.

»Stimmt genau – die Wahl! Der Senator wird diese Affäre politisch nur überleben, wenn Sie zu ihm halten. Sie müssen hocherhobenen Hauptes an seiner Seite stehen und allen erklären, daß Sie ihn unterstützen, was auch immer geschehen sein mag. Es wird hauptsächlich von Ihrem Verhalten abhängen, wie die Wähler reagieren. Dieser Skandal kann das Ende der Karriere Ihres Mannes bedeuten, aber soweit wird es nicht kommen, wenn Sie sich für ihn stark machen. Ich wiederhole noch einmal – vielleicht ist alles erstunken und erlogen.«

O nein, es stimmt, dachte Ronnie, doch sie sprach es nicht aus, sondern fragte statt dessen: »Und wenn die Frau nun irgendwelche Beweise für ihre … ihre Liaison mit Lewis vorlegen kann? Irgend etwas muß sie in der Hand haben, sonst würde die Zeitschrift es nicht wagen, diese Geschichte zu veröffentlichen.« Ihre Stimme klang noch etwas zittrig, aber sie konnte wieder halbwegs klar denken, und sie wunderte sich nun darüber, daß die Bekenntnisse dieser Prostituierten sie derart erschüttert hatten. Schließlich wußte sie schon lange, daß ihr Mann mit jedem halbwegs attraktiven weiblichen Wesen ins Bett ging.

Sie war nahe daran, Tom Quinlan ihr Herz auszuschütten, beherrschte sich aber in letzter Sekunde. Wie schlecht es auch um ihre Ehe bestellt sein mochte – Lewis war ihr Ehemann, und als Senator genoß er in der Öffentlichkeit hohes Ansehen. Sie war ihm eine gewisse Loyalität schuldig, und außerdem würde das Eingeständnis, daß er auf Teufel komm raus herumhurte, ihren ohnehin schon gedemütigten Stolz noch mehr verletzen.

»Sogar wenn es irgendwelche Beweise gibt«, beantwortete Quinlan ihre Frage, »ist die Lage nicht hoffnungslos. Die Clintons haben es vorgemacht – alles hängt davon ab, ob die Frau sich hinter ihren Mann stellt! Sie müssen behaupten, daß Ihre Ehe trotz gewisser Probleme jetzt glücklicher denn je sei, und der Senator muß zerknirscht zugeben, einen großen Fehler gemacht zu haben, in Zukunft aber nie mehr sündigen zu wollen. Wenn Sie so tun, als hätten Sie ihm verziehen, kann er die nächste Wahl immer noch gewinnen, davon bin ich überzeugt.«

»Und wenn ich nun sage – zum Teufel mit dieser verdammten Wahl?«

Ronnie hatte geglaubt, sich mit Lewis' chronischer Untreue abgefunden zu haben, aber die Frage, ob er sie je geliebt hatte, geisterte plötzlich wieder durch ihr Gehirn und peinigte sie derart, daß sie sie rasch verdrängte. Am schlimmsten war jedoch die Tatsache, daß sich nun alle die Mäuler über ihr zerrüttetes Eheleben zerreißen würden ... Sie entzog Quinlan ihre Hand und sprang von der Hollywoodschaukel auf, ohne zu wissen, wohin sie wollte.

»Diese Entscheidung kann Ihnen kein Mensch abnehmen«, erwiderte er ruhig, während er ihr aus dem Schatten der Eiche in die sengende Sonnenglut folgte.

Ronnie nahm weder die Hitze noch den Kies wahr, der unter ihren Füßen knirschte. Sie hastete blindlings dahin, in einem luftleeren Raum, ohne ihre Umwelt wahrzunehmen.

Wie hatte es nur soweit kommen können?

Als Mädchen hatte sie in Boston immer gespürt, daß

eine dunkle Wolke über ihrer Familie hing. Sie redeten nie wirklich miteinander, sie lachten und weinten nie zusammen, und es gab weder herzliche Umarmungen noch Küsse. Ronnies Eltern waren vollauf damit beschäftigt, mühsam ihren Lebensunterhalt zu verdienen, und ihre älteren Schwestern redeten nur vom Heiraten. Diese dürftige Existenz in einem schäbigen Haus im Arbeiterviertel war nicht nach Ronnies Geschmack. Sie wollte *mehr*, sie wollte *glücklich* sein!

Aber wie wurde man glücklich? Endlose Diskussionen zwischen ihrer unzufriedenen Mutter und ihrem untüchtigen Vater über den ewigen Geldmangel brachten sie zu der Erkenntnis, daß Reichtum zu den Grundvoraussetzungen gehörte, ebenso wie *Liebe*. Mehr als alles andere auf der Welt wünschte sie sich, geliebt zu werden.

Sie verschlang alle Artikel über die Reichen und Mächtigen, über ihre herrlichen Häuser, die märchenhaften Karrieren, exotischen Reisen und aufregenden Liebesromanzen. Diese Leute schienen so glücklich zu sein, und das war ja auch kein Wunder, denn sie hatten alles, was man sich nur wünschen konnte.

Ronnie faßte den festen Entschluß, eines Tages zum Kreis dieser Auserwählten zu gehören, und dafür scheute sie keine Mühe. Ihre hervorragenden Noten in der High-School brachten ihr ein College-Stipendium ein, und sie träumte von einer Karriere als Juristin, Ärztin oder Journalistin. Natürlich ging sie gelegentlich mit Studienkollegen aus, aber sie hütete sich vor engen Bindungen, denn eine frühe Ehe und Kinder hatten schon unzählige Frauen daran gehindert, ehrgeizige Pläne zu verwirklichen.

Und dann trat unerwartet Senator Lewis R. Honneker IV in ihr Leben, und er war nicht nur reich, berühmt und erfolgreich, sondern sah auch noch gut aus – ein stattlicher Mann mit vielversprechend funkelnden Augen. Sogar sein Alter war in ihren Augen ein Vorteil, denn seine Reife schien jene Geborgenheit zu garantieren, die sie seit der Scheidung ihrer Eltern schmerzlich vermißt hatte.

Ronnie hatte von Anfang an gewußt, daß Lewis sie attraktiv fand, aber zunächst war da noch Eleanor, und sie war viel zu klug, um die Geliebte eines verheirateten Mannes zu werden. Das war nicht das Leben, das ihr vorschwebte.

Die Situation änderte sich, nachdem Eleanor ihren Mann verlassen hatte. Lewis umwarb Ronnie noch beharrlicher als früher, und er konnte unglaublich charmant sein, wenn er wollte ... Es war leicht, sich in ihn zu verlieben und ihn zu heiraten.

Als zweite Mrs. Lewis R. Honneker hatte sie plötzlich alles, wovon sie jemals geträumt hatte – jedenfalls glaubte sie das bei der Hochzeit.

Jetzt, nur drei Jahre später, sah alles ganz anders aus ... der funkelnde Diamant, nach dem sie gierig gegriffen hatte, war nur ein billiges Imitat gewesen!

Mühsam rief sie sich ins Gedächtnis, daß sie immer noch alles – *fast* alles – hatte, was sie sich als Teenager gewünscht hatte. Sie *war* jemand, sie wurde zu den besten Partys in Washington eingeladen und hatte als Frau eines Senators sogar Zugang zum Weißen Haus. Sie war reich und berühmt, gehörte zu jenen Leuten, die im Rampenlicht standen.

Gewiß, ihr Märchenprinz hatte sich als Frosch erwiesen, aber unzähligen Frauen erging es nicht anders als ihr, und nicht alle Jungmädchenträume konnten Wirklichkeit werden. Das war noch lange kein Grund, ihr ganzes Leben zu ruinieren. Es wäre selbstzerstörerisch, in dieser Situation nicht ihren Verstand, sondern ihr Herz entscheiden zu lassen.

Du mußt durchhalten, sagte sie sich. *Denk an all die Vorteile, die du als Mrs. Lewis Honneker genießt!*

Sie blieb abrupt stehen und bemerkte erst jetzt, daß sie

den Kiesweg längst verlassen hatte und sich auf der schmalen Straße befand, deren Teerbelag der Hitze kaum standhalten konnte. Die Kühe, Schweine und Gänse waren immer noch da, und ein langer Schatten neben dem ihren brachte ihr zu Bewußtsein, daß Quinlan ihr gefolgt war. Sie blickte zu ihm auf und stellte fest, daß er sie aufmerksam beobachtete. Im Sonnenlicht hatte seine Haut einen bronzefarbenen Schimmer, und die blonden Haare glänzten wie Gold.

Er ist sehr attraktiv, dachte sie nicht zum erstenmal. Ihre Blicke trafen sich, und sie wußte, daß nicht nur ihre eigene Zukunft, sondern auch die seine von ihrer Entscheidung abhing, denn es stand in ihrer Macht, die ganze Wahlkampagne, die vielen Menschen einen guten Arbeitsplatz bescherte, zu beenden.

»Ich werde zu Lewis halten«, murmelte sie.

»Bravo!« Quinlan lächelte erfreut, und sie verabscheute ihn in diesem Augenblick, denn offenbar war er genauso wie Lewis bereit, einem politischen Wahlsieg absolute Priorität einzuräumen.

»Ich werde dafür sorgen, daß die Sonntagszeitungen eine kurze Stellungnahme von Ihnen veröffentlichen«, versprach er zufrieden. »Sie brauchen nur zu erklären, daß es zwar gewisse Probleme in Ihrer Ehe gegeben hat, daß Sie sie aber zusammen mit Ihrem Mann ausräumen konnten. Vielleicht schlagen wir damit sogar zwei Fliegen mit einer Klappe: die Tatsache, daß der Senator Sie betrogen hat, wird das Mitgefühl vieler Wählerinnen erwecken.«

»Das ist wirklich ein tröstlicher Gedanke«, sagte Ronnie sarkastisch, aber Quinlan war so in seine Strategien vertieft, daß er es gar nicht zu bemerken schien. Frustriert trat sie den Rückweg zum Haus seiner Mutter an.

10. Kapitel

16.30 h, Biloxi

Eine gespenstisch weiße Hand hob den gekrausten Stoff der malvenfarbenen Bettumrandung an. Der Eindringling trug Gummihandschuhe, während er die Wohnung durchsuchte, deshalb sah seine Hand so leichenhaft aus! Als Marla das begriff, stockte ihr Herzschlag vor Schreck, und ihr Entsetzen wuchs noch, als er unter das Bett spähte.

Sie sah von seinem Gesicht nur dunkle Haare, eine gerunzelte Stirn, buschige schwarze Brauen und schmale Augen, und das alles verkehrt herum. Im Grunde war es ein komischer Anblick, aber Marla, die an die Wand gepreßt dalag, war wirklich nicht nach Lachen zumute.

Wenn er sie entdeckte, würde es ihren Tod bedeuten, das wußte sie genau.

Gott sei Dank war Lissy nicht zu Hause!

Sie hielt den Atem an und verharrte regungslos, den Kopf in den Armen vergraben, verzweifelt hoffend, daß ihr blondes Haar ihm nicht auffallen würde. Es hing ihr wie ein Schleier über das Gesicht, aber sie konnte noch immer genug erkennen, und sie ließ ihn keine Sekunde aus den Augen, wie hypnotisiert. So ähnlich mußte sich ein Kaninchen fühlen, das von einer Kobra ins Visier genommen wurde!

Es kam ihr wie eine Ewigkeit vor, bis der Stoff wieder zurückfiel. Trotzdem traute sie sich nicht, sich zu bewegen, und obwohl sie an ihrer Angst zu ersticken drohte, versagte sie ihren Lungen den Genuß eines tiefen Atemzugs, um nur ja keine Aufmerksamkeit zu erregen.

Er stand immer noch neben dem Bett. Wußte er, daß sie sich darunter versteckte? Spürte er ihre Gegenwart, so wie sie die seine mit allen geschärften Sinnen wahrnahm?

Spielte er mit ihr Katz und Maus?

Es kam Marla so vor, als wäre sie plötzlich in einen Horrorfilm geraten, und um diesem Grauen zu entrinnen, war sie heftig versucht, einen Fluchtversuch zu unternehmen, aber sie wußte, daß das unsagbar töricht wäre.

Es würde ihr niemals gelingen, unter dem Bett hervorzukriechen und zur Wohnungstür zu rennen, sie zu öffnen und auf den Gang zu entkommen. Der Mann würde sie schnappen, noch bevor sie ihr kleines Schlafzimmer durchquert hatte.

Ihre einzige Überlebenschance bestand darin, mucksmäuschenstill in ihrem Versteck liegenzubleiben.

Die Matratze wurde an einer Stelle zusammengedrückt, und Marla begriff mit rasendem Herzklopfen, was das bedeutete:

Der Kerl hatte sich auf ihr Bett gesetzt!

Etwas flog auf den Boden und schob sich ein Stück unter die Stoffkrause: ein Kopfkissen, das seines Bezugs beraubt worden war. Decken und Laken landeten ebenfalls auf dem Teppich, und dann wurde das ganze Bett erschüttert, als er die Matratze wegstellte.

Würde er als nächstes die Polstermatte über der Federung entfernen?

Bestimmt, denn er schien verzweifelt nach etwas zu suchen, und dabei würde er vor nichts halt machen.

Und sobald er die Polstermatte entfernte, würde er sie entdecken!

Jetzt konnte sie nur noch ein Wunder retten! Marla glaubte nicht an Gott. Sie hatte ihren Glauben als Zehnjährige verloren, nachdem der Allmächtige ihre schmerzgeplagte Mutter trotz ihrer inbrünstigen kindlichen Gebete sterben ließ. Seit vierzehn Jahren hatte sie keine Kirche mehr betreten, aber in ihrer Todesangst schickte sie unwillkürlich ein Stoßgebet zum Himmel, obwohl ihr klar war, daß es auch diesmal nicht erhört werden würde.

Plötzlich klingelte das Telefon, und sie zuckte bei dem schrillen Ton erschrocken zusammen. Nach dem dritten Läuten schaltete sich der Anrufbeantworter ein. Susan hatte das Band besprochen, und Marla fand es sowohl gespenstisch als auch seltsam tröstlich, die vertraute Stimme ihrer Freundin zu hören.

Der Einbrecher begab sich in die Küche, um besser hören zu können, ob jemand eine Nachricht hinterlassen würde.

Marla begriff, daß dies ihre letzte Chance war. Sie rollte unter dem Bett hervor und kroch auf allen vieren zu dem großen Spiegelschrank mit Schiebetüren, der nur etwas über einen Meter entfernt war. Ein anderes Versteck gab es in dem kleinen Schlafzimmer nicht.

Der Anrufer hinterließ eine Nachricht. »Hallo, Susan, hier ist Paul. Warum bist du am Samstagabend nicht gekommen? Ich habe bis zehn auf dich gewartet. Ruf mich an!«

Susan hatte sich gelegentlich mit diesem Paul verabredet. Er war ein wirklich netter Bursche, und wahrscheinlich hatte er gerade deshalb bei Susan keine echte Chance. Marla wußte aus eigener Erfahrung, daß Frauen dazu neigten, sich nicht in sympathische Männer, sondern in Arschlöcher zu verlieben.

In ihrem Kleiderschrank herrschte ein heilloses Durcheinander. Der Einbrecher hatte ihre ganze Garderobe von den Bügeln gerissen und die Handtaschen, Handschuhe und sonstigen Accessoires vom obersten Fach darüber verstreut. Sie verkroch sich unter einem Haufen Sommerkleider und machte sich so klein wie möglich.

Mit zugekniffenen Augen, geballten Fäusten und angehaltenem Atem lauschte sie den leisen Schritten, die ins Schlafzimmer zurückkehrten. Ruhe bewahren, sagte sie sich immer wieder vor. Ruhe bewahren!

Mit einem Ruck riß der Mann die Polstermatte vom Bett und rückte es von der Wand.

11. Kapitel

Freitag, 1. August,
Tupelo

»... Nein, ich bin alles andere als vollkommen, aber schließlich strebe ich ja auch keine Heiligsprechung an, sondern nur die Wiederwahl als Senator der Vereinigten Staaten!«

Dieser Schlußsatz wurde mit Gelächter belohnt, wie bei allen Auftritten der letzten zwei Wochen, seit ›die Bombe eingeschlagen war‹. Diese vornehme Umschreibung benutzten alle Wahlhelfer für die Bekenntnisse der Prostituierten im *Globe*. Die Tatsache, daß Ronnie auf dem Jahrmarkt mit Farbe beworfen worden war, war für die Sensationspresse seitdem nicht mehr von Interesse, und Quinlan hatte ihr so gründlich eingepaukt, was sie in der Öffentlichkeit sagen sollte, daß sie diesen Text sogar im Schlaf herunterleiern könnte.

Ein strahlendes Lächeln auf dem braungebrannten Gesicht, bedankte Lewis sich durch freundliches Winken für den donnernden Applaus und schüttelte dem Gouverneur und den anderen Politikern auf der Tribüne die Hand, während er auf seinen Platz neben Ronnie zuging.

Ihre Aufgabe bestand darin, seinen Reden bewundernd zu lauschen, laut zu applaudieren und zu lächeln, immer nur zu lächeln. Von dieser Anstrengung waren ihre Gesichtsmuskeln völlig verkrampft, denn am liebsten hätte sie sich übergeben. Alles war nur Theater, und sie konnte sich selbst nicht verzeihen, daß sie mitspielte.

Quinlans Strategie, die er schon an jenem schrecklichen Nachmittag auf der Farm seiner Mutter umrissen hatte, war ein großer Erfolg gewesen. Zusammen mit Kenny Goodman, Lewis, Marsden und anderen Beratern hatte er sie perfekt ausgearbeitet, nach dem Motto: Wenn man einen Fehler offen zugibt, kann er einem nicht mehr schaden.

Sie nannten das den ›Clinton-Trick‹.

Der Präsident hatte es vorgemacht, und es war zweifellos eine wirkungsvolle Taktik. Der Senator mußte zwar so hart arbeiten wie schon seit Jahren nicht mehr, aber diese Herausforderung machte ihm im Grunde sogar Spaß. Den ganzen Staat durchreisend, um alle potentiellen Wähler von seiner Integrität zu überzeugen, konnte er seinen Charme und sein Charisma unter Beweis stellen.

Die Richtlinien seiner Berater bereiteten ihm nicht die geringsten Probleme: Er hatte in Washington mit einer Nutte geschlafen, während seine schöne zweite Frau sich in Mississippi aufhielt. Na und? Das war noch lange kein Beweis für einen miesen Charakter, es hatte nichts mit einem Vertrauensbruch oder Unmoral zu tun. Ein kleiner Fehltritt, weiter nichts ... Schließlich war er ein Mann wie jeder andere ... Soweit Ronnie das beurteilen konnte, bewunderten die meisten Männer ihn sogar, weil er als Sechzigjähriger noch soviel Erfolg beim anderen Geschlecht hatte. Eine junge Frau und nebenher noch eine Hure ... das mußte ja ein Teufelskerl sein! Natürlich war die Frau anfangs ein bißchen sauer gewesen, aber sie hatte ihrem Mann verziehen, und nach dieser Zerreißprobe war die Ehe stabiler denn je.

So lautete jedenfalls die offizielle Version, und Lewis machte mittlerweile schon gern Späße über seine Affäre. Ronnie hörte ihm lächelnd zu, während sie insgeheim eine grenzenlose Leere verspürte.

Er nahm neben ihr Platz, griff demonstrativ nach ihrer Hand und küßte jeden Finger, während er ihr tief in die Augen blickte. Eine publikumswirksame Geste, die Ronnie fast den Magen umdrehte. Sie versteifte sich unmerklich und hätte ihm am liebsten ins Gesicht gespuckt ...

O ja, sie hatte das Leben, von dem sie einst geträumt hatte – aber sie bezahlte dafür einen unerträglich hohen Preis!

Die Heuchelei ging während des Abendessens in einem Privatklub bis zehn Uhr weiter. Stundenlang mußte Ronnie lächeln, Hände schütteln und alberne Floskeln murmeln.

»Einfach bewundernswert, wie Sie mit dieser Situation zurechtkommen!« flüsterte die Frau eines Richters ihr ins Ohr und küßte sie herzlich auf die Wange. Bei ihrer letzten Begegnung war die Dame – eine gute Bekannte von Eleanor – wesentlich kühler gewesen.

Quinlans Prognose hatte sich auch in dieser Hinsicht als richtig erwiesen: der Skandal brachte Ronnie viele Sympathien ein, hauptsächlich bei anderen Politikerfrauen, die wahrscheinlich mit ähnlichen Problemen zu kämpfen hatten. Sie gehörte plötzlich zu ihnen, obwohl sie jünger und attraktiver war. Politik war nun einmal ein schmutziges Geschäft …

Lewis tauschte zum Abschied einen warmen Händedruck mit ihrem Gastgeber John Heyden, dessen riesige Hühnerfarm ihm ein Vermögen eingebracht hatte, und Martha Heyden gab Ronnie die gesellschaftlich obligatorischen Wangenküsse. Bis zum Überdruß an solche Veranstaltungen gewöhnt, konnte Ronnie völlig abschalten und trotzdem die angebrachten Dankesworte von sich geben.

»Tu dein möglichstes, Lewis, damit diese lästigen Inspektionen abgeblasen werden!« sagte John Heyden an der Tür und klopfte dem Senator freundschaftlich auf die Schulter.

»Zu diesem Zweck reise ich ja nach Arkansas, John«, erwiderte Lewis herzlich. Wenn er seinen beträchtlichen Charme spielen ließ, konnte er überall den Eindruck eines warmherzigen Menschen und guten Kumpels erwekken, das wußte niemand besser als Ronnie. Es blieb der Welt verborgen, daß er zu keiner echten Beziehung fähig war.

Eine glänzende Fassade und dahinter – nichts, eine emotionale Wüste!

Kein Wunder, daß er nie eine Scheidung von Eleanor angestrebt hatte. Die Ehe mit ihr mußte für ihn sehr bequem gewesen sein.

Endlich wurde die massive Eichentür geöffnet, und sie gingen die breite Treppe hinab. Bewacht von Lewis' Sicherheitskräften, standen in der Auffahrt zwei riesige schwarze Limousinen. Die eine würde den Senator zu seinem Privatjet bringen, mit dem er nach Little Rock fliegen wollte, um Probleme von Heydens Hühnerfarm abzuwenden. Die andere war für Ronnie bestimmt. Sie sollte am nächsten Morgen eine Rede halten, bei einem offiziellen Frühstück für weibliche Universitätsbeschäftigte, und danach standen Interviews mit der Lokalpresse und dem Lokalfernsehen auf dem Programm. Deshalb mußte sie in Tupelo übernachten. Im *Hyatt* waren Zimmer für sie und ihre Begleiter reserviert.

»Ich rufe dich morgen an, Honey.« Lewis blieb am Fuß der Treppe stehen und küßte Ronnie auf die Wange. Seine Lippen waren warm, und er legte ihr einen kräftigen Arm fürsorglich um die Schultern. Aber alles war nur Show! Solche Gesten der Zuneigung in der Öffentlichkeit waren typisch für ihn, nur hatten sie bedauerlicherweise keine tiefere Bedeutung. Allerdings schien Lewis seit dem Skandal mit Ronnie sehr zufrieden zu sein. Sie hatte ihm keine Eifersuchtsszenen gemacht und auch nicht mit Scheidung gedroht. Sie schwieg, wenn sie in seltenen Fällen allein waren, und ansonsten lächelte sie …

Auch jetzt verzog sie notgedrungen ihre Mundwinkel und murmelte: »Ich wünsche dir einen guten Flug!«

»Paßt gut auf meine Frau auf, Jungs!« rief Lewis freundschaftlich Tom und Kenny zu, die ebenso wie Thea im *Hyatt* übernachten würden, um Ronnie bei den Interviews des nächsten Tages zur Seite zu stehen. Winkend stieg der Senator in seine Limousine, gefolgt von seinen Begleitern, und gleich darauf fuhr der Wagen davon.

Ein livrierter Chauffeur hielt Ronnie die Tür der zweiten Limousine auf, und sie ließ sich müde in die weichen Lederpolster sinken und schloß die Augen, während die anderen einstiegen.

»Ist alles in Ordnung, Ronnie?« fragte Thea leise. Als Frau und Freundin hatte sie die Verstörung ihrer Chefin seit der ›Bombe‹ natürlich bemerkt, obwohl Ronnie sich auch ihr nicht anvertraute. Sie war dankbar für die stille Unterstützung ihrer Pressesekretärin, wollte sich aber niemandem in die Hand geben.

»Ja, ich bin nur ziemlich groggy«, erwiderte sie, ohne die Augen zu öffnen, denn sie wollte sich nicht mit ihren Mitarbeitern unterhalten. Obwohl es völlig unvernünftig war, grollte sie Quinlan inzwischen fast noch mehr als Lewis, weil er die ganze Strategie entworfen hatte. Quinlan hatte ihr eingepaukt, wie sie ihre verlogene Rolle zu spielen hatte, er machte ihr Vorschriften, wie sie sich zu kleiden hatte, und er hatte ihr und Lewis sogar empfohlen, mit welchem Kosenamen sie einander in der Öffentlichkeit anreden sollten.

(*Honey* war bei Wählern allen Umfragen zufolge wesentlich beliebter als *Darling, Sweetheart* oder *Dear*. Bei Lewis war Quinlans Rat auf fruchtbaren Boden gefallen: er nannte seine Frau jetzt bei jeder Gelegenheit *Honey*. Ronnie hingegen hatte das Wort in den letzten zwei Wochen höchstens dreimal über die Lippen gebracht. Es blieb ihr meistens in der Kehle stecken, und wenn sie demnächst daran erstickte, wäre auch das Quinlans Schuld!)

Obwohl sie beharrlich die Augen geschlossen hielt, redete er wieder auf sie ein: »Sollten Sie morgen bei dem Frühstück nach Doreen Cooper gefragt werden …«

Doreen Cooper war die Prostituierte, die Lewis während des letzten Jahres mindestens einmal pro Woche aufgesucht hatte, wenn er in Washington war. Sie hatte alle Unterhaltungen auf Band festgehalten, intime Fotos gemacht und schließlich aller Welt erzählt, was der Senator im Bett am liebsten trieb.

»… so müssen Sie antworten, Ihre Ehe sei dadurch auf eine harte Probe gestellt worden, sei jetzt aber stärker denn je.«

»Ich weiß, was ich zu sagen habe!« Ronnie riß die Augen auf und warf Quinlan, der ihr gegenübersaß, einen wütenden Blick zu.

Er lächelte beruhigend, und insgeheim mußte Ronnie zugeben, daß er Schwerstarbeit leistete, auch wenn sie das nicht zu schätzen wußte.

»Sie machen Ihre Sache großartig«, bestätigte er, »aber morgen werden Sie zum erstenmal ein regelrechtes Frage-und-Antwort-Spiel über sich ergehen lassen müssen. Lassen Sie sich nicht provozieren, wiederholen Sie ständig in verschiedenen Variationen: ›Diese harte Probe liegt jetzt hinter uns‹, ›Jede Ehe ist ein Wagnis, aber unsere Ehebande sind heute fester denn je‹ und ›Wir haben diese Krise gemeinsam gemeistert‹. Die Schlüsselwörter sind: *Krise, Wagnis* und *hinter uns.*«

»Soll ich sie mir vielleicht wie ein Schulkind in die Hand schreiben, um sie nicht zu vergessen?« fragte Ronnie sarkastisch. Sie hatte es gründlich satt, wie ein Papagei trainiert zu werden!

»Ich will nur nicht, daß man Sie durch unerwartete Fragen aus dem Konzept bringt«, antwortete er unerschütterlich, so wie immer, wenn sie ungnädig auf seine Vorschläge reagierte.

»Tom, kannst du das alles nicht morgen früh mit ihr besprechen?« mischte Thea sich ein. Sie und Quinlan hatten in den letzten Wochen viel Zeit miteinander verbracht und waren gute Freunde geworden. Wahrscheinlich genossen sie insgeheim die Krise, die sie zusammengeführt hatte, dachte Ronnie erbost, und würden später erzählen: *Wißt ihr, wir haben uns kennengelernt, als der Hurenbock von Senator und seine törichte Frau …*

»Ja, Tom, gönn ihr ein bißchen Ruhe!« drängte auch Kenny seinen Partner mit einem Rippenstoß. Er war freundlich und gutmütig, und Ronnie hatte oft das Gefühl, daß sie ihm leid tat. Quinlan war hingegen unerbittlich: Sagen Sie dies, sagen Sie jenes, tun Sie dies, tun Sie jenes, tragen Sie dies, tragen Sie jenes! Halten Sie die Hand des Senators! Zeigen Sie Würde! Lächeln Sie!

»Also gut«, gab er ausnahmsweise nach. Thea lächelte ihm zu, und Ronnie schloß wieder die Augen.

Auf einem Tisch in ihrer Hotelsuite stand ein Früchtekorb, und sie freute sich darüber, weil sie hungrig war. Bei den offiziellen Abendessen brachte sie kaum einen Bissen herunter, weil sie sich ständig beobachtet fühlte und Konversation treiben mußte.

Es war ein großer und sichtlich teurer Korb mit mehr Orangen, Trauben und Grapefruits, als sie allein in einem Monat essen könnte. Wahrscheinlich ein Präsent der Frauen, zu denen sie morgen sprechen sollte. Ronnie zog ihre Schuhe aus – konservative Pumps mit fünf Zentimeter hohen Absätzen, natürlich von Quinlan empfohlen – und suchte nach der Karte, während sie sich eine Traube in den Mund schob.

Die Traube war sauer, und auf der Karte stand in einer fremden Handschrift: *Honey, du bist wunderbar. In Liebe, Lewis.*

Ein Obstkorb von Lewis? Ronnie lachte hysterisch auf. In all den Jahren ihrer Bekanntschaft hatte er ihr nie etwas geschickt, und als Geschenk eines reumütigen Ehemanns an die betrogene Ehefrau war es einfach lächerlich!

Natürlich hatte er irgend jemanden beauftragt, ihr ein Präsent aufs Hotelzimmer bringen zu lassen, oder aber ein besonders eifriger Mitarbeiter hatte es ihm vorgeschlagen: Machen Sie das Frauchen glücklich, zeigen Sie ihr, daß Sie ihre Solidarität zu schätzen wissen …

Vielleicht steckte sogar *Quinlan* dahinter, schoß ihr durch den Kopf, doch dann verwarf sie diesen Gedanken wieder. Er hätte dem Senator niemals ein so einfallsloses Geschenk vorgeschlagen, eher ein funkelndes Schmuckstück.

Ronnie ging ins Bad. Die grünen Marmorfliesen fühlten sich durch ihre dünnen Strümpfe hindurch angenehm kühl an. Sie drehte die Wasserhähne der Wanne auf – ein heißes Bad half gegen Schlaflosigkeit, hatte sie in den letzten Wochen festgestellt – und betrachtete sich im Spiegel über dem Waschbecken.

Sie fand, daß sie nicht wie sie selbst aussah, trotz der unverändert roten Haare und der schokoladenbraunen Augen, unter denen sie plötzlich Ringe entdeckte. Und in ihre Stirn hatte sich zwischen den Brauen eine senkrechte Falte eingegraben, die trotz sanfter Massage mit ihrer sorgfältig manikürten Hand nicht verschwinden wollte. Ein verhärmtes Gesicht, urteilte sie kritisch. Waren die Nervenstrapazen schuld daran, oder lag es an dem Make-up in zarten Rosa- und Brauntönen, das eine von Quinlan engagierte Kosmetikerin ihr empfohlen hatte. Auch ihre Fingernägel waren nicht mehr rot, sondern dezent rosa lackiert, und sie trug ein beiges Kostüm, weil die Wähler in Mississippi angeblich Pastellfarben bevorzugten.

Kein Wunder, daß sie nicht wie sie selbst aussah, dachte Ronnie. Sie *war* nicht mehr sie selbst. Von der strahlend schönen, ehrgeizigen Veronica Sibley, die sie vor ihrer Ehe gewesen war, schien nichts mehr übrig zu sein. Sie hatte Lewis, Quinlan und Co. erlaubt, aus ihr eine willenlose Schaufensterpuppe zu machen, Mrs. Lewis R. Honneker IV, die Gemahlin des Senators.

Ihr Platz an der Sonne war teuer erkauft. Wann hatte sie zuletzt herzhaft gelacht, ausgelassen herumgetobt, jemanden umarmt oder heißen Sex genossen?

Eine Barbiepuppe aus Kunststoff hatte keine Gefühle, aber Ronnie konnte dieses Dasein als manipulierbare Puppe plötzlich nicht mehr ertragen. Sie wollte endlich wieder ein *Mensch* sein, sie wollte endlich wieder *leben*.

Sie drehte die Wasserhähne zu, zog den Stöpsel aus der Badewanne und ging ins Schlafzimmer. Für die seltene Freizeit, die ihr auf Reisen blieb, nahm sie immer Jeans und einige T-Shirts mit. Sie holte die Sachen aus dem Koffer und legte sie aufs Bett, konnte sich aber nicht entschließen, die Jeans anzuziehen. In ihrer gegenwärtigen Stimmung wollte sie etwas Aufreizendes tragen. Das Personal von Sedgely packte stets Nähutensilien für sie ein, und sie fand eine Schere. Grimmig lächelnd schnitt sie die Hosenbeine ab.

Als sie eine Viertelstunde später ihre Suite verließ, sah sie nicht mehr wie Mrs. Lewis R. Honneker IV aus!

12. Kapitel

Tom hatte keine Ahnung, wie spät es war, als das Telefon neben seinem Bett klingelte. Er wußte nur, daß es mitten in der Nacht sein mußte.

»Was zum Teufel ...« Aus dem Tiefschlaf gerissen, tastete er fluchend auf dem Nachttisch herum und warf Lampe und Wecker um, bevor er endlich den Hörer fand. Mit der anderen Hand stellte er den Wecker wieder auf: es war 2.25 h.

»Hallo?« knurrte er ungnädig.

»Schläfst du schon?« fragte Kennys vertraute Stimme.

»Jetzt nicht mehr!« Tom rollte auf den Rücken und blinzelte in die Dunkelheit. »Was gibt's denn?«

»Ein Problem.«

»Das dachte ich mir fast!« Tom stieß einen tiefen Seufzer aus. »Hat der Senator eine neue Nutte aufgegabelt?«

»Nein, diesmal ist die gnädige Frau ausgeflippt.«

»Welche gnädige Frau?« Tom begriff erst nach einem Moment, wen Kenny meinte. »Doch nicht Mrs. Honneker?«

»Sie ist in einer Nachtbar namens *Yellow Dog*, betrinkt sich und tanzt mit jedem Fremden, der sie auffordert. Außerdem ist sie angeblich alles andere als ladylike angezogen.«

»Was?« Plötzlich hellwach, setzte Tom sich abrupt im Bett auf und machte Licht.

»Ein Reporter glaubte, sie erkannt zu haben, und rief hier im Hotel an, um sich zu vergewissern. Als sich in ihrer Suite niemand meldete, wurde das Gespräch zu mir durchgestellt.«

»Um Gottes willen! Aber vielleicht ist es ja gar nicht sie ... Hast du Erkundigungen eingezogen?«

»Selbstverständlich. Sie hat das Hotel etwa eine halbe Stunde nach unserer gemeinsamen Ankunft verlassen, und der Portier hat gehört, daß sie den Taxifahrer nach Nachtlokalen fragte. Ich würde sagen, daß der Rotschopf im *Yellow Dog* mit neunundneunzigprozentiger Sicherheit unsere Klientin ist.«

»Verfluchte Scheiße!« stöhnte Tom, warf die Decke zurück und schwang seine Beine aus dem Bett. »Was ist nur in sie gefahren? Wir müssen sie da schleunigst rausholen. Was hast du dem Reporter erzählt?«

»Daß Mrs. Honneker in ihrer Suite schläft, was denn sonst?«

Tom stöhnte wieder und rieb sich den Nasenrücken, um drohendes Kopfweh zu vertreiben. »Das wird die Meute nicht lange aufhalten. Wir treffen uns in zehn Minuten in der Halle.«

»Äh ... Tom ...«

»Was?« rief er ungeduldig, während er schon nach seiner Hose griff, die er vor wenigen Stunden über einen Stuhl gehängt hatte. Sie mußten dieses Teufelsweib zurückbringen, bevor jemand sie in der Bar fotografierte! Allein schon diese Vorstellung verursachte ihm Übelkeit.

»Ich ... äh ... ich bin beschäftigt«, stammelte Kenny.

»Du bist beschäftigt? Mitten in der Nacht? Herrgott, was treibst du denn?« Den Hörer zwischen Ohr und Schulter geklemmt, zog Tom seine Hose an.

»Ich habe … Gesellschaft.«

»Du hast Gesellschaft?« Tom begriff nicht gleich, was das bedeutete, doch als ihm ein Licht aufging, erstarrte er zur Salzsäule. »Von einer *Frau?* Willst du mir sagen, daß du eine Frau bei dir im Zimmer hast? Und was ist mit *Ann?*«

Ann war Kennys Frau, und Tom hatte sie sehr gern. Das wurde ja immer schöner! Jetzt fehlte nur noch, daß der Senator wegen eines abgesagten Fluges plötzlich ins Hotel kam und seine Frau nicht vorfand!

»Können wir uns morgen darüber unterhalten?« murmelte Kenny verlegen.

»Und ob wir uns darüber unterhalten werden! Herrgott, ich kann das alles nicht glauben.«

»Du brauchst mich sowieso nicht … Es ist viel unauffälliger, wenn du die Dame allein aus dieser Bar herausholst, und morgen früh können dann alle guten Gewissens behaupten, nichts von ihrem nächtlichen Ausflug zu wissen.«

»Alle? Was soll das nun wieder heißen? Nein, sag es mir nicht, ich will es gar nicht wissen. Verdammt, Kenny, du bist ein verheirateter Mann! Morgen früh kannst du herzloser Kerl dich auf etwas gefaßt machen!«

Er schmetterte den Hörer auf die Gabel. Unglaublich! Diese ganze Geschichte war unglaublich! Seine neue Karriere drohte ein abruptes Ende zu nehmen!

Fünf Minuten später war er unterwegs. Zum Glück brauchte er nicht nach einem Taxi Ausschau zu halten, denn er hatte einen Wagen gemietet, um seine Klientin am nächsten Tag zu ihren diversen Terminen fahren zu können.

An einer offenen Tankstelle erkundigte er sich nach dem Weg zum *Yellow Dog,* und der schläfrige Tankwart gab ihm sofort die gewünschte Auskunft. Offenbar war es die bekannteste Nachtbar der Stadt.

Tom fuhr die Main Street entlang, vorbei an dunklen Schaufenstern der zahlreichen Geschäfte. Die riesige Leuchtreklame – zum Namen passend ein gelber Hund – fiel schon von weitem ins Auge, und der Parkplatz auf der gegenüberliegenden Straßenseite war überfüllt. Tom fand mühsam eine Parklücke, ignorierte die vielen knutschenden Pärchen und ging auf die Glastüren des Etablissements zu, das früher allem Anschein nach eine einfache Lagerhalle gewesen war.

Die Musik war schon auf der Straße zu hören, und als er eintrat, schwoll die Lautstärke zu ohrenbetäubendem Lärm an, der ihn fast in die Flucht getrieben hätte.

»Fünf Dollar Eintritt!« brüllte ihm ein Bursche mit der Statur eines Ringers zu, während junge Frauen in Miniröcken mit ihren genauso jungen Begleitern in Jeans zur Tür hinausdrängten. »Aber wir schließen in einer Stunde.«

Tom gab ihm einen Fünf-Dollar-Schein und bekam einen grinsenden Hund in leuchtender Tinte auf den Handrücken gestempelt. Auf der großen Wanduhr war es fünf Minuten vor drei.

Um neun mußte Mrs. Honneker eine Rede halten, und danach standen Interviews auf dem Programm ... Verdammt, was für ein Schlamassel!

Der ›Gorilla‹ hielt ihm die schmale Tür zur höhlenartigen Bar auf, und aus dem Halbdunkel tauchte eine Bedienung auf, schlank und blond, in Minirock und engem Top, das ihre Taille samt Bauchnabel freiließ. »Eine Person?« Auch sie mußte schreien, um den Lärm zu übertönen.

Tom folgte ihr zu einem winzigen runden Tisch mit weißer Marmorplatte, nahm pro forma auf dem unbequemen Stuhl Platz und bestellte ein Heineken-Bier. Die Bedienung war offenbar daran gewöhnt, die Wünsche der

Gäste von ihren Lippen abzulesen, denn obwohl er seine eigene Stimme nicht gehört hatte, nickte sie und verschwand.

Am liebsten hätte er sich die Ohren zugehalten, um den infernalischen Lärm ein wenig zu dämpfen, aber er beherrschte sich und hielt statt dessen Ausschau nach seiner Klientin und eventuellen Reportern, aber die Beleuchtung war so schummerig, daß man auf eine Distanz von anderthalb Meter Männer und Frauen kaum voneinander unterscheiden konnte. Kein Wunder, daß der Reporter im Hotel angerufen hatte, um sich zu vergewissern, ob er seinen Augen wirklich trauen durfte.

Vielleicht hatte der Kerl sich ja wirklich getäuscht, hoffte Tom inbrünstig. Vielleicht hatte er jemanden gesehen, der Mrs. Honneker ein bißchen ähnlich sah, während sie selbst friedlich in ihrer Suite schlief. O Gott, das wäre fast zu schön, um wahr zu sein!

Der Tanzboden in der Raummitte war völlig überfüllt, und deshalb wurde auch auf den Gängen, vor der Bar und sogar auf einigen Tischen getanzt. Um hier jemanden zu finden, würde er sich ins Gewühl stürzen und jedes schlanke weibliche Wesen aus nächster Nähe in Augenschein nehmen müssen, denn Ronnie könnte ihr auffälliges rotes Haar ja hochgesteckt oder sogar unter einer Baseballkappe versteckt haben. Dieser Frau war alles zuzutrauen!

Die Bedienung brachte sein Bier, und er zog einen Geldschein aus der Brieftasche und gab ihr durch eine Geste zu verstehen, daß sie das Wechselgeld behalten könne. Mit einer winzigen Taschenlampe, die sie an einem Kettchen am Handgelenk trug, beleuchtete sie die Banknote, und ihr strahlendes Lächeln verriet ihm, daß er in der Dunkelheit wohl versehentlich einen Zehn- oder Zwanzigdollarschein erwischt hatte, was ärgerlich war, denn er hatte wahrlich kein Geld zu verschenken.

Trotzdem hatte er jetzt viel größere Sorgen, dachte er,

während er die halbe Flasche auf einen Zug austrank. Er mußte herausfinden, ob ...

Und plötzlich sah er sie, weil einer der umherwirbelnden Lichtstrahlen direkt auf ihr rotes Haar fiel. Sie tanzte eng umschlungen mit einem Burschen in Jeans, der nicht viel älter als Mark aussah. Ihr Kopf war zurückgeworfen, und sie stellte lachend ihre blendend weißen Zähne zur Schau. Zu einem hautengen schwarzen T-Shirt trug sie abgeschnittene Jeans, die nicht einmal die Oberschenkel bedeckten, und Sandalen mit hohen Absätzen. Kein Wunder, daß der Teenager von ihr völlig hingerissen war!

Tom sprang so wütend auf, als wäre er ein betrogener Ehemann, was natürlich albern war, denn sie war nur seine Klientin, nicht seine Frau. Während er sein Bier austrank, überlegte er, wie er jetzt vorgehen sollte. Sein erster Impuls war, sie bei ihren viel zu roten Haaren zu packen und aus der Bar zu zerren, aber das war natürlich unmöglich. Zum einen würde es zuviel Aufmerksamkeit erregen, und zum anderen durfte er die Frau, die ihm die Rückkehr ins große Geschäft ermöglichen sollte, nicht rauh anfassen. Mit viel Geschick würde es ihm vielleicht gelingen, sie unauffällig ins Hotel zurückzubringen.

Als erstes mußte er den geilen Teenager loswerden, der mit beiden Händen ihre Taille umschlang. In ein, zwei Minuten würde der Bursche bestimmt ihr Gesäß begrapschen, und die Dame schien das alles zu genießen.

Man brauchte kein Hellseher zu sein, um zu erkennen, daß Mrs. Lewis R. Honneker IV für diese Nacht einen Sexpartner suchte. *Daraus wird nichts, Darling,* dachte Tom ironisch und ging auf sie zu.

Ihre Arme lagen um den Hals des Jungen, und sie preßte sich so eng an ihn, daß sogar ein Priester dabei auf sündhafte Gedanken gekommen wäre. Und die Miene ihres Partners deutete nicht gerade darauf hin, daß er Theologie studierte.

Tom klopfte ihm auf die Schulter, wurde aber völlig ignoriert, was nicht verwunderlich war. Er sah sich zu drastischeren Maßnahmen gezwungen, schob den Burschen kräftig beiseite und löste gleichzeitig eine Hand seiner Klientin vom Nacken des Jungen, der wütend herumwirbelte, während Ronnie verwirrt blinzelte.

»Was zum Teufel ...«, knurrte der Teenager, Mordlust in den Augen, wofür Tom volles Verständnis hatte.

»Meine Frau«, erklärte er und hielt dem Jungen ihre linke Hand vor die Nase. Am Ringfinger glänzte neben einem riesigen Diamanten ein schmaler Goldreif.

»Oh ...« Jäh ernüchtert, wich der Bursche einige Schritte zurück und hob abwehrend die Hände. »Tut mir leid, Mann, sie hat nicht gesagt, daß sie verheiratet ist.«

Tom nickte nachsichtig, und ehe er sich versah, entzog seine Klientin ihm ihre schmale Hand – allerdings nur, um sie auf seinen Nacken zu legen, gefolgt von der zweiten Hand.

Der schwache Duft eines teuren Parfüms stieg ihm in die Nase, als sie sich an ihn schmiegte wie zuvor an den Teenager. Ihr schlanker, geschmeidiger Körper war unglaublich sexy, und Tom befürchtete, daß die Situation seiner Kontrolle entgleiten könnte. Die Arme um ihre Wespentaille gelegt, versuchte er sie von sich wegzuschieben, während er mit gerunzelter Stirn in ihre einladend funkelnden braunen Augen blickte.

13. Kapitel

»Lügner!« murmelte Ronnie, während ihre Finger über seinen warmen Nacken glitten. Sein unerwartetes Auftauchen in der Bar war im Grunde eine angenehme Überraschung, denn sie hatte ihren politischen Berater vom ersten Tag an sehr attraktiv gefunden.

»Hier ist irgendwo ein Reporter«, rief Quinlan ihr ins Ohr. Sein Atem roch schwach nach Bier. »Wir müssen verschwinden!«

Ihre einzige Reaktion bestand darin, ihre Brüste noch fester an seinen harten, muskulösen Brustkorb zu pressen. Er war viel größer und breiter als sie, und seine Hände fühlten sich auf ihrer Taille herrlich kräftig an. Er trug denselben dunkelblauen Nadelstreifenanzug wie beim Abendessen – einen Anzug, der seine breiten Schultern, seinen flachen Bauch und seine schmalen Hüften besonders vorteilhaft zur Geltung brachte. Das war ihr schon während der offiziellen Veranstaltung aufgefallen, aber es hatte sie gestört, daß er so korrekt und distanziert aussah. Jetzt – ohne Krawatte, mit offenem Hemdkragen und Bartstoppeln – wirkte er jünger und lockerer.

Ronnies Körper begann angenehm zu prickeln.

»Haben Sie gehört, was ich gesagt habe?« wiederholte er ungeduldig.

Sie schüttelte den Kopf. »Ich möchte tanzen.« Ihre Bewegungen waren aufreizend, ihr Lächeln sinnesbetörend.

Mit grimmiger Miene knurrte Quinlan anklagend: »Sie haben getrunken!«

»Sie haben recht«, kicherte Ronnie ausgelassen und zog ihn noch näher an sich heran. Das fiel hier nicht auf, denn alle Paare tanzten so eng umschlungen, als wollten sie im nächsten Moment den Liebesakt vollziehen.

Von den jungen Burschen, die sie zuvor aufgefordert hatten, war sie nicht in solche Erregung versetzt worden. Sie hatte nicht das Bedürfnis gehabt, mit ihnen zu schlafen, aber bei Quinlan fragte sie sich unwillkürlich, wie er im Bett sein mochte, und die herrlichen Bilder, die ihre Fantasie ihr vorgaukelte, jagten heiße Lustschauer durch ihren Körper. Es war lange her, seit sie so etwas empfunden hatte.

»Kommen Sie, ich bringe Sie in Ihr Hotel zurück.«

Seine Stimme dicht an ihrem Ohr klang jetzt einschmeichelnd, und das gefiel ihr. »Vielleicht ... aber vorher will ich noch mit Ihnen tanzen.«

»Ronnie ...«

Er hatte sie bisher nur ein einzigesmal so angeredet, auf der Hollywoodschaukel bei seiner Mutter. Seitdem vermied er nach Möglichkeit jede Anrede, wenn er ihr seine ›Vorschläge‹ unterbreitete, und wenn es sich nicht umgehen ließ, sagte er ›Mrs. Honneker‹ in seinem gedehnten Südstaatendialekt, und das hörte sich in ihren Ohren immer leicht ironisch an und trieb sie zur Weißglut. Zur Belohnung dafür, daß er ausnahmsweise ihren Vornamen benutzt hatte, kraulte sie ihm mit einem Zeigefinger den Nacken.

Quinlan versteifte sich merklich. Seine Hände lagen immer noch auf ihrer Taille, und er bemühte sich abermals, etwas Distanz zwischen ihnen zu schaffen, scheiterte aber an ihrem energischen Widerstand.

Ihre Hüften an ihn gepreßt, spürte Ronnie deutlich, daß er sie genauso begehrte wie sie ihn. Vom ersten Tag an hatte er sie mit den Augen verschlungen, das war ihr als erfahrene Frau nicht entgangen.

»Tom«, säuselte sie und genoß es, seinen Vornamen auszusprechen.

»Wir müssen gehen«, sagte er ihr wieder ins Ohr.

»Gehen Sie, wenn Sie wollen, dann finde ich jemand anderen, der mit mir tanzt!«

Von Tanzen konnte eigentlich keine Rede sein. Wie alle anderen Paare, so wiegten auch sie sich im Rhythmus mit der Musik auf der Stelle. Die leichte Wolle seines Anzugs streifte über ihre nackten Arme und Beine, und auch das erregte sie. Irgendwie hatte er es geschafft, sie in eine dunkle Ecke zu dirigieren, in die Nähe einer Tür mit der Aufschrift AUSGANG, und obwohl sie von Menschen umringt waren, hatte Ronnie das Gefühl, mit ihm allein zu sein.

Ihre Hände glitten langsam über seine Schultern und

Arme, umfaßten seine Handgelenke und zogen sie weg von ihrer Taille, auf ihren Rücken. Sie wünschte sich, daß er sie richtig umarmte, und er kapitulierte, wenngleich widerwillig. Zufrieden lächelnd, lehnte sie ihren Kopf an seine Schulter.

»Ist Ihnen eigentlich bewußt, daß es nach drei ist, und daß Sie um neun eine Rede halten müssen?« schimpfte er, aber das störte sie nicht, denn sein Atem blies ihr warm ins Ohr, und seine muskulösen Arme boten Schutz und Geborgenheit.

»Vielleicht«, gurrte sie, während sie ihm einen schmachtenden Blick zuwarf. Sein kantiges Kinn befand sich in Höhe ihrer Nasenspitze, und mit den dunklen Bartstoppeln kam er ihr unwiderstehlich männlich vor.

»Was soll das heißen?« fragte Quinlan, sein Mund wieder dicht an ihrem Ohr.

»Vielleicht kehre ich gar nicht zurück.« Sie rieb ihre Wange an diesem harten unrasierten Kinn, das einen schwachen Mentholgeruch verströmte. Mit der Zungenspitze erprobte sie den Geschmack – leicht salzig – und preßte ihre Lippen auf diese rauhe Haut.

Mit einem Laut, der einem leisen Knurren glich, warf er den Kopf zurück, um ihn außer Reichweite ihres Mundes zu bringen, und gleichzeitig packten seine Hände sie wieder an der Taille und schoben sie einige Zentimeter von sich. Das schien ihn erhebliche Kraft gekostet zu haben, denn er mußte mehrmals tief durchatmen, bevor er ihr wieder gut zureden konnte. Sein heldenhafter Widerstand konnte Ronnie nicht darüber hinwegtäuschen, daß er scharf auf sie war.

»Hören Sie mit diesem Blödsinn auf!« predigte er. »Ich weiß, daß Sie eine harte Zeit hinter sich haben, und ich kann gut verstehen, daß Sie heute nacht ausgebrochen sind, um etwas Dampf abzulassen. Morgen wird alles anders aussehen. Ich bringe Sie jetzt ins Hotel zurück und ...«

»Und was dann?« Sie knabberte an seinem Ohrläppchen, das im Gegensatz zum harten Kinn weich und zart war.

»Verdammt, Ronnie, Schluß damit!« Er brachte sein Ohr in Sicherheit und funkelte sie wütend an. Dafür war jetzt sein Hals schutzlos ihren Angriffen ausgesetzt, und ihre Lippen saugten sich an der braungebrannten Haut fest.

»Wieviel haben Sie getrunken?« fragte er heiser. Sein Körper glich einer zum Zerreißen gespannten Feder, und seine Finger gruben sich schmerzhaft in ihre Taille.

»Gar nicht viel«, flüsterte sie ihm auf Zehenspitzen ins Ohr und nutzte die günstige Gelegenheit, um mit der Zunge jede Windung zu erforschen. Es entging ihr nicht, daß er unter dieser Liebkosung erschauerte.

»Das war's! Wir gehen jetzt!« Seine Stimme duldete keinen Widerspruch, und er packte sie bei den Handgelenken, löste ihre Arme von seinem Nacken und drückte sie nach unten.

Ronnies Augen schleuderten Blitze. »Ich will aber noch nicht gehen, und wenn Sie mich zu zwingen versuchen, mache ich hier eine Riesenszene! Wenn Sie nicht mitspielen wollen – bitte! Ich werde mühelos einen anderen Mann finden!«

»Ist es das, was Sie wollen? Ein amüsantes Spiel?« knurrte er zähneknirschend.

Sie nickte und bedachte ihn mit einem verführerischen Lächeln.

Ihre Blicke kreuzten sich, und ein leises ›Verflucht!‹ entschlüpfte seinen Lippen, bevor er sie endlich leidenschaftlich küßte.

14. Kapitel

Ronnie hatte vergessen gehabt, wie es war, so geküßt zu werden. Seine Lippen waren hart, heiß – und hungrig. Sie öffnete den Mund und erwiderte den Kuß, erregt und betört wie eine Siebzehnjährige.

Tom riß sich von ihr los und verstärkte seinen Griff um ihre Handgelenke. Sie lächelte ihm verträumt zu, aber sein Blick unter gesenkten Lidern hervor sprühte Funken.

»Das war's! Zu weiteren Spielen bin ich in einer Nachtbar, wo Reporter herumlungern könnten, nicht bereit! Sie kommen jetzt mit.«

»Wohin?«

»Ins Hotel, wohin denn sonst?«

»Einverstanden.« Ronnie ließ sich willig zum Ausgang führen, denn das Wort ›Hotel‹ hörte sich plötzlich vielverheißend an.

Durch die Hintertür gelangten sie auf eine Sackgasse, doch Quinlan schien ein gutes Orientierungsvermögen zu haben. Ohne ihr Handgelenk loszulassen, zog er Ronnie über die Straße auf den Parkplatz, der bis auf die gelben Lichtkreise der wenigen Lampen dunkel war. Trotzdem schaute er sich dauernd wachsam um, offenbar auf der Hut vor Reportern. Ronnie beneidete die anderen Paare, die sich zwischen den Autos unbekümmert umarmten. Ihre Lippen brannten noch von Toms Kuß, und sie war fest entschlossen, es nicht bei diesem einen zu belassen.

Quinlan öffnete die Beifahrertür eines hellblauen Kombi, schob sie auf den Sitz und schnallte sie an. Ronnie nutzte diese günstige Gelegenheit, um ihre Hände unter sein offenes Sakko gleiten zu lassen, und durch das dünne weiße Hemd hindurch spürte sie seinen warmen muskulösen Körper.

Während der Gurt einklickte, küßte er sie wieder, aber

so flüchtig, daß sie nicht darauf reagieren konnte. Dann warf er die Wagentür zu, ging um das Auto herum, setzte sich ans Steuer und legte ebenfalls den Sicherheitsgurt an.

»Tom ...«, murmelte sie, den Kopf in die Polster gelehnt, ihm zulächelnd.

»Ronnie«, ging er auf die vertrauliche Anrede ein, aber sein Ton war lange nicht so zärtlich wie der ihre, »haben Sie sich überlegt, was passieren wird, falls Sie dort drin fotografiert wurden?«

»Während Sie mich küßten?« Sein Profil war wirklich edel, dachte sie, während er den Motor anließ. Wie hatte ihr bis zu dieser Nacht nur entgehen können, wie sinnlich sein Mund war?

»Nicht nur das, auch alles übrige!« Sein Blick schweifte anzüglich über ihre nackten Beine, bevor er im Rückwärtsgang aus der Parklücke scherte.

»Wenn jemand den Kuß fotografiert hat, und wenn dieses Foto veröffentlicht wird, glauben alle, wir hätten eine Affäre«, kicherte sie. »Ansonsten habe ich nur getanzt!«

»So kann man es natürlich auch nennen«, kommentierte Tom trocken. »Gott sei Dank dürfte es fast unmöglich sein, bei dem Gedränge und der schwachen Beleuchtung gute Aufnahmen zu machen. Verdammt, Ronnie, noch ein Skandal, und die ganze Wahlkampagne ist zum Teufel!«

»Das ist mir egal!«

Quinlan fuhr vom Parkplatz auf die Straße hinaus. »Es wird Ihnen nicht egal sein, wenn Ihr Rausch morgen früh verflogen ist!«

»Ich habe Ihnen doch gesagt, daß ich gar nicht viel getrunken habe.«

»Ja, das haben Sie behauptet ...«

»Glauben Sie mir nicht?«

»Nein.«

»Sie meinen, ich machte mich an Sie heran, weil ich betrunken bin?«

»So ist es.«

»Sind *Sie* betrunken?«

»Ich habe eine einzige Flasche Bier getrunken.«

»Sie haben also keinen Schwips?«

»Nein.«

»Trotzdem haben Sie mich geküßt, sogar zweimal!«

Sein mörderischer Seitenblick verfehlte jede Wirkung. Lächelnd schlug Ronnie ihre langen Beine übereinander.

»Hören Sie gut zu, *Mrs. Honneker,* Sie sollten sich über die Situation im klaren sein: Diese Wahlkampagne erholt sich gerade mühsam von dem Sexskandal, den Ihr Mann sich geleistet hat. Die Leute scheinen bereit zu sein, ihm diesen Fehltritt zu verzeihen, und Sie selbst sind seitdem beliebter als je zuvor. Die Sache läuft also ganz gut, aber wenn Sie sich in Bars herumtreiben, setzen Sie alles wieder aufs Spiel! Reporter sind allgegenwärtig, und Ihre Nachtbummel werden nicht unbemerkt bleiben. Auch im *Yellow Dog* wurden Sie von einem Reporter gesichtet, doch glücklicherweise war sich der Mann seiner Sache nicht ganz sicher. Ich gehe aber jede Wette darauf ein, daß der Kerl morgen früh bei dem Frühstück der Unidamen aufkreuzen und scharf aufpassen wird, ob Sie ausgeschlafen oder völlig übernächtigt aussehen …«

»Haben Sie eine Freundin?« fiel Ronnie ihm unvermittelt ins Wort, so als hätte sie kein Wort von seinen Ausführungen wahrgenommen.

»Was? Warum?«

»Es interessiert mich einfach.«

»Haben Sie mir überhaupt zugehört?« fragte er wütend.

»O ja, ich könnte Ihre Predigt wortwörtlich wiederholen, aber ich habe Ihnen eine Frage gestellt: Haben Sie eine Freundin?«

»Wollen Sie mich wieder mit Thea verkuppeln?«

Ronnie schüttelte den Kopf. »Nein, diesmal geht es um mich selbst.«

Tom preßte seine Lippen fest aufeinander, und er hielt das Lenkrad so fest umklammert, daß seine Knöchel weiß hervortraten. Sie hatte den Eindruck, als zögerte er mit der Antwort.

»Ja, ich habe eine Freundin«, murmelte er schließlich.

»Wie heißt sie?«

»Diane.«

»Ist sie von hier?«

»Sie wohnt in De Kalb, in der Nähe meiner Mutter.«

»Warum habe ich sie noch nicht kennengelernt? Sie waren in den letzten drei Wochen doch fast ständig mit mir zusammen.«

»Weil ich mein Privatleben vom Beruf zu trennen pflege«, erwiderte er kurz angebunden.

»Gelingt Ihnen das immer?«

»O ja.«

»Und wenn es einmal nicht der Fall wäre?« gurrte Ronnie.

»Soweit lasse ich es nicht kommen«, antwortete er grimmig, während er an einer roten Ampel anhielt.

»Ist sie hübsch?«

»Wer?«

»Ihre Freundin Diane.«

»Ja, sie ist hübsch.«

»So hübsch wie ich?«

Tom warf ihr einen erbitterten Blick zu, bevor er wieder Gas gab. »Nein, wer ist schon so hübsch wie Sie? Könnten Sie jetzt bitte den Mund halten und mich ungestört fahren lassen? Eine Polizeikontrolle hätte uns jetzt gerade noch gefehlt!«

Streifenwagen waren tatsächlich sogar zu dieser nachtschlafenden Zeit unterwegs, aber ansonsten waren die Straßen fast leer. Ronnie schwieg gehorsam, bis hinter einer geöffneten Tankstelle das *Hyatt* in Sicht kam.

»Wir sind ja schon da«, murmelte sie, und es hörte sich enttäuscht an.

»Gott sei Dank!«

»Sie scheinen mich möglichst schnell loswerden zu wollen!«

»Ich werde heilfroh sein, wenn Sie wieder in Ihrer Hotelsuite sind!«

Quinlan parkte in der Nähe eines Seiteneingangs, stieg aus und öffnete die Beifahrertür. Als Ronnie regungslos sitzen blieb, bückte er sich und öffnete ihren Sicherheitsgurt, ohne sie wie vor der Abfahrt wenigstens flüchtig zu küssen.

»Kommen Sie sich nicht wie ein Ordnungshüter vor, der einen entflohenen Sträfling ins Gefängnis zurückbringt?« fragte sie mißmutig, während er sie bei der Hand aus dem Wagen zog.

»Nein, ich komme mir wie ein überglücklicher politischer Berater vor, dem es gelungen ist, einen Riesenskandal um Haaresbreite zu vermeiden. Jedenfalls hoffe ich das von ganzem Herzen.«

Ronnie stellte verwundert fest, daß sie nicht ganz sicher auf den Beinen war, und lehnte sich rasch ans Auto. Eine warme Brise wehte ihr eine Haarsträhne ins Gesicht, und sie strich sie mit fahrigen Fingern zurück. Quinlan ließ sie nicht aus den Augen, und seine zusammengepreßten Lippen verrieten eiserne Entschlossenheit. Gleich darauf führte er sie energisch auf die schmale Seitentür zu.

»Warum nehmen wir nicht den Haupteingang?« protestierte Ronnie, die auf ihren fast acht Zentimeter hohen Absätzen Mühe hatte, mit ihm Schritt zu halten.

»Weil in der Hotelhalle möglicherweise irgendein cleverer Reporter darauf wartet, daß Sie von Ihrem Nachtbummel zurückkommen.«

»Oh ... daran habe ich nicht gedacht ...«

»Das ist mir klar«, bemerkte er trocken, während er die

Tür mit seiner Hotelgast-Karte öffnete. Ein waldgrüner Teppichboden dämpfte ihre Schritte auf dem langen Korridor, der von halbkreisförmigen Lampen an den beigegrün tapezierten Wänden schwach beleuchtet wurde. Kein Laut war zu hören, und Ronnie kam sich wie in Dornröschens Schloß vor, dessen Bewohner von der bösen Fee in Schlaf versetzt worden waren. Sie und Tom schienen allein auf der Welt zu sein.

Ihr war durchaus bewußt, daß er ihre Hand nicht aus romantischen Motiven hielt, sondern nur, um einen weiteren Fluchtversuch zu verhindern, aber nichtsdestotrotz genoß sie es, den Druck seiner kräftigen Finger zu spüren. Sie wollte diesen Mann, und sie war fest entschlossen, ihn zu bekommen. Auch wenn sein Geist noch etwas Widerstand leistete – sein Körper war schon sturmreif! Er war genauso verrückt nach ihr wie umgekehrt, daran bestand für sie kein Zweifel.

Abgesehen von den Aufzügen in der Halle gab es sicherheitshalber weitere Fahrstühle im hinteren Teil der drei Hotelflügel, und Quinlan brachte Ronnie zu einem davon. Hier war zum Glück kein Liftboy im Dienst, und er drückte selbst auf den Knopf zur sechsten Etage.

»Ich wohne in der siebenten!«

»Das weiß ich«, erwiderte Tom, »aber wir werden lieber die Treppe nehmen. Ein guter Reporter könnte ohne weiteres Ihre Zimmernummer in Erfahrung gebracht haben, und ich will nicht, daß wir beim Verlassen des Lifts fotografiert werden.«

»Sie sind sehr vorsichtig, was?«

»Worauf Sie sich verlassen können!«

Ronnie taumelte leicht, als der Aufzug sich in Bewegung setzte, und er umfaßte ihre Hand noch fester.

»Sie haben also gar nicht viel getrunken?« fragte er sarkastisch, und sie schüttelte eigensinnig den Kopf, obwohl ihr nun auch schwindelig war.

Als seine Hand versehentlich ihren nackten Oberschenkel streifte, jagte ein heißer Lustschauer durch ihren Körper, was ihm natürlich nicht entging.

Mißbilligend betrachtete er ihre abgeschnittenen Jeans. »Wahrlich ein passender Aufzug für die Gemahlin eines Senators!«

»Die Gemahlin eines Senators ist eine Frau wie jede andere«, widersprach sie trotzig.

»Gewiß, nur mit dem Unterschied, daß ihr Mann alle paar Jahre wiedergewählt werden möchte!«

Der Lift hielt im sechsten Stock, und unweit davon erspähte Quinlan die Tür zum Treppenhaus. Er zog Ronnie einfach mit sich, die nach einem Blick auf die vielen Stufen weiche Knie bekam.

»Ist das alles wirklich notwendig?« maulte sie. »Ich komme mir fast wie in einem James-Bond-Film vor!«

»Sorglosigkeit könnte sich als verhängnisvoll erweisen.« Tom ließ ihre Hand los und gab ihr mit einer Geste zu verstehen, daß sie vorangehen solle. Seufzend begann Ronnie den mühsamen Aufstieg. Sie hielt sich an dem kühlen Metallgeländer fest und stieg langsam die Treppe hinauf, die kein Ende zu nehmen schien. Endlich oben angelangt, drehte sie sich nach Tom um und stellte befriedigt fest, daß er lüstern auf ihre nackten Beine starrte. Dabei ertappt, huschte eine leichte Röte über sein Gesicht, und er setzte rasch eine grimmige Miene auf. Ronnie wußte selbst, daß sie sehr schöne Beine hatte – lang, wohlgeformt und braungebrannt, und die leichten Sandaletten mit den unbequem hohen Absätzen brachten sie perfekt zur Geltung.

»Haben Sie Ihren Schlüssel?« fragte Quinlan mit etwas rauher Stimme.

Ronnie nickte und holte die Karte aus der kleinen Ledertasche, die am Gürtel der Jeans hing.

Er nahm sie an sich, legte warnend einen Finger an seine Lippen und öffnete leise die schwere Metalltür. Vorsichtig spähte er auf den Gang hinaus, erstarrte vorübergehend und zog die Tür lautlos wieder zu.

»Was ist los?« flüsterte sie.

»Man lauert Ihnen vor der Suite auf! Zwei Personen – ein Mann und eine Frau, vermutlich ein Reporter und eine Fotografin. Scheiße! Verfluchte Scheiße!«

»Wollen Sie mich auf den Arm nehmen?«

»Sehe ich so aus, als ob mir nach Scherzen zumute ist? Clever sind diese Typen, das muß man ihnen lassen. Hätten sie unten in der Halle gewartet, wären wir ihnen jetzt erfolgreich entwischt, aber hier oben brauchen sie nur seelenruhig abzuwarten, ob Sie morgen früh Ihre Suite verlassen, ausgeschlafen und perfekt in Schale, oder ob Sie irgendwann in der Nacht von einem Barbesuch zurückkommen. Scheiße!«

»Aber wenn sie mich im *Yellow Dog* nicht geknipst haben, können sie doch nicht beweisen, wo ich war. Vielleicht habe ich nur einen kleinen Spaziergang gemacht.«

»Um drei Uhr nachts und in dieser Aufmachung?« Er musterte sie wieder von Kopf bis Fuß und schüttelte den Kopf. »Kommen Sie mit!« befahl er schließlich.

»Wohin?« Ronnie war gern bereit, ihn überallhin zu begleiten. Daß Reporter vor ihrer Tür warteten, verstörte sie viel weniger als ihn. Was spielte es schon für eine Rolle? Sie hatte die ewige Heuchelei so satt, daß ein jähes Ende der Wahlkampagne eine verlockende Idee war.

»In mein Zimmer, wohin denn sonst?« knurrte Tom, und sie lächelte selig, fast am Ziel ihrer Wünsche.

Er führte sie die drei Treppen zu seinem Zimmer im vierten Stock hinab, schloß es auf und ließ ihr den Vortritt. Im Gegensatz zu ihrer Luxussuite war es ein typisches Hotelzimmer: beige Wände, brauner Teppichboden, zwei unbequem aussehende Stühle mit orangen Polstern an einem runden Tisch vor dem Fenster, dessen bunte Vorhänge geschlossen waren, ein Fernseher und ein King-size-Bett. Die große Nachttischlampe brannte, ein Kissen lag auf dem Boden, und die zerknitterten weißen Laken sowie die unordentlich zurückgeworfene Dekke verrieten Ronnie, daß das Bett benutzt worden war.

»Oh, es tut mir leid, daß Sie meinetwegen aus dem Schlaf gerissen wurden«, murmelte sie verlegen und drehte sich nach ihm um. Als ihre Blicke sich trafen, schob er seine Hände in die Hosentaschen und deutete mit dem Kopf auf einen der Stühle.

»Setzen Sie sich hin, während ich mir überlege, wie wir aus diesem Schlamassel herauskommen.«

Ronnie lächelte ihm zu. Dunkle Bartstoppeln bedeckten seine Wangen und sein Kinn, seine Haare waren wirr, und er sah sowohl müde als auch sehr beunruhigt aus. Anstatt sich zu setzen, ging sie auf ihn zu. Seine Augen verengten sich mißtrauisch, und er nahm die Hände aus den Taschen.

»Wir könnten doch einfach abwarten«, schlug sie vor, höchstens noch einen Schritt von ihm entfernt. »Ewig können sie ja nicht vor meiner Suite herumstehen.«

»Das brauchen sie auch gar nicht«, entgegnete er schroff. »Haben Sie vergessen, daß Sie um neun eine Rede halten müssen? Wenn Sie nicht rechtzeitig Ihre Suite verlassen, werden sie die logische Schlußfolgerung ziehen, daß Sie nicht dort übernachtet haben.«

»Ist das so skandalös? Ich könnte ja anderswo geschlafen haben«, meinte Ronnie achselzuckend.

»Die Frage ist nur – wo und mit wem!« betonte Tom trocken. »Dafür werden alle Reporter sich brennend interessieren, das kann ich Ihnen versichern.«

»Vielleicht werden sie schreiben, daß ich mit Ihnen schlafe!«

»Das liegt durchaus im Bereich der Möglichkeiten, falls jemand Ihre kleine Komödie in der Bar beobachtet hat.«

»Mich würde es nicht stören.« Ronnie schob einen Finger unter seinen offenen Hemdkragen. »Und Sie?«

»Mich würde es gewaltig stören.« Er nahm ihre Hand rasch gefangen. »Besonders, weil es nicht den Tatsachen entspräche.«

»Das läßt sich leicht ändern.« Sie trat so dicht an ihn heran, daß ihre Körper sich fast berührten, und streichelte mit der freien Hand seine Wange. Ihr Daumen glitt zärtlich über seinen Mundwinkel.

»Ronnie …« Seine Stimme enthielt eine deutliche Warnung. »Hören Sie auf!«

»Ich will nicht!« Sie stellte sich auf die Zehenspitzen und preßte ihre Lippen auf seinen Mund.

15. Kapitel

Einen Moment lang stand er regungslos da. Ohne ihre Lippen von den seinen zu lösen, schlang sie einen Arm um seinen Nacken und beobachtete seine Reaktion unter ihren dichten Wimpern hervor. Tom hielt seinen Blick unverwandt auf ihr Gesicht gerichtet, doch als sie ihre Zunge zwischen seine Zähne zu schieben versuchte, versteifte er sich, so als wollte sein ganzer Körper ihr erbitterten Widerstand leisten. Anstatt zu resignieren, schob sie ihre Finger unter sein Hemd und streichelte seine warme Haut zwischen den Schultern, und gleichzeitig biß sie ihn leicht in die Unterlippe.

Diese Taktik erwies sich als überaus erfolgreich: dunkle Röte schoß Tom ins Gesicht, er stieß einen unartikulierten Laut aus, schloß die Augen und ließ ihre Hand los, um sie mit beiden Armen umschlingen zu können. Die Kontrolle an sich reißend, bemächtigte er sich gierig ihres Mundes und küßte sie so leidenschaftlich, daß ihr fast die Sinne schwanden.

Seine Lippen waren fest und trocken, seine Zunge war heiß, naß und schmeckte nach Bier, und seine muskulösen Arme schienen sie zermalmen zu wollen. Ronnie wühlte mit ihren Fingern in seinen kurzen Haaren, die erstaunlich weich und seidig waren.

Als er den Kopf hob, um Luft zu holen, schenkte sie ihm ein betörendes Lächeln, und seine Blicke glitten über ihr Gesicht, so als hätte er es nie zuvor gesehen, und verweilten schließlich auf ihrem Mund. Glühendes Verlangen stand in seinen Augen geschrieben, und er preßte sie so fest an sich, daß sie seine Erektion deutlich spüren konnte.

Er begehrte sie, daran konnte überhaupt kein Zweifel bestehen.

»Tom«, flüsterte sie sehnsüchtig.

Seine Augen wurden noch dunkler, und es hörte sich fast wie ein Echo an, als er seinerseits ›Ronnie‹ murmelte, leidenschaftlich und zärtlich zugleich.

Ihre Hände glitten unter sein Sakko und schoben es von seinen Schultern. Sekundenlang schien er wieder Widerstand leisten zu wollen, doch dann ließ er gehorsam die Arme sinken, damit sie es vollends abstreifen und achtlos auf den Boden werfen konnte, und er wehrte sich auch nicht, als sie sein Hemd aufknöpfte und seine behaarte Brust streichelte. Seine Haut war heiß und schweißnaß, und darunter ertasteten ihre Finger die harte Muskulatur. Durch seine Passivität ermutigt, wagte sie einen Vorstoß unter seinen Gürtel. Er zog scharf die Luft ein, packte ihre Hand und riß sie von seinem Körper weg. Seine blauen Augen schleuderten Blitze, während er ansonsten zur Salzsäule erstarrt zu sein schien. Diese Lähmung hielt allerdings nicht lange an, denn plötzlich ließ er ihre Hand wieder los, umschlang sie mit beiden Armen und küßte sie hart und fordernd. Mit weichen Knien saugte Ronnie sich an seinen Lippen fest, schwindelig vor Lust.

Sie öffnete überrascht die Augen, als Tom sie mühelos hochhob und zum Bett trug. Er schob mit einer Hand die

Decke beiseite und legte sie behutsam auf die Laken. Über sie gebeugt, küßte er ihren Mund, ihren Hals, ihr Ohr, und sie wölbte sich ihm entgegen, als er seine Lippen auf ihr Schlüsselbein preßte.

Ronnies einziger Wunsch war, nackt in seinen Armen zu liegen, und sie packte den Saum ihres T-Shirts und zog es sich über den Kopf. Sein Blick schweifte wunschgemäß sofort zu ihren Brüsten, die zwar nicht sehr üppig, aber wohlgeformt waren. Ihre steifen Brustwarzen schienen das dünne Nylon ihres BHs sprengen zu wollen, der zu ihrem Leidwesen nicht sexy, sondern nur praktisch war.

»Sie sind wunderschön«, kommentierte er trotzdem mit heiserer Stimme, doch dann stand er unvermittelt auf.

»Tom!« protestierte sie und streckte die Arme nach ihm aus.

»Wollen Sie mit Schuhen ins Bett gehen?«

Sie grub ungeduldig ihre Finger in die Matratze, als er ans Fußende des Bettes trat und einen ihrer schmalen Knöchel umfing. Geschickt öffnete er den Riemen der hochhackigen Sandalette und zog sie ihr aus, und dann küßte er den nackten Spann. Ihr ganzes Bein schien plötzlich in Flammen zu stehen, und sie schloß erschauernd die Augen, während ihrem zweiten Fuß dieselbe Behandlung zuteil wurde.

Tom stellte die Lederschuhe sorgfältig auf den Nachttisch und blickte auf Ronnie hinab. Mit dem offenen Hemd, das den muskulösen Brustkorb zur Schau stellte, sah er unglaublich männlich und sexy aus. In seinem geröteten Gesicht, vor allem aber in den Augen stand nackte Begierde geschrieben, doch dahinter verbarg sich ein anderer Ausdruck, den sie in ihrer Erregung nicht zu deuten vermochte. Sie rückte auf der Matratze ein wenig zur Seite – eine stumme Aufforderung, daß er sich zu ihr legen sollte.

»Sie sind eine unglaublich verführerische Frau, und

ich begehre Sie mehr, als ich sagen kann«, murmelte er fast widerwillig, aber sie wollte von ihm im Augenblick etwas anderes als Komplimente.

»Tom, komm zu mir ins Bett ...«

Sie wollte nach seiner Hand greifen, doch er wich aus und deckte sie statt dessen bis zum Hals zu.

»Ich muß vorher noch etwas Geschäftliches erledigen ...«

»Etwas Geschäftliches?« rief sie empört und setzte sich abrupt auf, die Decke bis zur Taille abschüttelnd.

»Haben Sie den Reporter vergessen?« Er umfing ihr Gesicht mit beiden Händen, küßte sie zärtlich und drückte ihren Oberkörper dabei wieder in die Kissen. Bevor sie ihre Arme um seinen Nacken schlingen konnte, nahm er sie gefangen.

»Tom!«

»Ich komme zurück, sobald ich die Aasgeier vertrieben habe«, versprach er.

»Du kannst mich jetzt doch nicht einfach allein lassen!«

»Es wird höchstens eine Viertelstunde dauern, und dann haben wir eine Menge Zeit füreinander.«

Ronnie blickte wütend zu ihm auf. Sie konnte einfach nicht begreifen, daß er an ›Geschäfte‹ denken konnte, während sie sich nach ihm verzehrte. Und dabei begehrte er sie genauso wie sie ihn, das war ihm deutlich anzusehen!

»Schließen Sie die Augen, denken Sie an etwas Schönes, und schon bin ich wieder da!« sagte er. »Okay?«

»Eine Viertelstunde!« befahl sie.

»Länger wird es bestimmt nicht dauern.« Er küßte ihre Finger, bevor er ihre Handgelenke losließ.

Er hob sein Sakko vom Boden auf und ging zur Tür. Ronnie hörte, wie sie leise hinter ihm zufiel, und warf einen Blick auf den Wecker: 4.20 h. Eine Viertelstunde, fünfzehn Minuten ...

Sie drehte sich auf den Bauch und vergrub ihr Gesicht in den weichen Kissen. Ihre Glieder waren ungewöhnlich schwer, und ihr war etwas schwindelig.

Fünfzehn Minuten … das war eine kurze Zeitspanne, und anschließend würde sie ihn zur Strafe, weil er sie verlassen hatte, die ganze Nacht wach halten!

Doch zunächst einmal würde sie seinen Ratschlag befolgen und die Augen schließen …

Das Schrillen eines Telefons riß sie aus dem Schlaf. Es war ein unangenehmes Geräusch, das ihr Kopfweh bereitete. Blinzelnd drehte sie sich auf den Rücken, starrte verwirrt eine unbekannte Decke an und versuchte vergeblich, sich zu orientieren. Als das Klingeln nicht aufhörte, schleuderte sie ein Kissen in Richtung des lästigen Geräts und riß die Augen weit auf, als Quinlan neben dem Bett auftauchte.

»Guten Morgen, Dornröschen«, sagte er grinsend, bevor er den Hörer abnahm. Er trug nur eine graue Hose, ein Hotelhandtuch hing um seinen nackten Oberkörper, und eine Gesichtshälfte war mit weißem Schaum bedeckt, während die andere schon glatt rasiert war.

»Großartig! Vielen Dank«, rief er erfreut, bevor er den Hörer auflegte.

Ronnie konnte sich plötzlich wieder an alles erinnern und warf einen Blick auf den Wecker: 7.05 h.

»Eine Viertelstunde!« Sie warf ihm einen anklagenden Blick zu.

Er grinste wieder. »Sie haben tief geschlafen.« Er hob etwas vom Boden auf und warf es ihr zu: ihr schwarzes T-Shirt.

»Ziehen Sie sich an! Sie können jetzt in Ihre Suite zurückkehren. Unsere Freunde von der Presse werden gerade höflich aus dem Hotel geworfen, wie mir die Sicherheitskräfte berichtet haben.«

Ronnie betrachtete ihr T-Shirt und begriff, daß sie nur

den dünnen BH anhatte. Allerdings störte es sie nicht im geringsten, daß Tom sie so dürftig bekleidet sah. Ganz im Gegenteil – sie wünschte sich, seinen Blicken völlig nackt preisgegeben zu sein.

Er öffnete die Vorhänge und kehrte ins Bad zurück. Ronnie schirmte ihre Augen stöhnend mit einer Hand gegen das helle Sonnenlicht ab, das ihren Schädel mit tausend feinen Dolchspitzen zu durchbohren schien. Als der Schmerz ein wenig nachließ, zog sie ungeschickt das T-Shirt an und schwang ihre Beine aus dem Bett. Sofort wurde ihr schwindelig, ihr Kopf dröhnte, und sie hatte das Gefühl, als wäre ihr Mund mit Baumwolle vollgestopft.

»Hier!« Quinlan kam aus dem Bad zurück, kauerte vor ihr nieder und bot ihr zwei Aspirintabletten an, ein Glas Wasser in der anderen Hand. Seine zweite Gesichtshälfte war jetzt ebenfalls rasiert, aber sein Oberkörper war immer noch nackt, und Ronnie staunte, wie braungebrannt seine breiten Schultern waren.

»Könnten Sie bitte die Vorhänge schließen?« bat sie mit einer Grimasse, nachdem sie dankbar die Tabletten geschluckt und mit Wasser hinuntergespült hatte.

»Kopfweh?« Seine Stimme klang sowohl amüsiert als auch mitleidig, während er aufstand und die Vorhänge zur Hälfte zuzog.

»Ja ...« Eine Hand auf die Matratze gestützt, stemmte sie sich mühsam vom Bett hoch und wankte ins Bad. Nachdem sie ihr Gesicht mit eiskaltem Wasser und Seife gewaschen und Toms Mundwasser benutzt hatte, fühlte sie sich etwas besser, aber ihr Spiegelbild war nicht gerade ermutigend. Sie war blaß, hatte Ringe unter den Augen, und ihre Haare hingen strähnig herab. Ihr T-Shirt war zerknittert, aber immerhin hatte sie in der kleinen Gürteltasche einen Lippenstift und Kompaktpuder. Während sie mit der Puderquaste über ihre Wangen fuhr, klopfte Quinlan leise an die Badtür.

»Leben Sie noch?« erkundigte er sich.

»Ich komme gleich«, rief Ronnie, verstaute ihre Schminkutensilien im Täschchen und öffnete die Tür. Er hatte ein frisches weißes Hemd angezogen und eine rote Krawatte umgebunden und hielt ihre Sandaletten in der Hand.

»Wir müssen los! Vergessen Sie nicht, daß Sie in etwa« – er warf einen Blick auf seine Armbanduhr –, »in etwa anderthalb Stunden eine Rede halten sollen.«

»Erinnern Sie mich nicht daran!« Ronnie griff nach ihren Schuhen und mußte plötzlich daran denken, wie er sie ihr ausgezogen hatte. Auch er erinnerte sich daran, das bewies ihr der flüchtige Blick, den sie tauschten.

»Tom …«

»Später … Jetzt müssen wir Sie erst einmal in Ihre Suite bringen und startklar machen.«

Bevor sie etwas erwidern konnte, öffnete er die Zimmertür und vergewisserte sich, daß der Korridor leer war. Daraufhin packte er sie am Handgelenk und zog sie ins Treppenhaus. Ihre Sandaletten in der Hand, konnte sie kaum mit ihm Schritt halten.

Sie hatte Kopfweh, einen trockenen Mund, weiche Knie und einen rebellierenden Magen, aber trotzdem war sie so glücklich wie lange nicht mehr. Den Blick unverwandt auf den breiten Rücken des Mannes gerichtet, der sie unerbittlich die Treppen hinaufschleppte, wußte sie genau, woran das lag: an ebendemselben Mann, Tom Quinlan.

16. Kapitel

»Wie ich sehe, hast du sie unversehrt ins Hotel zurückgebracht!« sagte Kenny leise.

Tom und er standen ganz hinten im Ballsaal des *Banning Creek Country Club*, an die kühle Wand gelehnt, während die Gastgeberin Ronnie mit freundlichen Worten begrüßte. Für das Frühstück der Universitätsdamen waren in dem Saal Dutzende weiß gedeckter Tische aufgestellt und ein mit blauen Stoffbahnen geschmücktes Podium errichtet worden. Das Frühstück war ausverkauft, und warmer Applaus brandete auf, als Ronnie ans Rednerpult trat. Tom wußte, daß das sein Verdienst war. Die Mühe, die er investiert hatte, zeigte erste Erfolge.

»Es war gar nicht sie«, behauptete er, und Ronnies blühendes Aussehen verlieh seinen Worten Glaubwürdigkeit, denn eine Frau, die sich in einer Bar amüsiert und zuviel getrunken hatte, müßte eigentlich völlig übernächtigt sein.

»Was?« rief Kenny und starrte ihn verblüfft an.

»Nicht so laut«, mahnte Tom. »Ich sagte – es war nicht Mrs. Honneker!«

Er hatte sich vorgenommen, den Ruf der Dame sogar gegenüber seinem Partner zu schützen, denn er konnte sich lebhaft vorstellen, was Kenny dachte. Verdammt, er selbst – und jeder andere Mann, den er kannte – würde das gleiche denken: Eine verheiratete Frau, die in einem Nachtlokal mit fremden Männern tanzte und flirtete, war eine Schlampe. Besonders eine schöne rothaarige Frau mit atemberaubender Figur. Und er wollte nicht, daß Kenny oder sonst jemand Ronnie so einschätzte, ob nun zu Recht oder nicht.

»Aber …«, stammelte Kenny mit weit aufgerissenen Augen.

»Du hast mich völlig überflüssigerweise um zwei Uhr nachts aus dem Schlaf gerissen, mein Freund! Ich bin sofort losgerast und habe eine Stunde lang jeden Rotschopf in der Bar unter die Lupe genommen, und dann habe ich mir bis sieben Uhr morgens Sorgen gemacht. Als ich schließlich an ihre Tür klopfte, hat sie sofort aufgemacht! Sie hatte abends das Telefon abgestellt und die ganze Nacht selig geschlafen.«

»O Mann«, murmelte Kenny entschuldigend, »ich dachte wirklich, die Information wäre zuverlässig.«

»Nun, du hast dich geirrt.«

»Tut mir wahnsinnig leid, Kumpel!«

Toms einzige Antwort bestand in einem Knurren. Er beobachtete Ronnie, die beim Reden immer noch das Pult mit beiden Händen umklammerte, obwohl er ihr mindestens fünfzigmal gesagt hatte, daß das einen schlechten Eindruck mache. Sie brachte es einfach nicht fertig, die wirkungsvollen Gesten zu machen, die er ihr gezeigt hatte. Es war ihm gelungen, den Inhalt ihrer Reden abzuändern, aber sie leierte sie genauso ausdruckslos und hölzern herunter wie früher. Seltsamerweise fand Tom das irgendwie liebenswert, vielleicht, weil es ein Zeichen von Verletzlichkeit war.

Es hatte ihn verdammt viel Willenskraft gekostet, ihr vergangene Nacht nicht zu geben, worum sie bettelte. Sogar nachdem er auf den Korridor geflüchtet war, hatte er einen harten Kampf mit seinem Körper ausfechten müssen. Aber es wäre höchst unklug, mit Mrs. Lewis R. Honneker IV zu schlafen, denn wenn der Herr Senator davon Wind bekäme, müßten sowohl Ronnie als auch er einen hohen Preis bezahlen.

Während er auf dem Gang abwartete, bis die schier unerträgliche Erektion etwas nachließ, überlegte er, wie man den Reporter und die Fotografin vor ihrer Suite loswerden könnte. Ihm war eine einfache Lösung eingefallen: Er brauchte nur den Sicherheitsdienst des Hotels zu bitten, die Presseleute hinauszuwerfen. Natürlich nicht um vier Uhr nachts, denn woher sollte Mrs. Honneker oder ihr politischer Berater um diese Zeit wissen, daß Reporter vor der Tür lauerten? Nein, Tom hatte bis kurz vor sieben gewartet und dann glaubhaft versichert, er hätte die Typen soeben gesichtet. Ein kurzer Anruf, und alles war erledigt gewesen. Kinderleicht!

Hingegen war es alles andere als kinderleicht, in sein

Hotelzimmer zurückzugehen, wo die Versuchung in Gestalt einer schönen Frau wartete. Zum Glück für ihn war Ronnie erwartungsgemäß eingeschlafen, das Gesicht in ein Kissen vergraben.

Trotz ihrer vehementen Proteste hatte die Dame eindeutig zuviel getrunken!

Sie lag auf dem Bauch und hatte die Decke abgestrampelt. Nur mit den knappen Shorts bekleidet, die ihre Reize eher betonten als verhüllten, war sie unglaublich reizvoll, und während Tom ihren schlanken hellhäutigen Körper betrachtete, stieg erneut heftige Begierde in ihm auf.

Schließlich hatte er aber doch das einzig Vernünftige getan und zwei Stunden auf dem Boden geschlafen. Und am Morgen hatte er sie in ihre Suite gebracht und dafür gesorgt, daß sie nach einer ausgiebigen Dusche und starkem Kaffee korrekt gekleidet und perfekt frisiert die Fahrt in den Country Club antrat.

Tom hatte ihr absichtlich keine Zeit für ein Wiederaufwärmen der nächtlichen Geschehnisse gelassen, aber ihm war klar, daß er die unvermeidliche Konfrontation nur etwas hinausgezögert hatte, denn die betörenden Blicke, die sie ihm dauernd zuwarf, bewiesen zur Genüge, daß die Dame nicht gewillt war, die Vergangenheit ruhen zu lassen. Er hatte gehofft, daß sie von allein zur Vernunft kommen würde, sobald ihr Rausch verflogen war, aber dieses Glück war ihm nicht beschieden. Ronnie schien genau dort anknüpfen zu wollen, wo sie nachts aufgehört hatten, und nachdem er nicht die Absicht hatte, sich zu einer Riesendummheit hinreißen zu lassen, würde ihm die undankbare Aufgabe zufallen, ihr einen Korb zu geben.

Zugegeben – er würde liebend gern mit ihr ins Bett gehen, aber eine heiße Liebesaffäre mit Mrs. Honneker wäre glatter Selbstmord. Wenn man mit einer Stange Dynamit herumspielte, durfte man sich nicht über eine tödliche Explosion wundern!

Ronnie redete jetzt darüber, daß die Kinder Mississippis Zukunft seien, und mitten in einem Satz schaute sie über den ganzen überfüllten Saal hinweg ihren politischen Berater an, und dieser kurze Blick genügte, um sein Blut in Wallung zu bringen. Auch wenn er sich noch so sehr bemühte, einen kühlen Kopf zu bewahren – sein Körper lechzte danach, mit dieser Frau zu schlafen.

»Na, mit wem hast du die Nacht verbracht?« fragte er Kenny grimmig, nur um sich abzulenken.

Sein Partner errötete, warf ihm einen verlegenen Seitenblick zu und zuckte stumm mit den Achseln.

»Hast du zufällig einen Gedanken an Ann verloren?« Die rundliche, herzliche Ann war für Tom die Verkörperung der Begriffe *Ehefrau und Mutter*.

»Verdammt, dieser kleine Seitensprung wird Ann nicht weh tun, weil sie nie etwas davon erfahren wird.«

»Ein überaus einleuchtendes Argument«, knurrte Tom sarkastisch.

»Ich hatte es wirklich nicht geplant. Sie ... sie war scharf auf mich, und da ist es eben passiert!«

Toms Ärger auf seinen Partner verflog, weil es ihm selbst mit Ronnie ja ähnlich ergangen war. Nur mit dem Unterschied, daß er nicht verheiratet war und genügend gesunden Menschenverstand besessen hatte, den geplanten Seitensprung einer verheirateten Frau zu verhindern.

Aber es hätte leicht anders kommen können.

Ronnie hatte ihre Rede beendet, und Tom applaudierte zusammen mit allen anderen. Seine Nervosität wuchs, als das Frage-und-Antwort-Spiel begann, aber sie meisterte auch diese schwierige Aufgabe. Als eine zudringliche Frau wissen wollte, was sie von der Affäre ihres Mannes mit einer Prostituierten halte, hielt Tom den Atem an. Was würde sie sagen?

»Natürlich war ich darüber nicht gerade begeistert«, antwortete sie langsam. Sie trug ein hellgelbes leichtes Seidenkostüm, knielang und konservativ geschnitten.

Tom hatte es selbst aus ihrem Kleiderschrank geholt, während sie duschte, ebenso wie die Pumps mit breiten Absätzen, die das genaue Gegenteil der sexy Sandaletten waren, die er ihr nachts ausgezogen hatte. »Ich bin es auch heute nicht, aber wir alle müssen uns damit abfinden, daß fast nichts auf dieser Welt vollkommen ist. Auch unsere Ehe ist alles andere als perfekt, aber wir wollen beide, daß sie trotzdem Bestand hat, und wir geben uns große Mühe. Ich sehe das, was passiert ist, als Herausforderung an, die unser Zusammenleben letztlich stärken wird.«

Bravo, hätte Tom am liebsten laut gerufen, denn sie hatte getreulich all jene Phrasen gedroschen, die er ihr tagtäglich eingepaukt hatte. Während die Zuhörer applaudierten, schaute sie wieder zu ihm herüber, und er hob anerkennend den Daumen und lächelte ihr zu.

Ähnlich stolz mochte auch Frankenstein gewesen sein, dachte er, als sein Monster die ersten Bewegungen machte.

Später brachte Ronnie auch die Interviews gut hinter sich. Für ein richtiges Mittagessen blieb keine Zeit mehr, und sie mußten sich mit Hamburgern begnügen, die während der Fahrt zum Flughafen verspeist wurden. Thea und Kenny saßen auf dem Rücksitz des Mietwagens, Ronnie vorne neben Tom. Obwohl sie ihn kein einzigesmal direkt anredete, sondern ausgelassen mit den beiden anderen plauderte und lachte, war er sich ihrer Nähe so bewußt, als wäre sie ein achthundert Pfund schwerer Gorilla. Den Blick starr auf die Straße gerichtet, registrierte er aus dem Augenwinkel heraus, wie provozierend sie die Beine übereinanderschlug und auf dem Sitz hin und her rutschte – scheinbar nur, um sich bequemer mit Thea und Kenny unterhalten zu können.

»He, Kumpel, du bist heute ungewöhnlich schweigsam«, rief Kenny gutgelaunt, als sie den Flughafen fast erreicht hatten, und klopfte Tom auf die Schulter.

»Das dürfte daran liegen, daß ich heute nacht kaum zum Schlafen gekommen bin«, knurrte er gedankenlos, doch als er Ronnies entgeisterten Blick bemerkte, erklärte er hastig: »Kenny hat mich mitten in der Nacht geweckt, weil er glaubte, uns wäre etwas überaus Wertvolles abhanden gekommen, aber er hat sich geirrt. Nachdem ich stundenlang danach gesucht hatte, stellte sich heraus, daß das Objekt genau dort war, wo es sein sollte.«

Thea kicherte amüsiert. »Stell dir vor, Ronnie, Kenny dachte allen Ernstes, du wärest ausgegangen, um dich in einer Bar zu vergnügen! Tom sollte dich suchen.«

Während Ronnie diese absurde Unterstellung mit einem nachsichtigen Lächeln quittierte, begriff Quinlan schlagartig, daß Kenny die Nacht mit Thea verbracht hatte. Woher sollte sie sonst Bescheid wissen? Während der letzten Wochen hatte die Pressesekretärin zwar mit allen Mitteln versucht, Tom zu umgarnen, aber offenbar war sie nicht allzu wählerisch ...

Im Flugzeug litt er dieselben Höllenqualen wie im Auto. Die kleine Propellerturbinenmaschine war zum Glück so laut, daß man sich kaum unterhalten konnte, und Tom tat so, als würde er schlafen, doch Ronnie saß so dicht neben ihm, daß ihr Arm ständig den seinen streifte, und der Duft ihres Parfüms stieg ihm in die Nase. Als das Flugzeug endlich landete, kostete es ihn große Mühe, seine Erektion zu kaschieren und sich zu einem normalen Gang zu zwingen.

Aus unerfindlichen Gründen war die Limousine, die Ronnie nach Sedgely bringen sollte, nicht zur Stelle. Die drei anderen waren mit ihren eigenen Wagen zum Flughafen gefahren.

»Ich kann dich nach Hause bringen, Ronnie«, bot Thea freundlich an.

Tom hätte am liebsten sein Handy hervorgeholt und energisch reklamiert, wo die Limousine abgeblieben sei, aber er schleppte sich mit seinem eigenen und Ronnies Gepäck ab, und Kenny trug dienstbeflissen Theas Koffer. Beides ließ gewisse Rückschlüsse zu, und Quinlan konnte nur hoffen, daß niemand sie beobachtete.

»Danke, Thea, aber Tom kann mich nach Hause fahren. Ich habe sowieso einiges mit ihm zu besprechen«, erwiderte Ronnie fröhlich, und Thea und Kenny fanden natürlich nichts Befremdliches daran. Nur Tom wußte, daß es bei dieser Unterhaltung nicht um Beratung gehen würde.

»Selbstverständlich«, murmelte er und kam sich wie ein Feigling vor, weil er die Aussprache liebend gern noch eine Weile verzögert hätte.

Die dunklen Wolken am westlichen Horizont spiegelten seine düstere Laune wider, während Ronnie auf dem Weg zu seinem Auto einen ausgesprochen glücklichen Eindruck machte. Nicht einmal die erstickende Schwüle schien ihr etwas auszumachen.

Sie winkte Thea und Kenny zum Abschied zu, während Tom das Gepäck im Kofferraum verstaute, die Wagentüren öffnete und die Klimaanlage einschaltete.

Siegessicher nahm Ronnie auf dem Beifahrersitz Platz, und er setzte sich notgedrungen ans Steuer. So mußte einem Mann kurz vor der Hinrichtung zumute sein, schoß es ihm durch den Kopf, bevor er losfuhr.

17. Kapitel

»Ich habe vom Hotel in Tupelo aus angerufen und die Limousine abbestellt«, sagte Ronnie, während Tom sich in die lange Fahrzeugschlange einreihte, die den Flughafen verließ. »Sie dürfen die Leute also nicht zur Schnecke machen.«

Trotz des Schlafmangels und eines leichten Katers

fühlte sie sich großartig. Sie war keine Barbiepuppe mehr! Sie hatte sich von den Fesseln befreit und ihre eigene Persönlichkeit zurückerlangt. Und nun wollte sie eine Affäre mit Tom haben!

Er warf ihr einen flüchtigen Blick zu. Die Fältchen um seine Augen und Mundwinkel waren ausgeprägter als sonst, und seine Miene war besonders streng und grimmig. Inwendig lächelnd, dachte Ronnie, daß das am Schlafmangel liegen mußte.

»Aha, Sie haben den Wagen also abbestellt.«

Das hörte sich nicht gerade ermutigend an, und Ronnie runzelte verärgert die Stirn. Die dunklen Wolken bedeckten jetzt den ganzen Himmel, und erste Regentropfen prallten gegen die Windschutzscheibe.

»Es macht Ihnen doch nichts aus, mich nach Hause zu fahren.« Das war keine Frage, sondern eine Feststellung. Sie wußte, daß es ihm nichts ausmachte. Das seltsame Gefühl von Vertrautheit, das gleich am ersten Tag zwischen ihnen entstanden war, hatte sich seitdem weiter vertieft. Er war ihr Verbündeter, ihr Freund, und bald würde er auch ihr Liebhaber sein, davon war sie überzeugt.

Anstelle einer Antwort schüttelte er nur stumm den Kopf und schaltete den Scheibenwischer ein. Das gleichmäßige Geräusch war beruhigend, und die Klimaanlage sorgte für angenehme Kühle.

»Es war sehr nett von Ihnen, so zu tun, als wäre ich gestern nacht überhaupt nicht ausgegangen. Vielen Dank.«

»Gern geschehen.«

Nach dieser einsilbigen Antwort gab er wieder minutenlang kein einziges Wort von sich, und schließlich fragte Ronnie halb belustigt, halb erbittert: »Halten Sie heute innere Einkehr? Sie haben den ganzen Tag keine zwei Sätze über die Lippen gebracht.«

»Ronnie ...«, begann Tom, zögerte aber fortzufahren. Die Ampel an der nächsten Kreuzung schaltete auf Rot, und er bremste. Sein Auto war das dritte in der Fahrspur, die auf den Highway 80 führte. Es regnete jetzt ziemlich stark, und die dicken Tropfen verdampften auf dem heißen Pflaster.

»Nicht daß Ihre Schweigsamkeit mich stören würde«, fuhr Ronnie fort. »Ich finde harte, schweigsame Männer sehr sexy ..., und Sie finde ich sexy, ob Sie nun schweigen oder reden!«

Ihr zärtliches und humorvolles Gurren brachte ihr nur einen unergründlichen Blick ein, aber sie wollte die günstige Gelegenheit nicht ungenutzt verstreichen lassen. Rasch öffnete sie ihren Sicherheitsgurt, schlang einen Arm um seinen Nacken und küßte ihn. Sekundenlang verhielt er sich völlig passiv, doch dann drang seine Zunge kühn in ihren Mund vor, und seine Hand wühlte in ihren Haaren.

Hinter ihnen wurde ungeduldig gehupt, und er schob sie energisch auf ihren Sitz zurück und gab Gas. Sie hatten den ganzen Verkehr aufgehalten!

»Sie hätten mich letzte Nacht wecken sollen«, sagte Ronnie lächelnd, während sie sich widerwillig wieder anschnallte.

»Verdammt, Ronnie« – er warf ihr einen seiner unergründlichen Blicke zu –, »ich habe Sie *absichtlich* nicht geweckt!«

Ronnie runzelte verwirrt die Stirn.

»Sie scheinen zu glauben«, knurrte Tom, »daß die letzte Nacht der Auslöser für eine Affäre zwischen uns war, aber das ist nicht der Fall. Es gehörte zu meinem Job, mich um Sie zu kümmern, weiter nichts.«

»Was?« Diese absurde Behauptung verschlug Ronnie fast die Sprache, und sie schwankte zwischen Wut und amüsierter Ungläubigkeit. »Wollen Sie mir weismachen, daß es zu Ihrem *Job* gehört, mich zu küssen, ins Bett zu tragen und mir das T-Shirt auszuziehen?«

»*Sie* haben *mich* geküßt, Sie haben Ihr T-Shirt selbst

ausgezogen, und ins Bett habe ich Sie nur getragen, damit Sie schlafen konnten. Ich habe meine Nachtruhe geopfert, um Sie aus der Bar ins Hotel zurückzubringen, weil mir viel daran lag, daß Sie heute morgen Ihre Rede halten konnten.«

Seine Miene verriet ihr, daß er es völlig ernst meinte. Inzwischen regnete es in Strömen, und der dichte silbrige Vorhang zwang die Autofahrer, ihr Tempo zu verlangsamen.

»Ich glaube Ihnen nicht!«

»Es ist aber die Wahrheit!« erwiderte er zähneknirschend.

»Mag sein, daß ich Sie beim Tanzen zuerst geküßt habe, aber Sie sind doch sofort darauf angesprungen, gestern nacht und vorhin wieder! Oder wollen Sie mir wirklich weismachen, daß Sie mich nur pflichtschuldig geküßt haben?«

Diesmal war sein Blick nicht unergründlich, sondern eindeutig kalt und ablehnend. »Sie sind eine schöne Frau, und wenn Sie es darauf anlegen, können Sie zweifellos jeden Mann dazu bringen, Sie zu begehren. Ich bin ein normaler Mensch, kein Heiliger, aber ich hatte nie die Absicht, mit Ihnen zu schlafen. Ich wurde eingestellt, um Sie zu beraten, damit Ihr Mann die nächste Wahl gewinnen kann, und vergangene Nacht haben Sie durch Ihren Leichtsinn die ganze Kampagne gefährdet.«

Ronnie spürte, wie ihr das Blut ins Gesicht schoß. Blind vor rasender Wut, holte sie zum Schlag aus und versetzte ihm eine schallende Ohrfeige.

»Sie … Sie *Flegel!*«

Bremsen quietschten, und der Wagen geriet ins Schleudern, aber Tom brachte ihn wieder unter Kontrolle und hielt am Straßenrand an. Leichenblaß starrte er Ronnie an, die Spuren ihrer Finger auf einer Wange deutlich sichtbar. Sein Mund war verkniffen, und seine Augen sprühten Funken, während er seinen Sicherheitsgurt mit zwei schnellen Bewegungen löste, sie bei den Oberarmen packte, gegen die Tür preßte und sich drohend über sie beugte.

»Wissen Sie, wann ich wirklich ein Flegel wäre?« knurrte er zwischen den Zähnen hindurch. »Ich wäre einer, wenn ich mit einer Frau geschlafen hätte, die mich anmachte, weil sie zuviel getrunken hatte. Ich wäre ein Flegel, wenn ich mit einer Frau schlafen würde, die meine Klientin ist und mit deren Familie ich befreundet bin! Ich wäre ein Lump, wenn ich mit einer *verheirateten* Frau schlafen würde! Zugegeben, es ist eine reizvolle Vorstellung, mit Ihnen ins Bett zu gehen, aber ich werde es nicht tun, und wissen Sie, warum? Weil die Sache den vielen Ärger nicht wert wäre! Weil die *Frau* diesen vielen Ärger nicht wert wäre!«

Er ließ ihre Arme los, setzte sich wieder hin, schnallte sich an und ließ den Motor an. Sein Gesicht schien aus Granit gemeißelt zu sein, seine Hände hielten das Lenkrad so fest umklammert, daß die Knöchel weiß hervortraten, und ein kleiner Muskel zuckte in seinem Mundwinkel.

Vor ohnmächtiger Wut am ganzen Leibe zitternd, warf Ronnie ihm giftige Blicke zu und rieb sich demonstrativ die Oberarme, so als hätte er ihr schrecklich weh getan. Allerdings sah es nicht danach aus, als würde er deshalb Gewissensbisse verspüren.

Auf den Straßen herrschte dichter Berufsverkehr, der durch den starken Regen zusätzlich behindert wurde, und obwohl es erst kurz vor sechs war, erzeugten die düsteren Wolken eine Abendstimmung.

Nach einer Viertelstunde glaubte Ronnie, ihre Stimme wieder halbwegs unter Kontrolle zu haben. »Es ist eigentlich überflüssig, das zu sagen, aber ich sage es trotzdem – Sie sind gefeuert!«

Tom lachte kurz und freudlos auf. »Haben Sie vergessen, daß Sie mich nicht feuern können?«

»Sie hatten versprochen zu kündigen, wann immer ich es wünschen würde – und jetzt wünsche ich es!«

»Ich habe damals gelogen.«

Ronnie schnappte nach Luft. »Im Lügen scheinen Sie sehr gut zu sein, was?«

Toms Gesicht hatte jetzt wieder die normale Farbe, und ihre Fingerspuren waren kaum noch zu sehen. Er schien sich völlig unter Kontrolle zu haben, während Ronnie immer noch vor Wut kochte, auch wenn sie sich nicht anmerken lassen wollte, wie sehr er ihren Stolz verletzt hatte.

»Am Montag haben Sie um zwei Uhr nachmittags ein Interview mit *Ladies' Home Journal*«, teilte er ihr seelenruhig mit, »und ich komme gegen eins, um vorher alles noch einmal mit Ihnen zu besprechen. Außerdem wäre es keine schlechte Idee, wenn Sie morgen mit Ihrem Mann in die Kirche gehen würden.«

»Ich werde nicht mehr mit Ihnen zusammenarbeiten.«

»O doch, das werden Sie!« verkündete er. »Sie werden weiterhin mit mir zusammenarbeiten, weil ich überaus nützlich bin, obwohl Sie das im Moment nicht zugeben wollen. Dank meinem Einsatz erholt sich der ehrenwerte Herr Senator von seinem kleinen Fehltritt, und Sie werden immer beliebter. Außerdem gehöre ich zu den wenigen Menschen, die auf Ihrer Seite und nicht auf der Ihres Mannes stehen. An Ihrer Stelle würde ich gründlich darüber nachdenken.«

»Gehen Sie zum Teufel!« zischte sie wütend.

Sie hatten Sedgely erreicht, und Quinlan bog in die lange Auffahrt ein. Die alten Eichen schienen zu weinen, aber auf der großen überdachten Veranda standen trotz des Wolkenbruchs mehrere Menschen.

»Ihr Lippenstift ist verschmiert«, sagte Tom und stellte den Spiegel über ihrem Sitz so ein, daß sie sich darin sehen konnte. Vorsichtshalber wischte er mit einem Papiertaschentuch seinen eigenen Mund ab.

Ohne ihn eines Blickes zu würdigen, zog Ronnie sich rasch die Lippen nach, bevor der Wagen vor der Veranda hielt.

»Bleiben Sie sitzen, ich habe einen Schirm im Kofferraum«, riet er ihr, aber sie sprang aus dem Auto und rannte die Stufen hinauf, obwohl es in Strömen regnete.

»Ronnie, *Honey,* du kommst gerade noch rechtzeitig, um Frank Keith ›Auf Wiedersehen‹ zu sagen. Mein Gott, bist du naß! Frank, erinnerst du dich noch an meine Frau?«

Lewis schlang einen Arm um ihre Taille und zog sie an sich, und Ronnie blieb nichts anderes übrig als zu lächeln und den stellvertretenden Gouverneur und dessen Gemahlin freundlich zu begrüßen, scharf beäugt von ihrer Schwiegermutter und ihrem Stiefsohn.

»Hallo, alter Junge, wie geht's dir?« rief Marsden lächelnd, als Quinlan zu der Gruppe auf der Veranda trat. Lewis' ältester Sohn war stämmig gebaut, und ihm fehlte der Charme des Senators. »Hoffentlich hält Stiefmama dich nicht ständig so auf Trab!«

Bevor Tom etwas darauf antworten konnte, wurde er von Dorothy herzlich umarmt. Die Mutter des Senators sah mit einundachtzig aus einiger Entfernung erstaunlich jugendlich aus, weil sie schlank war und ihre Haare braun färbte. Die Falten fielen nur auf, wenn man dicht vor ihr stand. »Ich habe dich eine Ewigkeit nicht gesehen, Tom! Du bleibst doch zum Abendessen?«

»Vielen Dank, Mrs. Honneker, aber heute abend geht es leider nicht«, erwiderte Quinlan mit einem strahlenden Lächeln.

»Frank, das ist Tom Quinlan«, stellte der Senator vor. »Ich habe dir schon von ihm erzählt – er ist ein Studienfreund von Marsden, und er hat als Wahlberater die großartigsten Einfälle ...«

»Lewis, ich würde mich gern umziehen«, murmelte Ronnie, und der Senator nahm sofort seinen Arm von ihren Schultern. Das Gespräch drehte sich bereits um Politik, und sie konnte unbemerkt im Haus verschwinden.

18. Kapitel

Montag, 4. August,
9.30 h, Biloxi

Marla war nervös. Obwohl die Cartoons im Fernsehen das schäbige Hotelzimmer mit fröhlichem Gelächter erfüllten, kam sie sich wie eine Maus vor, der Dutzende vorläufig noch unsichtbarer Katzen auflauerten.

Ein TV-Boulevardmagazin hatte gestern abend einen kurzen Beitrag über Susan gebracht, betitelt ›Leben und Tod einer Evangelistentochter‹. Die Reporterin, eine junge Frau namens Crystal Meadows, hatte berichtet, daß Susan ›ausgeflippt‹ sei, das College verlassen und Drogen konsumiert habe. Ihre Familie habe entsetzt, aber hilflos akzeptieren müssen, daß sie ihren Lebensunterhalt als Prostituierte verdiente. Die Autopsie habe ergeben, daß die junge Frau vor ihrem Tod durch Ersticken geschlagen worden sei. Ihr Vater, der berühmte Prediger Charlie Kay Martin, hatte mit Tränen in den Augen geschworen, alles Menschenmögliche zu unternehmen, damit der – oder die – Mörder seiner Tochter vor Gericht kämen.

Die Reporterin hatte ihren Bericht mit den Worten beendet: »Die Polizei von Biloxi steht jetzt mächtig unter Druck.«

Marla wurde das Gefühl nicht los, ebenfalls mächtig unter Druck zu stehen.

»Möchtest du auch ein paar Erdnußlocken, Mom?« fragte Lissy, die bäuchlings auf dem Bett lag und sich *Scooby-Doo* anschaute. Sie hatte die Tüte fast geleert und mit Cola hinuntergespült. Nicht gerade ein nahrhaftes Frühstück, dachte Marla, aber immerhin besser als gar nichts.

»Nein, danke, Kleines.«

Sie hatte Geldsorgen, denn ihre Ersparnisse waren fast erschöpft. Drei Wochen im Hotel kosteten eine ganze Menge, und ihre siebenjährige Tochter hatte ständig Hunger und wollte am liebsten immer bei McDonald's essen. Marla wußte, daß es so nicht weitergehen konnte, aber sie hatte auch keine Ahnung, wie sie etwas an ihrer Lage ändern sollte, denn ihr Instinkt sagte ihr, daß sie sich verstecken mußte.

Claire war verschwunden. Jedenfalls war es Marla nicht gelungen, Kontakt mit ihr aufzunehmen. Sie hatte immer wieder bei ihr angerufen, bis der Anrufbeantworter keine Nachrichten mehr speichern konnte, und sie war zu ihrer Wohnung gefahren und hatte an die Tür gehämmert, bis ein Nachbar neugierig gefragt hatte, was denn los sei. Auch die Hausverwaltung wußte nicht, wo Claire abgeblieben war, und es interessierte im Grunde auch niemanden, denn die Miete war bis zum 15. August bezahlt.

Die Modellagentur, die zwei Jahre lang floriert hatte, existierte nicht mehr. Nach vergeblichen Anrufen war Marla hingefahren, aber das Büro war geschlossen, und sie hatte nicht in Erfahrung bringen können, was aus Billie, deren Vertretung Joy und Roy, dem Chef des Etablissements, geworden war.

Sie waren alle einfach verschwunden!

Bei diesem Gedanken sträubten sich Marlas Nackenhaare. So viele Menschen waren verschwunden, und niemand kümmerte sich darum. Wenn sie nicht aufpaßte, könnte sie die nächste sein. Sie und Lissy! Der Gedanke jagte ihr einen kalten Schauer über den Rücken.

Spurlos verschwunden! Spurlos verschwunden …

Sie hatte ihre Wohnung sofort verlassen, nachdem der

Unbekannte sie durchsucht hatte, und sie war nur ein einziges Mal für eine Viertelstunde zurückgekehrt, um einige Kleidungsstücke für Lissy und sich selbst einzupacken. Das Apartment war kein sicherer Aufenthaltsort mehr, das wußte sie intuitiv.

Susan war tot. Claire war unauffindbar, ebenso wie Billie, Joy und Rick. Die einzige Verbindung, die zwischen ihnen allen bestand, war jene Verabredung auf der Yacht.

Und Marla war ebenfalls daran beteiligt gewesen, denn sie hatte Susan und Claire an jenem Donnerstagabend zum Landesteg gefahren. Susan war an Bord dieses Schiffs namens *Sun*-irgendwas gegangen und nicht mehr zurückgekommen.

Jedesmal, wenn Marla daran dachte, schnürte Angst ihr die Kehle zu.

Der Mann, der in die Wohnung eingedrungen war, hatte Susans Schlüsselbund benutzt. Das Ding war unverwechselbar, denn als Anhänger diente ein kleiner rechteckiger Fotorahmen. Auf einer Seite war Susan im Bikini zu sehen, und auf der anderen lachten Susan und Marla zusammen in die Kamera. Marla hatte ihr eigenes Gesicht in dem Plastikrähmchen deutlich erkannt, als der Mann den Schlüsselbund aus seiner Tasche gezogen hatte.

Und wenn er in den Besitz von Susans Schlüsselbund gelangt war, mußte er sie entweder selbst ermordet haben oder jedenfalls irgendwie in die Angelegenheit verwickelt sein. Marla hatte ihn gesehen, und sein Gesicht hatte sich ihr unauslöschlich eingeprägt. Sie könnte ihn jederzeit identifizieren. Und das ängstigte sie mehr als alles andere.

Aber er wußte nicht, daß sie ihn gesehen hatte. Er konnte es nicht wissen! Hätte er geahnt, daß sie sich in der Wohnung aufhielt, so wäre sie jetzt tot.

Wahrscheinlich wußte er nicht einmal, daß sie existierte. Er war an ihr bestimmt nicht interessiert. Warum sollte er es auch sein?

Doch obwohl Marla sich das immer wieder vorsagte, jagten ihr kalte Schauer über den Rücken. Sie stand auf, trat ans Fenster und schob den Vorhang etwas zur Seite. Trotz des Regens vom Vortag würde es wieder unerträglich heiß und schwül werden. Etwas Sonnenlicht fiel in die schmale Straße dieses heruntergekommenen Viertels von Biloxi. Ihr Hotelzimmer befand sich im zweiten Stock, aber es gab nicht viel zu sehen. Ein alter Chevrolet mit verbeulter Tür und rostiger Karosserie fuhr langsam vorbei, und ein Mann überquerte die Straße. So als hätte er gespürt, daß er beobachtet wurde, blickte er plötzlich hoch.

Marla wich entsetzt vom Fenster zurück.

Es war der Mann, der ihre Wohnung durchsucht hatte, der Mann, der Susans Schlüsselbund besaß.

Er hatte ihr Versteck ausfindig gemacht!

19. Kapitel

Montag, 4. August,
13.00 h, Jackson

Ronnie lag bäuchlings auf einer Liege neben dem Swimmingpool und genoß die warme Sonne auf ihrer Haut. Sie war allein, abgesehen von John, der im Sommer einmal wöchentlich nach Sedgely kam, um den Pool zu säubern. Sein Netz glitt fast lautlos durchs Wasser, so daß sie die knirschenden Schritte auf dem Kiespfad schon von weitem hören konnte.

Sie versteifte sich unwillkürlich, atmete aber mehrmals tief durch, um sich zu entspannen, und lächelte zufrieden. Tom war wie immer auf die Minute pünktlich. Das Schwimmbad war von einer zwei Meter hohen Ziegelmauer umgeben, und er würde das schmiedeeiserne Tor öffnen müssen, um hereinzukommen. Ronnie drehte den Kopf absichtlich auf die andere Seite, schloß die Augen und stellte sich schlafend. Dann kam ihr eine neue Idee: Rasch hakte sie ihr Bikinioberteil auf und schob die Träger von den Schultern, so daß ihr Rücken völlig nackt war.

Die Schritte auf dem Kies wurden lauter, und gleich darauf quietschte das Tor. Ronnie malte sich die Szene genüßlich aus: Ihr Berater stand bestimmt wie angewurzelt da und starrte ungläubig auf den erdnußförmigen Pool, dessen blaue Kacheln in der Sonne wie Saphire glänzten. Die hohen Mauern waren mit wildem Wein bewachsen, und John in seiner braunen Uniform dürfte den Eindringling überrascht mustern. Ronnie zweifelte nicht daran, daß Toms Aufmerksamkeit in erster Linie der rothaarigen jungen Frau gelten würde, die sich neben dem Pool auf einer Liege sonnte. Das winzige scharlachrote Bikinihöschen mußte sich reizvoll von dem großen gelben Strandtuch abheben, ebenso wie die freigebig zur Schau gestellte bronzefarbene Haut ...

Endlich hörte sie das sehnsüchtig erwartete Geräusch: Schritte auf Beton, die immer näher kamen.

Ronnie lag regungslos da und konnte nur mit Mühe ein Lachen unterdrücken. Sie stellte sich Toms Miene vor: gerunzelte Stirn, schmale Lippen. Mißbilligung pur!

Aber er würde sie begehren.

Sein Pech, denn jetzt stand sie ihm nicht mehr zur Verfügung!

»Ronnie ...«

Immerhin trieb er seine Heuchelei nicht so weit, sie wieder mit ›Mrs. Honneker‹ anzureden. Hätte er das getan, hätte sie – mit John als Zeugen – ihr Höschen ausgezogen und sich nackt in seine Arme geworfen! Wie der große Ränkeschmied wohl mit einer solchen Situation zurechtgekommen wäre?

Ronnie tat so, als hätte Tom sie geweckt. Sie drehte ihren Kopf auf die andere Seite und strich sich die roten Haare aus dem Gesicht, während sie sich behaglich streckte.

»Ronnie …«, wiederholte er lauter, und seine Stimme hörte sich herrlich gereizt an. Sie hatte die Absicht, ihn zu quälen und verrückt zu machen – und ihn dann stehen zu lassen. Es war keine leere Drohung gewesen, daß sie nicht mehr mit ihm zusammenarbeiten wollte – das würde der Herr bald feststellen!

Blinzelnd schaute sie auf, so als hätte sie die Stimme nicht erkannt und müßte mißmutig feststellen, wer sie störte. Tom trug einen dünnen blau und weiß gestreiften Leinenanzug mit weißem Hemd und dunkelblauer Krawatte, die genau zu seiner Augenfarbe paßte, und sein blondes Haar schimmerte in der grellen Sonne wie pures Gold. Er sah verdammt attraktiv aus – und äußerst gereizt, wie Ronnie befriedigt feststellte.

»Ach, Sie sind's«, murmelte sie gelangweilt, schloß die Augen und ließ ihre Haare wie einen Vorhang über das Gesicht fallen.

Sein Zorn schien wie ein starkes elektrisches Feld die Luft zum Knistern zu bringen, und sie kostete dieses Machtgefühl voll aus. Vögel zwitscherten in den Bäumen, und Bienen summten. Ihr teures Sonnenöl roch angenehm nach Kokosnüssen, und ihr Strandtuch war weich und warm. Das alles nahm sie deutlich wahr, aber sozusagen nur als Kulisse für Toms hungrige Blicke auf ihrem fast nackten Körper.

Ein lautes Schaben von Metall über Beton verriet ihr, daß er einen Gartenstuhl herangezogen hatte und jetzt neben ihrer Liege saß.

»Man wird Sie bei dem Interview unter anderem fragen, ob es Ihnen Probleme bereitet, jünger als Ihre Stiefkinder zu sein.« Er schien beschlossen zu haben, ihre Provokationen einfach zu ignorieren. »Sie müssen Ihre Antwort sorgfältig formulieren. Am besten sagen Sie …«

»Ich hasse sie, sie hassen mich, und so was wie Familienleben gibt's bei uns gar nich'!« trällerte Ronnie vergnügt vor sich hin, immer noch mit abgewandtem Gesicht und geschlossenen Augen, fest entschlossen, ihn bis zur Weißglut zu reizen.

»Sehr komisch!«

Ronnie wollte sich seinen Gesichtsausdruck nicht länger entgehen lassen. Sie öffnete die Augen, setzte sich auf und berührte mit den nackten Füßen den heißen Beton. Dabei glitt ihr das Bikinioberteil von den Schultern, und sie beobachtete die Wirkung unter gesenkten Wimpern hervor.

Wunschgemäß starrte Tom auf ihre fast nackten Brüste. Der scharlachrote Stoffstreifen hing knapp über den Brustwarzen.

»Hoppla!« Langsam schob Ronnie die Bikiniträger hoch, wobei sie ihn herausfordernd ansah.

»Was, zum Teufel, treiben Sie da?« fragte er leise, damit John ihn nicht hören konnte. Seine Augen funkelten, und er reckte grimmig das Kinn.

»Ich genieße die Sonne«, erwiderte sie lässig, ohne die Stimme zu senken.

»Warum legen Sie sich nicht gleich ganz nackt hin?«

Seinen Ärger voll auskostend, hakte Ronnie ihren Bikini zu. »Manchmal tu' ich es«, sagte sie lächelnd, stand auf, schlüpfte in hochhackige Pantoletten und winkte John zu. »Bis nächste Woche!«

»Ich wünsche Ihnen einen schönen Tag, Mrs. Honneker«, rief der Mann.

Sie schlenderte gemächlich auf das Badehaus zu, und Tom folgte ihr dicht auf den Fersen, ohne sie aus den Augen zu lassen. Ronnie wußte genau, daß sie einen verführerischen Anblick bot, denn das Bikinihöschen bestand nur aus zwei scharlachroten Dreiecken, an den Seiten durch Kordeln zusammengehalten. Es war der knappste Bikini, den sie besaß, und sie hatte ihn angezogen, um Quinlan aufzugeilen. Um die Wirkung noch zu verstärken, wackelte sie bei jedem Schritt mit den Hüften.

Das Badehaus war ein ehemaliges Gästehaus mit Schlafzimmer, Küche und Bad mit großer Duschkabine. Das Wohnzimmer hatte Ronnie in ein kleines Fitnesscenter verwandelt. Hier standen ihre Trainingsgeräte, eine große bunte Matratze lag auf dem Boden, und eine ganze Wand war verspiegelt.

Sie öffnete die gläserne Schiebetür, die in diesen Raum führte, und bekam sofort eine Gänsehaut, weil die Klimaanlage eingeschaltet war. Tom zog die Tür hinter sich zu.

»Macht es Ihnen Spaß, Ihren Angestellten eine kostenlose Peep-Show zu bieten?« fragte er wütend.

»Meinen Sie John?«

»Wenn das der Mann ist, der Ihren Pool reinigt – ja! Der arme Kerl sabberte ja regelrecht, als ich auf der Bildfläche erschien.«

»Tatsächlich?« Ronnie steuerte auf das Bad zu, ohne Tom auch nur eines Blickes zu würdigen. »Warum sind Sie überhaupt hergekommen?«

»Ich hatte Ihnen doch gesagt, daß ich um eins hier sein würde, um einiges mit Ihnen zu besprechen. Oder haben Sie vergessen, daß Sie um zwei ein Interview mit *Ladies' Home Journal* haben?« erkundigte er sich zähneknirschend.

»Ach, das Interview …« Sie drehte sich lächelnd nach ihm um. »Das habe ich abgesagt.«

Triumphierend ging sie ins Bad und schloß die Tür, ohne sein aufgebrachtes ›Was?‹ zu beachten.

Als sie zwanzig Minuten später wieder herauskam, saß Quinlan in einem Rattansessel in der Ecke ihres Trainingsraums und blätterte in einer Modezeitschrift. Als er aufschaute, war seine Frustration ihm deutlich anzusehen.

»Sind Sie immer noch hier?«

Ronnie ging an ihm vorbei in die Küche. Sie hatte geduscht und trug jetzt weiße Tenniskleidung: kurzer Faltenrock, ärmelloses Poloshirt, Turnschuhe und Socken. Ihre roten Haare waren im Nacken mit einem weißen Band zusammengebunden. Sie wußte genau, wie gut ihr diese Aufmachung stand.

»Habe ich Sie vorhin richtig verstanden?« fragte er, im Türrahmen der winzigen Küche stehend. »Sie haben das Interview abgesagt?«

Ronnie holte eine Flasche Magermilch aus dem Kühlschrank und goß etwa eine Tasse in das Mixgerät auf der Arbeitsplatte. Während sie die Flasche in den Kühlschrank zurückstellte, warf sie Quinlan einen flüchtigen Blick zu.

»Ja, ich habe bei *Ladies' Home Journal* angerufen und gesagt, daß die Reporter nicht herkommen sollten.« Sie schnitt seelenruhig eine halbe Banane in Scheiben, viertelte einige Erdbeeren und schüttete das Obst zu der Milch in den Mixer.

»Sie haben das Interview tatsächlich abgesagt?« fragte Tom ungläubig.

»Ja, oder – genauer gesagt – Thea hat das für mich erledigt.«

»Sie haben Thea ...« Vorübergehend verschlug es ihm die Sprache, und als er fortfuhr, hörte sich seine Stimme gepreßt an. »Wissen Sie, daß es alles andere als einfach war, *Ladies' Home Journal* für Sie zu interessieren? Alle möglichen berühmten Damen lechzen danach, in diesem Magazin erwähnt zu werden, aber mir ist es dank guter Beziehungen gelungen, sogar ein ausführliches Interview zu vereinbaren. Es hätte der Werbekampagne Ihres Mannes sehr genutzt – und Sie haben es einfach abgesagt!«

»Ja, das habe ich!« Ronnie warf ein halbes Dutzend Eiswürfel in den Mixer und schaltete das Gerät ein. Der Lärm machte vorübergehend jedes Gespräch unmöglich.

Tom lehnte weiterhin mit verschränkten Armen im Türrahmen. »Ist Ihnen der Ausdruck ›sich ins eigene Fleisch schneiden‹ geläufig?« fragte er ruhig, als das Getränk fertig war.

Für einen Mann hatte er wirklich viel zu schöne Augen, dachte Ronnie unwillkürlich, während sie an ihrem Drink nippte und mit hochgezogenen Brauen scheinbar völlig uninteressiert murmelte: »Was wollen Sie damit sagen?«

»Daß Sie nicht mir, sondern sich selbst geschadet haben, als Sie das Interview absagten!«

»Ich habe Ihnen doch gesagt, daß ich nicht mehr mit Ihnen zusammenarbeiten würde«, fauchte Ronnie. »Es war mein Ernst.«

Sie fochten mit Blicken einen erbitterten Zweikampf aus, und dann zitierte Tom: »›Der Haß einer enttäuschten Frau kennt seinesgleichen nicht einmal in der Hölle‹!«

Errötend umklammerte Ronnie das Glas mit ihrem Milchshake. »Sie haben heute offenbar nur völlig veraltete Aussprüche auf Lager!« murmelte sie verunsichert und war heilfroh, als die Schiebetür im Trainingsraum geöffnet wurde.

»Ronnie?« rief eine Männerstimme.

»Ich bin hier«, antwortete sie und fügte an Tom gewandt genüßlich hinzu: »Wenn Sie mich jetzt bitte entschuldigen würden ... ich habe ein Tennisspiel auf dem Programm!«

Sie stellte ihr fast volles Glas in die Spüle und ging mit einem strahlenden Lächeln auf ihren Tennislehrer Michael Blount zu, der groß, schlank, schwarzhaarig und sehr attraktiv war.

»Hallo, Mike! Wie geht's deinem Knie?«

»Ganz gut ... Wer ist denn dieser Bursche?«

»Ach, das ist nur einer von Lewis' Speichelleckern!« antwortete Ronnie absichtlich so laut, daß Tom sie hören mußte.

20. Kapitel

Montag, 4. August, 17.00 h

»Mom, wohin fahren wir?«

»Laß dich überraschen.«

Marla mußte insgeheim zugeben, daß die Frage ihrer Tochter durchaus berechtigt war. Sie waren nun schon seit Stunden in nördliche Richtung unterwegs. In Jackson hatten sie bei McDonald's rasch gegessen, und Lissy hatte sich eine Weile auf dem Spielplatz amüsiert, doch nun quengelte sie wieder, weil ihr die Fahrt auf der I-55 viel zu lang dauerte. Marla hatte keine Ahnung, wo sie übernachten würden. Ihr Instinkt sagte ihr nur, daß sie fliehen mußte.

Zum Glück hatte sie ihren Wagen zwei Blocks vom Hotel entfernt geparkt gehabt, aus Furcht, daß der Mann, der die Wohnung durchsucht hatte, das Auto an der Straße stehen sehen und daraus Rückschlüsse auf ihren Aufenthaltsort ziehen könnte. Allerdings hatte sie damals geglaubt, unter akutem Verfolgungswahn zu leiden, denn woher sollte der Mann – selbst wenn er tatsächlich nach ihr suchte – ihr Auto kennen? Jetzt wußte sie, daß diese Vorsichtsmaßnahme Lissy und ihr höchstwahrscheinlich das Leben gerettet hatte.

Nachdem sie den Mann auf der Straße gesehen hatte, hatte sie ihre Handtasche geschnappt, Lissy bei der Hand gepackt und aus dem Zimmer gezerrt. Der Lift war besetzt gewesen – war das schon der Mörder? –, und deshalb rannten sie die Treppen hinab.

Lissy hatte verständlicherweise gegen diesen hastigen Aufbruch protestiert, und Marla bedauerte, sie angebrüllt zu haben, denn die Kleine war leichenblaß geworden und hatte ihre Mutter mit schreckensweit aufgerissenen Augen angestarrt. Aber immerhin waren sie mit heiler Haut davongekommen!

Als sie endlich im Auto saßen, hatte sie auf die ängstlichen Fragen ihrer Tochter, warum sie geflüchtet waren, lakonisch geantwortet: »Weil jemand Schulden eintreiben wollte.«

Das leuchtete Lissy sofort ein. An Geldsorgen und Ärger wegen unbezahlter Rechnungen war sie längst gewöhnt.

Marla hatte dem Kind nicht die Wahrheit erzählen wollen: daß ein Mann ihnen nach dem Leben trachtete. Sie war überzeugt davon, daß er sie umbringen wollte, denn einen anderen Grund für seine intensive Suche nach ihr konnte sie sich beim besten Willen nicht vorstellen.

Wenn es ihm gelungen war, sie im *Curzon* ausfindig zu machen, einem schäbigen abgelegenen Hotel, dann mußte er sehr geschickt sein. Wahrscheinlich würde sie ihn auch durch ihre Flucht nicht endgültig abschütteln können. Er wußte offenbar nicht nur ihren Namen, sondern auch vieles andere. Vielleicht hatte er sich im Verkehrsamt für Kraftfahrzeuge eine Kopie ihres Führerscheins besorgt, um zu erfahren, wie sie aussah, vielleicht kannte er längst ihr Autokennzeichen, und vielleicht konnte er ihr sogar mit Hilfe ihrer Kreditkarten auf die Spur kommen ...

Sie erbleichte, als ihr einfiel, daß sie am Vortag an einem Bankautomat unweit des Hotels Geld abgehoben hatte. War es diese Unvorsichtigkeit gewesen, die ihn ins *Curzon* geführt hatte?

Marla war nahe daran, in wilde Panik zu geraten. Es gab keinen sicheren Zufluchtsort für Lissy und sie, und ihr Geld ging zur Neige. Sie würde doch noch zur Polizei gehen müssen, aber dann würde man ihr Lissy wegnehmen, und das könnte sie nicht ertragen.

Freilich wäre es noch unerträglicher, wenn das Kind oder sie selbst – oder beide, was am wahrscheinlichsten war – ermordet würden.

Vielleicht verfolgte der Mann sie schon jetzt ...

»Mom, ich muß Pipi machen!«

»Wir halten bald an«, versprach Marla.

»Aber wohin fahren wir überhaupt?« wollte Lissy wieder wissen.

»Wir machen eine kleine Reise. Nur wir beide. Ist das nicht schön?«

Lissy warf ihr einen strengen Blick zu, so als wäre sie die Mutter und Marla das Kind. »Hast du wieder einen ungedeckten Scheck ausgestellt, Mom?«

»Nein!« erwiderte Marla entrüstet.

»Warum müssen wir dann wegrennen?«

»Das tun wir doch gar nicht. Wir ... wir besuchen jemand.«

»Wen?«

Marla sah ihre Tochter mit einer Mischung aus Bewunderung und Frustration an. Lissy war zwar noch ein Kind, aber man konnte ihr nicht so leicht einen Bären aufbinden.

Auf einem grünen Straßenschild las Marla im Vorbeifahren: *Pope 50 Meilen,* und plötzlich hatte sie eine Inspiration.

Vielleicht konnte ihnen doch noch jemand helfen ...

»Einen alten Freund von mir«, erklärte sie ihrer Tochter, von neuer Zuversicht erfüllt.

»Wen?«

»Das wirst du bald sehen, kleiner Naseweis!«

»Mom, wir haben nicht einmal Zahnbürsten dabei. Du hast alles im Hotel zurückgelassen.«

»Wir werden schon zurechtkommen.«

»Ich muß dringend Pipi machen!«

Marla mußte an einer kleinen Raststätte anhalten, und während ihre Tochter auf die Toilette ging, blätterte sie in einer Telefonzelle nervös das Telefonbuch von Pope durch. Endlich fand sie den gesuchten Namen, wählte die Nummer, nachdem sie eine Münze eingeworfen hatte, und betete inbrünstig: *Bitte, bitte, laß ihn zu Hause sein!*

»Hallo?« meldete sich eine Männerstimme.

»Jerry?«

»Ja.«

»Hier ist Marla.«

»Haben Sie auch einen Familiennamen?«

»Marla aus Biloxi, von der Modellagentur ... Erinnerst du dich noch an mich?«

»Ach so, *diese* Marla! Wie kommst du dazu, mich anzurufen?«

»Jerry, ich sitze in der Klemme und brauche dringend Hilfe ...«

21. Kapitel

Dienstag, 5. August,
Jackson

»Tom hat mich gestern angebrüllt, weil ich das Interview abgesagt hatte«, berichtete Thea. Sie hatte es sich mit einer Tasse Kaffee in einem der großen Ledersessel bequem gemacht, die den Kamin flankierten. Es war zehn Uhr morgens, und sie ging mit Ronnie den Terminplan für diese Woche durch.

Ein ehemaliges Wohnzimmer im zweiten Stock, in der Nähe von Ronnies Schlafzimmer, diente ihr als Büro, wenn sie sich in Sedgely aufhalten mußte. Bücherregale vom Parkettboden bis zur dreieinhalb Meter hohen Decke nahmen eine ganze Wand ein, und aus den Fenstern mit schlichten gelben Seidenvorhängen blickte man auf den Park hinter dem Haus hinaus. Die Tapete war blau-weiß gestreift, und ein Orientteppich in Blau- und Rosatönen lag auf dem Boden. Ronnies riesiger Mahagonischreibtisch war ein Prachtstück aus dem Büro des Senators, ebenso wie der imposante Schreibtischsessel, in dem sie saß, während sie mit gerunzelter Stirn die lange Aufstellung ihrer diversen Verpflichtungen anstarrte.

»Tatsächlich?« murmelte sie scheinbar uninteressiert, ohne auch nur von der Liste aufzuschauen.

»Ja, und er hat mir befohlen, keine Termine zu ändern oder abzusagen, ohne ihn vorher gefragt zu haben.«

»Tatsächlich?« fragte Ronnie wieder, aber diesmal warf sie ihrer Sekretärin einen forschenden Blick zu.

»Er ist unglaublich sexy, wenn er in Wut gerät«, grinste Thea.

»Vergiß bitte trotzdem nicht, daß du für mich und nicht für ihn arbeitest!«

»Oh, das habe ich ihm gesagt.«

»Und?«

»Daraufhin wurde er *noch* wütender! Seine Augen verengten sich zu schmalen Schlitzen, er knirschte mit den Zähnen, und ich dachte, er würde gotteslästerlich fluchen, aber er knurrte nur: ›Wir reden morgen weiter darüber‹ und stürmte aus dem Zimmer und die Treppen hinab. Wenige Minuten später hörte ich ihn wegfahren – mit laut aufheulendem Motor und quietschenden Reifen!«

»Hmmm ...« Ronnie wandte ihre Aufmerksamkeit wieder dem Terminplan zu und redete sich ein, völlig uninteressiert an Quinlans Benehmen zu sein.

»Würdest du nicht gern mit ihm ins Bett gehen?« fragte Thea seufzend, und Ronnie schaute bestürzt auf, weil sie befürchtete, daß ihre Sekretärin sie durchschaut haben könnte. Zum Glück interpretierte Thea den Blick als stummen Vorwurf und fügte hastig hinzu: »Nein, du natürlich nicht, schließlich bist du ja mit dem Senator verheiratet, aber ich täte es für mein Leben gern. Weißt du, er ist geschieden ...«

»Ach ja?«

Ronnie wollte eine Veranstaltung streichen, bei der sie dem Sieger eines Schülerwettbewerbs im Buchstabieren einen Preis und eine Urkunde überreichen sollte. Natürlich war das Toms Idee gewesen, weil alles, was mit Kindern und Bildung zu tun hatte, bei Wählerinnen mit höherer Schulbildung besonders gut ankam, aber nicht einmal, um ihn zu ärgern, brachte sie es übers Herz, ein Kind zu enttäuschen, und deshalb ließ sie diese Siegerehrung widerwillig stehen.

Thea ließ sich einfach nicht von ihrem Thema abbringen. »Kenny sagt, daß Tom eine Freundin hat, die er demnächst vielleicht sogar heiraten wird. Offenbar gehen sie schon seit Jahren miteinander ...« Lächelnd fügte sie hinzu: »Kenny ist nett, findest du nicht auch? Zwar nicht so sexy wie Tom, aber richtig süß.«

»Ja, er wirkt sehr sympathisch«, murmelte Ronnie, der sich bei der Vorstellung, daß Tom seine langjährige Freundin heiraten könnte, fast der Magen umdrehte.

Aber vermutlich war nichts Wahres daran, denn in jener unvergeßlichen Nacht hatte Tom gesagt, sie sei hübscher als seine Freundin, und würde ein Mann so etwas zugeben, wenn er eine Frau wirklich liebte?

»Kenny hat mir erzählt, daß Tom und er früher als politische Berater ganz groß im Geschäft waren, aber dann ist Tom irgendwie in die Klemme geraten, sie machten bankrott und müssen jetzt ganz von vorne anfangen. Deshalb ist es für sie so wichtig, dich erfolgreich zu präsentieren.«

Von den unerfreulichen Gedanken an Toms Freundin abgelenkt, hob Ronnie den Kopf. Theas Bericht bestätigte ihre eigenen Beobachtungen, daß Quinlan unter Geldmangel litt und sich mit ihr so abplagte, um wieder auf die Beine zu kommen.

»Was war das für eine Klemme, in die er geraten ist?« fragte sie neugierig.

»Keine Ahnung«, erwiderte Thea achselzuckend. »Kenny hat nichts Näheres erzählt, und ich wollte nicht indiskret sein. Vielleicht ...«

Das Telefon auf Ronnies Schreibtisch klingelte, und wie immer nahm Thea den Hörer ab.

»Mrs. Honnekers Büro ... Nein, sie ist im Augenblick

nicht hier.« Thea hörte etwa eine Minute lang zu, sichtlich bestürzt. »Morgen um dreiviertel zehn? Ja, ich werde es ihr ausrichten. Okay, danke, Moira. Auf Wiedersehen!«

»Was gibt's?« erkundigte Ronnie sich mit gerunzelter Stirn.

»Das war Moira aus Washington«, erklärte Thea unnötigerweise. »Das Interview mit *Ladies' Home Journal* findet morgen um zehn statt. Tom hat die Leute offenbar angerufen und erklärt, es hätte sich um ein Mißverständnis gehandelt. Und jetzt ist es ein Interview mit dir *und* dem Senator. Moira sagte, er würde es nicht schaffen, heute abend nach Hause zu kommen, aber er würde dich morgen um dreiviertel zehn in der Bibliothek treffen. Er wird einen blauen Anzug mit blauem Hemd und gelber Krawatte tragen, und du sollst deine Kleidung farblich darauf abstimmen, meinte Moira.«

22. Kapitel

»Sie hinterlistiger Schuft!« fauchte Ronnie, während sie – eine Hand auf dem kunstvoll geschnitzten Eichengeländer – die letzten Stufen der breiten Treppe hinabschritt.

Es war halb zehn am Mittwochmorgen. Durch die großen Glasscheiben auf beiden Seiten der Haustür flutete strahlendes Sonnenlicht, das sich in den geschliffenen Kristallplättchen des antiken Kronleuchters brach. Der Marmorboden der Eingangshalle glänzte, und die blaßgoldenen Tapeten hatten einen weichen Schimmer.

Ronnie hatte sich vergewissert, daß Tom allein war, bevor sie ihn beschimpfte. Er stand unweit der Tür, mit den Händen in den Hosentaschen, und trug zu einem grauen Anzug mit weißem Hemd dieselbe blaue Krawatte wie am Montag, die seine Augenfarbe so reizvoll betonte.

Sein bloßer Anblick genügte, um sie erneut in Wut zu bringen, obwohl sie sich während der schlaflosen Nacht fest vorgenommen hatte, etwaige neue Provokationen kalt und hoheitsvoll zu ignorieren. Doch sie konnte ihre Zunge einfach nicht im Zaume halten.

»Einen wunderschönen Morgen wünsche ich Ihnen, Mrs. Honneker!«

Die förmliche Anrede, sein gedehnter Südstaatendialekt und sein charmantes Lächeln trieben Ronnie vollends zur Weißglut.

»Wie konnten Sie es wagen, ein Interview, das ich abgesagt hatte, über meinen Kopf hinweg mit meinem Mann neu zu vereinbaren?«

Ihre Augen schleuderten Blitze, während sie mit drohend erhobenem Zeigefinger auf ihn zuging. Sie konnte die meisten Menschen einschüchtern, wenn sie in Zorn geriet, aber Quinlan gehörte zu den seltenen Ausnahmen.

»Sagen Sie es wieder ab, wenn Sie wollen. Nur werden Sie diesmal Ihrem Mann die Gründe erklären müssen«, sagte er seelenruhig und griff nach ihrer Hand, bevor ihr Zeigefinger sich in seine Brust bohren konnte. Seine Finger waren warm, hart und sehr kräftig, und er blickte ihr mit ironischem Lächeln tief in die Augen. »Ich kann mir nicht vorstellen, daß Sie ihm die Wahrheit gestehen möchten – nämlich, daß Sie eine Mordswut auf mich haben, weil ich nicht auf Ihre Avancen eingegangen bin!« Mit einem unverschämten Grinsen fügte er hinzu: »Ist es Ihnen gelungen, den guten Michael am Montag zu reizvolleren Spielen als nur zum Tennis zu überreden?«

Ronnie riß ihre Hand los, doch bevor ihr eine passende Erwiderung einfiel, ging die Haustür auf, und Kenny betrat die Halle in grünem Sportsakko und karierten Hosen. Er führte ein großes verwahrlostes Tier an der Leine, das wie eine Kreuzung zwischen Bernhardiner und Pudel aussah. Lange schwarze und weiße Locken standen wirr nach allen Seiten ab, und die Augen waren inmitten dieses zottigen Fells kaum zu sehen.

»Was ist das denn?« rief Ronnie entsetzt.

»Hier in Mississippi nennt man es einen Hund«, antwortete Tom sarkastisch.

Sie mußte sich mit einem giftigen Blick in seine Richtung begnügen, weil Lewis die Treppe herabkam. In dem angekündigten blauen Anzug mit gelber Krawatte, das silberfarbene Haar perfekt gebürstet, sah er jeden Zoll wie ein Senator aus. Ein Staatsmann vom Scheitel bis zur Sohle, dachte Ronnie. Sie hatte ihren Mann seit Sonntag morgen nicht gesehen, weil er nach Washington geflogen war – und sie hatte ihn nicht vermißt!

»Wie geht's dir, Honey?« fragte er herzlich, legte einen Arm um ihre Schultern und küßte sie auf die Wange. Ronnie schenkte ihm ein warmes Lächeln, in der Hoffnung, Toms Eifersucht zu wecken.

»Ist das der Hund? Wie heißt er gleich noch?« erkundigte Lewis sich bei Quinlan, aber es war Kenny, der antwortete: »Jefferson Davis, Senator Honneker.«

»Er kommt aus dem hiesigen Tierheim«, fuhr Tom fort, »und angeblich hat Mrs. Honneker ihn dort gesehen und gekauft, um dem armen Tier das Leben zu retten.«

Ronnie starrte Tom entgeistert an. Es war sein voller Ernst – sie sollte behaupten, dieses häßliche Vieh nach Sedgely gebracht zu haben!

»Eine gelungene Überraschung, das muß man Ihnen lassen!« Sie schritt hocherhobenen Hauptes in den Salon, wo das Interview stattfinden sollte.

Der riesige Raum hatte acht Fenster vom Boden bis zur Decke und war mit antiken Möbeln und alten Gemälden erlesen eingerichtet. Weiche Goldtöne, durchsetzt mit Weiß und Rosa, dominierten, und Ronnie fühlte sich hier immer wie in einer Filmkulisse. Freiwillig hätte sie keine Stunde in diesem Prunksaal verbringen mögen, aber er war für Repräsentationszwecke ideal und beeindruckte sogar die unverschämtesten Reporter.

»Und ich habe den Hund wohl auch *Jefferson Davis* getauft?« rief sie über die Schulter hinweg. »Das ist doch hoffentlich nur ein übler Scherz.«

»Keineswegs«, antwortete Tom, der ihr hinter Lewis in den Salon gefolgt war, während Kenny und der Hund die Nachhut bildeten. »Hier in den Südstaaten wird dieser Name bei den Wählern großen Anklang finden, und Sie demonstrieren auf diese Weise, daß Sie zwar aus dem Norden stammen, sich hier aber völlig assimiliert haben.«

»Sie können ihn auch einfach Davis nennen, wenn Sie wollen«, warf Kenny begütigend ein. »Er hört auch auf diesen Namen.«

»Wahrscheinlich hört er genauso auf ›Hund‹!« schnaubte Ronnie verächtlich.

»Honey«, griff der Senator höchstpersönlich in die Diskussion ein, »ich habe diese Sache mit Tom abgesprochen, und ich finde, daß er da wirklich eine großartige Idee hatte, denn diesem Hund werden sofort die Herzen aller Wähler von Mississippi zufliegen. Also erzähl bitte, daß du ihn aus dem Tierheim geholt hast, weil er dir so leid tat, und daß du ihn zu Ehren des Präsidenten der Konföderation Jeff Davis genannt hast. Das wird dir bestimmt viele Sympathien einbringen. Außerdem wollte ich schon lange einen Hund haben.«

Seit Ronnie ihn kannte, hatte er noch nie etwas davon verlauten lassen. Seine erste Frau Eleanor war allergisch gegen Tierhaare gewesen, und deshalb hatten die Honnekers achtunddreißig Jahre lang keine Haustiere gehabt. Lewis hatte sich nie darüber beklagt, aber Ronnie wußte natürlich, daß er sogar einen Elefanten beherbergen würde, um in der Wählergunst zu steigen, und im Augenblick mußte sie notgedrungen gute Miene zum bösen Spiel machen, denn es wäre unklug, Quinlan in Gegenwart anderer zu beschimpfen, zumal nun auch noch ihre Schwiegermutter auftauchte. Die alte Dame sah in einem pfefferminzgrünen Sommerkostüm sehr elegant aus und ließ sich anmutig auf dem rosa Brokatsofa nieder.

»Guten Morgen, Dorothy«, murmelte Ronnie und rang sich ein Lächeln ab.

»Ronnie ...«

»Guten Morgen, Mama!«

Als ihr Sohn sie auf die faltige Wange küßte, strahlte Dorothy übers ganze Gesicht. »Du siehst heute großartig aus, mein Junge«, lobte sie. Ihr Blick schweifte zu Ronnie, die sich an einem Tisch vor der Fensterfront, auf dem appetitliche Sandwiches angerichtet waren, eine Tasse Kaffee einschenkte. »Du siehst auch reizend aus, Ronnie.«

»Danke, Dorothy, ich kann das Kompliment nur zurückgeben.«

Ronnie wußte selbst, daß sie ›reizend‹ aussah. Sie trug ein hellgelbes – fast cremefarbenes – Kleid mit kurzen Ärmeln, wadenlangem Rock und dünnem Gürtel, am Saum und am Ausschnitt gelb bestickt, dazu beige Lederpumps mit dezenten fünf Zentimeter hohen Absätzen. In diesem konservativen Outfit kam sie sich fast so alt wie ihre Schwiegermutter vor, aber schließlich war ihr ausdrücklich befohlen worden, ihre Kleidung auf die des Herrn Senators abzustimmen!

»Um Himmels willen, was ist das für ein Untier?« stöhnte Dorothy, als sie Jefferson Davis entdeckte, den Kenny immer noch an der Leine hielt.

»Wir haben uns für dieses Interview einen Hund besorgt, Mutter«, erklärte Lewis. »Es war Toms Idee, und sie hat mir sofort eingeleuchtet, denn Hunde kommen bei Wählern immer gut an. Außerdem ist Tom ein toller Slogan eingefallen, mit dem wir Orde aus dem Rennen werfen können. Wie hieß die Abkürzung gleich noch, mein Junge?« fragte er Quinlan.

»HBO«, antwortete Tom. »*Honneker Beats Orde* – Honneker schlägt Orde.«

»HBO!« wiederholte Lewis triumphierend. »Das wird sich auf Plaketten und T-Shirts gut machen!«

George Orde, ein ehemaliger Richter, stand in der Wählergunst derzeit höher als Lewis und drohte ihm den Posten als Senator abspenstig zu machen.

»Wenn wir uns so anstrengen wie in den letzten Wochen, dürfte es nicht allzu schwer sein, Orde zu besiegen«, sagte Tom.

»Das glaube ich auch«, stimmte Lewis zu.

»Wie heißt der Hund?« fragte Dorothy.

»Jefferson Davis«, antwortete Ronnie trocken. »Oder einfach Davis.«

Als Davis seinen Namen hörte, wedelte er begeistert mit seinem langen buschigen Schwanz und fegte dabei fast eine Porzellanschäferin von einem Beistelltischchen. Kenny konnte die teure Antiquität gerade noch auffangen.

»Senator, Miss Cambridge ist jetzt mit Miss Topal und Mr. Folger hier«, kündigte Selma von der Schwelle aus an, und alle schauten zur Tür hinüber. Thea betrat den Salon in Begleitung eines Mannes in T-Shirt und Jeans, der eine Kamera über die Schulter geschlungen hatte, sowie einer Frau in den Vierzigern mit schicker Kurzhaarfrisur und pinkfarbenem Lippenstift. Sie trug ein beiges Kostüm und hatte eine Aktentasche bei sich. In der anderen Hand hielt sie ein halb aufgegessenes Donut.

Mit lautem Gebell stürzte Davis darauf zu. Miss Topal schrie auf und ließ vor Schreck ihre Mappe fallen. Eine Lampe stürzte um. Die Leine hinter sich herschleifend, entkam Davis mit dem Donut im Maul in die Halle. Kenny, Thea und Selma nahmen seine Verfolgung auf.

»Nehmen Sie das hier«, flüsterte Tom Ronnie ins Ohr und drückte ihr etwas Kaltes und Feuchtes in die Hand. Sie stellte verblüfft fest, daß es eine Scheibe Schinken war, die zweifellos von einem der Sandwiches auf dem Tablett stammte. Völlig verständnislos starrte sie Quinlan an und vergaß vorübergehend sogar ihren Zorn auf ihn.

»Davis, hierher!« schrie Kenny irgendwo in der Halle. Lautes Schaben von Krallen auf hartem Holz kündigte die Rückkehr des Hundes an, und die Reporterin sprang vorsichtshalber aus dem Weg.

Davis blieb auf der Schwelle kurz stehen, hob den Kopf und schnupperte. Dann steuerte er zielsicher auf Ronnie zu.

»Sagen Sie seinen Namen!« flüsterte Tom eindringlich. »Rufen Sie ihn!«

Ronnie gehorchte mit weit aufgerissenen Augen. »Davis!«

Der große Hund blieb dicht vor ihr stehen, wedelte mit dem Schwanz und leckte ihre Hand. Der Fotograf zückte hastig seine Kamera.

»Lächeln Sie!« befahl Tom leise, und Ronnie lächelte pflichtschuldig auf Jefferson Davis hinab.

23. Kapitel

»Junge, der Einfall mit dem Hund war fantastisch, ein echter Geniestreich!«

Schmunzelnd schlug der Senator Tom auf die Schulter, während sie ins Eßzimmer gingen, wo Selma letzte Hand an den Tisch legte.

Tom stellte fest, daß der Raum noch genauso aussah wie vor fast zwanzig Jahren, als er oft zum Abendessen bei der Familie seines Freundes Marsden eingeladen worden war. Dieselbe Tapete – ein sündhaft teurer handbemalter Import aus China. Dieselben goldfarbenen Brokatvorhänge mit langen Fransen an den großen Fenstern. Dieselben antiken Möbel aus kunstvoll geschnitztem dunklem Holz. An dem riesigen Tisch hatten mühelos zehn Personen Platz, und Tom konnte sich sogar an das edle weiße Porzellan mit Goldrand erinnern. Es war so alt, daß es fast durchsichtig wirkte, und als armer Student hatte er immer befürchtet, daß ein Teller zerbrechen könnte, wenn er mit dem Silberbesteck zu kräftig darauf drückte. Er hatte sein Fleisch mit größter Vorsicht geschnitten und die Erbsen so behutsam auf die Gabel geschoben, als wären sie aus Dynamit.

Damals hatte Marsdens reiche und vornehme Familie ihn sehr beeindruckt. In Sedgely schien sich nichts verändert zu haben – aber er selbst hatte sich verändert und ließ sich von einer glänzenden Fassade nicht mehr blenden.

»Das dürfte einen tollen Artikel abgeben«, fuhr der Senator begeistert fort. »Allein schon die Fotos von Ronnie mit dem Hund! Wunderbar!«

»Ich bin froh, daß alles so gut geklappt hat«, sagte Tom bescheiden und blieb hinter dem Stuhl stehen, den Lewis ihm mit einer Geste zugewiesen hatte. Nach dem erfolgreichen Interview mit den Leuten von *Ladies' Home Journal* waren Kenny, Thea und er zu einem Mittagessen mit der Familie eingeladen worden, aber Tom wünschte fast, er hätte unter irgendeinem Vorwand abgelehnt, denn Ronnie brachte es fertig, sogar in dem schlichten hellgelben Kleid, das er persönlich ausgesucht hatte, verdammt sexy auszusehen. Der Kronleuchter zauberte rubinrote Tupfen in ihre Haare, und ihre Haut hatte einen seidigen Schimmer. Der rosa Lippenstift betonte die verführerischen Konturen ihres Mundes, die dezent geschminkten Augen wirkten geheimnisvoll, sie trug dieselben Perlen wie am Tag ihres Kennenlernens, und er glaubte, einen Hauch ihres teuren Parfüms zu riechen, obwohl das über den breiten Tisch hinweg kaum möglich war.

Sie stand ihm genau gegenüber und umklammerte mit beiden Händen die Rückenlehne ihres Stuhls. Ihre Augen schleuderten Blitze in seine Richtung, und während des Lärms, als alle ihre Plätze einnahmen, fauchte sie wie eine Wildkatze: »HBO und Jefferson Davis! Unglaublich, daß Sie für solche absurden Ideen auch noch bezahlt werden!«

Tom zuckte die Achseln. »Jeder von uns hat irgendein Spezialgebiet.« Er würde sich von ihr nicht provozieren lassen, weder heute noch morgen noch nächste Woche. Er würde ihr unverdrossen die andere Wange hinhalten, bis ihr Zorn verrauchte, bis zwischen ihnen nicht mehr diese knisternde Spannung herrschte.

Nach ihrer bissigen Bemerkung tat sie jetzt so, als wäre er überhaupt nicht vorhanden, was Tom sehr recht war, aber ihre starre Miene und die funkelnden Augen waren deutliche Warnsignale, daß sie jederzeit explodieren könnte. Glücklicherweise schien das niemandem außer ihm aufzufallen.

Seine Aufmerksamkeit wurde abgelenkt, als Selma einen Servierwagen mit vollen Suppentellern ins Zimmer schob. Ausgezeichnet, dachte er, von nun an würde er sich nur auf das Essen konzentrieren. Es war Tomatencremesuppe, mit einem Löffel Sauerrahm und Dill verziert.

Rubinrot und milchweiß – Ronnies Farben …

Verdammt, denk nur ans Essen!

Die Suppe schmeckte vorzüglich, und ihr würziger Geruch überdeckte den verführerischen Hauch von Parfüm.

»Ich nehme an, daß der arme Hund jetzt ins Tierheim zurückgebracht wird, nachdem wir ihn zwei Stunden lang zu Werbezwecken mißbraucht haben«, sagte Ronnie plötzlich scharf, ihren Löffel in der Hand. Sie wandte sich an den Senator, aber zuvor blieb ihr Blick sekundenlang auf Tom haften, und er hatte das Gefühl, einen Dolchstoß abbekommen zu haben. »Findest du das nicht ein bißchen grausam, Lewis?«

Tom wußte, daß ihr Groll nicht ihrem Mann, sondern ihm allein galt, und er wunderte sich, daß die anderen diese Spannung nicht bemerkten. Verstohlen musterte er die einzelnen Gesichter und entspannte sich ein wenig, als er sah, daß niemand ihn und Ronnie beobachtete.

»Ronnie, Honey, wir haben hier in Sedgely doch viel Platz. Wir können ihn behalten, wenn du möchtest«, sagte der Senator begütigend und lächelte seiner jungen Frau charmant zu. »Vielleicht wird es dir Spaß machen, ein Haustier zu haben.«

Während er seinen Salat in Angriff nahm, der genauso schmackhaft wie die Suppe war, machte Tom sich wieder einmal Gedanken über die Art der Beziehung zwischen dem Senator und seiner Frau. Sie war denkbar kühl zu ihrem Mann, während er sich mit geradezu jugendlichem Eifer um sie bemühte. Nun ja, nach den Ereignissen der letzten Wochen war beides kein Wunder! Schließlich hatte der ehrenwerte Mr. Lewis R. Honneker IV seine Frau betrogen, und nun bestrafte sie ihn durch Kälte, und er wollte das Eis zum Schmelzen bringen.

Hatte Ronnie sich ihrem politischen Berater nur an den Hals geworfen, weil sie den Senator für seinen Seitensprung bestrafen wollte? Diese Vorstellung war Tom so zuwider, daß er sie, ohne es auch nur zu bemerken, mit gerunzelter Stirn anstarrte, bis sie ihn mit einem mörderischen Blick bedachte.

Er widmete sich wieder dem Salat und dem überbackenen Toast mit Huhn, aber seine Gedanken kreisten weiterhin um Lewis und Ronnie. Sie benahmen sich nicht wie ein Liebespaar, nicht einmal wie ein Liebespaar, das eine schwere Ehekrise hinter sich hatte. Zwischen den beiden war überhaupt keine Leidenschaft zu spüren.

Tom wußte aus persönlicher Erfahrung, daß Ronnie zu beachtlicher Leidenschaft fähig war. Seit er sie kennengelernt hatte, fragte er sich häufig – viel zu häufig! –, was sich in ihrem Ehebett abspielen mochte. Ein alter

Mann wie der Senator würde sich verdammt anstrengen müssen, um seine schöne junge Frau zu befriedigen ...

»Ich mache mir nicht viel aus Hunden«, sagte Dorothy sanft, und Tom bemerkte, daß er den Gesprächsfaden verloren hatte. Offenbar wurde eifrig über das weitere Schicksal von Jefferson Davis diskutiert. »Sie haaren so schrecklich.«

»Ich kann den Hund mitnehmen«, sagte Tom liebenswürdig zu der alten Dame, so als wäre ihm kein Wort der Unterhaltung entgangen. »Ich bringe ihn zu meiner Mutter. Dort ist genug Platz für dieses große Tier.«

»Zu Ihrer Mutter?« murmelte Ronnie gedehnt, und ihr Blick verlor etwas an Feindseligkeit. Wahrscheinlich erinnerte sie sich genauso wie er an den Nachmittag, den sie auf der Farm verbracht hatten. Damals waren sie gute Freunde gewesen.

»Das ist eine ausgezeichnete Idee«, rief Kenny vergnügt. »Auf der Farm hat er viel Auslauf.«

»Ich will Ihrer Mutter diese Belastung nicht zumuten.« Ronnies Augen funkelten bereits wieder vor Zorn, doch gleich darauf schenkte sie dem Senator ein strahlendes Lächeln. »Wie nett von dir zu erlauben, daß der Hund hierbleibt! Ich glaube wirklich, daß es mir Freude machen wird, ein Haustier zu haben. Danke, Lewis!«

Tom wußte selbst nicht, warum er sich über die Wärme in ihrer Stimme und in ihrem Blick so ärgerte – vielleicht, weil sie bisher in seiner Gegenwart nie herzlich zu Lewis gewesen war. Aber sie waren immerhin Mann und Frau, und logischerweise mußten sie ein intimes Verhältnis haben.

Schon als Tom studierte, war der Senator ein alter Mann gewesen – jedenfalls war er ihm damals alt vorgekommen. Der einflußreiche Vater seines Freundes hatte ihm imponiert, und eine Zeitlang hatte er in ihm seinen zukünftigen Schwiegervater gesehen, aber als Ehemann einer blutjungen Frau, die Tom selbst heiß begehrte, hätte er sich Lewis Honneker weder damals noch heute vorstellen können.

Was der Senator und seine Frau im Bett treiben – oder nicht treiben –, geht dich überhaupt nichts an, rief er sich streng zur Ordnung.

Mr. Honneker erwiderte das Lächeln seiner Frau mit der erfreuten Miene eines Mannes, der Vergebung erlangt zu haben glaubte, aber Tom begriff sofort, daß Ronnie damit nur eines im Schilde führte: ihn eifersüchtig zu machen.

Und ihm wurde ferner klar, daß es früher oder später zu einer Riesenkatastrophe führen würde, wenn er nicht schleunigst auf Distanz zu Ronnie ging. Er war scharf auf sie, und sie war scharf auf ihn, und diese Situation mußte zwangsläufig ein schlechtes Ende nehmen.

»Möchtest du den Hund wirklich behalten, meine Liebe?« fragte Dorothy zweifelnd. »Na ja, versuchen können wir es mal ...«

»Davis ist ein sehr netter Hund«, betonte Kenny, »und er wird bestimmt sehr anhänglich sein.«

»Seine Manieren scheinen allerdings nicht die besten zu sein«, kicherte Thea in Erinnerung an den Zwischenfall mit dem Donut.

»Wir werden ihn in eine Hundeschule schicken.« Diesmal galt Ronnies betörendes Lächeln nicht ihrem Mann, sondern Kenny. »Sie können das doch bestimmt irgendwie arrangieren, Kenny? Sie sind ja verblüffend tüchtig!«

Mein Gott, dachte Tom, *diese Frau stellt eine Gefährdung der öffentlichen Sicherheit dar! Jetzt flirtet sie sogar mit dem armen harmlosen Kenny!*

Er wollte sie schütteln, bis ihr die Zähne klapperten! Er wollte sie leidenschaftlich küssen, und er wollte mit ihr schlafen!

Höchste Zeit, sich aus dem Staub zu machen, entschied Tom.

24. Kapitel

In den nächsten Wochen verschwand Tom aus Ronnies Leben, und Kenny wurde ihr allgegenwärtiger Berater. Sie hatte einen vollen Terminkalender, und er begleitete sie zu den meisten offiziellen Veranstaltungen und stand ihr hilfreich zur Seite. Fast immer war auch Thea mit von der Partie, und dann kam Ronnie sich wie das fünfte Rad am Wagen vor. Sogar inmitten einer Menschenmenge, die ihr freundlich applaudierte, fühlte sie sich schrecklich einsam.

Dabei war Kenny viel konzilianter als sein Partner. Er kritisierte nicht ständig an ihrer Kleidung, ihrem Makeup, ihrer Haarfarbe, ihrem Benehmen oder ihren Reden herum. Er kritisierte sie überhaupt nicht, spendete ihr dafür viel Lob und brachte gelegentliche Anregungen freundlich vor, nicht im Kommandoton wie Tom. Kenny war ein liebenswerter, umgänglicher Mensch, und Ronny hatte ihn sehr gern. Allerdings übte er auf sie nicht die geringste sexuelle Anziehungskraft aus.

Je mehr Zeit verging, desto unablässiger beschäftigte sie die Frage, wo Tom abgeblieben war, und schließlich schluckte sie ihren Stolz hinunter und fragte Thea beiläufig danach.

»Kenny sagt, sie hätten einige neue Klienten, und mit denen sei Tom jetzt beschäftigt. Du weißt ja – von den beiden Partnern ist *er* der große Stratege, und nachdem du in den Meinungsumfragen neuerdings ganz gut abschneidest, glaubt er wahrscheinlich, daß du ihn nicht mehr brauchst.«

Aber ich brauche ihn trotzdem, lag Ronnie auf der Zunge.

Die Meinungsumfragen waren ihr ganz egal. Sie brauchte den Mann!

Einmal rief er an, als sie in ihrem Büro am Schreibtisch saß. Thea war schon nach Hause gefahren, und Ronnie wollte eigentlich den Anrufbeantworter einschalten, überzeugt davon, daß es sich wieder um irgendeine lästige Einladung handelte, nahm dann aber doch den Hörer ab.

»Hallo?« meldete sie sich neutral, um behaupten zu können, sie wäre ihre eigene Sekretärin.

»Ronnie?«

Diese tiefe, weiche Stimme hätte sie unter Hunderttausenden erkannt, und unwillkürlich preßte sie den Hörer fester ans Ohr.

»Tom!«

Beim besten Willen brachte sie im Augenblick nichts anderes als seinen Namen hervor.

»Warum gehen Sie selbst ans Telefon?«

Es ist schließlich *mein* Telefon, dachte sie, stammelte aber nur: »Thea hat schon Feierabend gemacht.«

Sie hörte ihn langsam und regelmäßig atmen. Er schien es nicht eilig zu haben, etwas zu sagen, und sie befürchtete, daß er einfach wieder auflegen würde, aber nach einer kurzen Pause fragte er immerhin: »Wie geht es Ihnen?«

»Gut ... Bestens ...« Es hörte sich töricht an, aber sie war außerstande, eine vernünftige Unterhaltung zu führen. »Und Ihnen?«

»Mir geht es auch gut.« Er holte tief Luft. »Also dann ...«

»Wo sind Sie?« fragte Ronnie hastig, um das Ende des Telefonats hinauszuzögern.

»In Nevada. Hier findet demnächst eine aufregende Gouverneurswahl statt.«

»Und Sie arbeiten für Bill Myer?« Das war der gegenwärtige Amtsinhaber.

»O nein, für seinen Herausforderer Matt Grolin, der ganz gute Chancen hat, Myer abzulösen.«

»Mit Ihrer Hilfe!«

»War das als Kompliment gemeint? Ich fühle mich geschmeichelt, denn bisher haben Sie meine Arbeit nicht gerade gewürdigt.«

»Manchmal kann ich auch nett sein.«

»Ja, ich erinnere mich dunkel daran«, murmelte er mit etwas heiserer Stimme.

»Tom ...«

»Mmmm?«

»Beraten Sie den Kandidaten – oder seine Frau?«

»Beide.«

Die Vorstellung, daß Tom einer anderen Frau vorschrieb, was sie anzuziehen und wie sie zu reden hatte, war Ronnie denkbar zuwider.

»Ist Mrs. Grolin hübsch?«

Er lachte amüsiert. »Für eine zweiundsechzigjährige Frau ist sie sehr attraktiv!«

»Oh, gut!« lächelte Ronnie erleichtert.

»Ronnie ...«

»Ja?« fragte sie, als er nicht weiterredete.

»Kümmert Kenny sich um Sie?«

Ursprünglich hatte er etwas anderes sagen wollen, davon war Ronnie überzeugt. »Er kritisiert mich nie.«

»O Gott!«

»Ich habe ein Vorausexemplar von *Ladies' Home Journal* erhalten. Der Artikel ist sehr gut geworden.«

»Das war mir klar. Was macht Davis?«

»Er ist nach wie vor sehr groß und haarig«, antwortete Ronnie trocken, und Tom kicherte.

»Also ist er noch in Sedgely?«

»O ja, Selma geht mit ihm in eine Hundeschule. Er hat Flöhe und will mir dauernd auf den Schoß springen. Und er leckt mir ständig die Hand. Ich glaube, er sucht nach einer weiteren Scheibe Schinken.«

»Kluger Hund!« lachte Tom.

»Das würden Sie nicht sagen, wenn *Sie* ihn abwehren müßten!«

»Wo sind denn alle heute abend?«

»Wie schon gesagt – Thea ist nach Hause gefahren, Kenny auch, Dorothy spielt Bridge bei Freunden, Selma ist irgendwo im Haus, und Lewis ist in … lassen Sie mich nachsehen … ach ja, in Friar's Point, bei der Einweihung eines Denkmals für Conway Twitty.«

»Wie geht es dem Senator?« erkundigte Tom sich in leicht verändertem Ton, und Ronnie wünschte, sie hätte ihren Mann nicht erwähnt, der eine unüberwindliche Barriere zwischen ihnen bildete.

»Es geht Lewis ausgezeichnet.«

»Er ist der eigentliche Grund für meinen Anruf.«

»Oh?«

»Ja, sobald Sie aufgelegt haben, werde ich ihm ein Fax schicken. Ich habe auf seinen Wunsch hin ein bißchen über Orde recherchiert und eine Aufstellung gemacht, welche Ansatzpunkte es für eine erfolgreiche Kampagne gegen diesen Kandidaten geben könnte.«

»Warum haben Sie nicht in Lewis' Büros angerufen, wenn Sie ihn sprechen wollten?« fragte sie kühl. »Er hat drei – eines hier im Haus, eines in der Stadt und eines in Washington.«

»Das weiß ich, und ich habe überall angerufen, aber keines dieser Büros war besetzt.«

»Ich verstehe …« Ronnie atmete tief durch. »Ein Glück, daß wenigstens ich in meinem Büro war!«

»Ja, Glück muß der Mensch haben!«

»Dann lege ich jetzt wohl am besten auf, damit Sie Ihr Fax schicken können.«

»Ronnie …«

»Was?«

Nach kurzem Zögern sagte er seufzend: »Sie haben recht, legen Sie auf.«

»Also dann auf Wiedersehen!«

»Auf Wiedersehen!«

Ronnie starrte den Hörer in ihrer Hand an. Am liebsten hätte sie gefragt: *Wann kommen Sie zurück? Kommen Sie überhaupt zurück?*

Aber sie brachte diese Sätze nicht über die Lippen. Er

hatte ja nicht einmal ihretwegen angerufen. Er wollte nichts mit ihr zu tun haben, weil sie eine verheiratete Frau war, und weil er kein Lump sein wollte.

Sie legte den Hörer auf. Ihre Kehle war wie zugeschnürt. Am liebsten hätte sie geweint, aber das ließ ihr Stolz nicht zu. Ein Flegel wie Tom Quinlan war keine einzige Träne wert!

Ronnie war in den folgenden Wochen sehr beschäftigt. Sie mußte mit Lewis zum Begräbnis eines Senators fliegen, der mit seinem Privatflugzeug tödlich verunglückt war, und sie mußte an den Ausschußsitzungen verschiedener Organisationen teilnehmen. Viel Zeit beanspruchten auch die Vorbereitungen des Internationalen Ballettwettbewerbs, der alle vier Jahre in den USA ausgetragen wurde und 1998 in Jackson stattfinden sollte. Und nicht zuletzt mußte Lewis' alljährliche große Geburtstagsparty organisiert werden, und Dorothy schaffte das nicht mehr allein.

Eigentlich hätte man meinen sollen, daß diese vielfältigen Aktivitäten Ronnie davon abhalten würden, an Tom zu denken, aber das war nicht der Fall. Sie hoffte inbrünstig, daß er Lewis' Party nicht versäumen würde, und sie war recht zuversichtlich, denn kaum jemand, der eingeladen wurde, ließ sich dieses gesellschaftliche Ereignis entgehen.

Am Mittwoch vor dem Fest traf endlich seine Antwortkarte ein: er und eine Begleitperson würden kommen.

Bei der Begleitperson handelte es sich wahrscheinlich um seine Freundin, die er angeblich heiraten wollte. Ronnie war eifersüchtig auf diese Frau, die sie nie gesehen hatte. Toms Freundin ... sie hätte ihr den Hals umdrehen mögen!

Aber immerhin würde er kommen, und das war die Hauptsache, sogar wenn er in Begleitung der Schönheitsköniginnen aus aller Welt auftauchte ...

Ihren zeitweiligen Haß auf ihn hatte sie völlig vergessen. Jetzt wollte sie nur eines – ihn endlich wiedersehen.

25. Kapitel

Samstag, 23. August

Am Abend der Geburtstagsparty brauchte Ronnie ungewöhnlich lange, um sich schönzumachen, und sie war sehr nervös. Schuld daran waren weder die über fünfhundert Gäste noch die Presse, die wie jedes Jahr zugegen sein würde, noch Überlegungen, was alles schiefgehen könnte.

Sie wußte, daß sie sich wegen ihres Aussehens keine Sorgen zu machen brauchte. Ihr Modellkleid von Isaac Mizrahi war aus flammenrotem Jersey, besetzt mit Hunderten künstlicher Brillanten, die bei jeder Bewegung funkelten. Es hatte dünne Träger und einen sehr tiefen Ausschnitt, lag von den Brüsten bis zu den Knien hauteng an und warf sodann weite Falten bis zum Boden, wie bei Flamencotänzerinnen. Zu dieser atemberaubenden Robe trug sie flammenrote Sandaletten mit acht Zentimeter hohen Absätzen, ein Diamantenkollier und Diamantohrringe.

Tom würde bestimmt sagen, daß dieses Outfit viel zu sexy war – für die Gemahlin eines Senators! Während sie sich lächelnd in dem riesigen Spiegel betrachtete, der eine ganze Wand ihres Ankleideraums einnahm, mußte Ronnie ihm ausnahmsweise recht geben. Sie hatte die Haare hochgesteckt, aber einzelne Locken umrahmten ihr Gesicht, und ihr dezentes Make-up betonte die milchweiße Haut, von der sich der flammenrot geschminkte Mund wirkungsvoll abhob.

Ronnie war sich ihrer Schönheit voll bewußt.

Die Band begann gerade zu spielen, als sie ihr Zimmer

verließ. Es war ein herrlich warmer Augustabend, wie geschaffen für eine Gartenparty.

Lewis würde schon draußen sein, um die Gäste zu begrüßen. Von Natur aus extrovertiert, war er bei solchen Gelegenheiten ganz in seinem Element. Und auch Dorothy beherrschte trotz ihres Alters die Rolle der Gastgeberin besser als Ronnie. Marsden und seine Frau Evangeline würden emsig Konversation treiben, ebenso wie Joanie und Laura mit ihren Ehemännern. Lewis' ganze Familie war seit vielen Jahren ein perfekt eingespieltes Team.

Ronnie war hingegen immer noch ein Neuling, und sie wußte, daß man sie kaum vermissen würde, wenn sie sich überhaupt nicht sehen ließ.

Es hatte sie in den letzten Jahren große Überwindung gekostet, den Partys beizuwohnen, denn sie haßte es, angegafft zu werden, und neunzig Prozent der Gäste waren mit Eleanor befreundet gewesen.

Doch an diesem Abend hätte nicht einmal ein Dutzend Verrückter, die mit Farbdosen bewaffnet waren, sie davon abhalten können.

Denn diesmal würde Tom da sein!

26. Kapitel

Der Sänger der Band stimmte gerade ›You take my breath away‹ an, als Tom sie sah.

»Du raubst mir den Atem« – der Liedtext entsprach so perfekt seinen Empfindungen, daß er unter anderen Umständen bestimmt geschmunzelt hätte. Aber im Augenblick war ihm gar nicht nach Lachen zumute.

Er hatte geglaubt, sich in den letzten Wochen gegen ihren Charme gewappnet zu haben, doch ein einziger Blick auf Ronnie genügte, um ihn seinen Irrtum erkennen zu lassen.

Sie raubte ihm buchstäblich den Atem, und er begehrte sie so sehr, daß sein ganzer Körper vor schmerzhaftem Verlangen gelähmt zu sein schien.

Eine Hand auf dem Geländer der hinteren Veranda, ließ sie ihren Blick über die unzähligen Partygäste schweifen, bevor sie hocherhobenen Hauptes die Stufen hinabschritt. Ein regelrechtes Blitzlichtgewitter setzte ein, denn kein Fotograf wollte sich dieses Bild entgehen lassen: Feuer und Eis, nur so ließ sich die Frau des Senators in ihrem flammenroten Kleid beschreiben, denn die echten Diamanten an ihrem Hals und an ihren Ohrläppchen funkelten um die Wette mit den künstlichen Brillanten an der Robe.

»Wer ist *das?*« fragte Diane, die Ronnie fast genauso fasziniert anstarrte wie Tom. Dabei sah sie selbst in einem Abendkleid aus blauem Satin sehr hübsch aus, in Rosatönen dezent geschminkt, die blonden Haare flott frisiert.

»Mrs. Honneker«, antwortete Tom und zwang sich mühsam, seinen Blick von der Dame abzuwenden. »Möchtest du noch einen Drink?«

»*Das* ist Mrs. Honneker?« So als hätte sie durchschaut, daß Tom sie mit der Frage nach einem Drink nur ablenken wollte, ließ sie Ronnie, die sich unter die Menge mischte, nicht aus den Augen. »Die Frau des Senators?« Sie kicherte. »Jetzt begreife ich die vielen Gerüchte, die um sie kursierten … Auf den Fotos, die ich in letzter Zeit von ihr gesehen habe, sah sie viel … viel solider aus.«

»Heute abend hat sie offenbar keine Lust, sich zu verstellen«, murmelte Tom, ohne sich einen weiteren Blick auf seine verführerische Klientin zu gönnen. »Möchtest du tanzen?«

Ohne ihre Antwort abzuwarten, nahm er ihr das erst halb geleerte Glas aus der Hand, stellte es zusammen mit seinem eigenen auf einem Tisch ab und zog sie auf eine der drei großen Tanzflächen.

»You take my breath away …«

Aber Diane raubte ihm nicht den Atem, obwohl ihre Brüste und ihre Schenkel seinen Körper berührten. Sie erregte ihn nicht im geringsten.

Während er mit ihr tanzte, dachte er nur an Ronnie, die er in der Menge glücklicherweise aus den Augen verloren hatte.

Zwei Stunden vergingen, bevor er sie wiedersah. Mit Diane, Kenny und Ann schlenderte er umher und beobachtete das bunte Treiben. Es war ihm gelungen, seine Freunde unauffällig vom Hauptzelt fernzuhalten, wo die Geburtstagstorte des Senators angeschnitten, Toasts ausgebracht und Geschenke ausgepackt wurden. Er brauchte unbedingt etwas Zeit, um wieder einen klaren Kopf zu bekommen, bevor er gezwungen sein würde, Ronnie zu begrüßen.

Am liebsten hätte Tom die Party verlassen, aber ihm fiel beim besten Willen kein einleuchtender Vorwand für einen vorzeitigen Aufbruch ein. Die Nacht war warm und klar, das Essen ausgezeichnet, und die Musik eignete sich gut zum Tanzen. Drei riesige weiße Zelte waren auf dem hinteren Rasen aufgestellt worden: im linken befand sich das Büfett, im rechten die Bar, im mittleren die extravagante Geburtstagstorte. Die Band spielte auf einem Balkon über dem großen Steinpatio, und dank modernster Tontechnik war die Musik überall bestens zu hören. Der Garten hinter den Zelten war terrassenförmig angelegt, gesäumt von Buchsbaumhecken. Mit Zitronelle getränkte Fackeln hielten nicht nur die Insekten fern, sondern verbreiteten auch eine exotische Atmosphäre. Auf allen drei Terrassenebenen gab es einen Patio, der als Tanzfläche diente, und als Tom mit seinen drei Gefährten auf den untersten zuging, in dessen Mittelpunkt ein kleiner Springbrunnen plätscherte, wurde er von Marsden erspäht. Notgedrungen mußte er seinen ehemaligen Zimmergenossen begrüßen, der mit seiner Frau Evangeline – einer molligen Blondine, die Tom vor Jahren flüchtig kennengelernt hatte – und seiner Schwester Joanie sowie deren Mann zusammenstand.

»Tom!« Joanie umarmte ihn erfreut. Eine seltsame Vorstellung, daß er diese Frau, an die er sich kaum noch erinnern konnte, fast geheiratet hätte! Sie mußte jetzt etwa fünfunddreißig sein. Ihr Haar war noch so dunkel wie früher, aber sie trug es mittlerweile jungenhaft kurz, während es früher sehr lang gewesen war, und sie hatte immer noch den drahtigen, athletischen Körper eines jungen Mädchens.

»Du siehst gut aus«, sagte er aufrichtig.

Joanie musterte ihn aufmerksam. »Du auch!« Ihr Blick schweifte zu dem großen Mann mit schütteren Haaren, der lächelnd neben ihr stand. »Du erinnerst dich doch noch an Syd?«

Tom nickte, obwohl er ihren Mann nicht wiedererkannt hätte, und stellte Diane, Kenny und Ann vor. Man plauderte angeregt über alles mögliche, vor allem über die jeweiligen Kinder, doch nach einigen Minuten zog Marsden Tom beiseite.

»Ich möchte dir etwas zeigen«, sagte er leise. »Schau dir das mal an!«

Tom folgte seiner Blickrichtung, und ihm wurde heiß und kalt.

Ronnie tanzte mit dem Rücken zu ihm. Die Papierlaternen tauchten sie in weiches gelbes Licht. Die hochgesteckten dunkelroten Haare enthüllten den zarten Nakken, an dem ein Diamantenkollier funkelte, und viel nackte seidige Haut, denn das Kleid hatte einen tiefen Ausschnitt. Bis zu den Knien betonte es jede Kurve ihres perfekten Körpers, und von dort fiel es in üppigen Falten bis zum Boden. Tom glaubte, einer lodernden Flamme zuzusehen.

Ihren Tanzpartner kannte er nicht, obwohl er hätte

schwören können, den Mann irgendwo schon gesehen zu haben. Er war mittelgroß und ziemlich stämmig, mit breiten Schultern und militärisch kurzgeschnittenen hellbraunen Haaren. Einen Arm um Ronnies schlanke Taille geschlungen, hielt er ihre Hand mit den roten Nägeln viel zu fest, und sein Lächeln war fast schon ein lüsternes Grinsen.

»Wer ist der Kerl?« fragte Tom und hoffte, daß seine Stimme sich neutral anhörte.

»Senator Beau Hilley von Texas, Vorsitzender des Ausschusses für Deckungsmittel, wahrscheinlicher Präsidentschaftskandidat der Republikaner im Jahr 2000 und somit möglicher Präsident der Vereinigten Staaten.« Marsden schüttelte den Kopf. »Ein dummes Arschloch! Es ist erst elf, und er hat schon zuviel getrunken. Sieht er nicht so aus, als würde er Stiefmama am liebsten gleich auf der Tanzfläche bumsen?«

»Soviel ich weiß, ist er doch verheiratet. Wo ist denn seine Frau?« erwiderte Tom ausweichend, ohne Marsdens Frage zu beantworten. Das erübrigte sich, denn jeder Mensch mit Augen im Kopf konnte sehen, wie scharf der Senator auf Ronnie war. Tom hatte nie für Hilley gearbeitet, war ihm aber hin und wieder begegnet und hatte sehr viel über ihn gehört, denn die Welt der politischen Insider war das reinste Klatschnest. Der Mann hatte es aus eigenen Kräften zum Millionär gebracht, war ein fähiger Gesetzgeber, ehrgeizig und rücksichtslos. Er hatte zwei große Schwächen: Alkohol und Frauen. Beides war im Moment deutlich zu sehen.

»Dort drüben, mit Daddy.«

Tom schaute nach links und erspähte das Geburtstagskind, das mit einer attraktiven Blondine in mitternachtsblauer Robe tanzte.

»Dieses Luder! Ich bin fast sicher, daß sie es sogar mit einem Ahornbaum treiben würde, wenn er einen Ast in der richtigen Höhe hätte!«

Toms Blick schweifte zu Marsden zurück. Es hatte nur den Bruchteil einer Sekunde gedauert, bis er begriffen hatte, daß er mit ›Luder‹ Ronnie meinte, und bedauerlicherweise hatte Tom kein Recht, Einwände gegen diese Bezeichnung zu erheben.

Am liebsten hätte er Marsden zusammengeboxt, doch statt dessen mußte er sich mit einer milden Zurechtweisung begnügen: »Was hast du denn – sie tanzt doch nur!«

Marsden grunzte. »Aber du kannst schon sehen, warum Daddy sie geheiratet hat, oder etwa nicht? Wenn dieses Luder keine Sexbombe ist, habe ich noch nie eine gesehen! Wenn sie nicht mit Daddy verheiratet wäre, hätte ich durchaus nichts dagegen, sie selbst zu vernaschen.«

Tom knirschte mit den Zähnen und ballte seine Hände zu Fäusten. Heiße Wut kochte wie Lava in ihm. Es kam nicht oft vor, daß er die Beherrschung verlor, aber jetzt war er gefährlich nahe daran, und er wollte nicht nur Marsden niederschlagen, sondern auch gleich noch Ronnies lüsternen Tanzpartner.

»Ich glaube, hier ist Einhalt geboten, bevor die Sache außer Kontrolle gerät. Wir wollen keine Probleme mit Hilley, und wenn Stiefmama ihm einen Korb gibt, wird er stinksauer sein. Sollte sie ihm aber keinen Korb geben – und ich glaube, sie weist selten einen Kerl ab! –, wird Daddy stinksauer sein, falls er dahinterkommt. Wie auch immer – wir können heute nacht keine Komplikationen gebrauchen, dazu sind einfach zu viele Presseleute und wichtige Geldgeber hier.«

Mit einem tiefen Seufzer machte Marsden einen Schritt auf die Tanzfläche zu, aber Tom legte ihm eine Hand auf den Arm.

»Laß mal, ich mach das schon!« sagte er und steuerte auf Ronnie zu.

Er wußte genau, daß es ein Fehler war, ein gewaltiger Fehler, aber er konnte einfach nicht anders ... Nur über seine Leiche hinweg würde Marsden Ronnie auch nur berühren! Niemand außer ihm selbst sollte Ronnie in den Armen halten!

Während er Hilley auf die Schulter klopfte, dachte er ironisch, daß es offenbar sein Schicksal war, die Dame von aufdringlichen Tanzpartnern zu befreien. Zuerst in der Nachtbar, jetzt hier …

»Entschuldigen Sie bitte, Senator«, sagte er höflich, als der Mann ihm einen wütenden Blick zuwarf. »Ein dringender Anruf für Sie, oben im Haus.«

»Dringend?« Mit gerunzelter Stirn hielt Hilley im Tanzen inne.

»Dringend«, bestätigte Tom, während er nach Ronnies Hand griff. Ihre Finger waren kühl und seidenweich, und schon stieg ihm ihr verdammtes Parfüm in die Nase.

Der Senator schaute in Richtung des Hauses. »Entschuldigen Sie mich, Ronnie, ich nehme nur schnell diesen Anruf entgegen und komme gleich zurück. Machen Sie sich ja nicht aus dem Staub!«

»Ich werde hier auf Sie warten, Senator«, versprach Ronnie, schon in Toms Armen.

»Beau! Nennen Sie mich einfach Beau!«

»Gut, Beau, einverstanden.« Sie lächelte ihm über die Schulter hinweg noch einmal zu.

»Flirten Sie eigentlich mit jedem Mann, dem Sie irgendwo begegnen?« knurrte Tom bei den ersten Tanzschritten. Ihre Taille fühlte sich unter seiner Hand fest und geschmeidig an. Ihre Brüste streiften seinen Brustkorb, und ihre Schenkel berührten die seinen. Beides brachte ihn fast um den Verstand, und nur der Gedanke, daß sie zweifellos von vielen neugierigen Augen beobachtet wurden, hielt ihn davon ab, sie eng an sich zu pressen.

»Eifersüchtig?« fragte Ronnie mit spöttisch hochgezogenen Brauen.

»Ja.« Tom war selbst überrascht, daß er es zugegeben hatte. Das kurze Wort bedeutete Kapitulation, das wußte er, und unwillkürlich gruben seine Finger sich tiefer in den dünnen Kleiderstoff, um ihre Haut zu spüren. Wieder mußte er sich energisch ins Gedächtnis rufen, daß sie nicht allein waren.

»Gut!« Mit einem bezaubernden Lächeln blickte sie ihm tief in die Augen. »Hallo, Tom!«

Dieses süße Lächeln bereitete ihm wahre Höllenqualen, schlimmer als ein Schlag in den Magen. Es fiel ihm schwer weiterzutanzen.

»Hallo, Ronnie. Immer noch wütend auf mich?«

Sie schüttelte den Kopf. »Ich habe Sie vermißt.«

»Ich dachte, Kenny würde Sie nie kritisieren.«

»Tut er auch nicht. Trotzdem habe ich Sie vermißt.«

»Freut mich zu hören.« Er wirbelte sie herum, damit etwaige Zuschauer nur seinen Rücken sahen, denn er befürchtete, daß ein aufmerksamer Beobachter wie Marsden in seinem Gesicht lesen könnte. »Sie sehen heute abend hinreißend aus.«

»Danke. Ich dachte, Sie würden es viel zu sexy finden.«

»Das ist es zweifellos«, grinste er.

»Und Sie schimpfen trotzdem nicht mit mir?«

»Ich bin heute nacht nicht im Dienst.«

»Oh ...« Nach einer kurzen Pause erkundigte Ronnie sich: »Wurde Senator Hilley wirklich am Telefon verlangt?«

»Nein.«

»Das habe ich fast vermutet.« Sie lächelte wieder zu ihm empor, und er schmolz wie Wachs dahin. Sie war schön, und er begehrte sie leidenschaftlich, und er hatte das Gefühl, daß sie ihm gehörte.

Aber das war leider nicht der Fall.

»Eine Menge Leute haben zugeschaut, wie Sie mit Hilley tanzten, und ich wette, daß sie uns beide jetzt genauso aufmerksam beobachten. Also seien Sie vorsichtig.« Es fiel ihm schwer, sie zu warnen, während er selbst sie am liebsten vor aller Augen leidenschaftlich geküßt hätte.

»Ich bin es leid, vorsichtig zu sein.«

»Bedauerlicherweise ist es manchmal notwendig.«

»Warum sind Sie so lange weggeblieben?«

Tom lachte, mehr reuig als amüsiert. Er könnte natürlich behaupten, daß seine neuen Auftraggeber seine ganze Zeit beansprucht hätten, aber es wäre nicht die Wahrheit. Jedenfalls nicht die ganze Wahrheit. »Sie wissen, warum.«

»Und warum sind Sie dann zurückgekommen?«

»Weil ich nicht anders konnte.« Er hatte sich selbst eingeredet, er komme zu der Party, weil es ungefährlich sei, sie nach so langer Zeit wiederzusehen, aber in Wirklichkeit hatte er es ohne sie einfach nicht mehr ausgehalten!

»Wie ich sehe, haben Sie Ihre Freundin mitgebracht.«

Er war ganz sicher, daß sie nicht in Dianes Richtung geschaut hatte, nachdem Marsden ihn auf das Tanzpaar aufmerksam gemacht hatte. Folglich mußte sie Diane und ihn schon vorher erspäht haben. Hatte sie deshalb mit Hilley geflirtet?

»Eifersüchtig?« fragte er nun seinerseits.

»Ja.«

»Gut.«

»Sie ist sehr attraktiv.«

»Danke.«

»Und sie sieht sympathisch aus.«

»Das ist sie auch.«

»Werden Sie sie heiraten?«

Toms Augen verengten sich. »Was glauben Sie?«

»Ich glaube, daß es ein Fehler wäre, wenn Sie es täten.«

»Und warum?«

»Weil Sie nicht scharf auf sie sind.« Ihre warmen Augen glitten zärtlich über sein Gesicht, und ein winziges Lächeln spielte in ihren Mundwinkeln. Ihre Hand lag ganz korrekt auf seiner Schulter, aber sie schien seine Haut durch Smoking und Hemd hindurch zu verbrennen.

»Woher wollen Sie das wissen?«

»Stimmt es nicht?«

»Diese Frage werde ich nicht beantworten.«

»Es stimmt also!« Sie schaute ihm in die Augen. »Geben Sie es zu, Tom!«

Herrgott, diese Frau brachte ihn wirklich um den Verstand! »Ich möchte nicht über Diane sprechen.«

»Warum nicht?«

»Weil sie nichts damit zu tun hat.«

»Womit – mit uns?«

»So ist es.«

»Gibt es denn überhaupt ein *uns?*«

»Es sieht ganz danach aus.«

»Sie scheinen darüber aber nicht sehr glücklich zu sein!«

»Ich war auch nicht glücklich, als ich als Kind die Windpocken bekam, aber ich konnte nichts dagegen tun – außer mich zu kratzen.«

Ronnie lächelte. »Wollen Sie mich mit Windpocken vergleichen?«

»Sie sind viel schlimmer! Die Windpocken hatte ich innerhalb einer Woche hinter mir.«

»Tom ...« Ihre Stimme hatte plötzlich einen anderen Klang, und sie runzelte leicht die Stirn.

»Hmmm?«

»Lewis kommt auf uns zu ... Er möchte wahrscheinlich einen Partnerwechsel.«

Tom wollte sie besitzergreifend an sich ziehen, doch statt dessen mußte er sie an ihren Ehemann abtreten, und dabei mußte er auch noch lächeln.

27. Kapitel

Tom ließ sie widerwillig los und lächelte Mrs. Hilley zu, während Lewis seine Frau in die Arme nahm, doch sie hatten keine zwei Tanzschritte gemacht, als die Musik verstummte. Heilfroh darüber, löste Ronnie sich von ihrem Mann und ging auf seine Kinder zu, die immer noch mit Kenny und dessen Frau plauderten – und mit Toms Freundin!

Sie war wirklich hübsch, aber etwas anderes hatte Ronnie auch gar nicht erwartet. Sie trug ein eisblaues Satinkleid, knöchellang und ärmellos, aber nicht tief ausgeschnitten, dazu eine schlichte Perlenkette. Ihr kinnlanges blondes Haar war geschickt frisiert und umrahmte ein schmales Gesicht mit kleiner, gerader Nase und eckigem Kinn. Das größte Plus waren ihre vollen Lippen, das größte Minus die ziemlich kleinen Augen. Ronnie hätte schwören können, daß sie blau waren, noch bevor sie dicht genug vor ihr stand, um sich vergewissern zu können.

Eine blauäugige Blondine in Blau. Hübsch, sympathisch – und langweilig!

Tom hatte Besseres verdient …

Auch Kennys Frau war blond. Sie trug ein Abendkleid mit schwarzem Oberteil und weißem Rock, und in Anbetracht ihrer rundlichen Figur dachte Ronnie, daß ein weißes Oberteil und ein schwarzer Rock wesentlich vorteilhafter ausgesehen hätten. Sie lachte über irgend etwas, das Kenny gesagt hatte, und legte ihm besitzergreifend eine Hand auf den Arm.

Marsdens Blick schweifte sarkastisch von seinem Vater zu seiner Stiefmutter. Ronnie wußte genau, was er von ihr hielt, aber sie wußte auch, daß er gern mit ihr ins Bett gehen würde. Daß das passieren würde, war genauso unwahrscheinlich wie die Landung von Aliens auf der Erde, denn Ronnie verabscheute ihn genauso wie er sie –

nein, noch mehr, denn er übte auf sie nicht die geringste sexuelle Anziehungskraft aus.

Marsdens Frau Evangeline rümpfte ihre kleine Stupsnase, so als würde Ronnie bestialisch stinken. Syd betrachtete sie mit unverhohlener Bewunderung, Joanie sowohl neidisch als auch forschend. Ronnie fiel ein, daß Lewis' Tochter einst fast mit Tom verlobt gewesen war. Vielleicht hatte sie immer noch besonders feine Antennen, was ihn betraf, und spürte die prickelnde Atmosphäre zwischen ihm und Ronnie.

Lewis holte sie ein, als sie zu der Gruppe stieß, und legte einen Arm um ihre Taille. Ronnie lächelte ihm zu, obwohl sie es kaum noch ertragen konnte, daß er sie berührte.

»Hi, Daddy!« begrüßte Joanie ihren Vater, stellte sich auf die Zehenspitzen und küßte ihn auf die Wange. »Tut mir leid, daß ich noch nicht da war, als du deine Geburtstagstorte angeschnitten hast. Trotzdem herzlichen Glückwunsch!«

»Danke, Baby! Wo hast du denn gesteckt?«

Ronnie mußte zugeben, daß Lewis zwar ein miserabler Ehemann, aber ein zärtlicher Vater war. Er liebte seine drei Kinder, und sie erwiderten seine Zuneigung.

»Carter ist heute nachmittag krank geworden – eine schmerzhafte Mittelohrentzündung.«

Carter war Joanies vierjährige Tochter.

»Arme Kleine!«

»Das ist Mrs. Hilley«, stellte Tom die ihm aufgedrängte Tanzpartnerin höflich vor. Ohne Ronnie auch nur eines Blickes zu würdigen, trat er an die Seite seiner Freundin und legte eine Hand auf ihren Arm.

Alle begrüßten Mrs. Hilley.

»Diane, Ann, ihr kennt Senator Honneker und seine Frau noch nicht«, fuhr Tom fort. »Das ist Kennys Frau Ann Goodman, und dies hier ist Diane Albright.«

»Hallo!« Lächelnd drückte Ronnie beiden Frauen die

Hand, obwohl sie Diane am liebsten die Augen ausgekratzt hätte.

Lewis begutachtete Diane mit Kennerblick. »Wie ich sehe, haben Sie immer noch einen ausgezeichneten Geschmack, Tom!«

»Danke für das Kompliment, Senator«, lachte Diane geschmeichelt, während Tom nur lächelte.

Von Eifersucht gepeinigt, wandte Ronnie sich Ann zu. »Ich habe es sehr genossen, mit Ihrem Mann zusammenzuarbeiten.«

Kenny schmunzelte. »Das sagt sie nur, weil ich butterweich bin!«

Ronnie schenkte ihm ein strahlendes Lächeln. »Sie sind einfach *nett.*«

Lewis grinste Tom zu. »Dagegen sollen Sie stahlhart sein, wie mir zu Ohren gekommen ist.«

»Aus diesem Grund haben wir ihn ja engagiert, Daddy«, warf Marsden ein.

»Ich weiß nicht, ob diese Beschreibung auf mich zutrifft«, murmelte Tom.

»Fragen wir Ronnie«, meinte Joanie spitzbübisch. »Sie müßte es eigentlich am besten wissen. Was meinst du – ist Tom stahlhart?«

Ronnie wägte ihre Antwort sorgfältig ab, weil sie wieder das Gefühl hatte, als besäße ihre Stieftochter eine Art Hellsichtigkeit in bezug auf sie und Tom. Sie warf ihm einen flüchtigen Blick zu, und er sah in seinem schwarzen Smoking so umwerfend aus, daß es ihr schwerfiel, eine neutrale Miene beizubehalten. Sein blondes Haar schimmerte im Laternenschein, und seine blauen Augen signalisierten, daß sie auf der Hut sein müsse.

»Ich würde sagen, daß er noch härter als Stahl ist«, sagte sie trocken.

Tom deutete eine Verbeugung an. »Vielen Dank für das zweifelhafte Kompliment!«

»Gern geschehen.« Ronnie wandte sich hastig Ann

Goodman zu. »Und Ihr Mann ist alles andere als ein Weichling – er ist nur ein Gentleman vom Scheitel bis zur Sohle.«

»Er hat uns einen kolossalen Hund besorgt«, fügte Lewis an.

»Er hat Ihnen einen Hund besorgt?« fragte Ann erstaunt.

»Ein Riesenvieh namens Davis, aber Ronnie mag ihn, glaube ich.«

Ronnie mußte über Anns entsetzte Miene lachen. »Ich bin Kenny sehr dankbar, daß er Davis angeschleppt hat. Ich *liebe* diesen Hund! Er muß irgendwo in der Nähe sein.«

»Nein, ich habe ihn im Keller eingesperrt«, sagte Marsden. »Selma hat berichtet, er sei scharf auf das Büfett.«

»Das war er ganz bestimmt.« Während Ronnie lächelnd plauderte, spürte sie Toms Nähe, so als würde er die Hitze eines Hochofens ausstrahlen. Er unterhielt sich mit Mrs. Hilley, und seine Hand lag immer noch auf Dianes Arm.

Dieser Anblick war schier unerträglich, und sie fragte sich, ob er wohl genauso darunter litt, daß Lewis ihre Taille umschlungen hielt.

»Der Hund war eigentlich Toms Idee«, berichtete Kenny. »Ich habe nur die Dreckarbeit verrichtet.«

»Tom hatte schon immer eine große Begabung dafür, die Dreckarbeiten anderen aufzuhalsen!« Joanie grinste ihrem Bruder Marsden zu. »Weißt du noch, wie er dich überredet hat, den Chemieprofessor am Abend vor der Prüfung anzurufen und ihm weiszumachen, er hätte nach Hause fahren müssen, weil seine Mutter nach einem Autounfall im Sterben liege – und das nur, weil er sich nicht genügend vorbereitet hatte?«

Marsden lachte. »Wie könnte ich das je vergessen?«

»Fangt jetzt nur nicht an, aus der Schule zu plaudern, Freunde«, knurrte Tom, »sonst gebe auch ich entsprechende Geschichten zum besten.«

Sie grinsten einander zu, und Ronnie rief sich ins Gedächtnis, daß Marsden und Joanie alte Freunde von Tom waren. Es war eine Tatsache, die sie gern verdrängte.

»Kennen Sie Tom schon lange?« fragte sie Diane höflich.

»Fast zehn Jahre. Ich war eine Kollegin von ...« Sie verstummte und warf ihrem Freund einen entschuldigenden Blick zu.

»Von Sandra«, ergänzte Tom. »Schon gut, Diane, du kannst meine Exfrau ruhig erwähnen.«

»Eine Kollegin?« erkundigte Ronnie sich neugierig. »Was sind Sie denn von Beruf?«

»Grundschullehrerin für die vierte Klasse.«

Toms Exfrau Sandra, die ihn seinen Aussagen zufolge ständig betrogen hatte, war also Lehrerin gewesen ...

»Das hört sich interessant an.«

»Ist es aber nicht«, gab Diane unumwunden zu. »Wissen Sie, dreiundzwanzig Zehnjährige können einem ganz schön auf die Nerven gehen. Ich hoffe, bald aufhören zu können.«

»Tatsächlich?« Um ein Haar hätte Ronnie hinzugefügt: *Indem Sie Tom heiraten?* Die Frage erübrigte sich, denn seine Hand lag immer noch besitzergreifend auf Dianes Arm, und nach jahrelanger Freundschaft durfte sie sich wohl berechtigte Hoffnungen auf eine Ehe machen.

Die Band begann wieder zu spielen.

»Lucy, ist dir nach Tanzen zumute?« fragte Lewis Mrs. Hilley.

»O ja! Es war nett, Sie kennenzulernen.« Mrs. Hilley lächelte allen zu und ließ sich von Lewis auf die Tanzfläche führen.

»Ich hasse es, dieses gemütliche Beisammensein zu beenden«, sagte Tom zu Marsden, »aber ich glaube, ihr solltet euch jetzt wieder um die Gäste kümmern. Ihr seid bei dieser Party im Arbeitseinsatz, oder habt ihr das vergessen?«

»Du hast recht.« Marsden nahm seine Frau bei der Hand. »Komm, Evangeline, versuchen wir, noch ein paar Geldquellen für die Wahlkampagne anzuzapfen!«

»Unsere Freizeit war wirklich knapp bemessen«, seufzte Joanie. »Syd, auch wir müssen wohl pflichtbewußt sein.«

Ronnie blieb allein mit ihren politischen Beratern und deren Begleiterinnen zurück. Ann summte die Melodie der Band mit, und Kenny sagte sofort. »Komm, laß uns tanzen, Süße!«

Tom warf Ronnie über Dianes Kopf hinweg einen Blick zu, und sie las in seinen Augen, was er nicht aussprach: Er wollte mit *ihr* tanzen, aber statt dessen würde er mit Diane tanzen!

Feigling! dachte sie, zwang sich aber, Diane zuzulächeln. »Amüsieren Sie sich gut! Ich glaube, ich selbst gehe jetzt für eine Weile ins Haus ... Ich habe etwas Kopfweh, und wenn wir hier eine Party geben, gibt es nur einen einzigen Ort, wo ich ein bißchen zur Ruhe kommen kann – mein Büro!«

Sie konnte Tom ansehen, daß er ihre Botschaft verstanden hatte. Die Frage war jetzt nur noch, ob er darauf reagieren würde, aber eigentlich müßte er es tun, wenn er genauso mit ihr allein sein wollte wie sie mit ihm ...

»Es hat mich sehr gefreut, Sie kennenzulernen, Mrs. Honneker«, sagte Diane.

»Bitte sagen Sie Ronnie«, erwiderte sie lächelnd. »Auch mich hat es gefreut, Sie kennenzulernen. Toms Freunde sind hier stets willkommen ...«

Nach einem herzlichen Händedruck mit Diane und einem flüchtigen Augenkontakt mit Tom ging Ronnie ins Haus, wechselte einige Worte mit den Feinkostlieferanten, die unter Selmas strenger Aufsicht Platten auffüllten, und schenkte sich ein Glas Wasser ein.

»Die Party verläuft großartig, Mrs. Honneker«, berichtete Selma. »Diese Band ist wirklich gut.«

»Sie sollten sich auch ein bißchen draußen amüsieren, Selma«, empfahl Ronnie.

»Das habe ich schon gemacht, und ich werde es nachher wieder tun, aber vorher muß ich mich vergewissern, daß die Shrimps *kalt* und die Brötchen *heiß* sind. Vorhin haben diese Idioten doch tatsächlich alles durcheinandergebracht und die Shrimps auf heiße Platten gelegt!«

»O Gott! Gut, daß Sie da waren, um eine Katastrophe zu verhindern!« lobte Ronnie, leerte ihr Glas und stellte es auf eine Anrichte.

»Keine Sorge, ich werde auch weiterhin aufpassen«, versicherte Selma grimmig, und Ronnie lief leichtfüßig die Treppe hinauf, Schmetterlinge im Bauch.

Wenn Tom nun nicht kommen würde?

Die Haustür wurde geöffnet, sie hörte Männerstimmen und warf einen Blick in die Eingangshalle hinab. Lewis und Beau Hilley gingen in Richtung von Lewis' Arbeitszimmer im Ostflügel des Hauses, in ein ernsthaftes Gespräch vertieft. Völlig uninteressiert an dieser Unterhaltung, hob Ronnie ihren engen Rock an und bemühte sich, auf den letzten Stufen kein Geräusch zu machen.

»Ronnie, Honey, bist du das?« rief Lewis trotzdem.

Ertappt lächelte Ronnie den beiden Männern zu, die zu ihr emporschauten. »Ich muß nur kurz einige Dinge erledigen, Lewis ... Ich hoffe, Sie genießen die Party, Senator Hilley?«

»Beau«, korrigierte Hilley grinsend. Ronnie wußte genau, was das zu bedeuten hatte, aber sie rang sich weiterhin ein Lächeln ab. Der Kerl war betrunken und geil, aber er war ein mächtiger Senator und ein Freund ihres Mannes, und solange er nicht wirklich zudringlich wurde, konnte sie ihn gerade noch ertragen.

»Beau«, wiederholte sie gehorsam.

»Ich habe es Lewis gerade erzählt – das war eine verdammt komische Sache! Kein Mensch hier im Haus wußte etwas von einem dringenden Anruf für mich ... Ihr politischer Berater scheint ein Trottel zu sein!«

»Wahrscheinlich hat ihn jemand falsch informiert«, sagte Ronnie begütigend. »Wenn Sie mich jetzt bitte entschuldigen würden ... Sie haben mit meinem Mann bestimmt wichtige Angelegenheiten zu besprechen...«

»Oh, das dauert nicht lange, und danach können wir die Party wieder so richtig genießen!« An Lewis gewandt, fügte Hilley hinzu: »Hast du deiner Frau jemals klargemacht, daß zuviel Arbeit und zu wenig Spaß schädlich sind?«

»Ich habe es oft versucht«, sagte Lewis.

»Ich finde es unheimlich nett, daß Sie so um mich besorgt sind, Beau«, lächelte Ronnie, obwohl sie diesen Kerl für einen Vollidioten hielt. Aber vielleicht hatte er ja nur ausnahmsweise ein bißchen zuviel getrunken ... »Wie wär's, wenn wir uns in einer Stunde wieder auf der Tanzfläche treffen, wo wir uns vorhin getrennt haben?«

»Das ist ein Rendezvous!« strahlte Hilley und warf einen Blick auf seine Armbanduhr. »Also dann – um halb eins, aber vergessen Sie es bitte nicht!«

»Bestimmt nicht«, versprach Ronnie und wartete, bis die beiden Männer in Lewis' Büro verschwunden waren, bevor sie in ihr eigenes eilte.

An die Tür gelehnt, schloß sie die Augen – müde, nervös, aufgeregt und glücklich. Wenn Tom kam, würde sie mit ihm irgendeinen anderen Treffpunkt vereinbaren müssen, denn hier könnte Lewis oder Beau Hilley nach ihr suchen.

Aber würde Tom überhaupt kommen?

Trotz der geschlossenen Fenster hörte sie die Band, und weil sie kein Licht gemacht hatte, konnte sie die ganze Szenerie überblicken, ohne selbst gesehen zu werden. Laternen und Fackeln verwandelten den Park von Sedgely in ein Märchenland. Paare in Abendroben und Smokings schlenderten durch die Gärten, tanzten oder holten sich in den Zelten etwas zu essen und zu trinken.

Ronnie lächelte. Selma kümmerte sich vorzüglich um das leibliche Wohl der Gäste, und Lewis, seine Mutter und seine Kinder kümmerten sich um die Konversation. Kein Mensch würde sie vermissen. Sie konnte machen, was sie wollte.

Als sie Schritte auf dem Korridor hörte, wandte sie sich vom Fenster ab. Ihr Herz klopfte zum Zerspringen, und sie krallte ihre Finger in den Vorhang.

Die Tür wurde geöffnet. Lächelnd ließ Ronnie den Vorhang los und rannte auf die Silhouette zu, die im Türrahmen stand …

28. Kapitel

Während Tom auf das Haus zuging, lauschte er der Musik und schnitt unwillkürlich eine Grimasse, denn zwischen ihm und dem Bandleader schien in dieser Nacht eine Art Gedankenübertragung stattzufinden.

Es war ein romantisches Lied, schmachtend und sinnlich. Der Sänger pries die Liebe, und Toms Körper reagierte auf Rhythmus und Text.

Er hatte total kapituliert. Seine Heißblütigkeit, eine warme und sternenklare Nacht sowie eine Frau wurden ihm zum Verhängnis.

Zum Teufel mit Moralbegriffen, Skrupeln und gesundem Menschenverstand! Er würde sich endlich nehmen, was er so heiß begehrte, und an die möglichen Konsequenzen wollte er jetzt nicht denken. Seine Gedanken kreisten nur um Ronnie, und er beschleunigte erregt seine Schritte.

»Hallo, Tom!« rief Thea ihm zu, aber glücklicherweise kam sie die Verandastufen hinab, gut zehn Meter von ihm entfernt, und so brauchte er ihr nur zuzuwinken, ohne stehenbleiben zu müssen.

Thea trug ein enges schwarzes Kleid mit Federn am Saum und sah sehr sexy aus. Er wußte, daß sie im Handumdrehen bereit wäre, mit ihm zu schlafen, und dabei gäbe es keine moralischen Konflikte, keine verheerenden Konsequenzen. Zweifellos hätte sie im Bett auch einiges zu bieten. Das einzige Problem bestand darin, daß er Thea nicht begehrte. Sie übte nicht die geringste Anziehungskraft auf ihn aus.

Auch auf Diane war er nicht scharf, wie Ronnie richtig erkannt hatte.

Er wollte nur Ronnie!

Vielleicht hatte er eine Schwäche für rote Haare. Oder für große braune Augen, volle Lippen, für porzellanweiße Haut und einen perfekt geformten Körper. Vielleicht sogar für acht Zentimeter hohe Absätze und zuviel Make-up.

Doch aus welchen Gründen auch immer – er war verrückt nach dieser Frau!

Es hatte ihn schlimm erwischt.

Verglichen damit waren die Windpocken wirklich harmlos gewesen.

Gott sei Dank war Thea heute nacht nicht allein, sondern hatte sich bei irgendeinem Kerl eingehängt, während sie Tom zuwinkte. Er wollte auf keinen Fall, daß Ann etwas von Kennys Affäre mit Thea erfuhr.

Daß er seinem besten Freund den Seitensprung verübelte, obwohl er selbst im Begriff stand, eine Frau zum Ehebruch zu verführen, war absurd und heuchlerisch, und er konnte sich nicht einmal weismachen, daß gravierende Unterschiede zwischen den beiden Fällen bestanden.

Er begehrte Ronnie, und sie begehrte ihn, und diese Leidenschaft war ein verzehrendes Feuer, eine Naturgewalt, gegen die er einfach nicht länger ankämpfen konnte, auch wenn es eine moralische Bankrotterklärung war.

Weiß Gott, er hatte versucht, durch räumliche und zeitliche Distanz einen Schlußpunkt unter diese gefährliche Attraktion zu setzen, aber er schaffte es einfach nicht!

In der großen Eingangshalle war kein Mensch zu sehen, und er rannte die Treppen zu ihrem Büro hinauf, fest entschlossen, keine Zeit mehr mit Reden zu vergeuden, sondern sie sofort in seine Arme zu nehmen, zu küssen und...

Ein erstickter Schrei riß ihn aus seinen herrlichen Träumen, gefolgt von einem dumpfen Geräusch, so als wäre irgendein Gegenstand zu Boden gefallen. Erschrokken stürzte er auf ihr Arbeitszimmer zu. Die Tür war weit geöffnet, und vom Korridor her fiel etwas Licht in den ansonsten dunklen Raum. Als erstes sah er Füße in hochhackigen Satinsandaletten, die heftige Tritte austeilten.

Die Situation war unmißverständlich: irgendein lüsterner Mistkerl – Tom vermutete, daß es Beau Hilley war – preßte Ronnie gegen ihren Schreibtisch und küßte sie, während sie mit einer Faust an seine Brust trommelte und mit der anderen an seinen Haaren zerrte, um sich zu befreien.

Es kam selten vor, daß Tom eine mörderische Wut verspürte, aber jetzt sprang er wie ein gereizter Stier auf den Mann zu, packte ihn am Kragen und an der Hose, riß ihn von Ronnie weg und versetzte ihm einen rechten Haken, auf den sogar Mike Tyson stolz gewesen wäre.

Mit einem gurgelnden Laut stürzte der Unbekannte wie ein Stein zu Boden.

»Tom!« Ronnie warf sich in seine Arme und umschlang seinen Nacken. Sie zitterte wie Espenlaub, und er hielt sie fest, küßte ihr Ohrläppchen und murmelte beruhigende Worte, während er ihren betörenden Duft einatmete.

Dann warf er einen Blick auf den am Boden liegenden Mann und erstarrte zur Salzsäule.

»Um Himmels willen!« stöhnte er, als ihm klar wurde, daß er Senator Lewis Honneker IV in dessen eigenem Haus niedergeschlagen hatte!

»Was ist?« fragte Ronnie, ohne ihre Hände von seinem Nacken zu lösen.

»Das … das ist Ihr Mann!« stammelte er entsetzt.

»Ja, ich weiß!«

»Sie wissen es?« Seine Stimme wurde schneidend scharf. »Verdammt, welches Spiel treiben Sie hier eigentlich?«

»Was soll diese dumme Frage?« rief sie, und er konnte ihr anhören, wie zornig sie war, aber es beeindruckte ihn nicht im geringsten, denn wenn jemand Grund zum Zorn hatte, so war er es!

Tom hatte schon oft überlegt, ob Ronnie ihm vielleicht nur Avancen machte, um sich an ihrem untreuen Mann zu rächen, aber er hatte diese Gedanken immer wieder verworfen, weil er glaubte, daß die magische Anziehungskraft auf Gegenseitigkeit beruhen mußte. Nun hielt er es plötzlich für durchaus möglich, daß sie nur eine großartige Schauspielerin war, und er ließ sich nicht gern an der Nase herumführen.

»Sollte *er* Sie hier mit *mir* überraschen, oder wollten Sie, daß *ich* Sie mit *ihm* überrasche?« knurrte er. »Oder haben Sie einfach vergessen, daß Sie mich hierher eingeladen haben?«

»Was?« Einen Moment lang starrte sie ihn völlig sprachlos an. »Sie haben doch mit eigenen Augen gesehen, daß er mich angegriffen hat!«

»Er ist Ihr Ehemann!« sagte Tom eisig.

Ronnie riß sich aus seinen Armen los. Der Senator kam stöhnend wieder zu Bewußtsein, und ihr Blick schweifte verächtlich von ihm zu Tom, bevor sie auf dem Absatz kehrtmachte und den Raum verließ.

Lewis rollte auf die Seite, setzte sich mühsam auf und schüttelte benommen den Kopf.

Tom schwankte, ob er Ronnie nachlaufen oder dem Senator helfen sollte, entschied sich aber für letzteres, weil er heftige Gewissensbisse verspürte, und ging neben dem älteren Mann in die Hocke.

»Es tut mir wahnsinnig leid, Senator! Ich dachte, jemand wollte Ihre Frau vergewaltigen. Wie fühlen Sie sich?«

»Sind Sie das, Tom?« Mr. Honneker blinzelte benommen. Seine Alkoholfahne raubte Tom fast den Atem.

»Ja, Senator. Können Sie Ihr Kinn bewegen?« erkundigte er sich besorgt.

»Wissen Sie, sie läßt mich einfach nicht an sich ran!« klagte Lewis. »Schon seit über einem Jahr nicht! Sie hat sogar ein eigenes Schlafzimmer! Verdammt, was glaubt sie eigentlich, wozu ich sie geheiratet habe?«

»Sie läßt Sie nicht an sich ran?« wiederholte Tom verblüfft.

»Sie sieht heißblütig aus, stimmt's, Junge? Ich habe beobachtet, daß auch Sie scharf auf sie sind, und ich kann's Ihnen nicht verübeln. Sie macht alle Männer geil, aber glauben Sie mir – es steckt nichts dahinter! In Wirklichkeit ist sie kalt wie eine Hundeschnauze ... Stellen Sie sich vor, ich habe sogar um ihre Gunst gebettelt, aber nein, nichts zu machen! Erzählen Sie Marsden nichts davon«, fügte er besorgt hinzu.

»Bestimmt nicht«, versprach Tom, während er behutsam das Kinn des Senators abtastete. Es begann anzuschwellen, aber der Knochen schien unverletzt zu sein.

»Ich habe ihr klarzumachen versucht, daß ich als ihr Ehemann gewisse Rechte habe, aber sie sagt, daß sie mich verlassen wird, wenn ich sie zum Sex zwinge, und sie weiß genau, daß ich mir keine zweite Scheidung leisten kann. Verdammt, die Wähler haben mir noch nicht einmal die erste ganz verziehen, das zeigen die Umfragen!«

»Ich glaube nicht, daß Sie das Recht haben, sie zum Sex zu zwingen«, sagte Tom vorsichtig. »So etwas nennt man Vergewaltigung.«

»Herrgott, in einer Ehe kann doch nicht von Vergewaltigung die Rede sein!«

»Die Zeiten haben sich geändert, Senator, und die Gesetze auch. Wenn eine Frau heute nein sagt, so muß sogar ihr Mann das respektieren.«

»Ist das nicht der größte Humbug aller Zeiten?« fragte der Senator von Mann zu Mann. »Ich glaube, es war ganz gut, daß Sie dazwischengekommen sind, denn wenn ich meine Rechte mit Gewalt durchgesetzt hätte, hätte diese jähzornige Person mich anschließend entweder erschossen oder aber von der Polizei verhaften lassen. Ich weiß nicht, was schlimmer gewesen wäre. Stellen Sie sich nur einmal den Skandal vor! Orde würde sich genüßlich die Hände reiben.«

»Können Sie aufstehen, Senator?«

Tom half dem älteren Mann, auf die Beine zu kommen, und hielt ihn vorsichtshalber am Arm fest, weil er leicht taumelte, was aber eher auf zuviel Alkohol als auf den Kinnhaken zurückzuführen war.

»Nach Feiern ist mir heute nacht nicht mehr zumute«, murmelte der Senator. »Ich glaube, ich gehe zu Bett.«

»An Ihrer Stelle würde ich Ronnie in Zukunft lieber unbehelligt lassen«, mahnte Tom, während er ihn ins Schlafzimmer begleitete.

»Sie haben recht, aber können Sie mir sagen, was ein Mann tun soll? Die eigene Frau läßt ihn nicht an sich ran, und wenn er sich mit anderen Weibern amüsiert, veranstalten die verdammten Zeitungen einen Riesenzirkus! Da können doch nur Vollidioten behaupten, die Welt würde von uns Männern dominiert.«

Nach diesen empörten Worten ließ der Senator sich bäuchlings auf sein Bett fallen, ohne auch nur die Tagesdecke zurückzuschlagen. Gleich darauf schnarchte er geräuschvoll. Tom zog ihm wenigstens die Schuhe aus, bevor er den Raum verließ und leise die Tür hinter sich schloß.

Tief in Gedanken ging er die Treppe hinab. Er war nahe daran gewesen, einem Mann Hörner aufzusetzen, der immer freundlich zu ihm gewesen war und ihn engagiert hatte, als er dringend Arbeit benötigte.

Andererseits war dieser Mann, zu dem er zeit seines Lebens aufgeschaut hatte, seiner Frau ständig untreu und hatte soeben versucht, sie zu vergewaltigen.

Und Tom war immer noch verrückt nach dieser Frau.

Herrgott, wie hatte er nur in einen solchen Schlamassel geraten können?

Jetzt drohte er im Treibsand zu versinken und wußte nicht, wie er sich daraus befreien könnte.

Was zwischen ihm und Ronnie war, würde nicht vergehen.

Gewiß, er konnte weggehen – aber er würde nicht lange wegbleiben. In spätestens einer Woche würde er zurückkommen, das wußte er genau. Schließlich hatte er schon einen gescheiterten Fluchtversuch hinter sich.

Was jetzt vor allem not tat, war eine offene Aussprache mit Ronnie.

Mit diesem heldenhaften Entschluß trat er in die milde Nacht hinaus. Ein gespenstisch bleicher Mond stand hoch am Sternenhimmel, von Schleierwolken leicht verhüllt. Die Party war noch in vollem Gange. Stimmengewirr und Gelächter vermischten sich mit der Musik. Es würde nicht einfach sein, Ronnie in diesem Getümmel zu finden. Auf den Verandastufen stehend, schaute er in Richtung der großen Zelte, aber ihr rotes Haar war nirgends zu sehen.

Dafür fiel ihm plötzlich ein glitzernder Gegenstand auf dem Kiesweg ins Auge. Eine Glasscherbe? Nein, dafür war das Ding zu klein und zu symmetrisch.

Tom bückte sich und hob das kristallklare Kügelchen

auf, und nun wußte er auch, was es war. Er schob es in die Tasche und spähte den Weg entlang. Etwa vier Meter entfernt funkelte wieder etwas.

Insgesamt entdeckte er vier Glasperlen, die sich von Ronnies Robe gelöst hatten, und nun wußte er auch, wo er sie suchen mußte. Nicht zwischen den Partygästen, sondern weit abseits vom Haus. Und obwohl es schier unmöglich war, hatte er das Gefühl, als trüge der warme Wind ihm einen Hauch ihres Parfüms zu, als er den Weg zum Pool einschlug.

29. Kapitel

Ronnie hörte das Quietschen des Tors und warf einen Blick über die Schulter hinweg. Zunächst sah sie im Dunkeln nur eine breitschultrige Silhouette und fragte sich ängstlich, ob Lewis ihr hierher gefolgt war, doch dann fiel Mondlicht auf blondes Haar, und sie erkannte Tom.

»Gehen Sie weg!« rief sie und schwamm auf die andere Seite des Pools. Sie trug nur einen Slip; ihr Kleid, Strümpfe, Schuhe und Schmuck lagen auf einem Stuhl.

»Ich entschuldige mich für alles, was ich im Haus gesagt habe. Ich habe die Situation mißverstanden.« Tom lief am Rand des Schwimmbeckens neben ihr her.

»Ich akzeptiere Ihre Entschuldigung nicht. Hauen Sie ab!«

»Wissen Sie, das alles ist auch für mich nicht einfach«, sagte er.

»Was wollen Sie eigentlich von mir, Tom?« fragte sie, stellte die Füße auf den Boden und ruderte mit den Armen, um das Gleichgewicht zu halten. Das Wasser ging ihr hier, an der tiefsten Stelle des Pools, bis zu den Schultern, und ihr hochgestecktes Haar war fast trocken. Auch ihr Make-up hatte beim Brustschwimmen kaum Schaden genommen.

Tom schob seine Hände in die Hosentaschen. »Das ist wirklich eine gute Frage!«

Ein unfrohes Lachen entrang sich Ronnies Kehle. »Seien Sie doch kein solcher Heuchler! Sie wollen Sex, aber dabei steht Ihnen Ihr Gewissen im Wege!«

Nach kurzem Schweigen entgegnete er: »Darf ich Ihnen eine Gegenfrage stellen? Was wollen Sie eigentlich von mir?«

Ronnie starrte ihn betroffen an. Sie hatte bisher nie wirklich darüber nachgedacht. Was sie wollte, war nicht nur Sex. Nein, sie wollte Tom!

Sie schwamm weiter, aber er folgte ihr am Rand. »Sex? Ist es das, was Sie möchten, Ronnie?«

»Ich möchte, daß Sie weggehen!«

»Das würde nichts nützen, denn ich würde zurückkommen. Darüber waren wir uns doch schon vor einigen Stunden einig.«

Sie schwamm stur auf die andere Seite des Pools zu, aber Tom ließ sich nicht abwimmeln. »Wir müssen uns mit dem Problem auseinandersetzen«, sagte er geduldig.

Ronnie stellte sich im schulterhohen Wasser wieder auf und warf ihm einen wütenden Blick zu. »Was gibt es da noch groß zu reden? Sie haben Probleme damit, daß ich verheiratet bin! Nun, ich kann nichts daran ändern – ich *bin* verheiratet.«

Auch Tom war stehengeblieben und blickte auf sie herab. »Haben Sie jemals an eine Scheidung gedacht?« fragte er ruhig.

»Nein!«

»Sie wollen also mit dem Senator verheiratet bleiben und nebenbei mit mir schlafen, habe ich das richtig verstanden?«

»Warum nicht?« rief sie herausfordernd.

»Weil das nicht nach meinem Geschmack wäre.«

»Dann verschwinden Sie!« Ronnie schwamm weiter, und Tom ging wieder neben ihr her.

»Würden Sie vielleicht aus dem Wasser kommen, damit wir uns wie vernünftige Menschen unterhalten können?« knurrte er, und jetzt war seiner Stimme eine leichte Ungeduld anzuhören.

»Das ist völlig überflüssig. Wenn es Ihnen Probleme bereitet, daß ich verheiratet bin, gehen Sie am besten zu Diane, die unverheiratet ist, und schlafen mit ihr!«

»Das könnte ich tun – genauso, wie Sie mit Ihrem Mann schlafen könnten! Aber es wäre für uns beide unbefriedigend.«

Sie würdigte ihn keiner Antwort.

»Ronnie, würden Sie jetzt bitte aus diesem verdammten Pool rauskommen und mit mir reden?«

»Unzählige verheiratete Menschen haben Liebesaffären! Tausende! Zehntausende!«

»Spricht aus Ihnen die Stimme der Erfahrung?« fragte er trocken.

»Nur damit Sie's wissen – in den drei Jahren, seit ich verheiratet bin, hatte *ich* nie eine Affäre. Dafür hat Lewis mich vom ersten Tag an ständig betrogen. Warum sollte ich es jetzt nicht auch einmal tun?«

»Weil ich dafür nicht der richtige Mann bin.«

»Herrgott, warum nicht?«

»Weil Affären kompliziert und unbefriedigend sind. Weil man seine wahren Gefühle dauernd verbergen muß – wie vorhin, als wir miteinander tanzten. Weil ich die Möglichkeit haben möchte, mit Ihnen zum Essen oder ins Kino zu gehen. Weil eine Viertelstunde Sex in aller Heimlichkeit mir auf Dauer nicht genügen würde!«

»So braucht es doch nicht zu sein.«

»Es wäre aber so.«

»Spricht aus *Ihnen* die Stimme der Erfahrung?« wiederholte sie ironisch seine Frage von vorhin.

»Vielleicht.«

»Ach, *ich* soll alles beichten, aber Sie haben das natürlich nicht nötig!«

»Ronnie, wir können nicht vernünftig miteinander reden, solange Sie im Wasser herumplantschen!«

»Sie weichen meiner Frage aus!«

»Und Sie weichen der ganzen Angelegenheit aus!«

»Welcher Angelegenheit? Ob wir miteinander schlafen sollen oder nicht? Im Augenblick würde ich sagen – nein!«

Ronnie schwamm wieder eine Breite, aber diesmal blieb Tom mit verschränkten Armen stehen, wo er war, und wartete ab, bis sie zurückkam.

»Sie haben seit über einem Jahr nicht mit Ihrem Mann geschlafen.«

Überrascht schaute sie zu ihm auf. »Woher wissen Sie das?«

»Er hat es mir erzählt.«

»Haben Sie mit ihm Sexerfahrungen ausgetauscht?« fauchte sie wütend.

»Ich habe ihm geholfen, ins Bett zu kommen. Er war betrunken. Wir … wir haben über das geredet, was er Ihnen antun wollte.«

»Tatsächlich?«

»Er liebt Sie nicht.«

Einen Moment lang starrte sie ihn schweigend an, während er mit gerunzelter Stirn auf sie herabschaute.

»Na und?« Sie wußte, daß Lewis sie nicht liebte, daß er sie nie geliebt hatte. Es hatte lange gedauert, bis ihr das klargeworden war, aber mittlerweile zweifelte sie nicht mehr daran, daß er sie nur geheiratet hatte, weil er sie auf andere Weise nicht ins Bett bekommen konnte. Nachdem er bekommen hatte, was er wollte, hatte er sich sehr schnell anderen Weideplätzen zugewandt, aber natürlich glaubte er trotzdem, einen Anspruch auf den ehelichen Beischlaf zu haben, wenn ihm ausnahmsweise danach zumute war.

»Verdammt, Ronnie, wir müssen darüber reden! Der Senator liebt Sie nicht, und Sie lieben ihn auch nicht, das weiß ich, so wie ich weiß, daß die Sonne morgen früh wieder aufgehen wird. Warum bleiben Sie trotzdem mit ihm verheiratet?«

Sie schwamm zwei Runden.

»Ronnie?«

»Wollen Sie das wirklich wissen?« Sie hielt sich mit einer Hand am Beckenrand fest. »Also gut, dann hören Sie gut zu! Ich bin in einem schäbigen kleinen Haus in Boston aufgewachsen, in einem Arbeiterviertel mit lauter schäbigen kleinen Häusern. Mein Vater verdiente als Gebrauchtwagenverkäufer kaum genug, um die Hypothek abbezahlen zu können, und zwischen meinen Eltern gab es ewig Streit wegen des Geldmangels. Als ich vierzehn war, hat meine Mutter einen Mann kennengelernt, der ihr mehr bieten konnte, und sie hat sich mit ihm abgesetzt und meinen Vater, meine Schwestern und mich verlassen. Ich war die Jüngste, meine Schwestern haben geheiratet, und mein Vater verdiente immer weniger, weil er keinen Sinn mehr darin sah, hart zu arbeiten. Bei meiner Schulabschlußfeier trug ich ein Kleid für fünfzehn Dollar aus einem Secondhandshop. Damals schwor ich mir, daß ich nicht mein ganzes Leben so armselig verbringen würde. Ich wollte etwas Besseres.«

Ronnie mußte tief Luft holen, weil ihre Kehle plötzlich wie zugeschnürt war. Tom kauerte neben dem Pool nieder, einen Arm um sein Knie geschlungen, ohne sie aus den Augen zu lassen.

»Würden Sie jetzt endlich aus dem verdammten Pool herauskommen?« knurrte er wieder.

Ronnie schüttelte den Kopf. »Sie wollten wissen, warum ich mit Lewis verheiratet bleibe, und Sie sollen es erfahren.« Sie hob ihre linke Hand aus dem Wasser und zeigte ihm den riesigen Diamanten, der im Mondlicht funkelte. »Sehen Sie diesen Ring? Er hat mehr gekostet, als mein Vater in einem Jahr verdiente. Schauen Sie sich hier um, Tom! Mein Elternhaus war nicht viel größer als dieses Badehäuschen. Lewis besitzt außer Sedgely zwei weitere großartige Häuser. Ich kann mir soviel teure Kleider kaufen, wie ich will, ich kann meiner Familie kostspielige Geschenke machen, ich kann Reisen machen, ich habe Schmuck und mehrere Autos. Wir sind Mitglieder in vier Country Clubs und ...«

»Weinen Sie, Ronnie? Kommen Sie doch bitte aus dem Wasser heraus!«

»Ich weine nicht! Ich erzähle Ihnen, warum ich mit Lewis verheiratet bleibe – weil ich als seine Frau alles habe, wovon das Mädchen in dem Fünfzehn-Dollar-Kleid jemals geträumt hat!«

Alles außer Liebe, dachte sie, sprach es aber nicht aus. Verzweifelt kämpfte sie mit den Tränen. Es war töricht, über etwas zu weinen, woran sich nichts ändern ließ.

Tom stieß einen lauten Fluch aus, und als Ronnie die Augen öffnete, sah sie, daß er auf das andere Ende des Pools zustapfte, wo Stufen ins seichte Wasser hinabführten. Komplett bekleidet, ohne auch nur seine Schuhe auszuziehen, kam er auf sie zu. Das Wasser reichte ihm zunächst bis zur Taille, dann bis zur Brust.

Ronnie spürte überrascht, daß ihr heiße Tränen über die Wangen liefen, und wischte sie mit den Fäusten ab.

»Bitte nicht weinen«, murmelte er zärtlich, als er dicht vor ihr stand. Er nahm sie in die Arme, und sie warf sich ihm schluchzend um den Hals.

30. Kapitel

»Du zerreißt mir das Herz. Bitte hör auf zu weinen!« wiederholte er dicht an ihrem Ohr. Zum erstenmal hatte er sie geduzt!

»Ich weine ja gar nicht«, protestierte Ronnie eigensinnig, das Gesicht zwischen seiner Schulter und seinem Hals vergraben. Mit zugekniffenen Augen versuchte sie den Tränenstrom einzudämmen, aber es war so traurig, sich an das Mädchen zu erinnern, das sich verzweifelt nach Wohlstand, aber noch mehr nach Liebe gesehnt hatte.

Jetzt lebte sie im Luxus, aber geliebt wurde sie immer noch nicht!

»Ronnie, schau mich an!«

Aber sie brachte es nicht über sich, solange sie Tränen in den Augen hatte. Es war ein so herrliches Gefühl, wieder in seinen Armen zu liegen, daß sie sich nicht bewegen wollte. Die Schulterpartie seines Smokings war trokken, alles andere naß. Eng an ihn geschmiegt, spürte sie durch den Stoff hindurch seinen warmen, muskulösen Körper, und ihre Zehenspitzen berührten seine Lederschuhe.

»Ronnie…«

Endlich hob sie den Kopf, und ihre Blicke trafen sich. Sorge und Zärtlichkeit standen in seinen Augen geschrieben.

»Tom …«

Mehr gab es nicht zu sagen.

Er preßte seine Lippen auf die ihren. Sein Mund war heiß, naß und schmeckte ein wenig nach Whisky, aber das störte sie nicht. Ihre Zungen saugten sich aneinander fest.

Toms Hände glitten unter Wasser über ihren Rücken, umschlangen ihre Taille.

»Bist du nackt?« flüsterte er heiser, an ihrem Ohrläppchen knabbernd.

»Fast«, murmelte sie, ihre Lippen in seiner Halsgrube.

»Das sieht dir ähnlich!« lachte er leise, doch gleich darauf küßte er sie wieder, und seine Hand wölbte sich um ihre Brust.

Ihr Atem stockte, ihr Herzschlag setzte vorübergehend aus, und ihr Blut schien sich in glühende Lava zu verwandeln.

Tom hatte sie noch nie intim berührt. Seine Küsse hatten genügt, um wochenlang ihre Fantasie anzuregen, um davon zu träumen, wie es wohl wäre, mit ihm zu schlafen. Aber nicht einmal in ihren kühnsten Träumen hätte sie sich vorstellen können, daß sie dahinschmelzen würde, wenn er nur ihre Brustwarze streichelte!

Welch ein gewaltiger Unterschied, dachte sie benommen, *ob man mit dem falschen oder mit dem richtigen Mann Sex hat!*

»Machen wir endlich, daß wir aus diesem verfluchten Pool hinauskommen!« knurrte er, bevor er sie wieder küßte und hochhob. Willig schlang sie ihre Beine um seine Taille, die Arme immer noch um seinen Hals gelegt, und ließ sich von ihm zum Beckenrand tragen. Widerwillig riß er seinen Mund von ihrem los, um sie auf dem Beton abzusetzen. Bis auf einen winzigen schwarzen Satinslip war sie nackt. Wasser tropfte von ihren runden Brüsten, und die Brustwarzen standen wie große Knospen hervor. Ihre zarte Haut schimmerte im Mondlicht.

Tom betrachtete sie lange, von der immer noch eleganten Hochfrisur bis zu den Schenkeln, und sein Gesicht spiegelte nicht nur Erregung, sondern auch fast andächtiges Staunen über ihre Schönheit wider. Auf die Arme gestützt, stemmte er sich aus dem Pool und streckte ihr die Hand entgegen. Sie stand mit seiner Hilfe auf, und im nächsten Moment hob er sie wieder hoch und drückte sie an seine nasse Hemdbrust. Ronnie schlang ihre Arme um seinen Hals, blickte ihm selig lächelnd in die Augen und küßte ihn.

Ohne seinen Mund von ihrem zu lösen, trug er sie zum Badehaus und öffnete die gläserne Schiebetür. Drinnen war es wegen der Klimaanlage so kühl, daß Ronnie sofort eine Gänsehaut bekam. Bevor sie Tom sagen konnte, daß es im Schlafzimmer wärmer sein würde, stolperte er über irgend etwas und verlor fluchend das Gleichgewicht. Im Fallen drehte er sich um die eigene Achse, und Ronnie flog quiekend in die Luft, nur um gleich darauf auf etwas Kaltem und Nassem zu landen – auf dem leise stöhnenden Tom!

Sie lag auf dem Rücken, ihr Gesäß auf seinen Schenkeln, Rücken und Kopf auf seiner Brust, Beine auf dem Fußboden. Als er sich unter ihr bewegte, rollte sie zur Seite, auf die fünf Zentimeter dicke Trainingsmatte, die den Unfall verursacht hatte.

Ronnie drehte sich auf den Bauch und hob den Kopf, auf die Ellbogen gestützt. Tom starrte sie aus schmalen Augenschlitzen leicht benommen an, und seine Miene war so komisch, daß sie lachen mußte.

»Hast du dich verletzt?« fragte sie kichernd.

»Aber nein – abgesehen von Prellungen am Hintern, einem möglicherweise gebrochenen Steißbein und verletztem Stolz geht es mir ausgezeichnet. Und dir?«

»Nachdem ich auf dich gefallen bin, ist mir gar nichts passiert.«

»Immerhin etwas!« Er drehte sich auf die Seite, und sein schiefes Lächeln brachte sie wieder zum Lachen, doch gleichzeitig betrachtete sie fasziniert dieses Gesicht, von dem sie in den letzten Wochen so oft geträumt hatte, und strich mit einem Zeigefinger zärtlich über seine Lippen.

Tom biß scherzhaft zu, bevor er sich höflich erkundigte: »Hast du die Absicht, die ganze Nacht zu lachen?«

»Vermutlich«, grinste sie.

Er schubste sie auf den Rücken und rutschte zu ihr auf die große bequeme Matte.

»Wenn du jetzt blaue Flecken am Hintern bekommst, bist du offenbar doch nicht hart wie Stahl«, prustete sie ausgelassen.

»Sehr komisch!« Über sie gebeugt, küßte er sie, und während seine heiße, weiche Zunge ihren Mund erforschte, streichelte er ihre Brüste und zupfte an den Brustwarzen. Ronnie lachte nicht mehr. Mit geschlossenen Augen wühlte sie in seinen seidigen Haaren und erwiderte seine Küsse.

In ihrer Fantasie hatte sie diese Szene schon oft erlebt, aber die Realität überstieg ihre kühnsten Träume.

Tom schlüpfte aus seinem Smoking, ohne seine Lippen von den ihren zu lösen, und sie ließ ihre Hände genüßlich über seine breiten Schultern gleiten. Zwei Drittel seines Hemds und seine Hose waren tropfnaß und kalt, aber die Finger auf ihren Brüsten waren warm und geschickt. Ihre Brustwarzen schwollen an, und sie wölbte sich ihm entgegen wie eine Katze, die gestreichelt werden möchte. Sein Atem ging schneller, aber plötzlich riß er sich von ihrem Mund los und rückte ein wenig von ihr ab.

Bestürzt öffnete Ronnie die Augen und stellte fest, daß er sie von Kopf bis Fuß betrachtete. Mondlicht fiel durch die Glastür ein und verlieh ihrer nackten Haut einen seidigen Schimmer. Seine große braungebrannte Hand auf ihrer Brust hob sich kraß davon ab. Sein nasser Hemdsärmel lag auf ihren Rippen, und darunter waren harte Muskeln zu spüren. Er lag auf einer Seite, und seine Gesellschaftskleidung – schwarze Krawatte, zur Schleife gebunden, weißes Hemd, Kummerbund, schwarze Hose mit Satinstreifen, schwarze Socken und Schuhe – bildete einen reizvollen Gegensatz zu ihrer Blöße.

Sein Gesicht schien nur aus harten Knochen, aus Ekken und Kanten zu bestehen, und Ronnie fiel ein, daß sie einmal gedacht hatte, dieser Mann wäre gegen fleischliche Sünden gefeit.

Sie hatte nicht ganz unrecht gehabt: Er hatte Widerstand geleistet, bis es ihn und sie fast um den Verstand gebracht hatte.

Ihre Blicke trafen sich. Unter schweren Lidern hatten seine Augen ein sinnliches Funkeln.

»Ich habe so oft davon geträumt, dich nackt zu sehen!« murmelte er heiser. »Bei jeder unserer Begegnungen habe ich dich im Geist ausgezogen, und in letzter Zeit ertappte ich mich immer wieder dabei, mitten in wichtigen strategischen Besprechungen mit Matt Grolin zu überlegen, ob dein Bauchnabel wohl nach innen oder nach außen gewölbt ist.«

Seine Finger glitten von ihren Rippen zu ihrem Bauch, um diese wichtige Frage zu klären, und sie hielt den Atem an.

»Das hört sich aber gar nicht geschäftsfördernd an«, murmelte sie und streichelte seine Wange, die sich fast glatt anfühlte. Er mußte sich kurz vor der Party rasiert haben.

»War es auch nicht.« Tom streifte seine nassen Schuhe von den Füßen, und Ronnie zupfte ungeduldig an seiner Schleife.

»Bleib liegen«, befahl er, stand auf und zog sich rasch aus. Ronnie beobachtete ihn dabei, und ihr Herz klopfte zum Zerspringen, als er mit nacktem Oberkörper seinen Gürtel öffnete und aus der Hose schlüpfte. Darunter trug er hellblaue Boxershorts, und während er sich seiner Socken entledigte, grub sie ihre Finger tief in die Matte, weil sie es kaum erwarten konnte, auch die letzte Hülle fallen zu sehen. Sie bekam einen trockenen Mund, als er endlich ganz nackt vor ihr stand: breite Schultern, stark behaarte Brust, schmale Hüften, muskulöse Beine – und ein großer erigierter Penis, der deutlich verriet, wie sehr er sie begehrte.

Tom legte sich neben sie, schob einen Arm unter ihren Hals und strich ihr mit der anderen Hand eine Haarsträhne aus dem Gesicht. Ronnie lächelte ihm zu, und er küßte sie hart auf den Mund.

»Spürst du, wie meine Arme zittern?« fragte er, als er

wieder den Kopf hob. »Das ist mir zuletzt passiert, als ich sechzehn war und die Matratze im Campingwagen meines Vaters erprobt habe!«

»Hast du diese Matratze oft benutzt?« wollte Ronnie wissen, während ihre Hände über seine Schultern und Oberarme glitten. Seine Haut war warm und glatt, aber die harten Muskeln zitterten tatsächlich ein wenig, und das erfüllte sie mit Stolz.

»So oft ich konnte, aber ich hörte bald auf, dabei zu zittern.« Tom lächelte ihr zu, doch gleich darauf bewies er ihr, daß er kein schüchterner und unerfahrener Teenager mehr war. Von seiner Leidenschaft angesteckt, erwiderte sie seine heißen Küsse, schlang ihre Arme um seinen Hals und preßte sich an seinen Körper.

Seine Hände waren überall: auf ihren Brüsten, auf ihrem Bauch, auf ihren Schenkeln – nur nicht dort, wo sie am meisten gestreichelt werden wollte, und das brachte sie fast um den Verstand. Er ließ sich Zeit, viel Zeit ... Er saugte an ihren Brustwarzen und knabberte daran, bis sie vor Lust stöhnte und sich ihm entgegenwölbte, und als sie es kaum noch aushalten konnte, schob er seine Finger endlich unter ihren Slip.

Doch er spannte sie weiterhin auf die Folter, denn seine Hand erforschte jeden Millimeter ihrer Haut, anstatt sofort zwischen ihre Schenkel vorzudringen, und gleichzeitig küßte er wieder ihren Mund und ihre Brüste. Ihr ganzer Körper brannte lichterloh, noch bevor er sie an den intimsten Stellen berührte, und das tat er dann mit dem Geschick eines Virtuosen, der sein Instrument perfekt beherrscht ...

»Tom, bitte!« stöhnte sie, weil sie wollte, daß er sie völlig in Besitz nahm.

»O Gott, wie ich mir das gewünscht habe!« murmelte er heiser und zog ihr hastig den Slip aus. Sie schlang ihre Beine um seine Hüften, außerstande, auch nur eine Sekunde länger auf ihn zu warten.

Tom drang so kraftvoll in sie ein, daß sie aufschrie, und sie grub ihre Nägel in seinen Rücken, während sie einen Orgasmus erlebte, den sie nie für möglich gehalten hätte. Ihre ganze bisherige Welt lag in Scherben, als sie seinen Namen stammelte …

31. Kapitel

23. August, Mitternacht,
Pope

»Was schaust du dir an, Marla?«

Jerry Fineman stand im Türrahmen des Wohnzimmers, in einem altmodischen ärmellosen Unterhemd und schwarzer Trainingshose, die er auch beim Abendessen getragen hatte. Offenbar war er aufgewacht und hatte sich schnell wieder angezogen.

»*Letterman.*« Marla lächelte ihm zu. »Habe ich dich geweckt? Tut mir leid.«

»Nein.« Jerry ließ sich neben Marla auf die Couch fallen, und die Polster gaben unter seinem Gewicht nach. Er war einundfünfzig, Polizist im Ruhestand, seit zehn Jahren geschieden. Nur ein Meter siebzig groß, mit Glatze und Bierbauch, war er alles andere als attraktiv, aber dafür sehr sympathisch. Marla hatte ihn kennengelernt, als sie verzweifelt nach Biloxi geflüchtet war und als Nutte an einer Straßenecke stehen mußte, um ihre Tochter ernähren zu können. Jerry hatte sie anfangs festnehmen wollen, doch dann hatte sie ihm leid getan, er hatte ihr fünfzig Dollar geliehen und sie zu ihrem Auto gefahren, wo sie mit Lissy hauste. Er hatte ihr geholfen, auf die Beine zu kommen, und sie hatte ihm dafür Sex gratis gewährt, wann immer ihm danach zumute war. Als er vor zwei Jahren pensioniert worden war und Biloxi verlassen hatte, war von einem Wiedersehen keine Rede gewesen, und doch war Marla jetzt bei ihm.

Sie hatte ihm die ganze Geschichte erzählt: wie sie Susan und Claire zum Biloxi Yacht Club gefahren hatte, und wie es dazu gekommen war, daß sie bei ihm Zuflucht suchte. Als sie behauptete, daß alle, die von jener Verabredung auf dem Schiff wußten, tot oder verschwunden seien, war er etwas skeptisch gewesen, und er schien auch nicht so ganz zu glauben, daß jemand Marla tatsächlich umbringen wollte, aber er hatte versprochen, der Sache nachzugehen, und er hatte ihr angeboten, mit Lissy bei ihm zu bleiben, wenn sie Angst hätte, nach Biloxi zurückzukehren. Früher oder später würden sie des Rätsels Lösung finden.

Seit fast drei Wochen lebten Lissy und sie bei Jerry, und Marla hatte volles Vertrauen zu ihm. Aufgrund seiner guten Kontakte zur Polizei würde er vielleicht jenen Mann ausfindig machen können, der Susan – und höchstwahrscheinlich auch Claire und die Leute von der Modellagentur – ermordet hatte und jetzt Marla nach dem Leben trachtete. Bei Jerry fühlte sie sich in Sicherheit, und sie wußte auch, daß er mit niemandem über ihr zweifelhaftes Sorgerecht für Lissy sprechen würde.

»Möchtest du etwas essen?« fragte sie und wollte schon vom Sofa aufspringen.

»Nach dem heutigen Abendessen? Ich habe immer noch das Gefühl, gleich zu platzen!« Jerry klopfte sich auf den Bauch.

»Soll ich dir ein Bier holen?«

Jerry runzelte die Stirn. »Du brauchst mich nicht zu bedienen.«

»Ich tu's gern.«

»Hör zu, Marla, ich setze Lissy und dich auf keinen Fall vor die Tür. Du brauchst nicht ängstlich zusammenzuzucken, sobald ich nur einen Furz fahren lasse!«

»Tu' ich doch gar …« Marla verstummte, weil sie tatsächlich in ständiger Furcht lebte, ihn zu verärgern. Es gab keinen anderen Menschen, den sie um Hilfe bitten könnte, dessen war sie sich schmerzlich bewußt.

»Doch«, sagte Jerry ruhig. »Ich helfe dir als Freund, Marla, nicht damit du kochst und wäscht und putzt und mich hinten und vorne bedienst, wenn ich im Haus bin.«

Marla blickte ihn einen Moment lang schweigend an. Sie hatte einen Kloß im Hals.

»Du bist ein guter Mensch, Jerry Fineman«, sagte sie leise und lächelte ihm zu. Dann glitt sie von der Couch, kniete zwischen seinen Beinen nieder und öffnete den Reißverschluß seiner Hose. *Diesen* Beweis ihrer Dankbarkeit würde er bestimmt nicht zurückweisen!

32. Kapitel

Als Ronnie endlich die Augen öffnete, lag Tom schwer auf ihr, die Arme um sie geschlungen, sein Gesicht in ihrer Halsgrube, immer noch mit ihr vereint.

Sie drehte den Kopf zur Seite und küßte seine Wange. »Tom«, murmelte sie, »ich bin am Erfrieren! Ziehen wir ins Schlafzimmer um.«

Er bewegte sich, hob den Kopf und blickte ihr lächelnd in die Augen. »Du bist das schönste Geschöpf, das ich je im Leben gesehen habe, und du bist so verdammt sexy und riechst so verführerisch, daß ich dich die ganze Nacht lieben könnte! Wie kannst du in einem solchen Augenblick frieren?«

Ronnie spürte, wie sein Penis in ihrem Körper zu neuem Leben erwachte. Weit davon entfernt, erschöpft zu sein, schien der Mann wieder voller Tatendrang. Er holte tief Luft und stützte sich auf seine muskulösen Arme, um sie besser betrachten zu können.

»Mir ist kalt!« jammerte sie schaudernd. »Wir liegen mitten im Luftzug der Klimaanlage.«

»Vor einigen Minuten war dir aber gar nicht kalt!«

»Frierst *du* denn gar nicht?«

»Darling, du machst mich so heiß, daß ich vermutlich nie mehr frieren werde!«

»Darling?« Ronnie schaute zu ihm auf. »Mir gefällt deine weiche, gedehnte Aussprache dieses Wortes. Es hört sich wie ›Daa-lin‹ an!«

»Dann laß mal hören, wie es sich bei dir anhört«, grinste er.

»Darling!«

»Viel zu kalt und geschliffen, richtig nordstaatlich! Klingt fast feindselig … Versuch's mal mit meinem Namen vornweg.«

»Tom, Darling.«

»Schon etwas besser.« Er bewegte sich in ihrer Grotte. »Hört sich weicher an. Versuch's noch einmal.«

»Tom, Darling.«

»Mit etwas Übung wird's klappen.« Ohne sie aus den Augen zu lassen, stieß er plötzlich kräftig zu.

»Tom, *Darling!*« keuchte sie.

»Das war ausgezeichnet.« Er saugte an einer Brustwarze, und Ronnie verlor den Gesprächsfaden. Toms Schultern umklammernd, wurde sie von einer neuen Flutwelle der Lust davongetragen, und erst einige Zeit später nahm sie wieder wahr, daß der Raum unverändert eiskalt war.

»Tom«, flüsterte sie ihm klagend ins Ohr, »drüben steht ein Bett mit warmen Decken.«

Er knabberte zärtlich an ihrem Hals. »Also gut, du verfrorenes Geschöpf, ziehen wir dorthin um.«

Mit schier unglaublicher Energie sprang er auf, griff nach ihrer Hand und zog sie hoch. Nackt standen sie im weichen Mondlicht, das durch die Tür einfiel, und betrachteten einander verzückt. Ihre Blicke trafen sich, Tom lächelte, und Ronnie warf sich an seine breite Brust und schlang ihre Arme um seine Taille.

Das ist Tom, dachte sie selig. All ihre Tagträume und Fantasien waren Wirklichkeit geworden.

Er nahm sie in seine Arme, die warm und kräftig waren. Beides war ihr willkommen, denn sie hatte eine Gänsehaut am ganzen Körper und außerdem weiche Knie.

»Du hast einen unglaublichen Hintern«, murmelte er, die Hände auf ihren Pobacken.

Ein schrilles Piepsen ließ sie beide zusammenfahren, aber nach der ersten Schrecksekunde begriff Tom, daß es nur seine Armbanduhr gewesen war. Er drückte auf einen Knopf, und sie verstummte.

»Sie ist offenbar wasserdicht«, grinste Ronnie.

»Sieht so aus.«

»Wie spät ist es?«

Er hielt seinen Arm ins Licht. »Drei Uhr. Was glaubst du, wann du zurück sein mußt, bevor Suchtrupps losgeschickt werden?«

»Ich weiß nicht … vielleicht bei Sonnenaufgang?« Sie ging in Richtung Schlafzimmer. »Wann ist der?«

»Gegen halb sechs.« Toms Stimme hatte einen scharfen Unterton. »Sagen wir lieber – Viertel nach fünf … sicherheitshalber.«

Das Schlafzimmer grenzte an den Trainingsraum, und Ronnie stand in weniger als einer Minute vor dem Einzelbett. Auf der Tagesdecke lagen mehrere Zierkissen. Seit Ronnie das Badehaus benutzte, hatte noch nie jemand in diesem Bett geschlafen, aber es wurde trotzdem in regelmäßigen Abständen frisch bezogen.

»Kannst du den Air-conditioner abstellen?« rief sie Tom zu, während sie die Zierkissen auf den Boden warf. »Der Thermostat ist an der Wand.«

»Ich sehe ihn.«

Ein kleines rotes Lämpchen zeigte an, wo sich der

Thermostat befand, und Tom schaltete die Klimaanlage aus. In schweigender Übereinkunft verzichteten sie darauf, Licht zu machen. Es war auch nicht notwendig, denn im Mondschein konnten sie genug sehen.

»Meine Cinderella verwandelt sich also nicht um Mitternacht in einen Kürbis, sondern erst bei Sonnenaufgang«, knurrte Tom auf der Schwelle zum Schlafzimmer.

»Es war die Kutsche, die sich in einen Kürbis verwandelt hat, nicht Cinderella selbst!« korrigierte Ronnie sanft, fest entschlossen, seinen plötzlichen Unmut einfach zu ignorieren. Sie stieg ins Bett und zog die Decken bis zum Kinn hoch.

»Das läuft aufs gleiche hinaus.«

Als er nackt auf das Bett zuging, fiel Ronnie etwas ein, und sie schlug die Decken zurück.

»Was ist jetzt los?« fragte er mit gerunzelter Stirn.

»Wenn du nachher nicht tropfnasse Klamotten anziehen willst, sollten wir sie in den Wäschetrockner tun.«

»Kriech wieder unter die Decke, ich mach das schon. Wo steht der Trockner?«

»Im Bad.«

Ronnie blickte ihm nach und bewunderte wieder seine breiten Schultern, die schmalen Hüften und das straffe Gesäß. Ihre Fingernägel hatten rote Spuren auf seinem Rücken hinterlassen, und ein lustvoller Schauer überlief sie bei der bloßen Erinnerung an ihre Ekstase.

Sie hörte das gleichmäßige Summen des Trockners, und gleich darauf kam Tom zurück. »Hoffentlich läuft der Smoking nicht ein«, sagte er leicht besorgt.

»Das glaube ich kaum«, beruhigte Ronnie ihn und rückte im Bett zur Seite, um ihm Platz zu machen. Die Matratze gab unter seinem Gewicht nach, als er sich auf den Rücken legte. Sie schmiegte sich an diesen großen warmen Körper und bettete ihren Kopf auf seiner Schulter, einen Arm auf seinem breiten Brustkorb, der ebenso wie Arme und Beine dicht behaart war.

»O Gott!« rief sie plötzlich erschrocken. »Glaubst du, daß deine Freundin immer noch da ist?«

»Ich habe Diane in ein Taxi gesetzt, bevor ich überhaupt ins Haus ging«, erwiderte Tom trocken. »Ich erzählte ihr, sofort zum Flughafen fahren zu müssen, weil ein Klient mich in einer dringenden Angelegenheit benötige.«

»Lügner!«

»Was blieb mir denn anderes übrig?«

»Wirst du sie bald wiedersehen?«

»Du wirst deinen Mann viel schneller wiedersehen!«

Ronnie stieß einen tiefen Seufzer aus. »Du bedauerst das alles, stimmt's?«

»Was? Daß du nackt in meinen Armen liegst?« Tom schüttelte den Kopf und lächelte ihr zu. »Darling, ich fühle mich mit dir wie im siebten Himmel. Wie könnte ich etwas bedauern?«

»Aber du tust es! Ich kann es deiner Stimme anhören.«

Tom drehte sich auf die Seite, und ihr Kopf ruhte jetzt auf seinem Oberarm. Von ihrer eleganten Hochfrisur war schon lange nichts mehr übrig: Die roten Haare fielen ihr wirr auf die nackten Schultern. Tom rollte nachdenklich eine Strähne mit dem Zeigefinger auf. »Nein, ich bereue wirklich nichts … aber ich weiß immer noch nicht, ob ich mich auf Dauer mit der Rolle als ›Nebenmann‹ begnügen kann.«

»Tom …«

»Nein, sag jetzt nichts«, murmelte er und küßte sie.

Um fünf Uhr waren beide von ihren Liebesspielen ermattet und schläfrig.

»Zeit zum Aufstehen!« verkündete Tom und kniff Ronnie aufmunternd ins Gesäß. Sie lag auf ihm, hob den Kopf von seiner Brust und warf ihm einen benommenen Blick zu.

»Ich bin viel zu erschöpft, um mich auch nur bewegen zu können«, jammerte sie.

»Das freut mich«, grinste er. »Das ist die wohlverdiente Strafe dafür, daß du mich die ganze Nacht wachgehalten hast.«

»Ich habe *dich* wachgehalten?« Sogar Ronnies Entrüstung hörte sich vor Müdigkeit matt an.

»Also gut, es beruhte auf Gegenseitigkeit, und jetzt müssen wir beide den Sonntag hinter uns bringen, ohne im Stehen einzuschlafen.«

Ronnie stöhnte. »O Gott, ich habe um zwölf eine Tennispartie!«

»Mit Michael?«

Sie kroch auf seinem Körper ein Stückchen hoch und küßte ihn. »Weißt du, woran ich erkennen kann, wenn dir etwas mißfällt? Du verlierst dann deinen Südstaatendialekt und hörst dich kalt und geschliffen an, richtig nordstaatlich und fast feindselig«, wiederholte sie grinsend die Ausdrücke, die er vor einigen Stunden benutzt hatte.

»Ich fühle mich auch feindselig«, knurrte er humorlos. »Du spielst mit diesem Michael also Tennis?«

Seine grimmige Miene überzeugte Ronnie, daß dies nicht der geeignete Moment war, ihn wegen seiner Eifersucht aufzuziehen. »Michael ist der Mann einer guten Freundin von mir, Kathy Blount«, erklärte sie. »Sie und ihr Bruder waren in der High-School Tennischampions, und sie spielen gemischte Doppel gegen Michael und mich, wobei wir kaum eine Gewinnchance haben. Tennis ist wirklich das einzige, was ich mit Michael spiele. Als er mich neulich hier abholte, wartete Kathy draußen im Wagen.«

»Oh ...«

»Ja, oh!«

»Du hast damals absichtlich versucht, einen anderen Eindruck zu erwecken!«

»Damals hattest du nichts anderes verdient.«

»So?«

»Ja.«

Sie musterten einander, und schließlich lächelte Tom widerwillig. »Wahrscheinlich hast du recht.«

Ehe sie sich's versah, lag sie unter ihm, und er küßte sie ...

Als sie endlich aus dem Bett kamen, war es nach halb sechs, und sie zogen sich eilig an. Toms Kleidungsstücke waren trocken, aber zerknittert, und Ronnie schlüpfte in die Radlerhose und das T-Shirt, die sie immer beim Fitnesstraining trug. Wenn jemand sie in diesem Aufzug sah, konnte sie immer noch behaupten, nach der Party in aller Herrgottsfrühe dieses Training absolviert zu haben. Sie holte ihr Abendkleid samt Zubehör von dem Stuhl am Pool und verstaute die Sachen im Wandschrank, um sie später unbemerkt ins Haus zu schmuggeln. Diese Heimlichtuerei war für sie etwas Neues und gefiel ihr gar nicht, aber sie hütete sich, etwas davon verlauten zu lassen, weil sie Tom damit nur in seiner eigenen Ansicht bestärken würde.

»Komm, ich begleite dich noch ein Stück«, sagte er, und sie gingen Hand in Hand den Kiesweg entlang. Der Morgen graute, obwohl die Sonne noch nicht aufgegangen war. Tautropfen hingen in den Büschen, und das Geißblatt duftete süß. Ringsum war alles totenstill, denn ganz Sedgely lag noch im Dornröschenschlaf.

Unter einer riesigen Eiche unweit der Auffahrt blieben sie stehen, und Ronnie betrachtete das große weiße Haus und den Park mit alten Bäumen und gepflegten Blumenbeeten. Alles trug den Stempel von Reichtum und Vornehmheit.

»Ich muß gehen«, murmelte sie.

»Ich weiß.«

»Kommst du später vorbei?«

Tom drückte ihre Hand. »Ich fliege um zwei Uhr ab.«

»O nein!« Ronnie hatte das Gefühl, als fehlte es ihr plötzlich an Atemluft. »Wohin?«

»Zuerst nach Nevada, dann nach Kalifornien und Tennessee. Ich bin nur wegen der Party nach Jackson gekommen.«

Der Gedanke, sich von ihm trennen zu müssen, war unerträglich. »Wie lange wirst du fortbleiben?«

»Wahrscheinlich eine Woche.«

»Eine Woche!« Ihr Ausruf hörte sich so verzweifelt an, als hätte er ›ein Jahr‹ gesagt.

»Glaubst du, daß du mich vermissen wirst?«

»O Tom ...« Sie stellte sich auf die Zehenspitzen und schlang ihre Arme um seinen Hals. Er küßte sie, schob sie dann aber sanft von sich. »Du mußt gehen«, sagte er. »Ich werde dich anrufen ...«

»Tom!«

»Geh jetzt, Darling ... Es ist höchste Zeit.«

Er hatte recht, denn schon zauberte die aufgehende Sonne herrliche Rosatöne an den östlichen Horizont. Aber Tom dort im Schatten der Eiche zurückzulassen brach Ronnie schier das Herz.

33. Kapitel

Ronnie war in den nächsten Tagen sehr beschäftigt: Reden bei Wahlveranstaltungen, Ausschußsitzungen, Mittag- und Abendessen ... Außerdem mußte sie Vorbereitungen für die Rückkehr nach Washington treffen, die für den Freitag nach dem Labor Day – dem ersten Montag im September – vorgesehen war. In den letzten Jahren hatte sie es kaum erwarten können, Sedgely zu verlassen, denn die Hauptstadt war wesentlich amüsanter als das provinzielle Jackson, aber diesmal fiel es ihr schwer, weil sie das Gefühl hatte, Tom zurückzulassen, was natürlich töricht war. Schließlich gab es Flugzeuge, und sie würde ihn in Washington wahrscheinlich genauso oft sehen wie in Jackson, Mississippi.

Aber auch hier sah sie ihn nicht oft genug!

Tom hatte sie einmal unter ihrer Handynummer angerufen, aber einen denkbar ungünstigen Zeitpunkt erwischt. Sie besuchte am ersten Schultag mehrere Schulen im Mississippidelta – Kenny hatte diese Tour organisiert, um zu demonstrieren, wie wichtig ihr die Bildungspolitik war –, und Ronnies Betroffenheit über die heruntergekommenen Gebäude und die armselig gekleideten Kinder war ungespielt, doch während Toms Anruf wünschte sie die Polizisten, Reporter und sogar Thea zum Teufel, um ungestört einige Worte mit ihm wechseln zu können. Nachdem das unmöglich war, beendete sie das Gespräch sehr schnell.

»War das Tom?« fragte Thea mit gerunzelter Stirn.

Ronnie nickte und tat so, als bewunderte sie die von Schülern angefertigten Tonmasken an den Wänden.

»Warum hat er nicht im Büro angerufen?« fuhr Thea erstaunt fort. »Soll ich ihn zurückrufen? Ist etwas Besonderes vorgefallen?«

Es fiel Ronnie schwer, Gleichmut zu heucheln, aber sie tat ihr Bestes. »Nein, er wollte nur wissen, ob ich zu einem weiteren Interview mit einer Frauenzeitschrift bereit wäre.«

Sie war stolz darauf, daß ihr diese Antwort eingefallen war, denn nach den Problemen mit *Ladies' Home Journal* leuchtete es Thea sofort ein, daß Tom eine direkte Absprache mit Ronnie treffen wollte.

Ronnie vermißte ihn mehr, als sie jemals für möglich gehalten hätte, und ihre Sehnsucht wuchs von Tag zu Tag, von Stunde zu Stunde.

Am Freitagnachmittag mußte sie die ›Himmelparade‹ eröffnen, eine Großveranstaltung anläßlich des bevorstehenden Labor Day mit Flugakrobatik und Heißluftballons. Nach einer kurzen Ansprache durchtrennte sie mit einer großen Silberschere symbolisch ein rotes Satinband, als sie Tom plötzlich in der Zuschauermenge stehen sah.

Sie hatte ihn erst am Samstag zurückerwartet, und zunächst fiel ihr nur auf, daß ein großer, breitschultriger Mann in Jeans und T-Shirt sie unter einer Baseballmütze hervor anstarrte. Als er die Mütze etwas zurückschob und ihr zugrinste, hatte sie das Gefühl, vom Blitz getroffen worden zu sein. Ein strahlendes Lächeln breitete sich auf ihrem Gesicht aus.

»Haben Sie einen Freund entdeckt, Mrs. Honneker?« fragte der Veranstalter Chip Vines, der dicht neben ihr stand.

»Ja«, antwortete Ronnie zerstreut und gab ihm die Schere zurück. »Ist die Zeremonie beendet? Dann werde ich ihn jetzt begrüßen.«

»Vielen Dank für Ihr Kommen, Madam«, sagte der Mann höflich, und gleich darauf rollte das erste Militärflugzeug auf die Piste und wurde von der Menge bejubelt.

Auch Kenny und Thea hatten Tom gesichtet. Von einigen Polizisten bewacht, ging Ronnie mit ihnen auf Tom zu. Am liebsten hätte sie sich in seine Arme geworfen, und sie las in seinem Gesicht, daß er den gleichen Wunsch verspürte, aber sie durfte ihm nur die Hand entgegenstrecken.

»Hallo, Tom!«

»Hallo, Ronnie! Ihre Ansprache war sehr gelungen.« Er riß seinen Blick von ihr los. »Hallo, Kenny, hallo, Thea! Das ist mein Sohn Mark.«

Ronnie bemerkte erst jetzt, daß er nicht allein war. Ein Teenager stand neben ihm.

»Mark, das sind Mrs. Honneker und Miss Cambridge«, stellte Tom vor.

»Hi!«

»Freut mich, dich kennenzulernen, Mark«, sagte Ronnie und gab ihm lächelnd die Hand. Thea tat es ihr nach, während Kenny, der den Burschen offenbar gut kannte, ihm freundschaftlich auf die Schulter schlug. Ronnie erinnerte sich gut an den Teenager, den sie auf der Farm von Toms Mutter kurz gesehen hatte. Er war fast so groß wie sein Vater und hatte dessen Augenfarbe und Mundpartie geerbt, aber seine Haare waren hellbraun, nicht blond, und er sah in Shorts und weißem T-Shirt noch ziemlich schlaksig aus.

Überrascht stellte Ronnie fest, daß Mark sie bewundernd anstarrte. Sie trug ein türkisfarbenes Seidenkleid mit weitem Rock und großem Kragen, ärmellos, aber ansonsten so züchtig, wie Tom es ihr für offizielle Auftritte empfohlen hatte. Es war wirklich nicht sexy, aber sein Sohn schien trotzdem fasziniert zu sein.

»Was machst du eigentlich hier?« fragte Kenny seinen Partner. »Du wolltest doch erst morgen zurückkommen.«

»Mark verbringt das Wochenende bei mir, deshalb habe ich etwas schneller gearbeitet und bin früher fertig geworden.«

Weitere Flugzeuge wurden mit donnerndem Applaus begrüßt, und die kleine Gruppe trat etwas beiseite, um den Zuschauern nicht die Sicht zu versperren.

»Sein Flugzeug ist vor einer Stunde gelandet«, warf Mark ein, »und er wollte unbedingt sofort hierherkommen, um die Flugschau zu sehen. Wenn ich das gewußt hätte, hätte ich es Oma überlassen, ihn abzuholen.«

Tom blickte Ronnie lächelnd in die Augen, während er behauptete: »Ich habe eben eine Schwäche für Militärflugzeuge. Mach dir keine Sorgen, mein Junge, du kommst trotzdem rechtzeitig zu deiner Verabredung.«

»Ich muß Loren um halb sieben abholen.«

»Das schaffst du auch.«

»Es tut mir schrecklich leid, aber ich muß jetzt schleunigst nach Hause«, sagte Thea. »Ich habe heute abend nämlich auch eine Verabredung.«

»Mit Todd Farber?« fragte Ronnie interessiert. Das war der Mann, den Thea zu Lewis' Party mitgebracht hatte. Die Sekretärin nickte.

»Dann sollten wir gehen«, stimmte Ronnie widerwillig zu. Tom nur so kurz und in aller Öffentlichkeit zu sehen war fast noch schlimmer als ihn gar nicht zu sehen.

»Wir begleiten Sie zum Wagen«, sagte er.

»Ich dachte, du wolltest die Flugschau sehen!« protestierte Mark indigniert.

»Die sehen wir vom Parkplatz aus genauso gut wie von hier«, erklärte Tom beschwichtigend, und Ronnie mußte ein Lächeln unterdrücken.

Die Polizisten bahnten ihnen einen Weg durch die Menge, dicht gefolgt von Mark, Thea und Kenny. Tom und Ronnie blieben einige Schritte zurück.

»Hast du mich vermißt?« erkundigte er sich leise.

Ronnie warf ihm einen beredten Blick zu, traute sich aber nicht, ihn zu berühren. Viele Zuschauer wußten, wer sie war, und es wimmelte von Reportern, auch wenn deren Aufmerksamkeit in erster Linie den Flugzeugen galt.

»Das weißt du doch.«

Tom schob ihr unauffällig etwas in die Hand – einen mehrmals zusammengefalteten Briefumschlag, in dem sich etwas Hartes befand. Sie schaute ihn fragend an.

»Mein Wohnungsschlüssel. Mark wird spätestens um halb sieben aus dem Haus sein.«

Ronnies Hand schloß sich um den kostbaren Gegenstand, und ihr Herz klopfte plötzlich schneller. Sie lächelte Tom schelmisch zu.

»Ist das eine Einladung zum Abendessen?«

»So etwas Ähnliches.«

Lewis mußte um halb acht eine Rede vor Tabakpflanzern halten, und Ronnie sollte ihn eigentlich begleiten, aber sie entschuldigte sich mit schrecklichen Kopfschmerzen und zog sich in ihr Zimmer zurück. Dorothy gab eine Bridgeparty, und etwa zwanzig alte Damen plauderten angeregt im Salon. Ihre Schwiegermutter würde sie also bestimmt nicht vermissen, dachte Ronnie im Vorbeigehen. Trotzdem wollte sie sich nicht heimlich aus dem Haus stehlen, weil man sie beim Nachhausekommen ertappen konnte. Deshalb informierte sie Selma, daß sie eine kleine Ausfahrt machen würde, um durch frische Luft ihr Kopfweh zu lindern.

Dann stieg sie in ihren kleinen weißen BMW und brauste davon.

Tom hatte ihr seine Adresse auf den Umschlag mit dem Schlüssel geschrieben. Er wohnte in Belhaven, einem gepflegten Stadtviertel mit vielen Bäumen und schönen alten Häusern. Eine viktorianische Ziegelvilla war in drei Eigentumswohnungen aufgeteilt worden, und Tom hatte den ganzen zweiten Stock für sich.

Ronnie parkte vorsichtshalber in einer kleinen Seitenstraße, weil sie befürchtete, daß jemand ihr Auto erkennen könnte, auch wenn das äußerst unwahrscheinlich war. Es war noch hell, ein herrlicher Spätsommerabend, und viele Leute arbeiteten in ihren Gärten oder saßen gemütlich auf den Terrassen, aber Ronnie hatte sich an Tom ein Beispiel genommen, Jeans und ein T-Shirt angezogen und ihre auffälligen Haare unter einer Baseballmütze versteckt. Kein Mensch schenkte ihr Beachtung, als sie rasch das Haus betrat und die Treppen hinaufging. Neben der schweren Eichentür in der zweiten Etage war ein Namensschild aus Messing: *Tom und Mark Quinlan.* Sie klingelte, und Tom öffnete sofort. Sobald er die Tür hinter ihr wieder geschlossen hatte, riß er sie in seine Arme, und ihre Mütze fiel auf den Boden.

Nachdem sie im Schlafzimmer ihren sexuellen Hunger gestillt hatten, machte Tom sich in der Küche daran, ein leichtes Abendessen zuzubereiten. Ronnie saß an einem kleinen Glastisch, trank Cola aus der Dose und beobachtete ihn. Mit nacktem Oberkörper und barfuß, nur mit verblichenen Jeans bekleidet, sah er unglaublich sexy aus, dachte sie lächelnd.

»Wie wär's mit einem Schinkensandwich?« fragte er

nach gründlicher Inspektion seines Kühlschranks und holte einen mit Alufolie abgedeckten Teller aus dem untersten Fach. »Sandra ist überzeugt, daß Mark bei mir nichts Ordentliches zu essen bekommt, deshalb hat sie ihm diesen Schinken und eine Schüssel grüner Bohnen mitgegeben.« Er lachte. »Sie hat natürlich recht. Wenn Mark hier ist, bestellen wir meistens Pizza beim Homeservice.«

»Ein Schinkensandwich wäre großartig«, sagte Ronnie und erkundigte sich sodann möglichst beiläufig: »Hast du ein gutes Verhältnis zu deiner Exfrau?«

Tom stellte den Teller auf eine Arbeitsplatte und entfernte die Alufolie.

»Ein ganz ordentliches, würde ich sagen, hauptsächlich wegen Mark, den wir beide sehr lieben. Während die Scheidung lief, war es natürlich anders.«

Tom fand ein Messer, Teller und Brot und schnitt dikke Stücke von dem Schinken ab.

»Du wolltest eine Scheidung, weil Sandra mit anderen Männern schlief, wenn du unterwegs warst?« Ronnie erinnerte sich gut daran, was er ihr am Tag ihres Kennenlernens erzählt hatte.

»Ja«, antwortete er einsilbig.

»Warst du wirklich so überrascht?« Ronnie konnte kaum glauben, daß er nichts geahnt hatte. Sie selbst hatte Lewis fast vom ersten Tag an in Verdacht gehabt, sie zu betrügen.

Tom hatte ein Sandwich fertiggestellt und nahm das zweite in Angriff. »Ja, ich hatte keine Ahnung. Ich bin so wie heute einen Tag früher als vorgesehen von einer Reise zurückgekommen und habe sie in flagranti ertappt, in meinem Haus, in meinem Bett! Es war nicht schön.«

Das dürfte die größte Untertreibung des Jahres sein, dachte Ronnie. »Das muß sehr schlimm gewesen sein.«

»War's auch!« Er warf einen Blick über seine Schulter hinweg. »Senf?«

»Nein, danke.«

»Mayonnaise?«

»Auch nicht.«

Tom stellte die zwei Pappteller auf den Tisch, und Ronnie registrierte amüsiert, daß die Sandwiches dick genug belegt waren, um drei Personen zu sättigen. Er nahm ihr gegenüber Platz und biß herzhaft in sein Brot.

»Die Scheidung war also Sandras Schuld?« bohrte Ronnie weiter, während sie die Hälfte des Schinkens von ihrem Sandwich entfernte.

»Du bist wohl an allen schmutzigen Details interessiert, was?« fragte er mit schiefem Lächeln. »Wenn ich klug wäre, würde ich jetzt behaupten: ja, es war nur Sandras Schuld. Aber als wahrheitsliebender Mensch muß ich zugeben, daß ich sehr viel gearbeitet habe und deshalb sehr oft auf Reisen war. Gelegentlich lernte ich dabei Frauen kennen und ...« Er warf ihr einen beredten Blick zu.

»Und hast mit ihnen geschlafen«, vollendete Ronnie höflich seinen Satz.

»So ist es.« Tom grinste über ihren Ton. »Ich hatte mit einundzwanzig geheiratet und nach etwa zwei Jahren aufgehört, Sandra zu lieben.«

»Ich verstehe.« Ronnie aß einen Bissen. »Und trotzdem hat es dich überrascht, daß deine Frau mit anderen Männern schlief?«

»Überrascht ist noch sehr milde ausgedrückt.« Tom legte sein Sandwich hin. »Ich bin völlig ausgeflippt! Den Kerl, mit dem ich sie ertappte, habe ich windelweich geprügelt, und dann bin ich auf und davon. Die Scheidung zog sich fast zwei Jahre hin, und schließlich bekam Sandra alles – das Haus, die Autos – und Mark. Ich konnte mich in dieser Zeit nicht auf meine Arbeit konzentrieren, und deshalb ging es auch mit der Agentur steil bergab. Wir wurden beschuldigt, illegale Wahlspenden in Höhe von mehreren hunderttausend Dollar für einen unserer damaligen Klienten akzeptiert zu haben. Die Sache wirbelte sehr viel Staub auf und stand in allen Zeitungen – ich wundere mich, daß du nichts darüber gelesen hast. Wir waren unschuldig, mußten aber trotzdem eine Riesenstrafe bezahlen, und danach machte die Agentur bankrott ... Unlängst haben Kenny und ich einen mühsamen Neuanfang gewagt.« Er lächelte Ronnie zu. »Du warst für uns der große Durchbruch! Seitdem bekommen wir wieder lukrative Aufträge, und ich muß sagen, daß ich aus dem ganzen Schlamassel sehr viel gelernt habe.«

»Tom ...«, begann Ronnie und verstummte gleich wieder. Ihr Sandwich lag vergessen auf dem Teller.

»Was?«

»Wie passe ich in dieses ganze Bild? Gehöre ich zur Kategorie jener Frauen, die du gelegentlich auf Reisen kennenlernst und mit denen du schläfst? Oder bin ich einfach eine nützliche Klientin?«

Tom starrte sie mit schmalen Augen über den Tisch hinweg an. »Was die Frauen betrifft, mit denen ich während meiner Ehe geschlafen habe, so waren das flüchtige Beziehungen ohne jede emotionale Bindung. Und Klienten sind für mich völlig tabu! Du warst die einzige Ausnahme.«

»Die meisten deiner Klienten sind ja auch Männer, da dürfte der Verzicht nicht so schwerfallen«, sagte Ronnie honigsüß.

Tom verzog den Mund, und seine Augen funkelten amüsiert. »Du hast recht.«

Ronnie sprang wütend auf. Tom erhob sich ruhig, packte sie an den Oberarmen, zog sie dicht an sich heran und blickte ihr tief in die Augen.

»Du willst wissen, wie du in das Gesamtkonzept meines Lebens paßt? Die Antwort lautet – du paßt überhaupt nicht hinein! Du bist eine Komplikation sondergleichen! Deinetwegen riskiere ich beruflichen Selbstmord und privat einen Skandal, über dessen Ausmaße ich lieber nicht nachdenke. Ich habe nach besten Kräften versucht, es nicht soweit kommen zu lassen, das weißt du, aber ich war einfach machtlos. Ich denke den ganzen Tag an dich, und nachts träume ich von dir. Wann immer ich dich sehe, habe ich das Gefühl, als würde nach einem langen kalten Regen die Sonne zwischen dunklen Wolken hervorbrechen!«

Ronnie runzelte nicht mehr die Stirn. Sie schlang ihre Arme um Toms Nacken.

Seine Stimme wurde rauh. »Ich würde sagen, daß die Entscheidung darüber, wie du dich in mein Leben einfügst, nur bei dir liegt.«

Ronnie stellte sich auf die Zehenspitzen, um ihn zu küssen, doch ihre Lippen hatten sich kaum berührt, als die Wohnungstür aufflog und gleich darauf laut zugeschmettert wurde.

34. Kapitel

»Dad!«

Marks laute Stimme übte auf Tom und Ronnie die Wirkung eines Eimers eiskalten Wassers aus. Sie lösten sich hastig voneinander und tauschten einen bestürzten Blick.

»Dad! Bist du in der Küche? Du wirst nie glauben, was sie gemacht hat!«

Ronnie hätte sich am liebsten irgendwo versteckt, aber das war unmöglich. Die Küche hatte keinen zweiten Ausgang, Mark durchquerte schon mit Riesenschritten das Wohnzimmer, und sie war viel zu groß, um in einen der Einbauschränke zu passen.

Sekunden später blieb der Teenager wie angewurzelt auf der Schwelle stehen und starrte von seinem Vater zu Ronnie und zurück, vor Überraschung vorübergehend sogar seine Wut vergessend.

Ronnie versuchte, die Szene mit seinen Augen zu sehen, und fand sein Befremden mehr als verständlich. Tom hatte nur Jeans an, und sie selbst war zwar mit Jeans und gelbem T-Shirt bekleidet, aber barfuß, und die roten Haare hingen ihr wirr um die Schultern. Tom stand neben dem Kühlschrank, sie selbst einen knappen Meter entfernt am Tisch, auf dem zwei Dosen Cola und zwei Teller mit halb aufgegessenen Schinkensandwiches standen.

»Oh, tut mir leid, ich … ich wußte nicht, daß du Besuch hast, Dad«, stammelte Mark.

»Du hast Mrs. Honneker ja schon heute nachmittag kennengelernt«, sagte Tom ruhig.

»Ja, ich erinnere mich … Hi!«

»Hi, Mark«, brachte Ronnie mühsam hervor. Sie hatte sich selten im Leben so unwohl gefühlt und warf Tom einen hilfesuchenden Blick zu.

»Du scheinst dich mit Loren gestritten zu haben, habe ich recht?« fragte Tom, und Ronnie konnte seine scheinbare Gelassenheit nur bewundern. Sein Ablenkungsmanöver hatte Erfolg.

»Sie hat mir meinen Ring zurückgegeben!« brach es aus Mark hervor, und Ronnie dachte, daß der Junge wahnsinnig wütend und verletzt sein mußte, wenn er das in Gegenwart einer Fremden zugab. An den Türrahmen gelehnt, schob er seine Hände in die Hosentaschen – eine Geste, die Ronnie an Tom erinnerte.

»Ich wußte gar nicht, daß du ihr einen Ring geschenkt hast.«

»Gleich zu Beginn des Sommers … Wir gingen doch zusammen! Und jetzt das!« Er hielt demonstrativ die linke Hand hoch: Am kleinen Finger glänzte ein silberner Freundschaftsring.

»Ronnie, setz dich und iß dein Sandwich auf.« Tom öffnete die Kühlschranktür und drückte seinem Sohn eine Flasche Orangensaft in die Hand. »Und du setzt dich auch, Mark! Möchtest du ein Schinkensandwich?«

»Nein.« Mark öffnete die Flasche und trank sie halb leer, bevor er sich auf einen Stuhl fallen ließ.

Auch Ronnie nahm notgedrungen wieder Platz. Wenn sie sich sofort verabschiedete, würde der Junge erst recht Verdacht schöpfen. Immerhin wäre es ja möglich, daß er sich bisher über die Beziehung zwischen ihr und seinem Vater im unklaren war …

Ihre Hoffnung zerrann, als sie sich daran erinnerte, wie Mark sie bei der Flugschau angestarrt hatte. Er war kein Kind mehr!

»Also, was ist passiert?« fragte Tom, während er ein weiteres Schinkensandwich machte.

»Wir waren im Pizza Hut, und auf einmal hat sie gesagt, daß sie auch wieder mit anderen Jungen ausgehen möchte. Und dann hat sie mir den Ring zurückgegeben!«

Ronnie biß appetitlos von ihrem Sandwich ab.

»Loren ist ein wirklich hübsches Mädchen.« Tom stellte einen Pappteller mit Schinkensandwich vor seinen Sohn und setzte sich hin.

»Nicht wahr?« Mark biß ein Riesenstück von dem Sandwich ab, das er zunächst verschmäht hatte.

»Aber es gibt jede Menge hübscher Mädchen, und manche sind sogar noch hübscher als Loren. Du könntest dich doch mal ein bißchen umschauen.«

»Vielleicht«, murmelte Mark ohne große Begeisterung.

»Darf ich dir einen Rat geben, Mark?« Ronnie schob ihren Teller beiseite und stützte sich mit den Ellbogen auf den Tisch.

»Warum nicht?«

»An deiner Stelle würde ich so tun, als wäre es dir ganz egal, daß sie mit dir Schluß gemacht hat. Geh mit anderen hübschen Mädchen aus, wie dein Vater sagt, dann gewinnst du garantiert ihre Aufmerksamkeit zurück.«

»Sie meinen, ich soll Loren eifersüchtig machen? Glauben Sie wirklich, daß das klappen könnte?«

»Überleg doch mal – wie würdest du dich fühlen, wenn du deine Freundin mit einem anderen Burschen sehen würdest?«

»Ich würde ihn umbringen wollen!«

»Eine leichte Tendenz zur Eifersucht scheint in der Familie zu liegen«, kommentierte Tom trocken und blickte dabei Ronnie lächelnd an. Sie erwiderte sein Lächeln und hoffte, daß es nicht allzu verräterisch war. Zum Glück hing Mark seinen eigenen Gedanken nach.

»Ich glaube, ich könnte Elizabeth Carter zu dem Tanzabend am Labor Day einladen ... oder Amy Ruebens ...«

»Eine ausgezeichnete Idee«, lobte Tom.

»Ich hasse es, mich gleich nach dem Essen verabschieden zu müssen, aber ich muß jetzt wirklich gehen.« Ronnie warf einen Blick auf die große Küchenuhr und stand auf. Dann fiel ihr siedend heiß ein, daß sie barfuß war. Ihre Schuhe standen immer noch neben Toms Bett!

Tom war ebenfalls aufgestanden und mußte ihre bestürzte Miene bemerkt haben, denn er warf ihr einen fragenden Blick zu.

»Setz dich ruhig wieder hin«, murmelte sie. »Ich gehe noch kurz ins Bad, bevor ich aufbreche.«

Sie öffnete und schloß die Badtür, ohne hineinzugehen, und hastete in Toms Schlafzimmer. Das Bett war total zerwühlt, und Ronnie zog rasch wenigstens die Dekke zurecht, bevor sie in ihre Schuhe schlüpfte. Dann schlich sie auf leisen Sohlen zum Bad zurück und öffnete und schloß wieder die Tür, so als hätte sie den Raum soeben verlassen.

Selbst wenn Mark ahnte, daß sein Vater und sie miteinander schliefen, war es besser, wenn er wenigstens keine eindeutigen Indizien in der Wohnung vorfand.

Als sie auf der Küchenschwelle stehenblieb, unterbrachen Vater und Sohn eine leise Unterhaltung und blickten zu ihr herüber. Wieder fiel ihr auf, daß sie die gleichen Augen hatten.

»Ich begleite dich zum Auto«, sagte Tom. »Laß mich nur schnell mein Hemd anziehen.«

Ronnie und Mark tauschten ein verlegenes Lächeln, während er fort war, aber glücklicherweise kam er im Handumdrehen zurück, in einem weißen Hemd und mit Sandalen an den Füßen.

Mark stand plötzlich auf. »Dad, es tut mir wirklich leid, daß ich euch gestört habe, aber als du gesagt hast, du würdest heute abend zu Hause bleiben, dachte ich … dachte ich …«

Was er nicht aussprach, lag auf der Hand: Er hatte gedacht, daß sein Vater *allein* sein würde.

»Ich bin froh, dich ein bißchen besser kennengelernt zu haben, Mark«, sagte Ronnie, um Ungezwungenheit bemüht. »Dein Vater redet oft über dich.«

»Wirklich?« Der Junge warf Tom einen interessierten Blick zu.

»Hin und wieder«, grinste Tom. »Ich komme gleich zurück, Mark.«

Erst in der Seitenstraße, wo sie ihr Auto abgestellt hatte, fragte Ronnie ängstlich: »Glaubst du, daß er etwas gemerkt hat?«

Tom ging neben ihr her, ohne sie zu berühren. Es war dunkel geworden, und die meisten Leute hatten sich in ihre Häuser zurückgezogen, aber in irgendeinem Garten wurde offenbar ein Grillfest veranstaltet, denn es roch verführerisch nach gebratenem Fleisch.

»O ja«, erwiderte Tom trocken. »Er hält dich übrigens für ein Superweib.«

»Ihr habt über mich gesprochen?«

»Du hattest die Küche kaum verlassen, als er sagte: ›Jetzt kapiere ich die Sache mit der Luftschau!‹«

»O nein!«

Tom zuckte die Achseln. »Es ist nun mal passiert, und wir können nichts mehr daran ändern. Ich werde mich mit ihm darüber unterhalten und ihm erklären, daß es auf der Welt neben Schwarz und Weiß auch verschiedene Grautöne gibt … na ja, was Eltern halt so von sich geben, wenn ihre Kinder sie bei einer Missetat ertappen.«

»O Tom, es tut mir wahnsinnig leid!«

»Ja, mir auch.«

Sie blieben neben Ronnies Auto stehen. »Sehe ich dich morgen?« fragte Ronnie leise.

Er schüttelte den Kopf. »Mark hat morgen ein Baseballturnier in Meridian. Wir werden erst am Sonntagnachmittag zurückkommen.«

»Du weißt, daß wir nächsten Freitag nach Washington fliegen?«

»Ja, und ich fliege am Dienstag nach Kalifornien.«

»Also …?«

Tom schnitt eine Grimasse. »Wie wär's mit Montag?«

»Das ist der Labor Day, und am Nachmittag muß ich mit Lewis eine Kunstgewerbeausstellung besuchen. Aber am Abend müßte ich mich verdrücken können.«

»Und Mark wird vermutlich bei seinem Schulball sein.«

»In deiner Wohnung können wir uns aber trotzdem nicht mehr treffen!«

»Ganz recht.« Tom grinste plötzlich. »An der I-20 gibt es ein Motel namens *The Robbin's Inn.* Als ich in der High-School war, habe ich mich dort gelegentlich mit Mädchen amüsiert. Es liegt ziemlich abseits, und es ist höchst unwahrscheinlich, daß wir dort jemanden treffen, der uns kennt. Soll ich am Montagabend um acht auf dem Parkplatz auf dich warten?«

»Ich werde versuchen, pünktlich dazusein.«

Tom griff nach ihrer Hand und küßte sie. »Mach dir wegen Mark keine Sorgen«, sagte er. »Das krieg ich schon wieder hin.«

Nach einem letzten Kuß stieg Ronnie in ihr Auto und fuhr nach Sedgely zurück.

Am Montag trafen sie sich in dem Motel. Am Dienstag flog Tom nach Kalifornien, hinterließ diesmal aber wenigstens eine Nummer, unter der Ronnie ihn am späten Abend, wenn niemand in der Nähe war, anrufen konnte.

Am Freitag flogen Lewis und sie nach Washington zurück. Das zweistöckige Haus in Georgetown war alt und elegant, natürlich bei weitem nicht so groß wie Sedgely, aber mit vier Meter hohen Räumen und Stuckdekken. In fast allen Zimmern gab es einen Kamin, und auf den Parkettböden lagen antike Orientteppiche. Gemälde von so verschiedenen Künstlern wie Sargent, Cézanne und Andrew Wyeth hingen an den Wänden, die Polstermöbel hatten Brokatbezüge, und die übrigen Einrichtungsgegenstände waren Antiquitäten, auf die jedes Museum stolz gewesen wäre.

Dies war das Haus, in das Ronnie als Lewis' Braut eingezogen war, und hier fühlte sie sich immer noch am wohlsten. Washington gefiel ihr viel besser als der Staat Mississippi. Obwohl sie jünger war als die meisten anderen Frauen von Senatoren, wurde sie von ihnen akzeptiert, und hier wurde sie nur sehr selten als ›*zweite* Mrs. Honneker‹ bezeichnet, jedenfalls nicht in ihrer Hörweite.

Das Leben in der Hauptstadt nahm Ronnie voll in Anspruch. Sie wurde zum Tee, zu Mittag- und Abendessen eingeladen, sie telefonierte mit Freundinnen, ging zum Friseur und zum Einkaufen. Zusammen mit Lewis nahm sie im Weißen Haus an einem Galadiner zu Ehren des Präsidenten von Zaire teil, der nach Washington gekommen war, um finanzielle Hilfe für sein Land zu bekommen, und sie frühstückte mit der First Lady und anderen Damen der Gesellschaft im Solarium des Weißen Hauses.

Doch das alles war längst nicht so befriedigend wie im Frühjahr. Viel Geld für Kleidung auszugeben, illustre

Partys zu besuchen und mit reichen, berühmten Leuten auf du und du zu stehen – nichts machte ihr mehr so richtig Spaß, nicht einmal das Frühstück mit der Gemahlin des Präsidenten im Weißen Haus.

Und das alles nur, weil Tom ihr schrecklich fehlte.

Seit dem Rendezvous im Motel hatte sie ihn nicht mehr gesehen, aber sie telefonierte fast jeden Abend mit ihm, und wenn sie zu spät nach Hause kam, um ihn noch anrufen zu können, kam ihr der nächste Tag völlig farblos und öde vor.

An einem Freitag waren Lewis und sie bei Bill Kenneth eingeladen. Der junge Senator von Tennessee war unlängst in den Ausschuß für Deckungsmittel berufen worden, dem auch Ronnies Mann angehörte.

Es war ein Cocktailempfang um neun Uhr abends, was für Washington ziemlich früh war. Ronnie trug ein kurzes schwarzes Satinkleid mit langärmeligem schwarzem Spitzenbolero und schwarzen Satinpumps mit hohen Absätzen. Ihre Haare fielen weich auf die Schultern, und ihre Diamantohrringe funkelten. Alles in allem war sie mit ihrem Aussehen zufrieden, und auch Lewis schien stolz auf sie zu sein, als sie Arm in Arm das Haus betraten, wo die Party seit einer Dreiviertelstunde in vollem Gange war (man durfte nie zu früh kommen, das gehörte zu Lewis' Grundregeln). Innerhalb weniger Minuten wurden sie voneinander getrennt: Er gesellte sich zwei Freunden zu, die in einer Ecke Zigarren rauchten, und sie unterhielt sich mit dem Botschafter von Peru.

»Hallo, Ronnie, wie geht's dir? Du siehst heute abend wieder einmal fantastisch aus. Und für diese Ohrringe würde ich glatt einen Mord begehen!«

Es war Lacey Kenneth, Bills Frau, die Ronnie so freundlich begrüßte. Sieben oder acht Jahre älter, war Lacey eine schlanke attraktive Frau mit schulterlangen dunkelbraunen Haaren.

Ronnie drehte sich lächelnd um und tauschte die obligatorischen Wangenküsse, aber sie riß ihre Augen weit auf, als sie über Laceys Schulter hinweg ein vertrautes Gesicht sah.

35. Kapitel

»Ich glaube, du kennst Tom Quinlan, meine Liebe … Er stammt wie dein Mann aus Mississippi.«

Lacey winkte Tom näher heran, und er lächelte Ronnie zu, wie immer atemberaubend attraktiv in blauem Anzug mit weißem Hemd und roter Krawatte.

»Hallo, Ronnie«, sagte er fröhlich und drückte die Hand, die sie ihm automatisch entgegengestreckt hatte.

»Hallo, Tom …«

Sein Händedruck verwandelte für sie die ganze Atmosphäre im Raum: Alles schien zum Leben zu erwachen, alles erstrahlte plötzlich in leuchtenden Farben, alle Geräusche und Gerüche wurden intensiver … Von jäher Freude überwältigt, lächelte sie Tom hingerissen zu, bis ihr einfiel, daß sie nicht allein waren, daß Lacey sie neugierig beobachtete.

»Ich habe in diesem Sommer in Mississippi für Senator Honneker gearbeitet«, erklärte Tom, nachdem er Ronnies Hand losgelassen hatte. »Ronnie und ich sind alte Freunde.«

»Und jetzt arbeitet er für uns«, gurrte Lacey, so als wollte sie Ronnie zu verstehen geben, daß Tom damit in ihren Besitz übergegangen sei. »Bill hat diesmal einen scharfen Konkurrenten, da müssen wir schwere Geschütze auffahren.«

»Na ja, bis zum Wahltag haben wir noch viel Zeit, um Ihren Mann geschickt zu lancieren«, sagte Tom und fügte an Ronnie gewandt hinzu: »Wie gefällt es Ihnen, wieder in Washington zu sein?«

Sie plauderten zu dritt über alles mögliche: über die Vor- und Nachteile der Hauptstadt in verschiedenen Jahreszeiten, über das Wetter, über die hohe Kriminalität in bestimmten Vierteln. Nachdem andere Gäste sich der kleinen Gruppe zugesellt hatten, hängte Lacey sich bei Tom ein und entführte ihn unter dem Vorwand, sie wolle ihn jemandem vorstellen.

Während Ronnie ihnen nachblickte, verspürte sie eine heftige Abneigung gegen die Frau, die bisher ihre Freundin gewesen war. Lacey Seite an Seite mit Tom zu sehen, bereitete ihr Todesqualen, und als sie es später schaffte, für kurze Zeit mit ihm allein zu sein, flüsterte sie drohend:

»Wenn du mit ihr schläfst, kratze ich dir die Augen aus!«

Tom trank einen Schluck Whiskey und schaute aus schmalen Augenschlitzen auf sie herab. »Eifersüchtig?«

»Ja.«

»Und was glaubst du, wie mir zumute ist, wenn ich dich mit deinem Mann hier sehe?«

»Du weißt doch genau, wie es um Lewis und mich steht.«

»Das ändert aber nichts an der Tatsache, daß du seine Frau bist!«

»Du lenkst vom Thema ab!«

»Von welchem Thema?«

»Lacey Kenneth.«

Toms angespannte Miene machte einem Grinsen Platz. »Darling, die einzige Frau in diesem Raum, mit der ich schlafen möchte, bist du. Was meinst du, warum ich nach Washington gekommen bin?«

»Warum?«

»Um dich zu sehen.«

»Und warum hast du mir nicht vorher Bescheid gesagt?«

»Ich habe mich erst heute morgen dazu entschlossen …

Diese nächtlichen Telefonate drohten mich um den Verstand zu bringen!«

Ronnie mußte ihm recht geben, als sie sich daran erinnerte, worüber sie sich bei ihrem letzten Anruf unterhalten hatten …

»Wie lange bleibst du hier?«

»Nur bis morgen früh.«

»Was?«

»Tom, da sind Sie ja! Ronnie, du darfst ihn nicht völlig in Beschlag nehmen! Ich glaube, er hat unseren *salmon en croute* noch gar nicht probiert, und dabei schmeckt dieser Lachs wirklich köstlich. Außerdem sucht Lewis nach dir – er scheint aufbrechen zu wollen.«

»Na, dann werde *ich* mich mal auf die Suche nach ihm machen!« Mit gezwungenem Lächeln mußte Ronnie wieder mit ansehen, wie Tom von Lacey weggeschleppt wurde. Daß Lewis gehen wollte, leuchtete ihr ein, denn sie waren an diesem Abend zu einer weiteren Party bei einem wichtigen Lobbyisten eingeladen.

Dank Toms Unverfrorenheit konnten sie vorher wenigstens noch eine Verabredung treffen. Er schlenderte ganz ungezwungen auf sie zu, was natürlich die beste Möglichkeit war, *nicht* schuldig zu erscheinen, und sagte laut:

»Es war nett, Sie wiederzusehen, Ronnie!« Kaum hörbar fügte er hinzu: »*Ritz-Carlton,* Zimmer 715.«

Sie schüttelte ihm lächelnd die Hand und nickte unmerklich. »Lassen Sie's sich gut gehen, Tom!«

»Ja, und passen Sie in Washington gut auf sich auf!« Lewis klopfte Tom freundschaftlich auf die Schulter. »Sagen Sie Ronnie und mir Bescheid, wenn Sie nächstesmal herkommen, dann können Sie bei uns wohnen.«

»Danke, Senator«, murmelte Tom leicht verlegen, und Ronnie spürte seine bohrenden Blicke in ihrem Rücken, bis die Tür hinter Lewis und ihr zufiel, der einen Arm um ihre Taille gelegt hatte.

Sie kamen erst um drei Uhr nachts nach Hause, viel zu spät, um noch in Toms Hotel fahren zu können. Unter welchem Vorwand hätte sie Sedgely um diese Zeit verlassen sollen? Und sie konnte ihn auch nicht anrufen, denn Lewis war noch in der Bibliothek, und dort blinkte ein Lämpchen am Telefon, sobald die Leitung belegt war, und falls ihm das auffiele, könnte er das Gespräch abhören.

Unglücklich ging Ronnie zu Bett, nachdem sie den Wecker gestellt hatte. Als er um sechs klingelte, stand sie sofort auf und zog Shorts und ein T-Shirt an, so als wollte sie joggen. Das war in Washington ihr übliches Morgentraining, und daß sie es früher als sonst absolvierte, würde niemandem auffallen. Mary, die Haushälterin, kam erst um neun, und Lewis betrat nie ihr Schlafzimmer.

Es war ein nebliger Morgen, und die grauen Schwaden umhüllten alle Gebäude und dämpften alle Geräusche. Ronnie joggte bis zur nächsten Ecke, ohne irgendeinen Bekannten zu treffen – um diese Zeit waren in Georgetown nur einige Touristen unterwegs –, und dort hielt sie ein Taxi an.

In der Halle des *Ritz-Carlton* herrschte schon reger Betrieb, weil viele Geschäftsleute frühzeitig aufbrechen mußten, aber niemand schenkte Ronnie Beachtung, und sie hatte sogar einen Lift für sich allein.

Während sie an die Tür von Zimmer 715 klopfte, schaute sie sich ängstlich um. Es war höchst unwahrscheinlich, zu dieser frühen Stunde auf dem Hotelkorridor von jemandem ertappt zu werden, der sie kannte, aber Washington war leider Gottes in vieler Hinsicht ein Dorf, noch schlimmer als Jackson.

Als Tom nicht öffnete, klopfte sie wieder, diesmal etwas lauter. Keine Reaktion! Vielleicht hatte er die Nacht gar nicht in seinem Zimmer verbracht ... Vielleicht hatte er sich mit Lacey Kenneth amüsiert ... oder aber er hatte wie Lewis eine Schwäche für Nutten ... in dieser Hinsicht bot Washington schier unerschöpfliche Möglichkeiten.

Wütend pochte sie mit der Faust an die Tür, so als wollte sie Tote auferwecken. Wenn Tom die Nacht mit einer anderen Frau verbracht hatte, würde sie ihm sofort den Laufpaß geben.

Nein – sie würde ihn umbringen!

Sie war nahe daran, mit beiden Fäusten gegen die Tür zu hämmern und ihr auch noch Fußtritte zu versetzen, als Tom plötzlich öffnete, unrasiert, barfuß und schlaftrunken, in einem jener weißen Morgenmäntel, die in Hotelzimmern hingen.

Er trat wortlos beiseite, schloß hinter ihr die Tür und schlang seine Arme um ihre Taille.

»Wo warst du?« knurrte er mit finsterer Miene.

»Wir sind erst um drei nach Hause gekommen, und um diese Zeit konnte ich nicht mehr herkommen oder anrufen.«

Ronnies Wut war verflogen, und sie schob ihre Hände unter seinen Morgenrock.

»Verdammt, ich habe mir Sorgen gemacht!«

»Das tut mir leid.« Sie öffnete den nur lose verknoteten Gürtel des Morgenrocks, und darunter trug er nur rote Boxershorts. Ihr Gesicht an seinen breiten Brustkorb geschmiegt, atmete sie begierig seinen männlichen Geruch ein und streichelte die kurzen Haare.

»Um zehn habe ich eine Verabredung.« Toms Stimme hörte sich immer noch grimmig an, obwohl seine Hände unter ihr T-Shirt geglitten waren.

»Wir scheinen nie viel Zeit füreinander zu haben«, seufzte Ronnie. »Ich hasse das!«

»Du wolltest doch eine Affäre, und die hast du bekommen!«

Um ihn versöhnlich zu stimmen, preßte sie ihre Lippen auf seine Brust. »Ich habe dich vermißt«, flüsterte sie.

»Du bist geil, stimmt's?« Tom hakte ihren BH auf. »Das bin ich auch!«

Ronnie blickte bestürzt zu ihm auf. Diese vulgäre Sprache sah ihm so gar nicht ähnlich.

»Das war nicht sehr nett«, sagte sie vorwurfsvoll, während seine Hand sich um ihre nackte Brust wölbte. Das fühlte sich herrlich an, und als er ihre Brustwarze drückte, erschauerte sie vor Lust. Seit ihrem letzten Treffen hatte sie von solchen Liebkosungen geträumt.

»Mir ist nicht danach zumute, nett zu sein!« Seine Stimme hatte einen Klang, den Ronnie noch nie gehört hatte, und sie schaute ihn wieder mit gerunzelter Stirn an, doch er lenkte sie höchst wirkungsvoll ab, indem er ihr das T-Shirt und den BH auszog.

Einen Moment lang betrachtete er sie schweigend. Sie stand in Radlershorts, Socken und Tennisschuhen vor ihm, und ihre nackten Brüste berührten seine Brust. Ohne auch nur ein Wort zu sagen, trug er sie zum Bett. Mit zärtlichen Vorspielen hielt er sich diesmal nicht auf. Fast brutal drang er in sie ein und trieb sie durch heftige Stöße rasch zur Ekstase. Sich wild aufbäumend, stammelte sie seinen Namen, aber er ließ ihr keine Zeit zur Erholung, sondern fing sofort von vorne an und bescherte ihr einen zweiten Orgasmus, bevor auch er selbst den Gipfel der Lust erlebte.

Schon nach wenigen Sekunden stand er auf und verschwand im Bad. Lautes Prasseln von Wasser verriet Ronnie, daß er unter der Dusche stand.

Es war nicht schwer zu erraten, daß Tom wütend auf sie war, wahrscheinlich weil er nachts vergeblich auf sie gewartet und sich Sorgen gemacht hatte.

Sie schwang ihre Beine aus dem Bett und streckte sich genüßlich, genauso zufrieden wie eine Katze, die eine ganze Dose Thunfisch gefressen hat.

Lächelnd wollte sie Tom ins Bad folgen, stellte aber erstaunt fest, daß die Tür verriegelt war. Nachdem sie vor dem Spiegel an der Frisierkommode ihr Make-up erneuert und ihr wirres Haar gekämmt hatte, schlüpfte sie in den Morgenrock, den er ausgezogen hatte, und setzte sich verwirrt aufs zerwühlte Bett, mit angezogenen Knien, den Rücken an die Kopfleiste gelehnt.

Es dauerte eine gute Viertelstunde, bis Tom aus dem Bad kam, frisch rasiert und komplett angezogen – hellgraue Anzughose, weißes Hemd, blaue Krawatte. Er hatte sogar schon seine Schuhe an.

»Was soll das alles?« fragte Ronnie mit hochgezogenen Brauen.

Mit grimmig entschlossener Miene trat er ans Fenster und öffnete die Vorhänge. Licht flutete ins Zimmer, zwar durch den Nebel gedämpft, aber doch so hell, daß sie blinzeln mußte.

»Sex«, erklärte er eisig. »Darum geht es doch, nicht wahr? Ich will Sex, du willst Sex, folglich gehen wir miteinander ins Bett! Und das eben war Sex pur, bestens geeignet, unsere Geilheit zu befriedigen.«

Tom stand mit dem Rücken zu ihr und starrte auf die Stadt hinaus. Ronnie stieß einen tiefen Seufzer aus.

»Tom ...«

Abrupt drehte er sich nach ihr um. »Das klappt bei mir nicht, Ronnie! Ich wußte von Anfang an, daß es nicht gutgehen würde. Ich eigne mich nicht dafür, ein heimlicher Liebhaber zu sein. Du wirst entweder deinen Mann verlassen und die Scheidung einreichen müssen, oder aber zwischen uns ist alles aus!«

Ronnie starrte ihn fassungslos an. Damit hatte sie nicht gerechnet.

»Tom ...«

»Ich meine, was ich sage, Ronnie.« Er ging auf das Bett zu. »Du mußt wählen: der Senator oder ich!« Sie sah, daß seine Hände zu Fäusten geballt waren. »Wenn du dich für mich entscheidest, weißt du, wo du mich erreichen kannst. Wenn nicht – viel Glück und Gott mit dir!«

»Tom! Tom, warte!«

Doch er hatte das Zimmer schon verlassen ...

36. Kapitel

Ronnie verbrachte die nächste Woche wie in Trance. Sie ging zu Mittag- und Abendessen und wußte hinterher nicht, was sie gegessen hatte, und wer die anderen Gäste gewesen waren. Sie kam ihren offiziellen Verpflichtungen nach, und hinterher konnte sie sich beim besten Willen nicht daran erinnern, über welche Themen geredet worden war. Sie spielte Tennis und machte so viele Patzer, daß ihre Freunde sie besorgt fragten, ob sie krank sei. Sie machte Einkaufsbummel und fand nicht einmal ein Paar Schuhe, das ihr gefiel.

Nachts war sie mehrmals nahe daran, Tom anzurufen, aber jedesmal legte sie den Hörer wieder auf, bevor sie seine Nummer zu Ende gewählt hatte. Es hatte keinen Sinn, ihn anzurufen, denn er meinte wirklich, was er gesagt hatte. Im Grunde war ihr von Anfang an klar gewesen, daß es früher oder später dazu kommen würde. Wie er selbst gesagt hatte – er taugte nicht zum heimlichen Liebhaber.

Tom wollte alles oder nichts.

Ronnie redete sich ein, daß sie darüber hinwegkommen würde. Selbst wenn sich an ihrem Verhältnis zu Lewis nie etwas zum Besseren ändern würde – und allein schon die Vorstellung, mit ihm zu schlafen, verursachte ihr eine Gänsehaut –, hatte sie immer noch das Leben, das sie sich stets gewünscht hatte. Sie hatte die Häuser, die Autos, die Kreditkarten und den Schmuck und alles übrige.

War das letztlich nicht das Wichtigste?

Beziehungen zwischen Männern und Frauen waren selten von Dauer. Die Liebe war vergänglich.

Erst jetzt, nachdem sie Tom verloren hatte, begriff sie, daß sie sich irgendwo und irgendwann zwischen jenem ersten Tag auf dem Jahrmarkt und dem letzten Morgen im Hotel in ihn verliebt hatte.

Sie liebte Tom, und der Gedanke, ihn nie wiederzusehen, war schier unerträglich.

Aber sie würde ihn natürlich wiedersehen. Schließlich war er nach wie vor Lewis' und ihr Berater. Sie würde ihn immer wieder sehen und mit ihm reden können.

Vielleicht würde es ihr sogar gelingen, wieder mit ihm zu schlafen, denn erwiesenermaßen war er gegen ihre Verführungskünste nicht gefeit.

Doch was hätte sie damit gewonnen? Die kurzen gestohlenen Stunden mit Tom hatten ihr nicht genügt. Gewiß, sie wollte Sex – aber sie wollte auch anschließend in seinen Armen einschlafen! Sie wollte mit ihm frühstücken, zu Mittag und zu Abend essen, sie wollte an Samstagnachmittagen mit ihm Baseballspiele sehen und sonntags mit ihm in die Kirche gehen. Sie wollte an seinen Problemen als Vater eines Teenagers teilhaben, sie wollte geschäftliche Angelegenheiten mit ihm besprechen und zusammen mit ihm seine Mutter besuchen.

Sie wollte, kurz gesagt, nicht nur mit ihm schlafen, sondern mit ihm *leben*.

Aber wünschte sie es sich wirklich genug, um ihr jetziges Leben dafür aufzugeben? Die großen Häuser, das große Geld, die wichtige Rolle, die sie als Lewis' Frau spielte?

Sie hatte einen Ehevertrag unterschrieben, demzufolge sie im Falle einer Scheidung nur eine kleine Abfindung erhalten würde. Damals war sie fest überzeugt gewesen, daß ihre Ehe Bestand haben würde. Sie redete sich ein, daß es eine Liebesheirat war, doch selbst wenn diese Liebe eines Tages stürbe, wäre sie niemals töricht genug, auf all das zu verzichten, wovon sie als junges Mädchen geträumt hatte.

Daß sie sich in einen anderen Mann verlieben könnte, hatte sie damals nicht bedacht.

Und dieser Mann war bedauerlicherweise dickköpfig

und eifersüchtig und wollte sich nicht mit einer Nebenrolle in ihrem Leben zufriedengeben.

Tom konnte ihr nichts von all dem bieten, was sie als Gemahlin des Senators genoß. Sie hatte keine Ahnung, was er verdiente, aber ein Millionär war er auf gar keinen Fall. Er gehörte zu jener Welt, in der man sich über Hypotheken und Stromrechnungen den Kopf zerbrechen mußte, zu jener Welt, in der es Schinkensandwiches zum Abendessen gab.

Warum sollte sie alles aufgeben, was Lewis ihr zu bieten hatte?

War irgendein Mann dieses Opfer wert?

War Tom dieses Opfer wert?

Sie fand die Antwort auf diese Frage, als sie am Donnerstag mit Lewis nach Jackson flog. Sie saßen in einem Privatflugzeug, das ihnen die Ynoba Corporation zur Verfügung stellte, eine Fluglinie von Mississippi, die dadurch Lewis' Äußerungen zur Umweltpolitik zu beeinflussen versuchte. Die bequemen Sitze waren mit Leder bezogen, der Boden war mit Teppichen belegt, und die Wände waren mit Vinyl gepolstert. In der Kabine war kein Fluglärm zu hören, und eine Stewardeß servierte Getränke und Essen. Luxuriöser konnte man gar nicht reisen, aber Ronnie war schon so an solche Flugzeuge gewöhnt, daß sie kaum noch bemerkte, wie privilegiert sie war.

Eifrig bemüht, seine Wähler zurückzuerobern, hatte Lewis beschlossen, jedes zweite Wochenende in seinem Heimatstaat zu verbringen, und sowohl er als auch Ronnie hatten in den nächsten drei Tagen ein volles Programm.

Der bloße Gedanke an ihre diversen öffentlichen Auftritte machte Ronnie müde. Den Kopf in die Polster gelehnt, starrte sie durchs Fenster auf die Wolken hinab.

Lewis nutzte den Flug wie immer zu Telefonaten mit allen möglichen Leuten, und normalerweise ließ sie seine Stimme einfach an sich vorbeirauschen, aber plötzlich horchte sie auf, denn sie entnahm seinen Äußerungen, daß Tom sein Gesprächspartner war.

»Ja, morgen machen wir das Barbecue. Was war es doch gleich noch, was ich der Presse sagen sollte?« Er hörte mit gerunzelter Stirn zu. »Ach ja, jetzt weiß ich's wieder: Den Wählern ist es ziemlich egal, was man irgendwann in der Vergangenheit getan hat; sie interessieren sich viel mehr dafür, was man in Zukunft zu tun beabsichtigt, denn nur das betrifft sie wirklich.«

Lewis lauschte wieder etwa eine Minute, aber obwohl Ronnie sich anstrengte, konnte sie Toms Stimme am anderen Ende der Leitung kaum erkennen, geschweige denn seine Worte verstehen.

»Ja, mach' ich, und Ronnie wird über Bildungsfragen sprechen. Müssen Sie ihr irgend etwas erklären?«

Ihr Herzschlag stockte.

»In Ordnung ... Machen Sie's gut, Junge, ich lasse wieder von mir hören.«

Lewis schaltete das Handy aus, und Ronnie hatte das Gefühl, als wäre ihr Rettungsseil jäh durchschnitten worden. Er wandte sich ihr zu und sagte etwas. Höchstwahrscheinlich gab er irgendwelche Ratschläge von Tom an sie weiter, aber sie verstand keine Silbe.

Sie dachte nur an Tom.

Nach der Landung in Jackson mußte sie sich sofort zum Ausgehen fertigmachen. Sie war an diesem Abend Ehrengast bei einem Abendessen des Komitees für Frauenfragen und mußte natürlich auch eine Rede halten. Lewis war zu einer Besprechung im Rotary Club eingeladen.

Kurz vor halb elf kehrte sie nach Sedgely zurück. Sie stieg aus der Limousine, ging die Verandastufen hinauf und winkte dem Chauffeur, der zugleich die Funktion eines Leibwächters ausgeübt hatte, noch einmal zu. Als von dem Auto nur noch die roten Rücklichter auf der

Auffahrt zu sehen waren, drehte sie sich um und wollte ins Haus gehen.

Doch statt dessen ging sie die Stufen wieder hinab. Es war ein schöner warmer Abend. Grillen zirpten, und ein schwacher Duft nach Geißblatt hing in der Luft. Anfang September war es in Mississippi noch fast genauso heiß wie im Juli, und die Abende waren die beste Zeit, um sich draußen aufzuhalten.

Ronnie beschloß, einen Spaziergang zu machen. Sie mußte unbedingt allein sein, um nachdenken zu können.

Davis kam laut bellend auf sie zugeschossen, und sie tätschelte ihm zerstreut den wuscheligen Kopf. Sie hatte den Hund ins Herz geschlossen, im Moment hätte sie aber lieber auf seine Gesellschaft verzichtet, weil er sie viel zu sehr an Tom erinnerte.

Ihn verscheuchen zu wollen, wäre jedoch die reinste Zeitverschwendung gewesen. Gehorsam war für Davis ein Fremdwort geblieben, auch nach dem Besuch der Hundeschule.

Also akzeptierte sie seine Begleitung, und er schnupperte begeistert zwischen den Büschen herum, während sie sich vom Haus entfernte. Den Gedanken, einige Runden zu schwimmen, verwarf sie sofort wieder, denn der Pool würde unweigerlich Erinnerungen hervorrufen, die sie an nüchternen Überlegungen hindern könnten.

Und sie brauchte einen klaren Kopf und mußte alles gründlich erwägen, bevor sie die wichtigste Entscheidung ihres Lebens traf.

Sie mußte zwischen Lewis und Tom wählen. Bei dieser Idee hätte sie fast gelacht, denn die Entscheidung zwischen den beiden Männern war kinderleicht: Natürlich würde sie auf der Stelle Tom wählen.

Aber es galt auch, zwischen Geld und Liebe zu wählen, und *diese* Entscheidung war nicht leicht zu treffen. Sie mußte alle Vor- und Nachteile sorgfältig gegeneinander abwägen.

Liebe oder Geld.

Obwohl ihr Verstand heftig dagegen protestierte, traf sie ihre Wahl schließlich mit dem Herzen: Liebe.

Sie würde Lewis wegen Tom verlassen.

Sobald ihr Entschluß feststand, betrachtete sie Sedgely, das herrliche weiße Herrenhaus, das Symbol für einen Lebensstil, nach dem sie sich einst verzweifelt gesehnt hatte, und plötzlich hatte sie das Gefühl, als wäre eine zentnerschwere Last von ihren Schultern genommen worden.

Ronnie sah, daß in der Eingangshalle und in Lewis' Büro Licht brannte. Er war also zu Hause und noch wach.

Sie würde sofort zu ihm gehen und ihm sagen, daß sie sich scheiden lassen wollte.

Und danach würde sie Tom anrufen.

Davis verschwand, von irgendwelchen interessanten Gerüchen abgelenkt, hinter dem Haus, und sie betrat es durch die Vordertür, durchquerte die Halle und ging den Korridor zu Lewis' Arbeitszimmer entlang. Bei dem Gedanken, all die Kronleuchter, Gemälde und Antiquitäten, an denen sie vorbeikam, zurücklassen zu müssen, verspürte sie seltsamerweise nicht das geringste Bedauern.

Es waren nur *Gegenstände.*

Was wirklich zählte, waren Menschen. Jedenfalls ein ganz bestimmter Mensch.

Sie klopfte kurz an, öffnete aber die Tür, ohne Lewis' *Herein* abzuwarten.

Er war am Schreibtisch eingeschlafen. Ronnie runzelte die Stirn. Sein silberfarbener Kopf und die breiten Schultern lagen auf der polierten Mahagoniplatte.

»Lewis?« Sie ging auf den Schreibtisch direkt gegenüber der Tür zu. Es sah ihm so gar nicht ähnlich, bei der Arbeit einzuschlafen. Ihres Wissens nach war ihm das noch nie passiert.

»Lewis?« War er krank? Hatte er vielleicht einen Herzinfarkt erlitten? Schließlich war er kein junger Mann mehr.

Sie berührte seine Schulter, während sie um den Schreibtisch herumging. Ihr Fuß stieß gegen etwas Hartes, das auf dem erlesen gemusterten Orientteppich lag.

Es war eine Pistole. Genauer gesagt, die silberne Pistole, die Lewis in der obersten Schreibtischschublade aufbewahrte. Sie bückte sich, hob sie automatisch auf und starrte sie an.

Die Waffe war schwer und fühlte sich kühl an.

»Lewis!« Ronnie ließ die Pistole fallen und rüttelte an seiner Schulter.

Erst jetzt sah sie, daß sein Kopf in einer dunklen Blutlache lag.

37. Kapitel

12. September, 18.00 h,
Pope

»Dein Hackbraten ist wirklich gut, Marla.« Gesättigt stand Jerry vom Küchentisch auf und betrachtete durch die geöffnete Hintertür das kleine Mädchen, das im Hof spielte. »Auch deine Kartoffeln. Du bist eine tolle Köchin.«

»Danke, Jerry.« Marla räumte den Tisch ab und stellte das benutzte Geschirr in die Spülmaschine.

»Lissy scheint es hier gut zu gefallen«, fuhr Jerry fort.

»Du bist so gut zu ihr.« Marla trat neben ihn. Ihre Tochter saß auf einem Baum und unterhielt sich ernsthaft mit einem Kätzchen, das sie auf dem Schoß hatte. Ihre langen, dünnen Beine baumelten gute sechs Meter vom Boden entfernt.

»Ich sollte ihr befehlen herunterzukommen«, seufzte Marla. »Wenn sie stürzt, bricht sie sich den Hals.«

»Laß sie in Ruhe«, riet Jerry schmunzelnd. »Sie ist glücklich.«

Marla mußte insgeheim zugeben, daß Lissy wirklich glücklich aussah. Es gefiel ihr, ein Haus, einen Hof und ein Kätzchen zu haben, und sie mochte Jerry. Er hatte ihr das Kätzchen vor zwei Tagen geschenkt, und sie war selig gewesen und hatte es *Boo* getauft.

Ihr erstes Haustier tröstete sie darüber hinweg, daß sie in der Schule Probleme mit den anderen Mädchen hatte. Marla hatte nicht gewollt, daß Lissy hier zur Schule ging, weil sie befürchtete, daß der Mörder ihnen dadurch auf die Spur kommen könnte, aber Jerry hatte ihre Ängste zerstreut, und Lissy, die sehr gern zur Schule ging, hatte gebettelt. Gemeinsam hatten die beiden Marla überstimmt, die nicht so recht wußte, ob sie sich darüber ärgern oder lachen sollte.

Daß Lissys Freude getrübt wurde, weil die anderen Mädchen sie schnitten, brachte Marla in rasende Wut. Niemand wollte in den Pausen mit ihr spielen, und niemand wollte beim Mittagessen mit ihr an einem Tisch sitzen. Die meisten Kinder kannten einander seit dem Kindergarten, und es gab feste Cliquen, in die man die Neue nicht aufnehmen wollte.

»Ich habe eine Überraschung für sie«, sagte Jerry.

»Was?«

»Sie wird Ballettunterricht bekommen. Ab morgen, gleich nach der Schule.«

»Was?«

»Alle anderen Mädchen haben Ballettunterricht. Ich habe mich ein bißchen umgehört, und sie besuchen die Klasse, in die auch Lissy kommt.«

Marla war so überrascht, daß sie keinen klaren Gedanken fassen konnte. »Aber ... aber ... dazu braucht sie doch besondere Kleidung«, stammelte sie schließlich, »und Schuhe und ... ich weiß zwar nicht genau, was der Ballettunterricht kostet, aber ...«

»Das laß meine Sorge sein.« Er blickte wieder zu Lissy hinauf, die sich auf dem Baum immer noch mit dem

Kätzchen unterhielt. »Sie wird dann etwas mit den anderen Mädchen gemeinsam haben und leichter Freundschaften schließen können.«

»Aber, Jerry, wir werden doch sowieso nicht lange hier sein.«

Sein Blick schweifte von dem Kind zu ihr. »Wer weiß, Marla, wer weiß?«

38. Kapitel

12. September, 19.00 h,
Jackson

Der Senator war im Kuppelsaal des Kongreßgebäudes aufgebahrt. Mit Kenny auf den Fersen bahnte Tom sich mühsam einen Weg durch die Menge an Reportern, die sich vor der schweren Tür drängelten. Mit Kameras, Mikrofonen und Kassettenrecordern ausgerüstet, warteten sie begierig darauf, daß irgendeine wichtige Persönlichkeit herauskommen würde. Einlaß fanden derzeit nur Familienangehörige, enge Freunde und große Tiere aus Politik und Wirtschaft. Am nächsten Tag würde die breite Öffentlichkeit zwei Stunden am Vormittag, zwei Stunden am Nachmittag und zwei Stunden am Abend Gelegenheit haben, am Sarg vorbeizudefilieren und Abschied zu nehmen.

Eine Schar von Polizisten bewachte die Tür. Einer von ihnen erkannte Tom und ließ ihn und Kenny ein, begleitet von aufgeregten Fragen der Reporter. »Wer war das?« – »Kennt jemand die beiden?« – »Sind es Familienmitglieder?«

Das erste, was Tom ins Auge fiel, war der Sarg, der vor der Rednertribüne stand, und erst jetzt kam ihm die schreckliche Realität voll zu Bewußtsein: Senator Lewis R. Honneker IV war tot! Er hatte in Toms Leben keine allzu große, aber doch wichtige Rolle gespielt. Die Bekanntschaft mit einem echten Senator der Vereinigten Staaten hatte den jungen Studenten tief beeindruckt und in seiner Berufswahl beeinflußt. Er hatte den Senator damals verehrt und bewunderte ihn in vieler Hinsicht auch heute noch. Außerdem war er Ronnies Mann gewesen.

Durch die große Kuppel aus buntem Glas fiel diffuses Licht in den Saal und sorgte für eine unwirkliche Atmosphäre. Dunkel gekleidete Menschen standen in kleinen Gruppen herum und unterhielten sich im Flüsterton. Uniformierte Polizisten paßten scharf auf, daß es zu keinerlei Zwischenfällen kam. Die Stille war beklemmend.

Toms Blick schweifte über die Trauernden. Er war nur an einer einzigen Person interessiert.

»Da drüben ist Mrs. Honneker«, raunte Kenny und deutete mit dem Kopf in ihre Richtung.

Enttäuscht stellte Tom fest, daß es nicht die von ihm gesuchte Mrs. Honneker war, sondern Dorothy. Ganz in Schwarz, stand sie mit zwei anderen alten Damen in der Nähe des Sargs. Man sah Lewis' Mutter plötzlich ihre einundachtzig Jahre an, und Tom wußte, daß sie diesen Verlust nur schwer verkraften würde. Als nächstes entdeckte er Marsden auf der anderen Seite des Saals, im Gespräch mit mehreren Leuten. Der jähe Tod seines Vaters mußte auch ihn sehr getroffen haben.

Endlich fielen Tom die vertrauten roten Haare ins Auge. Ronnie saß auf einem der Klappstühle, die vor dem Sarg aufgestellt worden waren. Gouverneur Blake stand vor ihr und tätschelte ihre Hand, während er ihr kondolierte.

»Ich gehe zu ihr«, flüsterte er Kenny zu. Gemessenen Schrittes durchquerte er den Raum, obwohl er am liebsten gerannt wäre. Er war in der Kleinstadt Rice in Kalifornien gewesen, als Kenny ihn kurz vor acht Uhr morgens angerufen und über den Tod des Senators informiert hatte. In knapp zehn Stunden nach Jackson zu kommen, war nicht einfach gewesen, aber er hatte es geschafft. Kenny hatte berichtet, der Senator sei an einem Kopfschuß gestorben. Selbstmord oder Mord? Das war die Frage.

Auf jeden Fall würde Ronnie ihn aber brauchen, nicht nur ihn als Person, sondern auch seine berufliche Erfahrung, denn aufgrund ihrer bisherigen Erfahrungen mit der Lokalpresse befürchtete er, daß ihr auch in dieser Hinsicht schwere Zeiten bevorstanden.

Tom war froh, als er beim Näherkommen sah, daß einige Frauen bei ihr saßen. Unter normalen Umständen hätte man erwarten können, daß die Familie Ronnie in dieser Tragödie beistand, aber Marsden machte keinen Hehl aus seinem Haß, und Lewis' Töchter und Dorothy dürften ähnliche Gefühle hegen. Bald könnte ganz Mississippi in dasselbe Horn blasen.

Sollten feindliche Linien gezogen werden, würde Ronnie sich nur auf sehr wenige Menschen wirklich verlassen können.

Als Tom die Stuhlreihe erreichte, entfernte sich der Gouverneur gerade, doch nun sprach ein anderer Politiker Ronnie sein Beileid aus, Ed Hunan, der Sprecher des Abgeordnetenhauses von Mississippi. Danach konnte Tom sich ihr endlich nähern.

»Ronnie«, sagte er leise und legte eine Hand auf ihre im Schoß verkrampften Hände. Ihre Finger waren eiskalt.

»Tom!« stammelte sie dankbar. Ihre Blicke trafen sich, und Tom glaubte einen Moment lang, sie würde aufspringen und sich in seine Arme werfen, doch dann schien sie sich an ihre Umgebung zu erinnern, denn sie sank auf den Stuhl zurück, umklammerte aber krampfhaft seine Hand. »O Tom, ich bin so froh, daß Sie gekommen sind.«

»Es tut mir sehr leid um Lewis«, sagte er, weil er wußte, daß die neben ihr sitzenden Frauen jedes Wort hören konnten. »Das ist eine schreckliche Sache.«

»Ja«, murmelte Ronnie. Ihr Gesicht war leichenblaß,

und ihre Augen waren riesig, von dunklen Ringen umgeben. Sie war von Kopf bis Fuß schwarz gekleidet, und ihr Kleid war hochgeschlossen und langärmelig.

Sie schloß plötzlich die Augen und zitterte wie Espenlaub. »O Tom, ich … ich habe ihn gefunden! Lewis … seinen Leichnam!«

»Mein Gott!« Tom hielt ihre Hand noch fester. Das war ja noch schlimmer, als er erwartet hatte. Ronnie sah so aus, als würde sie jeden Moment in Ohnmacht fallen.

Die Frau, die neben ihr saß, eine attraktive Blondine in Ronnies Alter, tätschelte ihr tröstend die Schulter, ohne Tom aus den Augen zu lassen. Ein flüchtiger Blick belehrte ihn, daß auch die anderen Frauen ihn interessiert betrachteten. Die einzige, die er kannte, war Thea. Er nickte ihr zu, aber auch sie beobachtete ihn forschend. Verdammt, war es so offensichtlich, daß zwischen Ronnie und ihm eine enge Beziehung bestand? Hoffentlich nicht … hier am Sarg des Senators wäre das denkbar peinlich!

»Haben Sie heute etwas gegessen?« fragte er leise.

Ronnie öffnete die Augen, runzelte die Stirn und sah völlig verwirrt aus. »Ich … heute morgen habe ich Kaffee getrunken … ich glaube, ich habe ein Brötchen gegessen, aber ich weiß es nicht genau.«

»Wie lange sind Sie schon hier?«

»Ich …« Ronnie schien es nicht zu wissen.

»Seit fünf«, sagte Thea, die neben der Blondine saß, die zustimmend nickte und sich vorstellte. »Ich bin Kathy Blount.«

»Tom Quinlan.«

»Wie lange dauert das hier noch?« fragte er Thea.

»Soviel ich weiß, bis zehn.«

»Sie können unmöglich noch drei Stunden hierbleiben«, sagte Tom zu Ronnie. »Sie müssen etwas essen und sich dann hinlegen. Kommen Sie, ich bringe Sie nach Hause.«

Ronnie erschauerte wieder.

Kathy Blount berührte ihren Arm. »Er hat recht, Ronnie, du mußt nach Hause. Wenn du willst, fahre ich dich.«

Ronnie lächelte ihrer Freundin gequält zu. »Nein, danke, Kathy, ich weiß, daß deine Kinder auf dich warten. Es war sehr nett von dir zu kommen. Tom kann mich nach Hause fahren.«

»Bist du ganz sicher?«

Ronnie nickte, und Tom bemerkte erst jetzt, daß sie immer noch seine Hand umklammerte. Aber auch der Gouverneur hatte ihre Hand gehalten, folglich konnte niemand daran Anstoß nehmen. Es war einfach eine tröstende Geste, sonst nichts. Trotzdem war es besser, wenn sie nicht allein weggingen.

»Würden Sie uns begleiten, Thea?«

»Natürlich, Tom.«

Tom zog Ronnie sanft hoch. Sie wurde noch bleicher und taumelte leicht. Am liebsten hätte er einen Arm um sie gelegt, doch in Anbetracht der vielen Zuschauer mußte er sich damit begnügen, sie am Ellbogen festzuhalten.

»Geht's?« erkundigte er sich besorgt. Ronnie nickte.

In Anbetracht der wartenden Meute von Reportern vor der Tür steuerte Tom auf einen Seitenausgang zu. Er hielt immer noch Ronnies Ellbogen, und Thea ging auf der anderen Seite dicht neben ihr her. Sollte sie ohnmächtig werden, würden sie sie gemeinsam auffangen können. Kenny mußte sie gesehen haben, denn er unterbrach eine Unterhaltung und schloß sich ihnen an.

»Geht ihr?« fragte er leise.

»Ich bringe sie nach Hause«, erwiderte Tom genauso leise. »Sie zittert am ganzen Leibe und ist leichenblaß.«

»Das ist der Schock.« Etwas lauter fügte er an Ronnie gewandt hinzu: »Mein herzliches Beileid.«

Ronnie bedankte sich durch ein Nicken. Kenny folgte der kleinen Gruppe, und Thea wechselte von Ronnies an seine Seite.

»Die Polizei hat mich heute nachmittag dreimal verhört«, berichtete Ronnie kaum hörbar.

»Was?« Tom warf ihr einen scharfen Blick zu.

»Sie glauben nicht, daß es Selbstmord war.«

»Aber warum verhören sie *dich?*«

»Wie schon gesagt – ich habe die Leiche gefunden, und sie haben mich wieder und wieder darüber ausgefragt. Sie glauben offenbar, daß Lewis ermordet wurde, und sie glauben, *ich* könnte es getan haben.«

»Was?«

»Jedenfalls habe ich diesen Eindruck gewonnen.«

»Das können sie doch nicht im Ernst glauben!«

Der Weg zum Seitenausgang führte an Marsden vorbei. Als er sie bemerkte, wandte er sich von seinem Gesprächspartner ab und ging ihnen entgegen. Er trug einen dunklen Geschäftsanzug mit schwarzer Krawatte, war fast so bleich wie Ronnie und hatte rotgeränderte Augen.

Das gibt Ärger, dachte Tom und versuchte, Marsden durch einen harten Blick in Schach zu halten, aber es klappte nicht.

»Du bist also auf die Hure reingefallen, Tom?« Marsdens Stimme war leise, doch er starrte Ronnie haßerfüllt an.

»Was hast du gesagt?« Tom brauchte ein, zwei Sekunden, um zu begreifen, daß er sich nicht verhört hatte. Dann stieg heiße Wut in ihm auf. Ronnie rückte instinktiv etwas näher an ihn heran, so als suchte sie Schutz.

»Verdammt, Tom, *dir* mach ich keine Vorwürfe ... Wir wollten etwas Belastendes über sie rausfinden, um Daddy eine Scheidung zu ermöglichen, und es ist uns auch gelungen, aber als er sie darüber informierte, hat sie ihn ermordet. Diese kleine Nutte hat Daddy umgebracht, Tom!«

Tom schlug zu. Marsden flog rückwärts, prallte gegen die Wand und stürzte auf den Marmorboden. Während

Leute erschrocken aufschrien, und während Polizisten und Trauergäste auf sie zugerannt kamen, kniete Tom neben Marsden nieder, packte ihn an der Krawatte und riß seinen Kopf ein Stück hoch.

Marsdens rote Augen hatten einen leicht benommenen Ausdruck, aber das war Tom in seinem Zorn völlig egal. »Sag so was nie wieder *zu* Ronnie oder *über* sie, hast du gehört?« knurrte er drohend. »Andernfalls werde ich dich …«

»Tom! Tom!« zischte Kenny, packte ihn am Arm und zog ihn von Marsden weg. »Tom, bist du verrückt geworden? Man wird dich verhaften!«

Ein Polizist packte ihn mit eisernem Griff am anderen Arm. Zwei weitere halfen Marsden auf die Beine.

»Nur eine kleine Auseinandersetzung zwischen alten Freunden«, erklärte Tom dem Polizisten, der ihn festhielt. Der Mann warf ihm einen skeptischen Blick zu, ließ ihn dann aber doch los, weil ein anderer Polizist, der Tom gut kannte, ihm ein entsprechendes Zeichen gab. Ohne Marsden noch eines Blickes zu würdigen, rückte Tom seine Krawatte zurecht und ging auf Ronnie zu, die zitternd neben Thea stand. »Gehen wir!«

Als sie durch eine Seitentür, die auf einen Parkplatz führte, ins Freie traten, mußten sie feststellen, daß auch hier Reporter lauerten. Blitzlichter flammten auf, und sie wurden mit Fragen überschüttet.

»Das ist *sie!* Mrs. Honneker!«

Nun kamen auch die Reporter, die am Haupteingang gewartet hatten, mit Kameras und Mikrofonen angerannt. Tom starrte sie wütend und ungläubig an und begriff plötzlich, wie einem Fuchs zumute sein mußte, der von einer Meute Hunde gehetzt wurde.

Ronnie verbarg ihr Gesicht instinktiv an seiner Schulter, er legte einen Arm um sie, und von Kenny und Thea eingerahmt, rannten sie auf Kennys Auto zu, das einen halben Block entfernt geparkt war. Sie wurden fotografiert und mit Fragen bombardiert, bis sie im Wagen saßen und davonbrausten.

Auch in Sedgely wimmelte es von Reportern. Kenny fuhr schnurstracks zum Lieferanteneingang, wo es ruhiger zuging als am Haupttor, doch auch hier wurde das Auto von Fotografen umringt, die entdeckt hatten, daß Ronnie auf dem Rücksitz saß. Sie verbarg ihr Gesicht in den Händen, und Tom zog sie an seine Brust und schirmte sie mit seinem Sakko und seinen Armen ab, während Kenny den wachhabenden Polizisten erklärte, daß sie Mrs. Honneker nach Hause bringen wollten.

Sie wurden eingelassen, das Tor wurde hinter ihnen geschlossen, und die Reporter mußten draußen auf ihr nächstes Opfer warten.

Ronnie blieb an Toms Brust liegen, während sie die gewundene Auffahrt entlangfuhren. Kenny betrachtete sie mehrmals im Rückspiegel, und Thea, die sich umgedreht hatte, um etwas zu sagen, überlegte es sich plötzlich anders und schaute wieder nach vorne.

»Ich halte am besten direkt vor der Haustür«, meinte Kenny. »Dann brauchen Sie nicht so weit zu gehen, Ronnie.«

»Das ist eine gute Idee.« Ronnies Stimme hörte sich fast normal an, aber ihre Finger hielten Toms Hemd umklammert, so als hätte sie Angst, ihn loszulassen.

»Wir gehen alle hinein«, verkündete er, während er behutsam ihre Finger löste und rasch an seine Lippen führte. Sie lächelte ihm zu. Es war ein klägliches Lächeln, aber immerhin ein Lächeln. »Laß Ronnie, Thea und mich vor der Tür aussteigen, Kenny, und wenn du geparkt hast, kommst du nach.«

»Na klar, wird gemacht«, stimmte Kenny betont herzlich zu und warf dabei wieder einen Blick in den Rückspiegel.

An der Tür hing ein großer schwarzer Kranz, sah Tom, als sie die Stufen hinaufgingen, seine Hand nun wieder dezent an Ronnies Ellbogen. Plötzlich öffnete sich diese Tür, und ein älteres Ehepaar blieb auf der Schwelle kurz stehen.

»Sagen Sie Dorothy bitte, daß wir hier waren, Selma«, sagte die Frau über die Schulter hinweg.

»Das werde ich tun, Mrs. Cherry«, erwiderte Selma, die hinter ihnen im Türrahmen auftauchte. Sie erspähte Ronnie, Tom und Thea auf der Veranda und sagte etwas zu jemandem, der hinter ihr stand.

Mrs. Cherry und ihr Mann kondolierten Ronnie, die sich höflich bedankte, bevor sie ins Haus eilte, das um seinen Herrn zu trauern schien. Es war unnatürlich still, und sogar der Kronleuchter schien matter als sonst zu sein.

Ronnie starrte auf die breite gewundene Treppe, so als müßte sie den Mount Everest erklimmen. Dann schaute sie Tom flehentlich an.

»Wirst du morgen hier sein?« fragte sie leise.

Er nickte, und sie wandte sich ab und ging langsam die Treppe hinauf. In dem schwarzen Kleid sah ihr schlanker Körper zerbrechlich aus.

Sie wirkte so allein und verloren, daß Tom heftig versucht war, ihr zu folgen, sie ins Bett zu bringen und dafür zu sorgen, daß sie etwas zu essen bekam. Mit geballten Fäusten kämpfte er gegen diesen Impuls an.

Es kam ihm so vor, als ließe er Daniel schutzlos in der Löwengrube zurück, aber er konnte Ronnie nicht begleiten, und er konnte sie auch nicht wegbringen. Noch nicht. Sie war die Frau des Senators gewesen, und jetzt war sie seine Witwe. In den nächsten Tagen mußten sie beide die Form wahren.

Danach würden sie vielleicht einen Neuanfang machen können.

»Würden Sie mit ihr nach oben gehen, Thea?« bat er. »Kümmern Sie sich ein bißchen um sie, bis sie im Bett liegt.«

»Gern, Tom.« Ihr Blick verriet ihm, daß sie im Laufe der letzten Stunde seine Gefühle für Ronnie erraten hatte. Während sie leichtfüßig die Treppe hinaufrannte, wandte er sich an Selma.

»Mrs. Honneker hat heute seit dem Morgenkaffee nichts gegessen. Könnten Sie ihr ein leichtes Abendessen nach oben bringen?«

Die Haushälterin nickte. Ihre Augen waren rot und geschwollen, und Tom fiel ein, daß sie seit über dreißig Jahren in Sedgely arbeitete und bestimmt um den Senator trauerte. Verdammt, sogar er selbst trauerte ja um den Mann, so verrückt sich das auch anhören mochte.

»Die Polizisten sind immer noch bei der Spurensicherung im Büro des Senators«, berichtete Selma leise. »Sie hatten nach Ihnen gefragt, und als ich ihnen sagte, Sie seien hier, baten sie mich, Ihnen auszurichten, daß sie Sie gern kurz sprechen würden.«

Mit gerunzelter Stirn begab Tom sich in den Ostflügel, ein mulmiges Gefühl im Magen. Er konnte sich vorstellen, warum die Polizei mit ihm sprechen wollte, obwohl er inbrünstig hoffte, daß er sich irren möge.

Höchstwahrscheinlich hatte Marsden mit seiner Vermutung, daß Tom mit Ronnie geschlafen hatte, nicht hinter dem Berge gehalten.

Seine schlimmsten Befürchtungen wurden von der Realität bei weitem übertroffen. Der leitende Beamte war Alex Smitt, den er flüchtig kannte. Smitt begrüßte ihn mit einem flüchtigen Händedruck und einem bohrenden Blick.

»Ich muß Ihnen etwas zeigen«, sagte er und führte Tom in einen Raum schräg gegenüber von Lewis' Arbeitszimmer, dessen offene Tür mit einem gelben Band versehen war, um jedermann außer der Polizei den Zugang zu verwehren.

Ein Kartentisch war in der Mitte des Raums aufgestellt worden, und auf der Vinylplatte lag ein Stapel Fotos. Alex bedeutete Tom, sie sich anzusehen.

Tom tat es, und das Blut gefror ihm in den Adern.

Es waren Fotos von ihm und Ronnie. Viele Fotos, alle erotisch, manche fast pornografisch.

Kußszenen aus dem *Yellow Dog,* von der Seitenstraße hinter seiner Wohnung, vom Parkplatz des *Robbin's Inn ...* Auf einem anderen Bild war zu sehen, wie er Ronnie am Abend der Party aus dem Pool trug, er im Smoking, sie nur mit dem winzigen schwarzen Slip bekleidet. Ein Dutzend Aufnahmen von ihrem Liebesakt auf der Trainingsmatte im Badehaus, offenbar durch die Glastür fotografiert.

Insgeheim fluchend, stellte Tom fest, daß Alex Smitt ihn nicht aus den Augen ließ.

»Würden Sie mir zustimmen, wenn ich sage, daß Sie eine Affäre mit Mrs. Honneker hatten?« fragte der Polizist höflich.

Obwohl die kompromittierenden Farbaufnahmen das zweifelsfrei bewiesen, war Tom nicht so dumm, darauf zu antworten.

»Sprechen Sie mit meinem Anwalt«, sagte er kurz angebunden, drehte sich auf dem Absatz um und verließ den Raum.

39. Kapitel

13. September

»Das Wichtigste ist jetzt, daß du dich von ihr fernhältst!« Dan Osborn deutete mit seinem Kugelschreiber auf Tom. »Ich meine es ernst – halt dich von ihr fern.«

Es war Samstag morgen. Ronnie wußte, daß Osborn die Samstagvormittage normalerweise auf dem Golfplatz verbrachte. Heute saß er in seiner Kanzlei, um ein Gespräch mit seiner neuen Klientin zu führen. Er war der beste Strafverteidiger von Jackson.

Sie konnte kaum glauben, daß sie einen Verteidiger benötigte, aber Tom behauptete es, und Osborn schien seiner Meinung zu sein.

»Es gibt keinen Grund für Tom, sich von mir fernzuhalten«, sagte sie, in einem der beiden großen burgunderroten Ledersessel vor Osborns Schreibtisch sitzend. In dunkelgrauem Anzug, weißem Hemd und blauer Krawatte stand Tom mit dem Rücken zu dem großen Fenster, das einen Ausblick auf das neue Kongreßgebäude bot. Ronnie schaute kurz zu ihm hinüber, bevor sie ihre Aufmerksamkeit wieder dem Anwalt zuwandte. »Ich habe meinen Mann nicht umgebracht, Mr. Osborn.«

Osborn war Mitte der Sechzig, ein grauhaariger Mann mit dem faltigen, grimmigen Gesicht einer Bulldogge. Ronnie war ihm bei einigen Gelegenheiten begegnet, zuletzt bei Lewis' Geburtstagsparty. Tom schien er sehr gut zu kennen. Mit unergründlicher Miene musterte er sie von den schlicht frisierten Haaren, die im Nacken von einem schwarzen Band zusammengehalten wurden, über den schwarzen Hosenanzug bis hin zu den schwarzen Schuhen mit hohen Absätzen.

»Mrs. Honneker, wenn ich nicht glauben würde, daß Sie unschuldig sind, hätte ich mich nicht bereit erklärt, Sie zu vertreten. Aber unschuldig zu *sein* und es vor Gericht zu *beweisen* – das ist ein himmelweiter Unterschied. Seit Tom mich gestern abend angerufen hat, habe ich Erkundigungen bei der Kriminalpolizei eingezogen, wo ich einige Leute kenne, und dort glaubt man, viel belastendes Material gegen Sie in der Hand zu haben. Sie haben die Leiche gefunden, Ihre Fingerabdrücke befinden sich auf der Mordwaffe, und zwischen dem Zeitpunkt, als der Chauffeur Sie seiner Aussage nach vor der Haustür absetzte, und dem Zeitpunkt, als Sie um Hilfe zu schreien begannen, klafft eine Lücke von etwa fünfundzwanzig Minuten. Sie hatten eine Affäre mit Tom, wofür es eindeutige Beweise in Form von Fotos gibt, und laut Aussage von Marsden Honneker wollte der Senator wegen dieser Affäre die Scheidung einreichen. *Und* es gibt einen Ehevertrag, demzufolge Sie im Falle einer Scheidung nur eine winzige Abfindung erhalten. Hingegen fällt Ihnen als Witwe ein beträchtlicher Anteil seines Vermögens zu. Sie hatten also sowohl ein Motiv als auch die Gelegenheit, diese Tat zu begehen. Ich kann Ihnen versichern, daß so manch einer verurteilt wurde, obwohl viel weniger gegen ihn sprach.«

»Sie hat ihn aber nicht umgebracht, Dan«, sagte Tom. Seine Hände lagen auf dem Fenstersims, und er stemmte ein Bein gegen die Wand.

»Nachdem du zur Tatzeit in Kalifornien warst, mein Freund, kannst du das nicht mit absoluter Sicherheit wissen. Soweit ich sehe, gibt es niemanden, der Mrs. Honneker ein Alibi liefern könnte.« Er warf Ronnie einen Blick zu. »Oder?«

Sie schüttelte den Kopf. »Nur Davis«, murmelte sie mit einem schwachen Lächeln.

Trotz der Ausführungen des Anwalts fiel es ihr immer noch schwer, die ganze Sache ernst zu nehmen. Es kam ihr völlig absurd vor, daß jemand im Ernst glauben könnte, *sie* hätte Lewis ermordet. Sie konnte es noch nicht einmal richtig fassen, daß er tot war. *Ermordet!* Hatte sie vielleicht nur einen surrealistischen Traum? Es schien völlig ausgeschlossen, daß das alles blutige Realität war.

»Davis ist ein Hund«, klärte Tom den Anwalt auf. »Wer hat die Fotos gemacht?«

Ronnie hatte die Bilder nicht gesehen und wollte sie auch gar nicht sehen. Toms kurze – sehr kurze – Beschreibung hatte ihr vollauf genügt.

»Offenbar hat der Sohn des Senators vor einigen Monaten einen Privatdetektiv engagiert, der Beweismaterial sammeln sollte, damit der Senator eine Scheidung erzwingen konnte, an der er in den Augen seiner Wähler völlig schuldlos wäre. Im Klartext – er brauchte Beweise für eine Affäre seiner Frau. Aber der Detektiv hatte nichts zu berichten – bis du auf der Bildfläche aufgetaucht bist«, fügte Osborn trocken hinzu.

Tom schnitt eine Grimasse. »Nennt man so was nicht Eingriff in die Privatsphäre?«

»Gewiß«, nickte Osborn, »aber das bedeutet noch lange nicht, daß die Fotos bei einem Prozeß nicht verwertet werden dürften.«

»Daß wir eine Affäre hatten, bedeutet noch lange nicht, daß Ronnie ihren Mann ermordet hat.« Tom stand jetzt neben dem zweiten Ledersessel, einen Arm auf der Rückenlehne, die andere Hand in der Hosentasche. Er hatte anfangs in dem Sessel Platz genommen, war aber viel zu nervös, um lange stillzusitzen.

»Du hast recht«, sagte Osborn, »und genau diesen Kurs müssen wir einschlagen. In Anbetracht der erdrückenden Beweise wäre es sinnlos und töricht, die Affäre leugnen zu wollen, aber wir können behaupten, daß es nur eine flüchtige, bedeutungslose Geschichte war, wegen der niemand einen Mord begehen würde. Wir müssen es so hinstellen, als hätte diese Liaison schon vor dem Mord ihr Ende gefunden, und deshalb ist es so wichtig, daß du dich von ihr fernhältst, Tom.« An Ronnie gewandt, fügte er hinzu: »Mrs. Honneker, ich will ihn nicht in Ihrer Nähe sehen, haben Sie verstanden?«

Sie warf Tom einen verzweifelten Blick zu. Ihr zu befehlen, ihn nicht mehr zu sehen, war fast so, als würde man ihr das Atmen verbieten. Sie hatte das Gefühl, daran zu sterben!

»Wie lange?« fragte sie Osborn.

Der Verteidiger schaute von ihr zu Tom und wieder zurück. »Mrs. Honneker, ich glaube, Sie sind sich über Ihre Situation nicht ganz im klaren. Es geht hier um ein Kapitalverbrechen – um vorsätzlichen Mord! Und die

Polizei hat mich bereits gebeten, Ihnen mitzuteilen, daß Sie den Staat nicht verlassen dürfen. Sollte es zu einem Mordprozeß kommen, wird der Staatsanwalt höchstwahrscheinlich die *Todesstrafe* beantragen, und wir müssen dann zwölf Geschworene davon überzeugen, daß Sie Ihren Mann nicht umgebracht haben. Bei unserer Taktik müssen wir schon jetzt diese Geschworenen im Auge haben. Die Staatsanwaltschaft wird als Tatmotiv anführen, daß Sie sowohl Ihren Liebhaber als auch das Geld Ihres Mannes haben wollten, und wegen des Ehevertrags war das nur möglich, wenn Sie Ihren Mann töteten. Verzeihen Sie, wenn ich das ganz offen sage, aber Sie sind bei den meisten Menschen in diesem Staat nicht gerade beliebt, und Ihr Ruf ist nicht der beste. Wenn nun auch noch herauskommt, daß Sie eine Affäre mit Tom hatten, während Sie mit dem Senator verheiratet waren, wird das die Geschworenen mit Sicherheit negativ beeinflussen. Der Senator liegt noch nicht einmal im Grab, und neue Fotos von Ihnen und Tom können wir wirklich nicht gebrauchen. Geschworene sind keine unbeschriebenen Blätter. Sie bringen all ihre Schwächen und Vorurteile ins Gericht mit, und ich will nicht, daß Sie ihnen Anlaß zu neuen Vorurteilen geben.«

Einen Moment lang herrschte tiefes Schweigen. Beide Männer schauten Ronnie an, und ihr Blick schweifte von einem zum anderen.

»Ich werde mich von ihr fernhalten«, versprach Tom, während er wieder ans Fenster trat. »Aber sie braucht beim Begräbnis unbedingt jemanden, der ihr zur Seite steht. Sie der Obhut von Freunden und Verwandten des Senators zu überlassen wäre in etwa das gleiche, als würde man einen Kanarienvogel einem Dutzend Katzen anvertrauen.«

»Du hast sie gestern abend aus Sedgely weggeschleppt, nachdem sie schon zu Bett gegangen war«, konstatierte Osborn, und seine Stimme hörte sich wieder trocken an.

Die Männer redeten jetzt über sie, so als wäre sie gar nicht anwesend, dachte Ronnie, aber es machte ihr seltsamerweise nichts aus. Sie hatte von Anfang an das Gefühl gehabt, nichts in dieser Kanzlei zu suchen zu haben. Nach wie vor begriff sie einfach nicht, daß Lewis tot war, und daß man sie verdächtigte, ihn ermordet zu haben.

»Mir blieb keine andere Wahl«, erklärte Tom. »Sedgely schien mir kein sicherer Aufenthaltsort mehr für sie zu sein. Zum einen war da Alex Smitt mit seinen verdammten Fotos, und ich hielt es für durchaus möglich, daß die Polizei Ronnie aus dem Bett holen würde, um sie wieder zu vernehmen, und zum anderen ging die ganze Familie im Haus aus und ein, und ich befürchtete, daß Marsden ausrasten und sie angreifen könnte. Ich traue ihm mittlerweile alles zu.«

»Hmmm, ich verstehe deinen Standpunkt, aber ...« Osborn warf ihm einen fragenden Blick zu.

»Ich habe sie zu meiner Mutter gebracht«, beantwortete Tom die unausgesprochene Frage.

Und Sally McGuire hatte sie auch diesmal warmherzig willkommen geheißen und sie mit einem Abendessen, einem Bad und einem warmen Bett verwöhnt, ohne irgendwelche Fragen zu stellen. Ronnie zweifelte allerdings nicht daran, daß Tom seine Mutter über alles informiert hatte, nachdem sie zu Bett gegangen war.

»Zu deiner Mutter? Zu *Sally?*« Osborn hörte sich so an, als würde er sie gut kennen.

»Ich wußte, daß es keine gute Idee wäre, sie in meine Wohnung mitzunehmen, und die Farm meiner Mutter war der einzige sichere Ort, der mir einfiel. Wenn sie Mississippi nicht verlassen darf, sollte sie vorerst auch dort bleiben. Die Presse wird sie dort nicht ausfindig machen, und meine Mutter wird dafür sorgen, daß sie etwas ißt und so weiter.« Er warf Ronnie einen besorgten Blick zu. »Ich glaube, sie ist im Moment nicht ganz funktionsfähig.«

»Willst du damit sagen, daß ich nicht ganz bei Trost bin?« fragte Ronnie mit einer Spur ihres sonstigen Temperaments.

Tom lächelte. »So was Ähnliches. Mach dir darüber keine Sorgen, das ist nur der Schock.«

»Mir geht es ausgezeichnet.«

»Ich werde sie persönlich zu dem Begräbnis begleiten«, sagte Osborn unerwartet, und diese Reaktion verriet Ronnie, daß er mit Toms Beurteilung ihres Zustands übereinstimmte.

Vielleicht hatten sie recht. Vielleicht stand sie wirklich unter Schock. Das würde erklären, warum sie dieses Gefühl der Unwirklichkeit hatte.

Sie hatte Lewis nicht geliebt, aber er war ihr Mann gewesen. Ihn so zu finden ... Sie erschauerte in der Erinnerung.

Tom beobachtete sie, und seiner Stimme war verhaltene Wut anzuhören, als er sagte: »Verdammt, Dan, ich finde, wir sollten eigene Ermittler engagieren. Die Polizei will diesen Fall rasch aufklären, und den Mord Ronnie anzuhängen ist die einfachste Lösung. Aber sie hat ihn nicht umgebracht! Wenn er tatsächlich ermordet wurde – und nachdem ich ihn und die ganze Familie seit langer Zeit kenne, kann auch ich mir nicht vorstellen, daß er Selbstmord begangen hat –, dann läuft irgendwo ein Mörder frei herum, und jemand muß herausfinden, wer es ist.«

»Ich stimme dir zu, daß wir Privatdetektive engagieren sollten«, sagte Osborn, »nur mußt du dir darüber im klaren sein, daß abgesehen von Mrs. Honneker *du* der Hauptverdächtige bist, aus denselben Gründen wie sie. Wärest du zur Tatzeit nicht in Kalifornien gewesen, und hättest du dafür nicht fünfzig Zeugen, würde die Polizei dich genauso scharf unter die Lupe nehmen wie Mrs. Honneker. Aber du könntest ja auch einen Mörder gedungen oder dich mit deiner Geliebten abgesprochen haben. Du brauchst selbst einen Anwalt, Tom. Ich kann nicht euch beide vertreten, denn wenn es zu einem Prozeß kommt, werden wir alternative Theorien vorbringen müssen. Und du bist als Mordkandidat eine gute Alternative zu Mrs. Honneker!«

Tom starrte ihn an. »*Ich* habe den Senator nicht umgebracht. *Sie* hat ihn nicht umgebracht, und keiner von uns beiden hat einen Mörder gedungen.«

Osborn seufzte. »Ich wollte dir nur aufzeigen, was Polizei und auch private Ermittler glauben könnten.«

»Wie wär's dann mit einem Polygraph?« fragte Tom. »Wäre Ronnie nicht aus dem Schneider, wenn sie diesen Test bestünde?«

»Ich rate meinen Klienten nie, sich einem Lügendetektortest zu unterziehen.«

»Was schlägst du denn dann vor?« Toms Stimme hörte sich ungeduldig an.

»Daß wir uns zunächst einmal ganz ruhig verhalten«, erwiderte Osborn ruhig, »bis wir genau wissen, aus welcher Richtung der Wind bläst. Vorläufig ist ja noch nicht einmal die Selbstmordtheorie völlig vom Tisch. Mrs. Honneker, Sie dürfen weder mit der Polizei noch mit Reportern noch mit sonstwem sprechen, wenn ich nicht anwesend bin, ist das klar? Verweisen Sie jeden Fragesteller an Ihren Anwalt. Tom, es war mir völlig ernst damit, daß du einen eigenen Anwalt brauchst. Ich würde Brian Hughes vorschlagen.« Er kritzelte eine Telefonnummer auf einen Zettel und gab ihn Tom. »Einen Punkt würde ich jetzt gern noch klären, Mrs. Honneker: Sie sagen, Sie seien spazierengegangen, nachdem der Chauffeur Sie in Sedgely abgesetzt hatte. Das wäre dann von kurz nach halb elf bis elf gewesen, stimmt das?«

Ronnie nickte. »So in etwa, ja.«

»Und nach diesem Spaziergang gingen Sie direkt ins Büro Ihres Mannes?«

»Ja.« Ronnie versuchte, nicht daran zu denken, was sie

dort vorgefunden hatte – Lewis, dessen Kopf in einer Blutlache lag!

»Haben Sie das immer so gemacht? Ich meine – daß Sie Ihren Mann in seinem Arbeitszimmer oder anderswo besuchten, wenn Sie von irgendeiner Verabredung nach Hause kamen?«

»Nein.«

»Und warum haben Sie es an jenem Abend getan?«

»Ich wollte ihm etwas sagen.«

»Und was war das?«

»Daß ich eine Scheidung wünschte.«

Aus dem Augenwinkel heraus konnte Ronnie sehen, daß Tom zur Salzsäule erstarrte.

»Wie kam es zu diesem plötzlichen Entschluß?«

Ronnie lächelte Tom zu, in dessen Augen seine Liebe geschrieben stand.

»Tom war nicht bereit, unsere Liaison fortzusetzen. Bei unserem letzten Treffen hatte er mir gesagt, ich müsse mich zwischen ihm und Lewis entscheiden. An jenem Abend hatte ich mich für ihn entschieden.«

Osborn schleuderte seinen Kugelschreiber in die Luft. »Herrgott, Sie liefern der Staatsanwaltschaft das Mordmotiv in Geschenkpapier verpackt und mit einer Schleife versehen! Erzählen Sie das nur ja keinem Menschen, sonst können Sie gleich ein Geständnis unterschreiben!«

»Dan«, sagte Tom, »würdest du uns bitte kurz allein lassen?«

Osborn blickte von ihm zu Ronnie. »Verdammt, Tom ... also gut, fünf Minuten, keine Sekunde länger. Und sobald du diese Kanzlei verläßt, wirst du sie nicht wiedersehen, bis diese Sache überstanden ist, verstanden?«

»Verstanden.«

Osborn stand aus seinem Sessel auf. »Fünf Minuten«, knurrte er noch einmal und verließ sein Büro.

Tom kauerte vor Ronnies Sessel nieder, griff nach ihrer Hand und preßte seine Lippen auf den Handrücken. Sie lächelte ihm zu.

»Du hast Lewis nicht umgebracht«, sagte Tom. Es war eine Feststellung, keine Frage.

Ronnie schüttelte trotzdem den Kopf.

»Du hattest einen Ehevertrag unterschrieben, der besagte, daß du bei einer Scheidung so gut wie kein Geld bekommen würdest.«

Ronnie nickte.

»Und du wolltest dich von Lewis scheiden lassen.«

Sie nickte wieder.

»Meinetwegen.«

Ronnie lächelte schwach. »Du hast alles sehr gut zusammengefaßt.«

»Warum?« Seine Augen waren in diesem Moment blauer als jeder Saphir.

Sie strich mit einem Finger über seine Wange und über das eckige Kinn. Seine Haut war glatt und sehr warm.

»Weil ich dich liebe.«

Er schaute ihr tief in die Augen, und dann zog er sie vom Sessel, nahm sie in die Arme und küßte sie, so als wollte er ihre Seele in sich einsaugen.

Ronnie schlang ihre Arme um seinen Nacken und erwiderte diesen innigen Kuß.

Es klopfte energisch an der Tür.

Tom riß seinen Mund widerwillig von ihren Lippen los. Er sah genauso benommen aus, wie sie sich fühlte.

»Verdammt, das können doch keine fünf Minuten gewesen sein!« brummte er.

Sie knieten noch auf dem Boden, als die Tür geöffnet wurde. Osborn trat ein und warf ihnen einen mißbilligenden Blick zu.

»Deine Uhr geht viel zu schnell«, sagte Tom, während er aufstand und Ronnie hochzog. Sein Gesicht war leicht gerötet, und er hielt immer noch ihre Hand fest.

Osborn zog es vor, das zu ignorieren. »Dein Partner

Kenny Goodman ist am Telefon. Er sagt, es sei dringend.«

Tom drückte noch einmal Ronnies Hand, bevor er sie losließ. Seinem Gesicht war anzusehen, daß er besorgt war, und sie wußte aus eigener Erfahrung, daß Kennys dringende Anrufe meistens nichts Gutes zu bedeuten hatten.

»Kann ich hier mit ihm sprechen?«

Osborn nickte, und Tom ging zum Schreibtisch, nahm den Hörer ab und drückte auf einen Knopf.

Er hörte schweigend zu, murmelte ›Danke, Kenny, bis später‹ und legte auf. Sein Blick streifte Ronnie, bevor er sich Osborn zuwandte.

»Die Sensationsblätter sind in Besitz der Fotos gelangt, die ich gestern abend gesehen habe. Morgen früh werden sie an jedem Zeitungsstand zu sehen sein«, berichtete er mit belegter Stimme.

40. Kapitel

14. September

Als der Trauergottesdienst um vier Uhr nachmittags begann, waren die sensationellen Fotos längst Tagesgespräch. Sogar die seriöse Tageszeitung *Jackson Daily Journal* hatte auf der ersten Seite unter der Schlagzeile ›SELBSTMORD ODER MORD? IST AFFÄRE SEINER FRAU DER GRUND FÜR DEN TOD DES SENATORS?‹ ein körniges Bild von Ronnie und Tom veröffentlicht, die sich auf dem Parkplatz des *Robbin's Inn* küßten, und ein ausführlicher Bericht mit aussagekräftigeren Fotos nahm eine Doppelseite ein.

Die Sensationspresse ging natürlich noch viel weiter. Hier lauteten die Überschriften ›HAT RONNIE ES GETAN?‹ oder ›SEXSKANDAL IM SENAT‹, und die Fotos wären eindeutig pornografisch gewesen, hätte man gewisse Körperteile nicht mit schwarzen Balken versehen.

Ronnie hätte vom ganzen Ausmaß dieser Bildberichterstattung nichts gewußt, wenn die Reporter ihr die Artikel nicht mit der scheinheiligen Bitte um Kommentare direkt vor die Nase gehalten hätten, als sie Dan Osborns Kanzlei an seinem Arm verließ, um in einer Limousine zur Kirche zu fahren. Ihre Leibwächter drängten die Meute zurück, aber da hatte Ronnie schon genug gesehen ...

Ihr drehte sich fast der Magen um, denn hier wurde ihre Liebe zu Tom in den Schmutz gezogen. Was zwei Menschen, die sich allein glaubten, höchste Lust beschert hatte und wunderschön gewesen war, wirkte schmutzig und obszön, wenn die breite Öffentlichkeit Zungenküsse und ineinander verschlungene nackte Körper lüstern begaffen konnte.

»Ronnie, Süße, könntest du für uns vielleicht ein paar Tränen vergießen?«

»He, Ronnie, hast du's auch schon mal mit dem Präsidenten getrieben? Oder mit dem Gouverneur?«

»Ronnie, stimmt es, daß man dich demnächst im *Playboy* bewundern kann?«

»Hast du ihn umgebracht, Ronnie?«

Mit solchen unverschämten Fragen wurde sie bombardiert, bis sie neben Dan Osborn in der Limousine saß, und sogar dann noch fotografierten Reporter durch die Scheiben hindurch.

Entsetzt begriff Ronnie, daß sie über Nacht zu einer berüchtigten Person geworden war, zu einem losen Weibsbild, auf das jeder mit dem Finger zeigen durfte.

Diese Demütigung war schier unerträglich, aber sie stieg vor der Kirche hocherhobenen Hauptes aus. Niemand sollte ihr ansehen, wie sehr sie litt, denn das wäre eine zusätzliche Genugtuung für ihre Gegner.

Das Begräbnis war ein einziger Alptraum. Der Präsident und die First Lady hatten es sich nicht nehmen lassen, daran teilzunehmen, ebenso wie die allermeisten Mitglieder von Senat und Repräsentantenhaus. Sämtliche Politiker von Mississippi, mit dem Gouverneur an der Spitze, waren gekommen. Die Saint Andrew's Episcopal Church war bis auf den letzten Platz gefüllt, und vor der neugotischen Kirche drängten sich Tausende normaler Bürger, denn der Gottesdienst würde per Lautsprecher nach draußen übertragen werden.

Während Ronnie am Arm von Dan Osborn die Stufen hinaufging, von Reportern bedrängt und von der Menge mit Zurufen wie ›Hure‹ beschimpft, fühlte sie sich wie die biblische Ehebrecherin auf dem Weg zur Steinigung, und in der Kirche war es nicht viel besser: Menschen, die sie seit Jahren kannte, starrten sie verächtlich an und tuschelten hinter vorgehaltener Hand.

Die komplette Familie – Dorothy, Marsden, Joanie, Laura, deren Ehepartner und Kinder sowie Lewis' Exfrau Eleanor – saß in der ersten Bankreihe im Mittelschiff und würdigte Ronnie keines Blickes. Auch sie nahm in der ersten Reihe Platz, aber weit rechts, in der Nähe einer Seitentür. Ihr Anwalt und die Sicherheitskräfte hatten diese Regelung für ratsam gehalten, um sie im Notfall rasch hinausbringen zu können.

Ihr Vater und ihre Schwestern warteten dort auf sie. Ihre Mutter hatte zwar angerufen und kondoliert, aber erklärt, sie könne nicht zum Begräbnis kommen, weil ihr Mann krank sei. Das war Ronnie ganz recht, denn seit ihre Mutter die Familie verlassen hatte, war ihr Verhältnis alles andere als herzlich.

Auf Osborns Befehl hin mußten sowohl Tom als auch Kenny dem Begräbnis fernbleiben, um der Presse nicht noch mehr Anlaß zu Kommentaren über ihn oder seinen Partner zu geben.

Ronnie wußte, daß es einen neuen Skandal entfachen würde, wenn er bei dieser Gelegenheit an ihrer Seite wäre. Für die Presse wäre es ein gefundenes Fressen, und die Öffentlichkeit würde sie scharf verurteilen.

Trotzdem sehnte sie Tom verzweifelt herbei.

Ihr Vater Dave saß rechts neben ihr, in einem schwarzen Anzug, den er allem Anschein nach für diesen Anlaß gekauft hatte. Ihre Schwestern Debbie und Lisa saßen links neben ihr, und Debbie hielt ihre eine Hand, ihr Vater die andere.

Dan Osborn und seine Frau, die in der Kirche gewartet hatte, saßen neben ihrem Vater, Thea neben ihren Schwestern. Ronnie rechnete es Kathy und Michael Blount hoch an, daß sie sich ebenfalls zu ihr gesetzt hatten, obwohl sie mit öffentlicher Mißbilligung rechnen mußten. Nur von diesen wenigen Personen – sowie einigen Leibwächtern und Polizisten umgeben, kam sie sich wie auf einer einsamen Insel vor.

Als der Gottesdienst begann, schloß sie die Augen und konzentrierte sich darauf, Lewis Lebewohl zu sagen. Trotz seiner Fehler verdiente er es, daß sie um ihn trauerte. Und sie *hatte* ihn gern gehabt. Sie hatte ihn nur nicht geliebt.

Er hatte es nicht verdient, auf diese schreckliche Weise zu sterben. Schaudernd versuchte sie, das Bild des Leichnams am Schreibtisch zu verdrängen.

Herr, erbarme Dich.

Ronnie betete zusammen mit den anderen Trauergästen, war sich dabei aber schmerzhaft bewußt, daß sie neugierig angestarrt wurde. Sogar hier in der Kirche war sie ein Paria …

»Osborn hätte sie davon abhalten sollen, überhaupt hinzugehen«, knurrte Tom im Wohnzimmer von Kennys Haus, während sie sich das Begräbnis im Fernsehen anschauten. Kenny saß auf der Couch, aber Tom stand nervös dicht vor dem Bildschirm und kaute an einem Fingerknöchel herum.

Der Gottesdienst war zu Ende, und Ronnie verließ die Kirche an Osborns Arm. Sofort wurde sie von einem ganzen Schwarm von Presseleuten umringt, und Polizisten und Leibwächter hatten größte Mühe, ihr einen Weg zu der wartenden Limousine zu bahnen.

»Herrgott, schau dir das mal an! Verdammt, sie wird ja fast erdrückt!«

Einen Moment lang war Ronnie in Großaufnahme auf dem Bildschirm zu sehen. Ihr schmales Gesicht schien nur aus riesigen Augen zu bestehen, unter denen sich dunkle Ringe abzeichneten, ihre vollen Lippen waren zusammengepreßt, und die roten Haare, die in der Sonne glänzten, standen in krassem Gegensatz zur leichenblassen Haut.

Sie sah wie ein gehetztes Reh aus – verängstigt und doch wunderschön.

»Ich kann das einfach nicht glauben!« Tom grub jetzt seine Zähne in den Knöchel, um eine heftige Übelkeit zu bekämpfen. Er hätte sich über Dans Befehle hinwegsetzen und sie beschützen sollen. Verdammt, wenn es möglich gewesen wäre, hätte er bereitwillig ihren Platz eingenommen, um ihr all diese öffentlichen Schmähungen zu ersparen!

Endlich erreichte sie die Limousine und stieg hastig ein. Immer noch vom Pressemob umlagert, setzte der Wagen sich in Bewegung.

»Nach der Werbung geht es weiter«, versprach der Fernsehsender.

Fluchend kehrte Tom dem Bildschirm den Rücken zu.

»Erinnerst du dich noch an den Herzinfarkt, den ich letztes Jahr hatte?« fragte Kenny ihn mit gerunzelter Stirn.

»Ja.«

»Die Ursache war zuviel Streß. Und jetzt stehst *du* mächtig unter Streß, mein Freund!«

Tom schloß kurz die Augen. »In dieser Situation läßt sich das kaum vermeiden ...«

Er ließ sich auf einen häßlichen gelbbraunen Fernsehsessel fallen. Singende Katzen auf dem Bildschirm weckten in ihm den Wunsch, eine Lampe nach ihnen zu schleudern. Gereizt griff er nach der Fernbedienung und stellte den Ton ab. Die Katzen verstummten.

»Das alles tut mir leid, Kenny«, murmelte er.

»He, ich mache mir auch nicht viel aus singenden Katzen«, versuchte Kenny zu scherzen, aber beide wußten natürlich, daß Tom nicht die Werbung gemeint hatte.

»Das Geschäft begann gerade wieder zu florieren, aber jetzt ist alles futsch«, fuhr Tom fort.

Kenny zuckte mit den Schultern. *»C'est la vie.«*

»Wir sitzen jetzt noch viel tiefer in der Scheiße als damals mit den Wahlspenden.«

»Ich stimme dir zu.«

»Vielleicht sollten wir uns auf die Beratung von Wirtschaftsunternehmen umstellen. Damit läßt sich sogar noch mehr Geld verdienen als in der Politik.« Tom warf seinem Partner einen forschenden Blick zu. »Mir ist völlig klar, daß ich als politischer Berater nach dieser Geschichte nie mehr einen Fuß auf den Boden bekommen werde – und die Agentur auch nicht, solange ich daran beteiligt bin.«

»He, Mann, nun mach mal halblang! Ich weiß ja, wie das ist. Mir ist es nicht anders ergangen.« Kenny vergewisserte sich, daß sie wirklich allein im Zimmer waren. »Du weißt schon … Thea …«

»Ja, ich weiß über Thea Bescheid, und ich kann nur sagen, daß es eine Riesendummheit war. Du hast eine großartige Frau, eine großartige Familie, und Thea ist es nicht wert, das alles aufs Spiel zu setzen.«

»Die Sache ist schon passé.«

»An deiner Stelle würde ich es auch dabei belassen.«

»Ich weise dich nur ungern darauf hin, du Puritaner, aber du …«

»Ich bin nicht verheiratet.«

»Aber *sie* war es.«

»Ja«, murmelte Tom und rutschte verlegen im Sessel hin und her.

Kenny stand auf, ging in die Küche und kehrte mit zwei Dosen Bier zurück. Eine davon drückte er Tom in die Hand, bevor er sich wieder auf das Sofa setzte.

»Ich habe Thea nur erwähnt, um dir klarzumachen, daß ich dir keinerlei Vorwürfe mache«, sagte er. »Ronnie ist ein Superweib, und allem Anschein nach war sie scharf auf dich. Wer könnte es dir da verübeln, daß du sie vernascht hast? Bei Thea und mir war es genauso. Sie hat sich mir an den Hals geworfen, und ich konnte der Versuchung nicht widerstehen. Der einzige Unterschied besteht darin, daß Thea nicht die Frau eines Senators war, und daß deshalb niemand Interesse daran hatte, Fotos von uns zu machen.«

Tom stand auf und lief im Zimmer hin und her. »Nein, was zwischen Ronnie und mir ablief, war ganz anders. Sie hat sich mir nicht an den Hals geworfen. Wir … wir haben uns ineinander verliebt.«

Kenny starrte ihn an. »Das ist doch nicht dein Ernst?«

Tom schnitt eine Grimasse. »Hört sich verdammt schmalzig an, was?«

»Ja.«

»Halt den Mund, Kenny!«

»He, du hast es als erster gesagt.«

»Okay, ich weiß.«

Auf dem Bildschirm waren jetzt wieder Limousinen zu sehen, die von der Kirche zum Friedhof fuhren.

»Tom, du weißt, daß ich Ronnie gern habe«, sagte Kenny, »aber sie ist ein Luxusweibchen! Ich meine – sie ist daran gewöhnt, sich kaufen zu können, was immer sie will. Und du hast kein Geld – jetzt schon gar nicht.«

»Das weiß ich selbst. Oder hältst du mich für einen Trottel?«

Mit gerunzelter Stirn warf Kenny seinem Partner einen besorgten Blick zu. »Hast du je daran gedacht, daß Ronnie den Senator *tatsächlich* erschossen haben könnte? Vielleicht wegen seines Geldes.«

Tom schob seine Hände in die Hosentaschen und wippte auf den Absätzen vor und zurück. »Sie hat ihn nicht umgebracht!«

»Du warst in Kalifornien.«

»Sie hat ihn nicht umgebracht.«

»Wie kannst du dir da so sicher sein?«

»Sie hat ihn nicht umgebracht!«

»Wie du meinst!« Kenny griff nach der Fernbedienung. »Trotzdem solltest du einmal darüber nachdenken.«

Bevor Tom etwas erwidern konnte, schaltete er den Ton wieder ein, und beide lauschten wieder der Berichterstattung über das Begräbnis des Senators.

41. Kapitel

14. September, 18.30 h

Im Fernsehen kam nichts Vernünftiges, nur das langweilige Begräbnis eines alten Senators. Marla stand auf, um einen anderen Kanal einzuschalten – Jerry hatte die Fernbedienung verloren –, und blieb dicht vor dem Bildschirm wie angewurzelt stehen.

Die Reporterin Christine Gwen brachte einen kurzen Rückblick auf das Leben des Verstorbenen.

»Hier sehen wir Senator Honneker mit seiner zweiten Frau Veronica im Biloxi Yacht Club, an Bord ihrer Yacht *Sun-Chaser*. Polizeiberichten zufolge wird Veronica Honneker verdächtigt, den Senator ermordet zu haben …«

Der Biloxi Yacht Club … Die *Sun-Chaser* …

»Jerry!« schrie Marla, stürzte in die Küche und riß die

Hintertür auf. Nach dem Abendessen war Jerry mit Lissy auf den Hof gegangen, um das Puppenhaus anzumalen, das er ihr am Vortag geschenkt hatte. »Jerry!«

Mit dem Pinsel in der Hand drehte er sich nach ihr um.

»Ich hab's! Es kommt gerade im Fernsehen! Der Name des Bootes ist *Sun-Chaser!* Komm schnell! Schnell!«

Jerry legte den Pinsel vorsichtig auf der Dose mit pinkfarbener Farbe ab – Pink war Lissys Lieblingsfarbe – und ging ins Haus. Lissy folgte ihm, und Marla war viel zu aufgeregt, um ihre Tochter wegzuschicken.

»Was gibt's?« fragte Jerry. In einem weißen Unterhemd mit Farbspritzern und alten Khakishorts, die seinen Bierbauch betonten, sah er alles andere als attraktiv aus, aber das bemerkte Marla in ihrer Aufregung nicht einmal.

»Die Yacht! Sie heißt *Sun-Chaser!* Sie gehörte diesem Senator Honneker, und der ist jetzt auch tot! Verstehst du, Jerry, alle, die etwas mit dieser Yacht zu tun hatten, sterben eines gewaltsamen Todes! O Gott, *er* muß es gewesen sein! *Er* hat Susan und Claire in jener Nacht eingeladen, und er muß sie ermordet haben! Schau, das ist die *Sun-Chaser*« – die Yacht war gerade wieder auf dem Bildschirm zu sehen – »und sie gehört ihm! *Er* muß es gewesen sein!«

»Nur keine Panik, Marla«, sagte Jerry nüchtern. »Wenn der Senator Susan und Claire umgebracht hat – wer hat dann *ihn* umgebracht? Er ist jetzt auch tot.«

Dieser logische Einwand dämpfte Marlas Eifer. Jerry hatte natürlich recht. Dieser Senator Sowieso war ermordet worden genauso wie Susan! Und sie war überzeugt, daß auch Claire und die Betreiber der Modellagentur ermordet worden waren. Nur sie selbst war dem Mörder bisher entkommen.

Christine Gwen blendete ein altes Foto in ihren Bericht ein, auf dem der Senator, seine erste Frau und halbwüchsige Kinder in die Kamera lachten, und Marla stellte fest, daß das nicht der Mann war, der ihre Wohnung durchsucht hatte.

War jener Kerl ein gedungener Mörder gewesen? Aber warum sollte er seinen Auftraggeber – falls es der Senator gewesen sein sollte – umbringen?

Rätsel über Rätsel …

Die schöne zweite Frau des Senators stand jetzt auf dem Friedhof am Grab ihres Mannes.

Auch wenn die Polizei sie des Mordes verdächtigte – Marla glaubte es besser zu wissen. Es konnte einfach kein Zufall sein, daß alle, die etwas mit jener Yacht zu tun hatten, plötzlich starben.

»Ich weiß, daß sich alles irgendwie um diese Bootsparty dreht«, beharrte sie. »Dieser Senator muß zusammen mit Susan und Claire an Bord gewesen sein, und höchstwahrscheinlich hat er sich mit ihnen amüsiert. Jetzt ist auch er tot – ermordet von demselben Mann, der Susan auf dem Gewissen hat!«

»Das scheint mir sehr weit hergeholt, Marla«, wandte Jerry ein.

»Aber es stimmt! Ich bin ganz sicher, daß ich recht habe!« Sie warf Jerry einen beschwörenden Blick zu. »Könntest du das nicht irgendwie überprüfen lassen? Wenn die Polizei herausfindet, wer in jener Nacht an Bord der Yacht war, wissen wir vielleicht, wer es auf mich abgesehen hat.«

Schon wieder war die zweite Frau des Senators in Großaufnahme auf dem Bildschirm zu sehen, am Arm ihres Anwalts, umringt von Polizisten und Reportern.

»Veronica Honneker wird von Daniel Osborn begleitet«, berichtete Christine Gwen, »einem der besten Strafverteidiger von Mississippi. Das deutet darauf hin, daß ihr tatsächlich ein Mordprozeß droht, was meinst du, Burt?«

Ihr Kollege Burt Hall griff den Ball auf. »Ich weiß es nicht, Christine … Wir werden sehen. Wenn es stimmt, was die Presse meldet, hatte sie jedenfalls ein Tatmotiv. Es ist uns gelungen, Kopien der Fotos zu bekommen, die heute die ganze Nation schockieren.«

Marla hielt ihrer Tochter rasch die Augen zu, und Jerry schaltete den Fernseher aus. »Ich kann es immer noch nicht glauben, daß so was heutzutage gesendet wird!« knurrte er angewidert. »Komm, Lissy, wir müssen dein Puppenhaus streichen.«

»Mom, glaubst du wirklich, ich hätte noch nie Sex im Fernsehen gesehen?« rief Lissy ihrer Mutter vorwurfsvoll zu, bevor sie durch die Küche auf den Hof hinausrannte. Jerry wollte ihr folgen, aber Marla hielt ihn zurück.

»Du mußt die Polizei anrufen! Ich sage dir, das ist des Rätsels Lösung.«

»Heute ist Sonntag, Marla«, erwiderte er geduldig. »Ich werde morgen die Jungs in Biloxi anrufen, aber – wie schon gesagt – mir kommt das alles weit hergeholt vor.«

»Jerry ...«

»Tut mir leid, ich muß jetzt streichen«, grinste Jerry und verschwand durch die Hintertür.

Marla war wütend. Sie wußte, daß sie recht hatte, aber sie hatte schon seit einiger Zeit den Eindruck, als wollte Jerry ihr gar nicht helfen.

Er war glücklich, Lissy und sie bei sich zu haben. Sie kochte, putzte und schlief mit ihm, wann immer er Lust dazu hatte, und an dem Mädchen hatte er offenbar einen Narren gefressen. Vielleicht glaubte er, daß sie für immer bei ihm bleiben würden, wenn der vermeintliche Mörder nie gefunden wurde.

Ohne Jerry konnte sie nicht viel unternehmen, dachte Marla, doch dann fiel ihr plötzlich die schöne zweite Frau des Senators ein, der eine Mordanklage drohte.

Diese Frau müßte eigentlich heilfroh sein, irgendwelche Informationen zu erhalten, die sie entlasten würden. Und sie hatte sowohl das Geld als auch die nötigen Beziehungen, um die Wahrheit zu ergründen.

Marla mußte nur irgendwie mit ihr Kontakt aufnehmen. Der Name des berühmten Strafverteidigers war ihr im Gedächtnis geblieben, und sie rief lächelnd die Auskunft an und ließ sich die Nummer seiner Kanzlei in Jackson geben.

42. Kapitel

15. September, 0.45 h

Ronnie lag im Bett, beobachtete die wechselnden Muster, die das Mondlicht an die Decke zauberte, und versuchte, an nichts zu denken. Holzbalken knackten in dem alten Bauernhaus, aber ansonsten war es totenstill. Sally McGuire war um halb zwölf zu Bett gegangen, wie Ronnie wußte, weil sie einen Blick auf ihre Armbanduhr geworfen hatte.

Nach dem alptraumhaften Begräbnis hatte sie gehofft, endlich Schlaf zu finden, aber nach zwei Stunden war sie aufgewacht, und seitdem gelang es ihr nicht, ihr Gehirn abzuschalten.

Sie wurde von schmerzlichen Erinnerungen gepeinigt – Erinnerungen an die Kindheit, Erinnerungen an Lewis und Erinnerungen an Tom, die ihre Sehnsucht nach ihm entfachten.

Ronnie wußte genau, daß sie wieder einschlafen könnte, wenn es ihr nur gelingen würde, an nichts zu denken.

Die Polizei glaubte, sie hätte Lewis ermordet.

Nachdem sie aufgewacht war, hatte sie ein heißes Bad genommen, ihre Beine rasiert und ihr Gesicht eingecremt.

Ihr Vater hatte Nacktfotos von ihr und Tom gesehen.

Sie hatte sich die Zähne geputzt, ihre Haare gebürstet und eines ihrer hübschesten Nachthemden angezogen – ein dünnes Negligé aus rosa Seide mit Spaghettiträgern. Selma hatte am Tag zuvor zwei Koffer mit Wäsche und

Kleidung gepackt und in Osborns Kanzlei geschickt, und das Nachthemd duftete nach den Geißblattbeuteln, die sie in ihre Kommode zu legen pflegte.

Der Geruch erinnerte sie an Sedgely.

Sallys Gästezimmer war sehr gemütlich, mit einem breiten Doppelbett, einer Eichenkommode und einem weichen Armsessel. Die Decke war weiß, und die Wände waren himmelblau gestrichen. Weiße Stores hingen an dem großen Fenster, und wenn die Jalousie nicht herabgelassen war, fiel Mondlicht auf das Bett.

Bis jetzt waren ihre Schwestern und ihr Vater immer so stolz auf sie gewesen: Die einzige Sibley, die es wirklich zu etwas gebracht hatte. Die Frau des Senators. Heute hatten sie ihre Schmach miterlebt.

Sie konnte ihr Gehirn einfach nicht abschalten, so sehr sie es auch versuchte. Sie fand keinen Schlaf.

Ihr Vater und ihre Schwestern waren schon wieder nach Hause geflogen, hatten ihr aber versichert, sie würden anwesend sein, wenn es zum Prozeß käme. O Gott, würde man sie wirklich des Mordes anklagen? Es kam ihr völlig unglaubhaft vor.

Ronnie betrachtete die funkelnden Sterne am mitternachtsblauen Himmel und dachte daran, daß sie als Kind geglaubt hatte, die Sterne wären Feen, die in der Dunkelheit ihren Zauberstaub versprühten.

Weder ihre Schwestern noch ihr Vater noch sie selbst hatten Tom erwähnt. Zweifellos hatten sie die Fotos gesehen – es dürfte in den Vereinigten Staaten kaum jemanden geben, der sie nicht gesehen hatte –, aber in ihrer Familie wurde nie über irgend etwas Wichtiges geredet. Sogar als ihre Mutter das Weite gesucht hatte, war einfach ein Mantel des Schweigens darüber gebreitet worden.

Die knackenden Geräusche im Haus wurden lauter, so als würde es schwer atmen. Oder konnte vielleicht auch Sally nicht schlafen?

Nein, da schlich jemand die Treppe hinauf!

Ronnie setzte sich im Bett auf und hielt den Atem an.

Der Türknopf drehte sich.

Lewis war ermordet worden. War jetzt sie an der Reihe?

Die Silhouette eines großen Mannes tauchte im Türrahmen auf. Sie tastete nach irgendeiner Waffe, fand aber nur den altmodischen Wecker auf dem Nachttisch.

Mondlicht fiel auf die Haare des Eindringlings.

»Tom?« flüsterte Ronnie.

»Ich dachte, du würdest schlafen.« Er schloß leise die Tür und ging auf das Bett zu. Mit Jeans und einem T-Shirt bekleidet, hatte er zwar Socken, aber keine Schuhe an.

»Tom!« Ronnie ließ den Wecker auf die Matratze fallen, sprang aus dem Bett und warf sich in seine Arme.

»Psssst!« warnte er, während er sie so fest an sich zog, als wollte er ihr alle Rippen brechen. »Es ist nicht nötig, daß ...«

Daß meine Mutter aufwacht, hatte er zweifellos sagen wollen, aber er kam nicht mehr dazu, weil er vollauf damit beschäftigt war, sie zu küssen. Seine Finger wühlten dabei in ihren Haaren, und sie schlang ihre Arme um seinen Hals und erwiderte seine Küsse wie eine Verdurstende, die plötzlich Wasser erhält.

Erst jetzt, da sie in seinen Armen geborgen war, wurde ihr bewußt, wie einsam sie sich gefühlt hatte.

»O Tom, ich bin so glücklich, daß du gekommen bist!« flüsterte sie, als er seinen Mund endlich von ihren Lippen löste.

»Ich habe die ganze Fernsehübertragung gesehen ... Es tut mir so leid, daß ich nicht bei dir sein konnte ...«

»Ich habe dich vermißt ...«

»Das weiß ich, Darling.«

»Tom ...«

»Pssst.« Er küßte sie wieder.

»Tom, ich habe Angst ...« Ronnie hätte nie geglaubt, das zugeben zu können, nicht einmal sich selbst gegenüber.

»Ich liebe dich.« Tom hielt ihr Gesicht mit beiden Händen umfangen, während er diese Worte flüsterte. »Das wollte ich dir schon in Dans Kanzlei sagen, aber ich kam leider nicht mehr dazu.«

Sie küßte ihn, die Arme um seine Taille geschlungen, und schob ihre Hände unter sein T-Shirt, um seine nackte Haut zu spüren. Er zog es rasch aus und warf es achtlos auf den Boden. Ihre Lippen glitten zärtlich über seinen Hals, über die braunen Brusthaare, über den harten Magen, und dann kniete sie vor ihm, schmiegte ihr Gesicht an seinen Unterleib und preßte ihren Mund auf die Wölbung, die das weiche Denim fast zum Zerreißen spannte.

»O Gott, Ronnie!« Tom zuckte zusammen und zog scharf die Luft ein, als sie leicht zubiß. Er wühlte in ihren Haaren, versuchte aber nicht, ihr Einhalt zu gebieten. Ungeduldig öffnete sie den Reißverschluß seiner Jeans und griff unter seine Boxershorts, um sein Glied zu befreien. Es war groß und heiß und *lebendig,* und sie nahm es in den Mund, wölbte ihre Lippen um das empfindsame Gewebe, das auf die schwächste Berührung reagierte, und saugte und knabberte daran, bis Tom keuchend nach Atem rang.

Die Hände in ihren Locken vergraben, schob er ihren Kopf zurück, riß sich die Jeans und die Unterhose vom Leibe, zog ihr das Nachthemd aus und preßte gleichzeitig ihren Oberkörper auf den Boden. Auf ihr liegend, schlang er sich ihre Beine um die Taille und drang hart in sie ein.

Ronnie schrie auf, aber er erstickte den Laut mit einem Kuß. Seine Zunge nahm von ihrem Mund Besitz, heiß und hungrig, passend zu den heftigen Stößen, mit denen er ihren Unterleib in einen Schmelzofen verwandelte.

An ihn geklammert, grub sie ihre Finger tief in seinen Rücken. Seine Haut war heiß und schweißnaß, die Muskeln angespannt. Sie wand sich unter ihm, hob ihre Hüften an und wölbte sich ihm entgegen, von schier unerträglicher Lust erfüllt.

»Tom, Tom, Tom, *Tom!*«

Am ganzen Leibe zitternd und seinen Namen stöhnend, gelangte sie zu einem Höhepunkt, der ihr das Gefühl gab, die Erde zu verlassen und in den Sternenhimmel emporzufliegen. Fast gleichzeitig erlebte Tom einen ähnlich überwältigenden Orgasmus.

Als Ronnie langsam auf die Erde zurückkehrte, stellte sie fest, daß ihr Rücken von dem kratzenden Teppich brannte. Toms Gewicht lastete so schwer auf ihr, daß sie kaum Luft bekam, und ihre Kopfhaut spannte, weil er seine Finger schmerzhaft in ihre Haare gegraben hatte.

Seltsamerweise störte sie das alles nicht im geringsten. Es war herrlich, sich endlich wieder *lebendig* zu fühlen.

Sie wollte nur eines: Tom festhalten und von ihm festgehalten werden.

Endlich bewegte er sich, preßte seine Lippen auf ihre Halsgrube, in der er seinen Kopf vergraben hatte, und stützte sich auf einen Ellbogen auf.

»Jetzt fühle ich mich besser«, lächelte er.

»Ich auch.« Ronnie hob ihre Hüften etwas an, und er begriff die stumme Aufforderung und rollte zur Seite.

»Möchtest du mir nicht etwas sagen?« fragte er, sobald er neben ihr lag, und strich ihr die wirren Haare aus dem Gesicht.

Ronnie überlegte kurz. »Danke, Tom, das war fantastisch! War es das, was du hören wolltest?«

Er grinste. »Zugegeben, das war nicht schlecht, aber ich dachte eigentlich an etwas anderes.«

»Tatsächlich?«

»Ja.«

»Was willst du denn hören?«

»Versuch's mal mit ›Ich liebe dich, Tom‹.«

»Oh …« Ein warmes Lächeln auf den Lippen und in den Augen, betrachtete sie sein attraktives Gesicht. Das harte Kinn war mit dunklen Bartstoppeln bedeckt, und er hatte Ringe unter den Augen, so als hätte er in den letzten Nächten genauso schlecht geschlafen wie sie selbst. Im Mondlicht hatte sein Haar einen silbrigen Glanz, und er lächelte ihr zärtlich zu.

»Ich liebe dich, Tom«, sagte sie aufrichtig.

»Ah!« Er küßte sie sanft. »Ich liebe dich auch, Ronnie.«

Nun war sie an der Reihe, ihn zu küssen. Es wurde ein langer, genußvoller Kuß, und sie spürte, wie sein Penis an ihrem Oberschenkel zu neuem Leben erwachte.

»O nein, mein Herr!« protestierte sie, als er sich wieder auf sie legen wollte. »Direkt neben uns steht ein Bett.«

»Du scheinst eine Vorliebe für Betten zu haben«, grinste er.

»Die hättest du auch, wenn dein ganzer Rücken vom Teppich zerkratzt wäre!«

»Na, so was!« Er grinste noch breiter. »Das tut mir aber leid.«

»Du siehst aber gar nicht so aus, als täte es dir leid, und du hörst dich auch nicht so an. Du scheinst das sehr komisch zu finden.«

»Darling, ich finde nichts komisch, was dir Schmerz bereitet.«

Es schien ihm ernst zu sein, und sie küßte ihn zur Belohnung, was zur Folge hatte, daß er wieder in sie eindrang. Schon mit ihr vereinigt, rollte er allerdings entgegenkommenderweise auf den Rücken, so daß sie diesmal auf ihm lag. Den kratzenden Teppich bekam jetzt *er* zu spüren.

Nachdem sie sich vom zweiten Orgasmus erholt hatten, schafften sie es endlich, ins Bett zu kommen.

Ronnie schlummerte in seinen Armen, bis er sich im Morgengrauen leise von ihr löste und aufstand.

»Tom«, protestierte sie schläfrig.

»Ich muß gehen.«

Sie wußte, daß er recht hatte. »Ich liebe dich.«

»Ich liebe dich auch.« Er küßte sie kurz, zog sich an und verschwand leise. Ronnie nahm seinen warmen Platz im Bett ein und fiel zum erstenmal seit Lewis' Tod in tiefen, traumlosen Schlaf.

43. Kapitel

19. September, 11.45 h

»Ronnie, meine Liebe, ich sage das nur ungern, aber ich glaube, Sie sollten entweder durch die Hintertür verschwinden oder rasch nach oben gehen. Wir bekommen Besuch.«

Sally hatte einen Wagen auf dem Kiesweg gehört und einen Blick aus dem Küchenfenster geworfen. Bis dahin hatten die beiden Frauen gemütlich am runden Eichentisch gesessen. Ronnie drückte Bohnenschoten aus, und Sally schälte Äpfel für einen Kuchen. Ihre Kirchengemeinde veranstaltete an diesem Abend ein Fest, und weil sie für ihre Kochkünste berühmt war, hatte man sie gebeten, verschiedene Gerichte mitzubringen.

»O Gott!« murmelte Sally, und nun warf auch Ronnie einen Blick aus dem Fenster. Mark schlug gerade die Tür von Toms Wagen zu und eilte mit großen Schritten auf das Haus zu.

»Das sieht mir ganz danach aus, als hätte es Krach zwischen ihm und seinem Vater gegeben«, erklärte Sally mit grimmigem Humor. Ronnie rannte zur Hintertür hinaus, während Mark durch die Vordertür stürmte.

»Oma! Oma, wo bist du? Du wirst es nicht glauben …«

Ronnie mußte unwillkürlich lächeln, weil ihr der Abend in Toms Wohnung einfiel. Der Teenager hatte offenbar die Gewohnheit, sich die Lunge aus dem Hals zu schreien, wenn er aufgeregt war.

Eine Stunde später saß sie im Schatten einer Ulme, den

Rücken an den glatten Stamm gelehnt, die Füße im kühlen Wasser eines Bachs. Von hier aus konnte sie Toms Auto sehen. Sie wartete ungeduldig darauf, daß Mark wieder abfahren würde, aber bisher deutete nichts darauf hin.

Es war erst früher Nachmittag, aber sie überlegte besorgt, was sie tun sollte, wenn der Junge beschloß, bei seiner Großmutter zu übernachten.

Plötzlich hatte sie das unangenehme Gefühl, beobachtet zu werden, und als sie sich umdrehte, sah sie Mark den kleinen Hügel erklimmen. Er mußte das Haus wie sie durch die Hintertür verlassen haben, und sie hatte ihn nicht früher entdeckt, weil sie das Auto im Auge behalten hatte und in Gedanken versunken gewesen war. Jetzt war er höchstens noch hundert Meter von ihr entfernt und kam rasch näher.

Ronnie überlegte, ob sie flüchten sollte, sagte sich aber, daß das lächerlich wäre. Zur Nervosität bestand überhaupt kein Grund. Schließlich war Mark noch ein halbes Kind. Trotzdem hatte sie plötzlich eine trockene Kehle, und sie wußte genau, woran das lag: Mark war Toms Sohn, und es war Tom nicht egal, was der Junge über ihn dachte.

Wenige Meter von ihr entfernt blieb Mark stehen, schob seine Hände in die Hosentaschen und starrte sie mit gerunzelter Stirn an. Mimik und Gestik erinnerten Ronnie so sehr an Tom, daß sie grinste.

»Hi, Mark!«

»Mein Dad ist ein Mistkerl!« knurrte er.

Ronnie hob die Brauen. »Oh?« schien ihr eine unverbindliche Reaktion zu sein.

»*Er* hatte den ganzen Spaß, und *ich* muß das jetzt ausbaden!«

Sie zog ihre Füße aus dem Wasser, schlang ihre Arme um die Knie und warf dem Jungen einen fragenden Blick zu.

»Haben Sie eine Ahnung, was ich in den letzten Tagen in der Schule mitgemacht habe? Und er will mich zwingen, wieder hinzugehen.«

»Aha.« Allmählich ging Ronnie ein Licht auf, worin das Problem bestand.

»Ich möchte, daß Sie mit ihm reden«, verlangte Mark.

»Worüber?«

»Daß er mich nicht zwingen darf, weiter zur Schule zu gehen! Auf Sie wird er hören.«

»Das glaube ich nicht, Mark. Er wird sich von mir nicht in Erziehungsfragen hineinreden lassen.«

»Wenn Sie ihn nicht überreden, rufe ich die Zeitungen an und verrate ihnen, wo Sie sind. Oma hat gesagt, es sei ein großes Geheimnis.«

Ronnie schüttelte vorwurfsvoll den Kopf. »Erpressung ist etwas sehr Häßliches.«

»Lange nicht so häßlich wie das, was Sie und mein Dad gemacht haben!«

»Wir haben uns ineinander verliebt.«

»Ach, *so* nennen Sie das also!« höhnte Mark.

»Können wir darüber reden? Warum setzt du dich nicht zu mir?«

Mark warf ihr einen wütenden Blick zu, doch nach kurzem Zögern ließ er sich etwa einen halben Meter entfernt auf den Boden fallen, am Rand des Schattens, den die Ulme spendete. »Also gut, reden wir«, knurrte er provozierend.

Ronnie wählte ihre Worte sehr sorgfältig. »Es tut mir leid, daß du unter den Zeitungsberichten zu leiden hast. Vieles, was da geschrieben stand, stimmt gar nicht.«

»Mir haben schon die *Fotos* genügt!«

»Du hast recht«, gab Ronnie zu, »die Fotos waren widerlich. Mir hat sich fast der Magen umgedreht, als ich sie gesehen habe, und deinem Dad ging es nicht anders. Jemand hat hinter uns herspioniert und diese Bilder gemacht, als wir allein zu sein glaubten. Wie würde es dir gefallen, wenn Fotos von dir und deiner Freundin in allen Zeitungen veröffentlicht würden – Fotos von Küssen und sonstigen Intimitäten?«

Sichtlich betroffen, schwieg Mark eine Weile, bevor er seine Angriffslust wiederfand. »Aber Sie waren verheiratet! Sie hatten eine Affäre mit meinem Dad!«

Ronnie hielt seinem anklagenden Blick stand, während sie überlegte, ob sie fortfahren oder aber die ganze Angelegenheit Tom überlassen sollte. Schließlich beschloß sie, es selbst auszubaden.

»Hör zu, Mark, du bist siebzehn, stimmt's?«

»Ja, ich hatte vor zwei Wochen Geburtstag.«

»Dein Vater wäre bestimmt nicht damit einverstanden, aber ich werde dir die Wahrheit erzählen, damit du uns besser verstehen kannst. Ja, ich war verheiratet, doch mein Mann und ich hatten schon lange – über ein Jahr – keine intimen Beziehungen mehr, als ich deinen Vater kennenlernte. Und er verhielt sich so ehrenwert, wie man nur sein kann. Er wollte keine Affäre mit mir haben und leistete lange Widerstand, aber irgendwann verliebten wir uns ineinander, und da konnte er einfach nicht mehr standhaft bleiben. Ich wollte meinen Mann um eine Scheidung bitten, weil dein Dad zu einer langfristigen Liaison nicht bereit war. Die Familie meines Mannes haßt mich – seine Kinder sind älter als ich –, und sein Sohn hat einen Privatdetektiv engagiert, der mich ausspionieren sollte, aber ich tat nichts Schlimmes, bis ich mich in deinen Vater verliebte. Und was ich dann tat, finde ich eigentlich auch nicht schlimm, denn er ist ein großartiger Mensch.«

»Ja, manchmal ist er gar nicht so übel«, brummte Mark verdrossen. »In den Zeitungen steht aber, Sie hätten Ihren Mann ermordet.«

»Das stimmt nicht, Mark! Ich gebe dir mein Ehrenwort.«

»Es gibt sogar Leute, die behaupten, mein Dad hätte Ihren Mann ermordet.«

»Dein Vater war zur Tatzeit in Kalifornien.«

»Das hat er mir auch gesagt …«

»Du solltest ihm wirklich nicht böse sein, Mark. Er konnte nichts dafür, daß er sich in mich verliebt hat.«

Marks Blick schweifte von ihren roten Haaren, die sie zum Pferdeschwanz gebunden hatte, über den schlanken Körper in grünem T-Shirt und Jeans zu den nackten Füßen. »Nein, ich kann verstehen, daß er machtlos dagegen war.«

Ronnie lächelte ihm zu. »Danke, falls das als Kompliment gemeint war.«

»Okay, vielleicht war das, was Dad und Sie getan haben, nicht so schlimm, wie alle behaupten. Trotzdem will ich nicht mehr in die Schule gehen, wo man mir Fotos vom nackten Hintern meines Vaters unter die Nase hält.«

»Das kann ich gut verstehen«, sagte Ronnie mitfühlend. »Wie du siehst, verstecke ich mich bei deiner Großmutter.«

»Mein Vater hat mir nicht einmal erzählt, daß Sie hier sind.«

»Es ist ein Geheimnis.«

»Das hat Oma auch gesagt. Sie meinte, die Presse sei hinter Ihnen her.«

»Das stimmt.«

»Dad wird furchtbar wütend auf mich sein, weil ich sein Auto genommen habe«, berichtete Mark mit düsterer Miene.

Ronnie hatte Mühe, ein Lachen zu unterdrücken. Sie konnte sich lebhaft vorstellen, wie Tom sich gebärdete, wenn ihm sein Auto abhanden gekommen war.

»Wo war das denn?« fragte sie.

»Bei meiner Mutter. Sie hat ihn heute morgen angerufen, als ich nicht zur Schule gehen wollte. Er ist sofort bei uns aufgekreuzt, um mich in die Mangel zu nehmen.«

»Er nimmt auch dich in die Mangel?« fragte Ronnie überrascht.

»O ja, ständig!«

»Ich *hasse* das!« bekannte Ronnie.

»Wollen Sie damit sagen, daß er es auch bei Ihnen versucht?« Mark schien das nicht glauben zu können.

»O ja, seit ich ihn kenne, tut er nichts anderes, und das reizt meinen Widerspruchsgeist.«

»Meinen auch.«

Sie tauschten einen verständnisvollen Blick, doch gleich darauf sah Ronnie etwas, das ihren Pulsschlag beschleunigte. »Ich sage dir das nicht gern, Mark, aber – dein Vater ist gerade eingetroffen.«

»Scheiße!« Mark warf einen Blick über seine Schulter hinweg und sah gerade noch, wie Tom im Haus verschwand. Das Auto – eine teure champagnerfarbene Limousine – stand hinter seinem eigenen auf dem Kiesweg.

»Wem gehört denn dieser Wagen?« fragte Ronnie interessiert.

»Meiner Mutter.« Mark schnitt eine Grimasse. »Sie ist auch sauer auf mich, weil sie es haßt, Dad anrufen zu müssen, damit er mich zusammenstaucht.«

Tom verließ das Haus und schaute sich suchend um.

»Möchtest du aufstehen und winken, oder soll ich es tun?«

»Diese Mühe können wir uns beide sparen«, erwiderte Mark mit düsterer Miene. »Sie sind in Ihrem leuchtenden T-Shirt nicht zu übersehen.«

Er hatte recht. Tom hatte sie bereits gesichtet und eilte mit großen Schritten auf sie zu.

»O Gott, Dad scheint eine Mordswut im Bauch zu haben«, murmelte Mark besorgt. »Haben Sie ihn jemals erlebt, wenn er wirklich in Rage war?«

»Ein- oder zweimal.«

»Dann machen Sie sich jetzt auf das drittemal gefaßt!«

»Was hast du zu ihm gesagt, bevor du mit seinem Auto abgehauen bist?«

Mark warf ihr einen beschämten Blick zu und schüttelte den Kopf. »Das will ich lieber nicht sagen.«

»Etwas Häßliches über mich, stimmt's?«

»Kann schon sein …«

»Schon gut, Mark, ich bin dir nicht böse, weil ich dich gut verstehen kann. Wie geht's übrigens Loren?«

»Ich gehe jetzt mit Amy Ruebens.«

»Großartig.«

Für weitere Bekenntnisse blieb keine Zeit, denn Tom kam rasch näher. Seit dem Morgen in Osborns Kanzlei hatte Ronnie ihn nicht bei Tageslicht gesehen, obwohl er sie in den letzten drei Nächten im Gästezimmer besucht hatte, fast so, als wäre er ein Vampir. Er kam nach Mitternacht und verließ sie vor Tagesanbruch, und während sie danach stundenlang selig schlief, mußte er nach Hause fahren. Wenn Sally über diese nächtlichen Besuche ihres Sohnes Bescheid wußte, ließ sie Ronnie gegenüber jedenfalls nichts davon verlauten, aber als Tom jetzt wie ein gereizter Stier angerannt kam, fragte Ronnie sich unwillkürlich, ob er nicht wegen akuten Schlafmangels überreagierte.

»Hi, Tom«, rief sie ihm zu.

Er blieb am Rand des gemächlich plätschernden Baches stehen, und sein Blick schweifte von ihr sofort zu seinem Sohn. Zwei blaue Augenpaare lieferten sich einen harten Kampf, und Ronnie beschloß, eine atomare Auseinandersetzung in letzter Sekunde zu verhindern. Sie sprang auf, machte einen Satz über das Bachbett hinweg und legte Tom eine Hand auf die Schulter. Dann stellte sie sich auf die Zehenspitzen und küßte seine glattrasierte warme Wange, die nach Eau de Toilette duftete.

»Hallo, Tom«, sagte sie wieder, diesmal etwas nachdrücklicher.

Seine verkniffenen Gesichtsmuskeln entspannten sich ein wenig, und er lächelte ihr zu.

»Hallo, Ronnie!« Tom schlang einen Arm um ihre Taille, aber er starrte nach wie vor seinen Sohn an, der langsam aufstand. In einigen Jahren würde er genauso groß wie sein Vater sein, dachte Ronnie.

»Falls Mark etwas Unverzeihliches gesagt hat, bitte ich in seinem Namen um Entschuldigung«, knurrte Tom, ohne Mark aus den Augen zu lassen. »Aber er wird sich auch selbst bei dir entschuldigen.«

Ronnie schmiegte sich an ihn, war aber fest entschlossen, den Teenager nicht noch mehr zu befremden. »Mach dir keine Sorgen, wir haben uns ganz vernünftig unterhalten. Diese Situation ist für Mark wirklich nicht leicht zu bewältigen, Tom. Während wir uns versteckten, wurde er direkt damit konfrontiert.«

»Das tut mir leid, aber trotzdem muß er wieder zur Schule gehen und einfach lernen, mit diesen blödsinnigen Schlagzeilen zurechtzukommen.«

»Machen wir denn immer noch Schlagzeilen?« fragte Ronnie, die seit dem Begräbnis keine Zeitung mehr gesehen hatte.

»Ja.« Toms einsilbige Antwort machte ihr klar, daß der Skandal unvermindert anhielt.

»Okay, es tut mir leid.« Mark hatte sie nicht aus den Augen gelassen. »Ich nehme alles zurück, was ich gesagt habe, okay?«

Ronnie konnte sich in etwa vorstellen, was der Teenager über sie gesagt hatte, lächelte ihm aber trotzdem freundlich zu.

»Okay.« Auch Tom entspannte sich sichtlich. »Aber wenn du je wieder mit meinem Auto verduftest, kannst du was erleben, mein Freund!«

»Entschuldigung, ich war einfach sauer!«

Vater und Sohn befehdeten sich mit Blicken, und Ronnie hielt es für geraten einzugreifen.

»Wie wär's, wenn wir jetzt alle ins Haus gehen und etwas essen würden?« fragte sie. »Ich verhungere sonst.«

Tom blickte lächelnd auf sie hinab, und ihr war klar, daß er ihren Versöhnungsversuch durchschaute.

»Ich auch«, grinste er. »Komm, Mark, schauen wir mal, was deine Großmutter uns auftischen kann.«

Der Teenager ließ sich nicht lange bitten und sprang geschickt über den Bach hinweg.

44. Kapitel

19. September, 13.00 h

Marla war mit Jerry im Schlafzimmer, als es an der Tür klopfte. Sie hatten gerade miteinander geschlafen, und jetzt machte er sich fertig, um ins Kaufhaus zu gehen, wo er einen Teilzeitjob als Wächter hatte.

»Ich schau nach, wer es ist«, sagte Jerry, als es wieder klopfte. In seiner dunkelblauen Wächteruniform sah er fast so aus wie damals, als Marla ihn kennengelernt hatte. Sie fand Männer in Uniform attraktiv, das hatte sie ihm vorhin gesagt, und das war auch der Anlaß zu dem angenehmen mittägigen Intermezzo gewesen.

Während sie sich anzog, hörte sie, daß Jerry die Tür öffnete und mit jemandem redete. Marla war nicht neugierig auf den Besucher, den er ins Haus bat, aber sie mußte dringend auf die Toilette, und als sie von dort in die Küche gehen wollte, warf sie einen Blick ins Wohnzimmer.

Jerry stand mitten im Raum und unterhielt sich mit einem Polizisten, wie Marla sofort an der Uniform erkannte, obwohl der Mann ihr den Rücken zuwandte.

»Meine Freundin muß angerufen haben«, hörte sie Jerry sagen.

»Wissen Sie, uns liegt sehr viel daran, diesen Fall zu lösen«, erklärte der Polizist. »Das Opfer war Charlie Kay Martins Tochter, und er setzt uns mächtig unter Druck. Wenn Ihre Freundin etwas über diesen Mord weiß, wie sie dem Anwalt gesagt hat, wäre ich ihr sehr dankbar für jedwede Information.«

»Natürlich können Sie mit ihr reden.« Jerry sah Marla auf der Schwelle stehen. »Marla …«

Der Polizist drehte sich so blitzschnell um, daß er Jerry dabei anrempelte. Marla blickte in eisige graue Augen.

Es war der Mann, der ihre Wohnung durchsucht hatte, der Mann, den sie vor dem schäbigen Hotel gesehen hatte – der Mann, dessen völlig unauffälliges Gesicht ihr seitdem Alpträume bescherte.

»Jerry, das ist er, das ist *er!*« schrie sie entsetzt, schon auf der Flucht in die Küche. Der Mann wollte ihr folgen, aber Jerry stellte sich ihm in den Weg.

Todesangst verlieh Marla eine Geschwindigkeit, über die sie selbst nur staunen konnte. Während sie durch die Küche hetzte, hörte sie Kampflärm und dann einen Schuß. Sie rannte um ihr Leben, durch die Hintertür und über den Hof, heilfroh, daß Lissy mit einem Mädchen in der Nachbarschaft spielte, denn zu zweit hätten sie es nie geschafft.

Als sie das Sträßchen hinter dem Hof erreichte, flog die Hintertür weit auf, und Marla warf einen flüchtigen Blick zurück. Der Mann verfolgte sie.

Jerry mußte bewußtlos sein – oder tot.

Aber daran durfte Marla jetzt nicht denken. Sie mußte ihr eigenes Leben retten. Ihr war klar, daß der Mann sie auf der Straße innerhalb von Sekunden einholen würde, und sie bog hastig um die Ecke einer Garage. Alle Häuser in dieser Gegend hatten Einzelgaragen, größtenteils morsche Holzkonstruktionen, einige wenige mit Aluminium verkleidet. Sie sah eine Seitentür, die zum Glück unverschlossen war, sprang in die Garage und schloß die Tür leise von innen ab. Keuchend und mit rasendem Herzklopfen lehnte sie sich an die Wand. Natürlich würde er sie früher oder später auch hier finden, aber sie hatte wenigstens etwas Zeit gewonnen.

Ruhig, ganz ruhig, redete sie sich selbst gut zu. Panik würde alles nur noch schlimmer machen.

Die Garage mußte Mrs. Diaz gehören, stellte sie fest.

Das war eine ältere Frau, für die Jerry manchmal einkaufte. Das Auto war ein Chevy Nova, ein kleines braunes, rostiges Fahrzeug, das so aussah, als wäre es seit Jahren nicht benutzt worden.

Die Zündschlüssel steckten im Schloß. In Kleinstädten waren die meisten Menschen noch ziemlich sorglos.

Marla setzte sich ans Steuer.

Ganz ruhig.

Als erstes mußte sie natürlich feststellen, ob der Motor überhaupt anspringen würde. Sie hatte Mrs. Diaz nie mit diesem Auto fahren gesehen, und die dicke Staubschicht war wenig vertrauenerweckend. Doch *falls* es fahrtüchtig war, würde sie die Garagentür öffnen und sich aus dem Staub machen, aber nicht zu schnell, um keine Aufmerksamkeit zu erregen.

Marla hätte selbst nicht sagen können, was sie veranlaßte, einen Blick auf die Seitentür zu werfen. Die Klinke wurde heruntergedrückt!

Sie *wußte,* wer draußen stand.

Mit einem Stoßgebet drehte sie den Zündschlüssel.

Bitte, Gott, bitte!

Der Mann hatte die morsche Tür schon aufgebrochen und rannte auf den Wagen zu.

Der Motor sprang an. Marla trat voll aufs Gaspedal, und der alte Chevy Nova zertrümmerte die Garagentür.

45. Kapitel

20. September, 10.00 h

Ronnie wußte, daß etwas passiert war, sobald sie die Küche betrat.

Tom hatte ihr Bett im Morgengrauen verlassen, und sie war wieder eingeschlafen, mit einem Lächeln auf den Lippen, weil sie daran gedacht hatte, wie oft er im Laufe eines Tages die Strecke von Jackson zur Farm seiner Mutter und zurück bewältigt hatte.

Nach dem Mittagessen waren Mark und er bis kurz vor fünf geblieben. Ronnie war mit ihnen herumgeschlendert, hatte sie dann aber allein gelassen, um Sally bei den Gerichten für das Kirchfest zu helfen. Später hatte Mark sie abgelöst, und sie war zu Tom hinausgegangen. Sie saßen gemütlich auf der Hollywoodschaukel, bis Sally mit einem Krug Eistee auftauchte, den sie zu viert an dem Gartentisch im Schatten der Ahorne tranken, über Belanglosigkeiten plaudernd.

Als Tom und Mark schließlich wegfuhren, dachte Ronnie, während sie den beiden Wagen nachblickte, daß Tom und sie zum erstenmal Gelegenheit gehabt hatten, einige Stunden einfach zu vertrödeln.

Viele Menschen wußten gar nicht, wie kostbar die Zeit war! Sie wollte ihre ganze Zeit mit Tom verbringen, und weil sie das nicht konnte, mußte jede Minute voll ausgekostet werden.

Dann fiel ihr schlagartig ein: *Ich bin nicht mehr verheiratet.*

Sie war frei!

Sie glaubte fast zu hören, wie die Ketten um ihre Seele abfielen, und sie hätte plötzlich jubeln mögen.

Lewis war tot. Sie war ihm nichts mehr schuldig.

Tom und sie hatten von nun an alle Zeit der Welt für sich.

Sobald dieser lächerliche Verdacht, daß sie Lewis ermordet haben könnte, endgültig beseitigt war, würden sie zusammen sein können, wann immer sie wollten. *Niemand und nichts würde ihnen im Wege stehen.*

Das dachte sie, bis sie am Morgen in die Küche kam und Tom sah, der mit seiner Mutter Kaffee trank.

Er trug einen dunkelgrauen Anzug und die blaue Krawatte, die Ronnie besonders liebte, weil sie seine Augenfarbe betonte. Sein Gesicht sah müde und angespannt aus, und als er Ronnie auf der Schwelle stehen sah, wurde seine Miene noch düsterer.

»Was ist los?« fragte sie mit der Gewißheit, daß es eine schlechte Neuigkeit sein würde.

»Setzen Sie sich, meine Liebe. Tom, laß sie erst in Ruhe frühstücken«, sagte Sally.

»Was ist los?« wiederholte Ronnie energisch, ohne Tom aus den Augen zu lassen.

»O Gott!« Sally stand auf und schaute von einem zum anderen. Auch sie sah verstört aus.

»Dan möchte, daß du um zwölf in seiner Kanzlei bist.« Tom verstummte, aber Ronnie wußte, daß das nicht alles war. Wenn es um einen normalen Termin bei ihrem Anwalt ginge, würde er nicht so ein Gesicht machen. Schweigend wartete sie, bis er fortfuhr: »Er wird mit dir zur Polizei fahren. Die Kripo hat ihn heute morgen angerufen. Sie wollen dich wegen Mordverdachts verhaften, und damit du wenigstens nicht in Handschellen abgeführt wirst, hat Dan vereinbart, dich persönlich dort abzuliefern, um ein Uhr.«

»O mein Gott!« flüsterte Ronnie. Sie hatte plötzlich weiche Knie und mußte sich an den Türrahmen lehnen. Ihr Kopf schien völlig blutleer zu sein.

Tom stand auf, kam auf sie zu und zog sie in seine Arme. Ronnie lehnte sich an seine Brust und schlang ihre Arme um seine Taille, unter dem Sakko, um seine Wärme zu spüren. Wenn er sie nicht festgehalten hätte, wäre sie kraftlos zu Boden gesunken.

»Werde ich … lange dort bleiben müssen? Ich meine – ist das nur eine Formalität? Werden sie mich gleich wieder freilassen … gegen Kaution?« fragte sie, als sie den ersten Schock überwunden hatte.

»Ich weiß es nicht.« Tom hielt sie so fest an sich gedrückt, als wollte er sie nie wieder loslassen, und seine Stimme war belegt.

Seine Antwort ängstigte sie noch mehr.

»Ich habe Lewis nicht ermordet, Tom!«

»Das weiß ich, Liebste, das weiß ich.«

Ronnie zitterte jetzt wie Espenlaub. Langsam hatte sie das volle Ausmaß der Katastrophe begriffen.

»Vielleicht ... vielleicht werde ich Monate im Gefängnis verbringen müssen ... oder Jahre! Wie lange dauert ein Prozeß? Erinnerst du dich an O. J.? Dessen Prozeß hat länger als ein Jahr gedauert, nicht wahr? Und diese ganze Zeit über war er im Gefängnis ... Und falls sie mich schuldig sprechen ...«

Ihre Stimme brach. »O Gott, Tom!«

»Aber du bist unschuldig, und das werden wir beweisen. Wir werden herausfinden, wer es getan hat und ...«

Tom konnte nicht weiterreden, und als Ronnie zu ihm aufschaute, stellte sie fest, daß er genau wie sie selbst Tränen in den Augen hatte.

46. Kapitel

20. September, 11.50 h

Sie hatten eine ungemütliche Nacht im Auto verbracht, weil Marla kein Geld für ein Motelzimmer hatte. Glücklicherweise hatte Lissy einige Münzen in den Taschen ihrer Shorts gehabt, und Marla hatte einen alten Dollarschein unter dem Fahrersitz gefunden und für Lissy wenigstens Donuts und Milch kaufen können. Sie selbst hatte Wasser getrunken.

Marla wußte nicht, was sie tun sollten.

Nach ihrer spektakulären Flucht aus der Garage war sie um die Ecke gebraust, hatte eine protestierende Lissy aus dem Hof gezerrt, wo sie mit ihrer Freundin gespielt hatte, und die Stadt so schnell wie möglich verlassen. Aus einer Telefonzelle hatte sie bei der Polizei angerufen und unter Jerrys Adresse einen Mord gemeldet.

Ihren Verfolger hatte sie zuletzt in der Garage gesehen, aber sie wußte, daß er nicht aufgeben würde.

Immerhin hatte sie es geschafft, nach Jackson zu kommen, und jetzt stand der Chevy Nova an einer Tankstelle in der Nähe des neuen Kongreßgebäudes. Marla hatte kein Geld und kaum noch Benzin. Die ›Zweite Frau‹ und deren einflußreicher Anwalt waren ihre letzte Hoffnung. Wenn sie ihr nicht helfen konnten, würde sie zur Polizei gehen müssen.

Wenigstens wäre Lissy dann in Sicherheit.

Sie war fast sicher, daß ihr Verfolger kein Bulle war, obwohl er in Jerrys Haus eine Uniform getragen hatte. Irgendwie mußte er herausgefunden haben, daß Jerry früher Polizist gewesen war, und um Jerrys Vertrauen zu gewinnen, hatte er eine Uniform angezogen.

Aber wie, zum Teufel, hatte er sie nach so langer Zeit bei Jerry ausfindig gemacht?

Marla wußte es nicht, und im Grunde wollte sie es auch gar nicht wissen. Jedenfalls mußte der Kerl verdammt gerissen sein. Es kam ihr wie ein Wunder vor, daß sie ihm bisher immer entkommen war.

Aber sie konnte nicht damit rechnen, weiterhin soviel Glück zu haben.

»Mom, ich muß pinkeln.«

Lissy saß auf dem Beifahrersitz, müde, hungrig und dementsprechend quengelig. Marla dachte, daß sie selbst sehr müde sein mußte, weil es sie ärgerte, daß Lissy pinkeln mußte. Verdammt, das Mädchen mußte *dauernd* pinkeln!

»Dann geh eben aufs Klo.«

»Ich komme gleich zurück.« Lissy sprang aus dem Wagen und rannte auf die Damentoilette zu.

Marla versuchte nachzudenken. Die Anwaltskanzlei befand sich in dem Gebäude genau gegenüber der Tankstelle. Sie hatte die Adresse im Telefonbuch gefunden. Die ›Zweite Frau‹ mußte um zwölf dort erscheinen, und der Anwalt würde sie anschließend zur Polizei bringen, weil sie wegen der mutmaßlichen Ermordung ihres Mannes, des Senators, verhaftet werden sollte.

Das alles hatte Marla während der Fahrt im Autoradio gehört.

Vor dem Gebäude wimmelte es von Reportern und Fernsehkameras. Polizisten hielten mühsam den Eingang frei.

Alles zu Ehren der ›Zweiten Frau‹!

Marla ging in die Telefonzelle und rief mit ihrer vorletzten Münze in der Kanzlei an, hörte aber nur den Anrufbeantworter, wie schon den ganzen Morgen über. Das war frustrierend, weil sie ja keine Telefonnummer für einen Rückruf angeben konnte.

»Mein Name ist Marla«, sprach sie auf Band. »Ich muß mit Mr. Osborn über den Mord an diesem Senator sprechen. Ich weiß, wer es getan hat – das heißt, ich kann den Mann beschreiben. Ich weiß jedenfalls genau, daß seine Frau es *nicht* getan hat. Oh, das ist ein solcher Mist! Ich hasse Anrufbeantworter. Ich bin gegenüber der Kanzlei und komme jetzt rüber, um persönlich mit Mr. Osborn zu sprechen!« Wütend hängte sie den Hörer ein.

Es war reine Zeitvergeudung, eine Nachricht zu hinterlassen, davon war Marla überzeugt. Wahrscheinlich wurde der Anrufbeantworter nie abgehört. Schließlich hatte sie vor einer Woche schon einmal auf dieses Band gesprochen, Jerrys Telefonnummer genannt und gesagt, daß sie Angaben zum Tod des Senators machen könne.

Aber der Anwalt hatte nicht angerufen.

Ein weißes Auto fuhr in die Tankstelle und hielt hinter dem Gebäude an. Marla blieb erschrocken stehen, aber der Mann, der ausstieg, war nicht ihr Verfolger. Er war dick, hatte schwarzes lockiges Haar und trug einen blauen Anzug. Schwerfällig ging er in den Kiosk, mit sorgenvoll gerunzelter Stirn. Offenbar lief in seinem Leben nicht alles glatt, aber was war daran schon Besonderes? Ihr eigenes

Leben war schließlich eine einzige Katastrophe. Trotzdem warf sie neugierig einen Blick in den Wagen.

Eine Frau saß auf dem Beifahrersitz.

Marlas Unterkiefer klappte herunter, als die Frau zu ihr hinüberschaute.

Die Haare der Frau waren unter einem Kopftuch verborgen. Trotzdem glaubte Marla mit neunundneunzigprozentiger Sicherheit, keiner anderen als der ›Zweiten Frau‹ ins Gesicht zu schauen.

47. Kapitel

20. September, 11.55 h

Ronnies Kehle war so trocken, daß ihr jeder Atemzug Schmerzen bereitete.

»Kenny, könnten Sie bitte anhalten und mir eine Flasche Wasser besorgen? Bitte, Kenny!«

»Selbstverständlich, Ronnie«, sagte Kenny mitfühlend. Er fühlte sich denkbar unwohl und war bereit, alles zu tun, um diesen Alptraum für Ronnie etwas erträglicher zu machen. Tom hatte ihn gebeten, sie in die Kanzlei zu bringen, weil er selbst es nicht tun durfte – Dan Osborn hatte es ihm streng verboten.

Jetzt war es fünf vor zwölf, und sie wollte diese letzten fünf Minuten möglichst in die Länge ziehen. Sie brauchte unbedingt etwas zu trinken.

Kenny hielt an der Tankstelle gegenüber der Kanzlei, vorsichtshalber auf der Rückseite, für den Fall, daß sich einer der Schakale, die drüben lauerten, hierher verirren würde. Es war eine jener Tankstellen, in denen man Snacks und kalte Getränke kaufen konnte. Ronnie drehte sich bei dem bloßen Gedanken an Essen fast der Magen um. Sie hatte den ganzen Vormittag keinen Bissen hinuntergebracht.

Aber sie brauchte etwas zu trinken.

»Nur Wasser, Ronnie? Vielleicht möchten Sie noch etwas?«

»Nein, danke, Kenny, nur Wasser.«

Sie brachte kaum mehr als ein Krächzen hervor, und das war kein Wunder, denn sie hatte in Toms Armen geweint, bis sie keine Tränen mehr hatte. Auch er hatte geweint, und das hatte ihr deutlicher als alles andere vor Augen geführt, wie schlimm ihre Situation sein mußte.

Sobald sie das Gefängnis betrat, könnte es Monate oder sogar Jahre dauern, bis sie es wieder verlassen durfte, das wußte sie. Und Tom wußte es auch.

Aber er konnte sie nicht vor diesem Schicksal bewahren. Er war genauso machtlos wie sie selbst.

Ihr war übel, und sie schwitzte vor Angst. Sie war noch nie verhaftet worden, aber es war nicht einmal das Gefängnis als solches, das sie mit Entsetzen erfüllte, sondern der Gedanke an die Tage, Wochen und Monate ihres Lebens, die sie verlieren würde.

O Gott, warum ausgerechnet jetzt, da Zeit für sie ein so kostbares Gut geworden war?

Kenny stieg aus und ging in den Kiosk.

Ronnie starrte durch die Windschutzscheibe, ohne etwas zu sehen. Es war ein warmer, sonniger Tag, aber sie fror. Sie konnte das nicht tun. Sie konnte es einfach nicht.

Ihre Hand legte sich wie von selbst auf den Türgriff. Noch war eine Flucht möglich …

Jemand klopfte ans Fenster. Eine junge Frau mit langen blonden Haaren.

Ronnie war so überrascht, daß sie das Fenster halb öffnete, bevor ihr einfiel, wo sie war. Hastig drückte sie wieder auf den Knopf, und die Scheibe glitt langsam wieder nach oben.

»Nein, warten Sie! Sie müssen mit mir reden! Ich weiß, wer es getan hat! Ich weiß, wer Ihren Mann umgebracht hat!« rief die Frau aufgeregt.

Ronnie nahm ihren Finger von dem Knopf und betrachtete die Frau. Eine Reporterin war das auf gar keinen Fall, entschied sie. Schön war sie nicht, aber durchaus attraktiv. Sie trug ein hellblaues Sommerkleid aus billigem Polyester und hatte ebenmäßige, aber ziemlich scharfe Gesichtszüge. Ihre Haut hatte eindeutig zuviel Sonne abbekommen.

Sie behauptete zu wissen, wer Lewis ermordet hatte … Wahrscheinlich war sie verrückt und faselte dummes Zeug – aber warum sollte sie sich nicht anhören, was die Frau zu sagen hatte?

Ronnie drückte wieder auf den Knopf, und das Fenster glitt nach unten.

Die beiden Frauen starrten einander einen Moment lang an.

»Sie wissen, wer meinen Mann ermordet hat?« fragte Ronnie langsam. Sie wußte, daß es töricht war, nach diesem Strohhalm zu greifen – aber in ihrer gegenwärtigen Lage mußte sie sich an jeden Strohhalm klammern.

»Er hatte eine Yacht namens *Sun-Chaser*, stimmt's?«

Ronnie nickte.

»Meine Freundin – zwei meiner Freundinnen – sind an Bord dieser Yacht gegangen und nie zurückgekommen. Die eine wurde ermordet aufgefunden. Susan Martin, Charlie Kay Martins Tochter. Wahrscheinlich haben Sie im Fernsehen davon gehört.«

Ronnie nickte wieder. Sie erinnerte sich vage an einen Bericht über die ermordete Tochter des TV-Evangelisten.

Die Frau umklammerte den Rand des offenen Fensters. Sie hatte kräftige Finger mit abgebissenen Nägeln. »Alle, die in jener Nacht auf der Yacht Ihres Mannes waren, starben … Susan, Claire, die Leute, die ihnen diese Verabredung besorgt hatten, Ihr Mann … Und jemand versucht, auch mich umzubringen, weil ich weiß – oh!«

Jemand war plötzlich hinter ihr aufgetaucht, und irgend etwas wurde der Frau in die Seite gestoßen. Ronnie hörte einen Knall und nahm einen beißenden Geruch wahr. Ihre Gesprächspartnerin verdrehte die Augen und fiel wie ein Stein zu Boden.

Ronnie war vor Schreck wie gelähmt.

»Jetzt bist du an der Reihe, Süße!« Eine Männerhand schnellte vor und packte sie unter dem lose umgebundenen Seidentuch bei den Haaren. Ronnie versuchte sich loszureißen, aber da preßte er schon etwas – einen handtellergroßen rechteckigen weißen Plastikgegenstand – gegen ihre Schulter.

Den Knall hörte sie diesmal nicht mehr.

48. Kapitel

20. September, 12.05 h

»Was soll das heißen, sie ist abgehauen?«

Tom stand in der Küche seiner Mutter, an die Wand gelehnt, den Hörer ans Ohr gepreßt. Kenny war am anderen Ende der Leitung. Sally stand einen knappen Meter von ihrem Sohn entfernt. Seit Ronnie weggefahren war, wich sie kaum von seiner Seite, so wie früher, wenn er sich als kleiner Junge irgendwie verletzt hatte.

Jetzt war er aber ein erwachsener Mann, der nicht mehr an ihrem Schürzenzipfel hing, dachte er mit einem Anflug von Humor. Er liebte seine Mutter und wußte ihre Versuche, ihn zu trösten, durchaus zu schätzen, aber es gab Dinge, die nicht einmal eine Mutter in Ordnung bringen konnte.

Tom hatte den Hörer kaum abgenommen gehabt, als Kenny wie ein Wasserfall losredete, ohne vorher auch nur ›Hallo‹ zu sagen.

»Sie ist mit deinem *Auto* abgehauen?« rief er ungläubig.

Entweder redete Kenny wirres Zeug daher, oder er

selbst konnte die Informationen nicht richtig verarbeiten. Tief Luft holend, versuchte er sich zu konzentrieren.

»Okay, Kenny, wiederhol das noch einmal«, fiel er seinem Partner ins Wort.

»Verdammt, Tom, sie ist abgehauen! Sie ist mit meinem Wagen abgehauen!« brüllte Kenny.

»Ronnie?«

»Natürlich Ronnie! Wer denn sonst? Ronnie ist mit meinem Auto verduftet!«

»Kenny, bist du ganz sicher, daß der Wagen nicht irgendwo ganz in der Nähe steht? Schau noch einmal gründlich nach.«

»Verdammt, Tom, glaubst du, das hätte ich nicht schon getan? Hör gut zu: Sie hat gesagt, sie sei durstig, und sie hat mich gebeten, ihr eine Flasche Wasser zu kaufen. Ich habe an einer Tankstelle angehalten und bin hineingegangen. Und als ich mit dem Wasser zurückkam, war das Auto weg, und sie war auch weg! Na, wonach hört sich das deiner Meinung nach an?«

»Mein Gott!« murmelte Tom. »Wir haben über Flucht geredet. Ihr war klar, daß die Polizei sie fassen und zurückbringen würde, und daß man sie dann erst recht für schuldig halten würde. Kenny, sie ist nicht abgehauen!«

»Vielleicht ist sie in letzter Minute in Panik geraten. Sie war leichenblaß, und ich konnte ihr ansehen, daß sie schreckliche Angst hatte.«

»Mein Gott!« sagte Tom wieder. »Wo bist du jetzt?«

Kenny erklärte es ihm.

»Ich komme hin, so schnell ich kann. Ruf Dan Osborn an und erzähl ihm, was passiert ist. Und halte dich von der Presse fern!«

»Ja«, knurrte Kenny und hängte ein.

49. Kapitel

20. September, 12.30 h

Einen Moment lang glaubte Ronnie, einen Alptraum zu haben. Sie fühlte sich wie zerschlagen, und die Welt schien zu schwanken. Eine Decke lastete auf ihrem Gesicht, deshalb war ihr so heiß, und deshalb konnte sie kaum atmen und nichts sehen.

Sie wollte sich die Decke vom Kopf ziehen und mußte feststellen, daß sie gefesselt war.

Das kam ihr so unglaubhaft vor, daß sie sich noch einmal vergewisserte. Dann schloß sie die Augen und versuchte, ihre Benommenheit abzuschütteln.

Plötzlich fiel ihr alles wieder ein. Die Tankstelle. Die junge Blondine. Der Mann, der sie bei den Haaren gepackt hatte.

Und dann – ein gräßlicher Schmerz, so als wäre sie von einem LKW gerammt worden.

Sie war gekidnappt worden!

Aber warum?

Die Blondine hatte gesagt, Lewis sei wegen seiner Yacht umgebracht worden, oder jedenfalls etwas in dieser Art. Ronnie konnte sich nicht an den Wortlaut erinnern.

Hatte die Entführung etwas mit Lewis zu tun?

Ihre Hände waren auf dem Rücken, mit ihrem eigenen Seidentuch gefesselt, wie sie mit den Fingerspitzen ertasten konnte.

Auch ihre Füße waren gefesselt. Ronnie bewegte die Zehen und entdeckte, daß sie keine Schuhe mehr anhatte, und daß ihre Füße und Beine nackt waren.

Sie begriff, daß ihre Strumpfhose benutzt worden war, um ihre Knöchel zusammenzubinden.

Von Kopf bis Fuß mit einer schweren, muffig riechenden Decke eingehüllt, lag sie auf der rechten Seite, auf etwas, das nicht ganz flach war. Sie mußte in einem

Fahrzeug sein, das über sehr unebenen Boden rumpelte.

Ihr Instinkt befahl ihr, sich absolut ruhig zu verhalten.

»Hallo, ich bin's!« Die unerwartete Stimme dicht neben ihr ließ Ronnie zusammenzucken. Es war eine unbekannte Männerstimme, und sie erriet, daß der Mann telefonierte.

»Ich habe sie endlich, aber da gab es ein kleines Problem. Ich mußte auch die andere mitnehmen – die Frau des Senators.«

Der Mann am anderen Ende der Leitung brüllte, Ronnie konnte zwar nicht verstehen, was er sagte, aber Lautstärke und Ton waren eindeutig.

»Verdammt, was sollte ich denn machen? Sie hat sich schon mit ihr unterhalten – ich habe gehört, wie sie erzählte, daß alle, die in jener Nacht auf der Yacht waren oder von der Verabredung wußten, tot seien. Was hätte ich tun sollen? Ich mußte sie mitnehmen, mir blieb gar nichts anderes übrig.«

Weiteres Gebrüll am anderen Ende der Leitung.

»Machen Sie sich keine Sorgen, ich werde das erledigen. Niemand wird die beiden jemals finden, dafür werde ich sorgen. Ich ...«

Er verstummte und hörte seinem Gesprächspartner zu, der jetzt offenbar mit normaler Lautstärke redete.

»Ja, das ist eine gute Idee. Ich kann das machen. Nein, ich weiß ... Natürlich ist mir klar, daß sie keinerlei Verletzungen aufweisen darf ... Machen Sie sich keine Sorgen, wenn die beiden erledigt sind, kann niemand mehr Sie mit der Sache in Verbindung bringen. Ja, ich weiß ... Okay, ich rufe später wieder an.«

Ein leises Klicken verriet Ronnie, daß der Mann ein zusammenklappbares Handy benutzt haben mußte.

Sie versuchte zu begreifen, was sie soeben gehört hatte. Sie war entführt worden, weil die Blondine ihr erzählt hatte, daß Lewis wegen seiner Yacht ermordet worden war. Nein, wegen etwas, das auf der Yacht passiert war. Alle, die etwas darüber wußten, waren tot.

Und jetzt wußte auch sie darüber Bescheid.

Die logische Schlußfolgerung jagte ihr einen kalten Schauer über den Rücken.

Das Auto blieb stehen.

Auch Ronnies Herz blieb vorübergehend stehen. Der Mann stieg aus, denn sie hörte, daß die Tür geöffnet wurde, und gleich darauf hörte sie auch Schritte.

Dann nichts mehr.

Daß er angehalten hatte, war ein schlechtes Zeichen. Was würde er jetzt machen?

Ronnie überlegte verzweifelt, wie sie sich retten könnte, denn sie zweifelte nicht daran, daß er sie ermorden wollte. Doch schon wurde die Beifahrertür aufgerissen, und die Decke wurde ihr vom Kopf gezogen.

Sie hielt die Augen geschlossen und versuchte, gleichmäßig zu atmen, während er sie an der Kostümjacke packte und hochzog.

Sich nicht zu versteifen, während er sie wie einen Mehlsack über seine Schulter warf, gehörte zu den schwierigsten Dingen, die Ronnie jemals im Leben vollbracht hatte.

An der frischen Luft öffnete sie ihre Augen und sah ein khakifarbenes Hemd, welkes Laub vom Vorjahr, Äste, Steine und dicke Baumstämme. Es war schattig und kühl, und die Luft roch nach Moos.

Sie waren in irgendeinem Wald.

Das Auto gehörte Kenny, und sie hatte auf dem zurückgeklappten Beifahrersitz gelegen und war mit einer grauen Decke, die jetzt auf dem Boden lag, zugedeckt gewesen.

Plötzlich glitt sie von der Schulter in die Arme des Mannes und wurde wie eine Teppichrolle in den Kofferraum gelegt. Er mußte ihre Knie anwinkeln, damit sie hineinpaßte. Dann entfernte er sich.

Ronnie öffnete wieder die Augen und überlegte, ob sie einen Fluchtversuch unternehmen sollte, aber das war im Grunde unmöglich, weil sie ja gefesselt war. Natürlich könnte sie schreien, aber was würde passieren, wenn niemand ihre Hilferufe hörte?

Der Mann kam zurück, und sie schloß hastig ihre Augen. Eine weitere Person wurde achtlos in den Kofferraum geworfen, und gleich darauf wurde er geschlossen.

Ronnie hatte Haare im Gesicht, und als sie die Augen öffnete, stellte sie fest, daß es lange blonde Haare waren, die nach irgendeinem Blumenshampoo dufteten.

Durch energisches Kopfschütteln befreite sie sich von den lästigen Strähnen. Ihre Leidensgefährtin war natürlich die Blondine. Sie war ebenfalls an Händen und Füßen gefesselt und schien noch bewußtlos zu sein.

Der Motor wurde angelassen, und der Wagen beschrieb einen großen Kreis, bevor er wieder geradeaus fuhr.

Ronnie und ihre Gefährtin, von der sie nicht einmal den Namen wußte, waren im Kofferraum eingesperrt.

50. Kapitel

20. September, 12.40 h

Kenny wartete an der Chevron-Tankstelle auf Tom. Es war ein niedriges weißes Gebäude mit zwei Garagen, in denen Automechaniker arbeiteten, und mit sechzehn Benzinpumpen. Durch das große Fenster konnte man im Kiosk Kühlregale mit Getränken sehen.

Am Rand des Parkplatzes hinter der Tankstelle trat Kenny ungeduldig von einem Bein aufs andere, und als er Tom endlich erspähte, eilte er ihm entgegen und redete auf ihn ein, noch bevor er ausgestiegen war.

»Wo ist Dan?« fragte Tom, nachdem er die ganze Geschichte noch einmal gehört und sich selbst vergewissert hatte, daß sowohl das Auto als auch Ronnie verschwunden waren.

»In seiner Kanzlei. Ich habe mit ihm telefoniert, aber er kann nicht herauskommen, weil er meint, daß die Medien sich sofort auf ihn stürzen würden, wenn er das Gebäude verläßt. Schließlich sollte er Ronnie um eins bei der Polizei abliefern.«

Tom betrachtete angewidert die Reporter und Fernsehteams, die das Gebäude belagerten, und begriff die Probleme des Anwalts.

»Du kannst ihn aber anrufen.« Kenny deutete auf die Telefonzelle. Unweit davon war ein brauner Chevy Nova geparkt, in dem nur ein kleines Mädchen auf dem Beifahrersitz saß.

»Ich selbst habe ewig gebraucht, bis ich Osborn am Apparat hatte«, berichtete Kenny, während er Tom zur Telefonzelle begleitete. »Er hatte seinen Anrufbeantworter eingeschaltet, und ich wiederholte dauernd: ›Dan, es ist äußerst dringend‹. Endlich nahm er dann doch den Hörer ab. Jetzt wartet er allerdings auf deinen Anruf.«

Osborn meldete sich tatsächlich nach dem ersten Klingelzeichen.

»Verdammt, Tom, wir müssen sie irgendwie zurückholen«, sagte er sofort, »ansonsten schlittert sie in eine Tragödie.«

»Ich glaube nicht, daß sie abgehauen ist, Dan.« Tom hatte vierzig Minuten Zeit zum Nachdenken gehabt und war sich sicherer denn je.

»Natürlich hat sie das getan! Sie hat deinen Partner in den Kiosk geschickt, sich ans Steuer gesetzt und ist verduftet! Ich kann gut verstehen, daß sie Angst vor dem Gefängnis hatte, und ich mache ihr nicht einmal einen Vorwurf aus dieser Flucht, aber sie wird ihr nur schaden. Sie kann vor dieser Sache nicht davonrennen! Wir müssen sie unbedingt schnellstens finden.«

»Verdammt, Dan, hast du mir überhaupt zugehört? Ich glaube nicht, daß sie getürmt ist. Natürlich hatte sie Angst, aber sie wollte nicht die Flucht ergreifen.«

»Und wo ist sie dann abgeblieben?« fragte Dan skeptisch.

Tom betrachtete die Tankstelle, an der reger Betrieb herrschte. »Ich weiß es nicht«, sagte er ehrlich, »aber ich fange an, mir Sorgen zu machen.«

»*Was?*« rief Osborn ungläubig und ungeduldig.

»Vielleicht hat irgendein Irrer sie entführt ... Ist einfach in Kennys Wagen gesprungen und davongebraust ...«

»Na, hör mal ... Meinst du nicht selbst, daß das denkbar unwahrscheinlich ist?«

»Oder ihr ist irgend etwas anderes zugestoßen.«

»Beispielsweise?«

»Vielleicht hat jemand sie hier gesehen und erkannt, jemand, der den Senator oder seine Familie gern hatte. Vielleicht hat dieser Jemand sie entführt, weil er glaubt, daß sie den Mord verübt hat, und sich rächen will.«

»Tom, du fantasierst!«

»Es gibt eine weitere Möglichkeit, Dan: Senator Honneker wurde *ermordet,* und Ronnie hat es nicht getan. Das bedeutet, daß der Mörder frei herumläuft. Vielleicht hat er jetzt auch sie geschnappt.«

»Das ist doch absurd!«

»Du findest es nur absurd, weil du insgeheim glaubst, daß Ronnie ihren Mann ermordet hat! Aber ich sage dir – sie war es *nicht!* Verdammt, glaub wenigstens einen Moment lang, daß sie unschuldig ist! Und dann frag dich, ob der Mörder des Senators ein Interesse daran haben könnte, auch Ronnie umzubringen!«

Nach kurzem Schweigen murmelte Osborn: »Das ergibt keinen Sinn.«

»Herrgott, die ganze Sache ergibt keinen Sinn!« explodierte Tom. »Aber sie ist verschwunden, und Kennys

Auto ist verschwunden, und ich bin bereit, mein Leben zu verwetten, daß Ronnie nicht abgehauen ist. Ich glaube, wir sollten die Polizei anrufen.«

Dan stöhnte.

»Ich werde sie anrufen, Dan.«

»Tom, warte! Vielleicht taucht sie ja bald von allein wieder auf ... Überleg doch mal – sobald die Kripo von der Sache erfährt, wird nach Mrs. Honneker gefahndet werden! Und wenn das Auto irgendwo gesichtet wird, und sie hält nicht an, könnte sie sogar erschossen werden!«

Tom schwieg einen Augenblick lang. Der Anwalt hatte in jeder Hinsicht recht, aber er selbst wußte aus dem Bauch heraus, daß Ronnie in Gefahr schwebte.

»Ich rufe die Bullen an, Dan«, sagte er. »Ich *will,* daß sie nach ihr und dem Auto fahnden, denn ich glaube nicht, daß sie am Steuer sitzt.«

»Okay, ich überlasse die Entscheidung dir«, seufzte Osborn, »aber falls du dich irrst, erweist du ihr einen denkbar schlechten Dienst.«

»Ich irre mich aber nicht.«

»Hoffen wir's! Paß auf, ich rufe die Polizei selbst an, und dann kommen wir alle in diese Tankstelle. Den Medienrummel werden wir auf uns nehmen müssen.«

Tom hängte ein und berichtete Kenny: »Dan ruft die Polizei an.«

»Verdammt, Tom!«

»Ich glaube einfach nicht, daß sie durchgebrannt ist.« Unwillkürlich fiel Tom wieder das kleine Mädchen auf, das immer noch allein in dem Chevy Nova saß.

War die Kleine vielleicht die Tochter einer Kioskverkäuferin, die sich keinen Babysitter leisten konnte?

Tom ging auf den Wagen zu, bückte sich und schaute durch das offene Beifahrerfenster. Das Mädchen betrachtete ihn mit schreckensweit aufgerissenen Augen, was durchaus verständlich war. Heutzutage wurde allen Kindern eingetrichtert, jedem Fremden zu mißtrauen. Er lächelte, um der Kleinen zu zeigen, daß er harmlos war.

»Hör mal«, sagte er freundlich, »hast du zufällig eine sehr hübsche Dame mit roten Haaren gesehen, seit du hier sitzt? Sie saß in einem weißen Auto, und ich muß sie unbedingt finden.«

Das Mädchen schüttelte den Kopf. »Nein.«

»Hast du diesen Herrn da« – er deutete auf Kenny, der hinter ihm stand – »aus einem weißen Auto steigen sehen?«

Wieder schüttelte die Kleine den Kopf. »Nein.«

»Wahrscheinlich ist sie noch gar nicht so lange hier«, murmelte Kenny. »Du verängstigst sie nur, Tom!«

»Können Sie die Dame nicht finden?« fragte das Mädchen.

»Leider nein.«

»Meine Mom ist auch verschwunden.«

»Deine Mom ist verschwunden?«

Die Kleine nickte, und unwillkürlich zitterte ihre Unterlippe. »Ich mußte auf die Toilette, und als ich zurückkam, war meine Mom verschwunden. Das ist jetzt schon eine ganze Weile her.«

Tom starrte sie an. »Deine Mutter war hier, an dieser Tankstelle, und plötzlich war sie nicht mehr da?«

»Ja.«

»Wann war das?« Tom merkte, daß seine Stimme scharf war, und lächelte dem Kind wieder beruhigend zu.

»Ich weiß nicht genau – vielleicht vor einer Stunde.«

»Hast du das gehört?« sagte Tom leise zu Kenny. »Hier sind gleichzeitig zwei Frauen verschwunden! Das kann doch kein Zufall sein.«

»Und was meinst du, was passiert ist? Glaubst du, daß die Mutter der Kleinen Ronnie entführt hat?«

Es hörte sich lächerlich an, aber Tom zog mittlerweile alles in Betracht.

»Keine Ahnung! Ich weiß nur eines – daß Ronnie nicht abgehauen ist!«

Ein Streifenwagen fuhr in die Tankstelle, und als Tom sich umschaute, sah er, daß Dutzende von Reportern angerannt kamen.

»Da sind die Aasgeier!« kommentierte Kenny.

51. Kapitel

20. September, 14.00 h–14.15 h

Im Kofferraum war es schrecklich heiß. Ronnie lag auf der Seite, die Beine bis zur Brust hochgezogen, die Arme auf dem Rücken ausgestreckt. Schweiß lief ihr von der Stirn in die Augen, und das Atmen fiel ihr schwer. Der dünne Teppich, mit dem der Kofferraum ausgelegt war, kratzte und roch nach Öl.

»Wie kommst du voran?« fragte Marla. Sie hatte vor kurzem das Bewußtsein wiedererlangt, und jetzt versuchten beide Frauen, sich gegenseitig von den Fesseln zu befreien. Sie lagen Rücken an Rücken und zerrten an den Knoten. Marlas Hände waren mit ihrer eigenen Strumpfhose gefesselt, und mit schweißnassen Fingern wollte es Ronnie einfach nicht gelingen, die festen Knoten zu lösen. Marla schien mit den Knoten von Ronnies Seidentuch genauso Probleme zu haben.

Ihr Entführer hatte das Autoradio eingeschaltet, und Debby Boone sang ›You light up my Life‹.

Solange der Wagen fuhr, waren sie in Sicherheit. Wenn er anhielt …

Ronnie und Marla wußten, daß er jederzeit anhalten konnte.

Sie mußten sich möglichst schnell von ihren Fesseln befreien, ohne in Panik zu geraten.

Das Allerwichtigste war, Ruhe zu bewahren.

Im Autoradio war jetzt eine Männerstimme zu hören: »Dies ist WHAZ, Ihr Lieblingssender, der nur Gospels bringt.«

»Ich habe eine Idee.« Ronnie drehte sich auf den Bauch. »Kannst du etwas höher rutschen? Vielleicht kann ich mit den Zähnen mehr ausrichten als mit den Fingern.«

Marla tat, wie ihr geheißen, und Ronnie grub ihre Zähne in den Knoten und riß daran. Sehen konnte sie nichts, aber sie hatte das Gefühl, als würde er sich ein wenig lokkern.

Amy Grants Sopran schien sie anfeuern zu wollen. Marlas Hände zitterten, und Ronnie spürte an ihrer Wange, daß die Finger ihrer Leidensgefährtin eiskalt waren.

Das Auto beschrieb eine scharfe Linkskurve und hielt an. Der Motor wurde abgestellt, und das Autoradio verstummte.

Als die Wagentür laut zufiel, hörte Ronnie auf, mit den Zähnen an den Knoten zu zerren, und versuchte, ihre ursprüngliche Position einzunehmen. Der Mann durfte nicht merken, was sie machten.

»Hilf mir, Mama!« wimmerte Marla, und Sekunden später flüsterte sie das Vaterunser.

Sie verstummte, als der Mann mit der Faust auf den Kofferraumdeckel schlug.

»Hoffentlich könnt ihr schwimmen, Mädels!« rief er fröhlich.

Ronnie und Marla starrten entsetzt einander an. Sie wußten nicht genau, was er meinte, aber die Drohung war unüberhörbar.

Der Motor wurde angelassen, und das Autoradio plärrte wieder. Der Wagen rollte immer schneller, und dann schien er vom Boden abzuheben.

»O Gott!« murmelte Ronnie.

Beide Frauen schrien laut auf, als das Auto in die Tiefe stürzte.

52. Kapitel

20. September, 14.00 h–14.15 h,
Jackson

Alex Smitt kehrte ins Büro des Polizeichefs Larry Kern zurück, und Tom sah ihn erwartungsvoll an. Er stand am Fenster, viel zu nervös, um sitzen zu können, im Gegensatz zu Kenny und Dan Osborn, die es sich auf Stühlen vor dem Schreibtisch bequem gemacht hatten.

»Was haben Sie herausbekommen?« fragte Kern.

»Wir haben die Spur der Mutter – Marla Becker – nach Biloxi verfolgt. Sie wurde dort am 29. Mai 1993 wegen Prostitution verhaftet, bezahlte eine Geldstrafe und wurde freigelassen. Seitdem hat sie offenbar als Callgirl gearbeitet, hatte aber keine Probleme mit der Polizei mehr. Vor etwa zwei Monaten ist sie aus Biloxi verschwunden. Interessant ist vor allem, daß sie sich eine Wohnung mit Susan Martin teilte – Sie wissen schon, der Tochter des Fernsehpredigers, die vor ein paar Monaten ermordet aufgefunden wurde.«

Kern nickte bestätigend.

Tom konnte sich nicht an diesen Fall erinnern. Ihn interessierte nur, ob es irgendeinen Zusammenhang mit Ronnies Verschwinden gab.

»Nach dem Wagen wird doch gefahndet, nicht wahr?« fragte er Alex Smitt.

»Ja, ebenso wie nach Mrs. Honneker. Ihnen ist doch klar, daß sie höchstwahrscheinlich unterwegs nach Mexiko ist?«

»Finden Sie sie, das ist das Wichtigste!« Tom fuhr sich mit der Zunge über die trockenen Lippen. Er hatte das schreckliche Gefühl, als liefe ihnen die Zeit davon.

»Sonst noch was?« wollte der Polizeichef von Alex wissen.

»Ja. Das Mädchen hat uns erzählt, sie und ihre Mutter hätten seit einiger Zeit bei einem ehemaligen Polizisten namens Jerry Fineman in Pope gewohnt. Der Mann wurde gestern in seinem Haus angeschossen und liegt in kritischem Zustand im Krankenhaus.«

»Finden Sie es nicht auch komisch, daß diese Frau in einen Mord, einen Mordversuch und in das plötzliche Verschwinden einer Person verstrickt ist?« fragte Osborn. »Vielleicht hat *sie* Senator Honneker umgebracht.«

»Das scheint mir sehr weit hergeholt, Dan«, erwiderte Kern gutmütig.

Der Anwalt zuckte die Achseln. Strafverteidiger mußten mit allem rechnen, besagte dieses Schulterzucken.

»Jemand ist unterwegs, um Mr. Fineman zu befragen, falls die Ärzte es erlauben«, berichtete Alex.

»Verdammt, man muß den Mann zum Reden bringen!« knurrte Tom.

»Beruhige dich, Tom«, warnte Dan, »alles Menschenmögliche wird getan.«

»Die Kleine fassen wir natürlich mit Samthandschuhen an«, fuhr Alex fort, »aber sie scheint keine Angst vor ihrer Mutter zu haben. Diese Mrs. Becker ist offenbar nicht gewalttätig.«

»Aber Ronnie halten Sie für gewalttätig, was?« schrie Tom. Er konnte einfach nicht anders. Es machte ihn rasend, daß alle anderen so ruhig waren, während er selbst vor Angst um Ronnie fast verrückt wurde.

»Sie hatte ein Tatmotiv und die Gelegenheit, den Mord zu begehen«, konterte Smitt.

Tom ballte die Fäuste, erinnerte sich aber rechtzeitig daran, daß es niemandem etwas nützen würde, wenn er wegen Tätlichkeit in einer Zelle landete.

»Es wäre nicht schlecht, wenn wir den Mordfall Martin lösen könnten.« Der Polizeichef rieb sich die Nase. »Charlie Kay macht einen Riesenwirbel, was ich durchaus verstehen kann. Wenn es *meine* Tochter gewesen wäre, würde ich auch alle Hebel in Bewegung setzen, um den Mörder zu fassen.«

»Schon komisch, daß die Tochter eines Predigers als Prostituierte endet«, sagte Dan Osborn nachdenklich. »Da fragt man sich unwillkürlich, wie es im Hause Martin zugegangen sein mag.«

»Verdammt«, rief Tom erbittert, »könnten Sie alle sich vielleicht darauf konzentrieren, Ronnie zu finden?«

53. Kapitel

20. September, 14.16 h–14.30 h,
irgendwo südlich von Jackson

Der Wagen schlug hart auf, und Ronnie wurde gegen den Deckel des Kofferraums geschleudert.

Benommen landete sie wieder auf dem Boden und hatte Sterne vor den Augen. Marla landete auf ihr.

Das Auto kippte zur Seite, und Ronnie begriff, daß es im Wasser trieb.

Der Mann wollte sie ertränken, hilflos im Kofferraum gefesselt.

Mir ist klar, daß sie keinerlei Verletzungen aufweisen darf.

Jetzt wußte Ronnie, was ihr Entführer bei seinem Telefonat gemeint hatte.

Sobald sie ertrunken war, würde der Mann zweifellos den Eindruck erwecken, als hätte sie einen Unfall erlitten.

Wasser drang durch den Boden ins Auto ein. Es war angenehm warm, fast so, als wollte es darüber hinwegtäuschen, daß es tödlich sein konnte.

»Marla, bist du okay? Wir müssen versuchen, hier rauszukommen!«

»Ich habe mir den Schädel angeschlagen, aber … o Gott, wir sind ja im Wasser!«

»Das Auto kann jeden Augenblick sinken. Wir müssen den verdammten Kofferraum irgendwie aufbekommen.«

»Aber wie? Wir ...«

»Vielleicht kriegen wir ihn auf, wenn wir uns beide auf den Rücken legen und kräftig gegen den Deckel treten.«

Gesagt, getan, aber es nützte nichts, obwohl Ronnie sich bei dem Versuch fast die Hüften ausrenkte.

»Wir haben einfach nicht genügend Bewegungsfreiheit!« stöhnte Marla.

Vergeblich versuchten sie es noch einige Male. Das Wasser benetzte jetzt schon ihre Rücken.

»Meine kleine Tochter!« jammerte Marla. »Ich darf nicht sterben!«

»Ich will auch nicht sterben«, sagte Ronnie. Sie dachte an Tom und zweifelte nicht daran, daß er nach ihr suchen würde. *Beeil dich,* beschwor sie ihn insgeheim.

»Vielleicht ist unter dem Teppich ein Wagenheber oder so was Ähnliches ... Oder ein Werkzeugkasten!«

Es gelang ihnen, den durchweichten Teppich mit Händen und Füßen nach hinten zu schieben, und darunter kam tatsächlich ein Werkzeugkasten zum Vorschein.

Ronnie bekam den Griff zu fassen, und wie durch ein Wunder schaffte sie es auch, den Kasten zu öffnen.

Er war schon voller Wasser.

»Scheiße, in dieser trüben Brühe kann man nicht sehen, ob was Brauchbares drin ist!« jammerte Marla, bevor sie kurz entschlossen mit den Füßen nach dem Inhalt angelte. Außer einer Rolle mit Werkzeugen kam auch ein Messer zum Vorschein – ein langes Messer mit funkelnder Silberklinge.

»Ja, ja, ja, ja!« rief sie begeistert.

Ronnie packte das Messer mit beiden Händen und durchschnitt Marlas Fesseln.

Innerhalb von Sekunden waren auch alle anderen Fesseln durchtrennt. Ronnie rieb sich die Handgelenke, wußte aber genau, daß sie mit solchen Lappalien keine Zeit verlieren durften. Das Wasser stand schon mindestens fünf Zentimeter hoch im Kofferraum.

Keines der Werkzeuge eignete sich dafür, den Kofferraum gewaltsam zu öffnen, aber als Ronnie den Kasten abtastete, entdeckte sie einen zylinderförmigen Gegenstand.

»Ein Stemmeisen!« rief sie begeistert.

Marla nahm ihr das Werkzeug wortlos aus der Hand und schob das Ende in den schmalen Spalt neben dem Schloß des Kofferraums.

Mit vereinten Kräften wandten sie das Hebelprinzip an, und beim zweiten Versuch flog der Deckel tatsächlich hoch. Überrascht blinzelte Ronnie, von der grellen Sonne vorübergehend völlig geblendet. Gleich darauf stellte sie fest, daß sie in einem See gelandet waren. Hohe Bäume, die sich gerade rot und gelb verfärbten, säumten das Ufer, und eine Holzmole ragte ins Wasser. Von hier aus mußte der Wagen in den See gerollt sein, vermutete Ronnie.

Marla packte sie am Arm. »Los, Ronnie! Nichts wie weg hier!«

»Kannst du schwimmen?« fragte Ronnie, während der Wagen unter ihnen bedenklich schwankte.

»Ja, ziemlich gut.« Marla hielt immer noch das Stemmeisen umklammert. »O Gott! Schau mal!«

Sie umklammerte Ronnies Arm, und als Ronnie hinschaute, wurde sie von Marlas Panik angesteckt.

Ein Mann schwamm auf sie zu, und es bedurfte keiner großen Fantasie, um zu erraten, daß er sie umbringen wollte.

»Los, Ronnie!« Marla war barfüßig auf das Wagendach geklettert, Stemmeisen und Messer in einer Hand. Als auch Ronnie oben anlangte, überreichte sie ihr das Stemmeisen.

Das Auto neigte sich immer mehr zur rechten Seite, aber das Radio spielte immer noch.

Amazing Grace.

»Na los, du Arschloch, komm her, damit ich dir deinen häßlichen Schädel einschlagen kann!« schrie Marla dem Mann im Wasser zu. Ihre langen sonnengebräunten Beine waren nackt, und das kurze blaue Sommerkleid war schmutzig.

»Marla, wir sollten schwimmen, was das Zeug hält ...«

Aber es war schon zu spät. Der Mann hatte das Auto erreicht, und jetzt konnten sie nur noch kämpfen.

Er zog sich am Türgriff und am offenen Fenster hoch.

Aus dem Radio dröhnte immer noch *Amazing Grace.*

Marla ließ das Messer aufs Dach fallen, riß Ronnie das Stemmeisen aus der Hand und holte zum Schlag aus, aber der Mann fiel ihr in den Arm, und Marla landete mit einem lauten *Platsch* im Wasser.

Der Mann kletterte aufs Wagendach.

Ronnie starrte ihn entsetzt an und hob hastig das Messer auf. Vage Erinnerungen an Actionfilme veranlaßten sie, breitbeinig leicht in die Hocke zu gehen und die Waffe direkt auf ihn zu richten.

»Na komm, Süße, zwing mich nicht, dich zu verunstalten«, grinste der Kerl. »Gib auf, dann ist alles ganz schnell vorbei.«

Ronnie machte einen Scheinangriff mit dem Messer, aber er lachte nur. Aus dem Augenwinkel heraus sah sie, daß Marla hinter ihm auf allen vieren über die Motorhaube kroch, einen kleinen weißen Plastikgegenstand in der Hand.

Um ihn abzulenken, tat Ronnie wieder so, als wollte sie zustechen. Ihre nackten Füße hatten auf dem Metall keinen festen Halt, und ihr knielanger enger Rock war eindeutig nicht für einen Nahkampf geeignet, aber wenn sie in den See sprang, würde er ihr folgen und sie ertränken.

Er wollte sie packen. Mit einem Aufschrei stach Ronnie zu, und ihr Feind brüllte vor Schmerz, bevor er ihr das Messer entriß und ins Wasser warf.

»Du kleines Luder!« Er hatte sie am Handgelenk gepackt. Sein linker Arm blutete. Einen Moment lang blickte Ronnie in eisige graue Augen, und dann riß er sie zu sich heran.

Plötzlich war Marla zur Stelle und stieß ihm das weiße Ding in die Seite. Es gab den Knall, den Ronnie schon einmal gehört hatte, und wieder stieg ihr ein beißender Geruch in die Nase. Der Mann stürzte wie ein Stein auf das Wagendach.

Triumphierend lächelnd beugte Marla sich über ihn, und dann hob sie das Stemmeisen auf und ließ es auf seinen Kopf niedersausen, was sich anhörte, als hätte man eine Wassermelone aus dem zehnten Stock auf die Straße geworfen.

Blut spritzte aus seiner Stirn hervor.

Marla schlug wieder zu.

Ronnie betrachtete das weiße Plastikrechteck, das Marla auf dem Wagendach abgelegt hatte. »Was ist das?« fragte sie.

»Eine Betäubungswaffe«, erklärte Marla selbstzufrieden. »Jerry – mein Freund, den dieser Scheißkerl ermordet hat – hat mir gezeigt, wie man damit umgeht. Mit diesem Ding hat er uns vorhin schachmatt gesetzt. Ha, du Schwein!«

Sie versetzte ihm noch einen wuchtigen Schlag mit dem Stemmeisen und trat ihn in die Seite.

Schließlich packte sie ihn an einem Arm, Ronnie an einem Bein, und sie warfen ihn in den See.

54. Kapitel

20. September, 15.00 h,
Jackson

»Wir haben sie!«

Grinsend betrat Alex Smitt den Raum, in dem Tom und Kenny Kaffee tranken. Genauer gesagt – Kenny trank Kaffee, denn Tom hatte seine Tasse nicht angerührt. Dan Osborn unterhielt sich oben immer noch mit dem Polizeichef.

Tom sprang auf. »Was soll das heißen?«

»Ein Streifenwagen hat Mrs. Honneker und die andere Frau gesichtet, als sie an der Bundesstraße 548 im Claiborne County ein Auto anzuhalten versuchten. Der Polizist hat berichtet, die beiden hätten einen Mann mit einem Stemmeisen erschlagen.«

»Was?« riefen Tom und Kenny wie aus einem Munde.

»Und Sie glaubten, Ihre Freundin wäre nicht gewalttätig!« Alex schüttelte den Kopf.

»Ist sie unverletzt?«

»Sieht ganz so aus. Allerdings haben sich die beiden Damen offenbar einen harten Kampf mit dem Kerl geliefert, den sie letztlich zur Strecke gebracht haben. Dieser Bursche war ein professioneller Killer, nebenbei bemerkt. Und Mrs. Becker erzählt eine hochinteressante Geschichte über Morde, die mit Senator Honneker und seiner Yacht zusammenhängen. Vielleicht hat Ihre Freundin ihn doch nicht umgebracht. Vorläufig werden wir sie jedenfalls nicht festnehmen.«

»Wohin gehen Sie?« fragte Tom, als Smitt sich anschickte, den Raum zu verlassen.

»Ich hole Ihre Freundin im Claiborne County ab und bringe sie hierher. Wenn Sie wollen, können Sie gern warten.«

»Das würde Ihnen so passen!« knurrte Tom und blieb ihm dicht auf den Fersen.

»Ich sagte, Sie sollten hier warten«, rief Smitt über seine Schulter hinweg.

»Bin ich etwa verhaftet?«

»Nein, natürlich nicht.«

»Dann begleite ich Sie. Entweder Sie nehmen mich in Ihrem Wagen mit, oder ich folge Ihnen mit meinem eigenen. Mir ist das egal, aber nichts wird mich davon abhalten können mitzukommen!«

55. Kapitel

20. September, 16.30 h

Eine ganze Wagenkolonne war ins Claiborne County unterwegs. Alex Smitt hatte Tom und Kenny mitgenommen, und Dan Osborn saß im Auto des Polizeichefs, gefolgt von einem halben Dutzend Streifenwagen. Irgendwie hatten auch die Medien Wind von der Sache bekommen und ließen sich natürlich nicht abhängen.

Als sie endlich den See erreichten – einen großen privaten See, der bei Anglern sehr beliebt war –, sahen sie als erstes ein weißes Autodach im trüben bräunlichen Wasser.

»Mein Wagen!« stöhnte Kenny.

Tom hielt nur nach Ronnie Ausschau, und schließlich entdeckte er sie am Rand einer schmalen Straße, neben zwei Polizisten und einer anderen jungen Frau.

Er eilte auf sie zu, mit Alex Smitt an seiner Seite. Dan Osborn folgte ihnen.

Ronnies Haare waren naß und hingen ihr wirr ins Gesicht. Ihr schwarzes Kostüm war naß und schmutzig, der Rock zerrissen, und sie hatte weder Schuhe noch Strümpfe an.

Als sie Tom sah, leuchtete ihr Gesicht auf, so als wäre eine Glühbirne eingeschaltet worden, und dieses strahlende Lächeln bewegte sogar den hartgesottenen Polizeibeamten.

»Herrgott, was für ein Prachtweib!« murmelte Alex Smitt kopfschüttelnd.

Tom hörte diesen Kommentar nicht mehr. Er rannte auf Ronnie zu, und sie rannte ihm entgegen und warf sich in seine Arme.

Endlich konnte Tom aufatmen. Sie war in Sicherheit.

56. Kapitel

21. September, 19.00 h,
Pope

Marla ließ Jerrys Hand los und stand auf. Er war vor wenigen Minuten eingeschlafen, noch sehr schwach. Ein Kopfschuß war keine Kleinigkeit, aber die Ärzte versicherten, daß er sich wieder völlig erholen würde.

»Schläft er, Mom?«

Marla lächelte Lissy zu, die darauf bestanden hatte, sie in die Klinik zu begleiten, und Jerry hatte sich riesig gefreut, das Mädchen zu sehen. Fast hätte man glauben können, sie wären eine Familie.

Vielleicht würden sie bald eine sein.

Das Telefon neben dem Krankenhausbett klingelte, und Marla nahm rasch den Hörer ab, damit Jerry nicht aufwachte.

»Hallo?«

»Marla?«

Sie erkannte die Stimme und den Nordstaatenakzent auf Anhieb. Die ›Zweite Frau‹ war für sie eine große Überraschung gewesen. Ronnie sah zwar so aus, als würde sie dreimal am Tag Kaviar mit einem Silberlöffel essen, aber sie hatte am Vortag bewiesen, daß sie alles andere als eine verwöhnte Zierpuppe war.

»Hi, Ronnie!«

»Wie geht es deinem Freund?«

Marla betrachtete lächelnd den untersetzten Mann im Bett. »Gut, und deinem?« Sie mußte zugeben, daß Ronnies Freund wesentlich attraktiver war als Jerry, aber war das letztlich so wichtig?

»Dem geht's großartig. Ist deine Tochter bei dir?«

»Ja.«

»Tom sagt, sie sei süß und sehr gescheit.«

»Danke, ich werde es ihr ausrichten.«

»Hast du den Fernseher an?«

»Nein, warum?«

»Auf Kanal 24 kannst du uns bewundern.«

»Bleib am Apparat.«

Marla griff nach der Fernbedienung, wählte Kanal 24 und sah sich und Ronnie am Ufer des Sees stehen, wobei Ronnie zweifellos besser aussah, obwohl sie genauso naß und schmutzig war wie Marla selbst.

Jetzt war auf dem Bildschirm eine unbekannte Frau zu sehen: »Hier ist Christine Gwen mit einem Exklusivbericht über den Mordfall Honneker. Der Staatsanwalt hat Veronica Honneker für unschuldig erklärt, und zur Zeit wird gegen einen neuen Verdächtigen ermittelt. Folgendes ist passiert: Gestern mittag sollte Veronica Honneker wegen Mordverdachts verhaftet werden, doch statt dessen wurde sie zusammen mit einer anderen Frau, dem neunundzwanzigjährigen Callgirl Marla Becker, entführt.«

Marla sah sich in Großaufnahme.

»Mom, was ist ein Callgirl?« fragte Lissy.

»Jemand, der zuviel telefoniert«, antwortete Marla. »Pssst!«

Christine Gwen schilderte die aufregende Entführung, und wieder sah man Marla und Ronnie naß und schmutzig am Ufer stehen, während das weiße Auto im See schwamm.

Die letzte Einstellung zeigte, wie ein mit einem Tuch bedeckter Leichnam auf eine Bahre gelegt wurde.

Als ein neuer Bericht begann, griff Marla wieder nach dem Telefonhörer.

»Ronnie?«

»Ja?«

»Weißt du, was ich denke?«

»Was denn?«

»Ich finde, daß wir unsere Sache gut gemacht haben.«

»Ja, das finde ich auch.«

Beide konnten es kaum fassen, daß sie noch am Leben waren. Nach kurzem Schweigen fragte Ronnie:

»Wirst du zurechtkommen?«

»Ja.« Marla lächelte. »Gestern habe ich zur Religion zurückgefunden, und ich nehme an, daß ich in etwa einer Woche heiraten werde – wenn ich Jerry dazu überreden kann.«

Lissy klatschte begeistert in die Hände, als sie das hörte.

»Das freut mich«, sagte Ronnie.

»Und wie geht's dir?« fragte Marla.

»Großartig. Tom ist bei mir.«

»Das dachte ich mir schon. Bevor ich dich kennenlernte, habe ich die Bilder von euch beiden gesehen. Sag ihm, daß er einen wirklich sexy Arsch hat.«

Ronnie lachte. »Ich werd's ihm ausrichten. Paß gut auf dich auf, Marla, hörst du? Und bleib mit mir in Kontakt.«

»Mach ich.«

57. Kapitel

21. September, 19.10 h,
Jackson

Tom und Ronnie saßen auf der Couch in seiner Wohnung. Sie schaute sich im Fernsehen an, wie Christine Gwen ganz Mississippi darüber informierte, daß sie ihren Mann nicht ermordet hatte, und gleichzeitig telefonierte sie mit ihrer neuen Freundin Marla Becker, die bis vor kurzem ein Callgirl gewesen war.

Das Schicksal stellte wirklich die seltsamsten Beziehungen her!

Toms Handy klingelte, und er ging damit in die Küche. Es war Alex Smitt.

»Ich wollte Ihnen mitteilen«, sagte er ohne Einleitung, »daß Senator Beau Hilley für den Tod von Senator Honneker verantwortlich ist. Würden Sie das bitte seiner Witwe sagen? Ich kann sie nicht erreichen, aber ich nehme an, daß Sie wissen, wo sie sich aufhält.«

»Ich werde es ihr ausrichten«, versprach Tom. »Sie wird sich natürlich freuen, daß Sie sie nicht mehr verdächtigen, aber ansonsten dürfte es ihr einen Schock versetzen, daß es ausgerechnet Senator Hilley war.« Tom erinnerte sich lebhaft daran, wie der Kerl bei Lewis' Geburtstagsparty mit Ronnie getanzt hatte. »Was war denn sein Motiv?«

»Senator Honneker hatte Senator Hilley, Senator Clay Arnold von Pennsylvania und den Repräsentanten von Maryland Ralph Smolski am 10. Juli zu einer Party auf seiner Yacht *Sun-Chaser* eingeladen. An Bord waren auch zwei Callgirls: Susan Martin und Claire Anson. Offenbar kam Susan Martin bei einem brutalen Sexspiel mit Senator Hilley zu Tode. Die anderen Männer schworen, darüber zu schweigen, und Susans Leiche wurde einfach über Bord geworfen. Hilley machte seinen Freunden weis, das andere Callgirl, diese Claire Anson, würde Schweigegeld erhalten, aber in Wirklichkeit wurde sie noch in jener Nacht ermordet. Das hat ein Mann namens Vince Tabor für Senator Hilley erledigt. Vince bezeichnete sich als Hilleys Gärtner und prahlte damit, sein Motto sei: ›Ich schaufle besonders tief.‹ In Wirklichkeit war er ein professioneller Killer, den Hilley für alle möglichen Schmutzarbeiten einsetzte. Übrigens war das der Kerl, den Ihre Freundin und Marla Becker gestern zur Strecke gebracht haben.«

»Dieser Scheißkerl«, murmelte Tom.

»Wie bitte?«

»Ach, nichts … Fahren Sie fort.«

»Wie Sie wissen, war Senator Hilley als Präsidentschaftskandidat der Republikaner vorgesehen. Verdammt, wahrscheinlich hätte ich ihn sogar gewählt! Na ja, jedenfalls wollte er sich nicht darauf verlassen, daß seine Kollegen wirklich den Mund über den Vorfall auf der Yacht halten würden, und deshalb wurde Vince von ihm beauftragt, die Männer umzubringen. Senator Arnold starb bei einem Flugzeugabsturz, der als Unfall getarnt war, und der Abgeordnete Smolski ertrank in seinem Kanu, was ebenfalls als tragischer Unfall eingestuft wurde. Bei Senator Honneker wollte man vermutlich den Anschein eines Selbstmords erwecken, aber das ging schief, weil seine Frau die Leiche fand, und weil Sie eine Affäre mit ihr hatten. Zugegeben, manchmal unterläuft auch der Polizei ein Fehler, aber wie heißt es so schön? Ende gut, alles gut!«

»Ja«, stimmte Tom säuerlich zu. Es wäre sinnlos, Alex Smitt auf die Qualen hinzuweisen, die Ronnie ausgestanden hatte.

»Das Haar in der Suppe war Marla Becker. Als Susans Freundin wußte sie zuviel, aber Vince schaffte es nicht, sie umzubringen. Sie entkam ihm immer wieder. Er hatte Osborns Telefonleitung angezapft, damit sein Auftraggeber über alle Entwicklungen im Fall Honneker informiert war, und als Marla auf Osborns Anrufbeantworter sprach, wußte Vince, wo er sie finden würde. Zufällig unterhielt sich Marla da aber schon mit Mrs. Honneker, und deshalb mußte er beide Frauen entführen. Senator Hilley war übrigens sehr sauer, daß Vince Mrs. Honneker gekidnappt hatte – er scheint eine Schwäche für sie zu haben! Trotzdem stimmte er ihrer Ermordung zu. Während Marla Becker einfach spurlos verschwinden sollte, wollte Vince Mrs. Honneker nach ihrem Tod ans Steuer des Wagens im See setzen. Die Autopsie hätte ergeben, daß sie ertrunken sei, und alle hätten vermutet, sie hätte aus Verstörung über die bevorstehende Verhaftung Selbstmord begangen. Glücklicherweise kam es nicht dazu.«

»Ja, das war wirklich großes Glück«, bemerkte Tom trocken. »Und woher wissen Sie das alles, wenn ich fragen darf?«

»Aufgrund mühsamer Ermittlungen«, erwiderte Smitt streng, lachte dann aber ins Telefon. »Vince war dumm genug, alles auf Tonband festzuhalten. Er führte sozusagen Tagebuch über all seine Heldentaten, und er hatte auch gestern einen kleinen Recorder bei sich. Wir haben ihn am Seeufer gefunden, neben seinem Sakko und seinen Schuhen, die er ausgezogen hatte, bevor er ins Wasser watete, um die beiden Frauen umzubringen. Auf diesem Band ist sogar ein Telefonat zu hören, bei dem er von Senator Hilley genaue Instruktionen erhielt, auf welche Weise Mrs. Honneker ums Leben kommen sollte.«

»An der Schuld des Senators besteht also kein Zweifel?«

»Nein! Wir haben sogar ein Foto von den sechs: Honneker, Hilley, Arnold und Smolski mit Susan Martin und Claire Anson. Susan Martin muß es in der Mordnacht mit einer Sofortbildkamera aufgenommen haben – mit Selbstauslöser, versteht sich –, und sie hat ihrer Freundin Marla Becker von der Yacht eine Kopie gefaxt. Wir haben das datierte Fax in Marlas Wohnung gefunden. Sie hatte es in eine Modezeitschrift gelegt und völlig vergessen, und Vince hat vergeblich danach gesucht, als er die ganze Wohnung auf den Kopf stellte.«

»Es freut mich, daß Sie diesmal hieb- und stichfeste Beweise haben.«

»Mich auch. Also dann – gute Nacht.«

»Gleichfalls.«

»Ach, Tom – an Ihrer Stelle wäre ich sehr vorsichtig. Ihre Freundin neigt *doch* zur Gewalttätigkeit, ebenso wie Marla Becker!«

»Zum Teufel mit Ihnen, Alex!« erwiderte Tom grinsend.

58. Kapitel

21. September, 19.15 h

»Ich soll dir von Marla ausrichten, du habest einen sexy Hintern«, berichtete Ronnie lächelnd, als Tom ins Wohnzimmer zurückkam.

»Dann bedank dich in meinem Namen bei ihr, wenn du nächstes Mal mit ihr telefonierst.«

Tom ließ sich neben sie auf die Couch fallen, und sie lehnte ihren Kopf an seine Schulter. Beide trugen Jeans und T-Shirts, und beide waren barfuß. Zum Abendessen hatte es Pizza gegeben, und sie genossen es, ruhig dazusitzen und fernzusehen.

»Mit wem hast du telefoniert?« fragte Ronnie.

»Mit Alex Smitt.«

Ronnie schnappte nach Luft, als er ihr alles berichtete. »Ich kann das einfach nicht fassen. Hilley gehörte zu Lewis' besten Freunden!«

»Tja, offenbar wollte er um jeden Preis Präsident werden. Politik wirkt sich auf den Charakter vieler Menschen verheerend aus: Sie wollen immer mehr Macht.«

»Es tut mir wirklich leid um Lewis«, sagte Ronnie leise. »Er war ein guter Mensch, auch wenn er als Ehemann nicht viel taugte. Diesen gräßlichen Tod hat er nicht verdient.«

Beide schwiegen eine Weile. Auf dem Bildschirm berichtete Christine Gwen über den neuesten Tagesskandal, und Ronnie lief ein kalter Schauer über den Rücken. Sie wollte so etwas nie wieder durchmachen.

»Was ist los?« erkundigte Tom sich besorgt.

»Nichts … Ich bin nur so froh, daß alles vorbei ist.«

»Ich auch.« Tom griff nach ihrer Hand und führte sie an seine Lippen. »Mrs. Honneker, erzählen Sie mir doch bitte, was Sie mit dem Rest Ihres Lebens anfangen wollen.«

Ronnie lächelte ihm zu. »Das weiß ich nicht. Marla sagt, sie würde heiraten.«

Tom drückte ihre Hand an seine Wange. »Ich habe kein Geld«, sagte er unvermittelt.

»Du hast die Pizza bezahlt«, grinste Ronnie, »also kannst du nicht völlig pleite sein.«

»Ich meine es ernst.« Tom hielt ihre Hand ins Licht, so daß der große Diamantring funkelte. »So etwas werde ich dir nie schenken können.«

»Ich war mit einem Mann verheiratet, der es sich mühelos leisten konnte, mir diesen Ring zu kaufen, ebenso wie viele andere teure Schmuckstücke und Kleider. Und er besaß drei fantastische Häuser und mehrere Autos und ...«

»Mußt du mir das unter die Nase reiben?« Tom ließ gereizt ihre Hand los.

»Dummkopf! Ich wollte dir doch nur klarmachen, daß ich einen Mann hatte, der mir all diese Dinge schenken konnte, und daß ich mit ihm trotzdem nicht glücklich war, weil ich ihn nicht liebte. Aber dich liebe ich, Tom.«

»Süßholzrasplerin!« knurrte Tom, lächelte aber wieder.

Ronnie schmiegte sich an ihn und schlang einen Arm um seinen Hals.

»Du hast geweint, als wir glaubten, ich müßte ins Gefängnis.«

Er schnitt eine Grimasse. »Hoffentlich wirst du mich nicht zeitlebens daran erinnern!«

»Doch, das tu' ich, wenn du jetzt nicht endlich zur Sache kommst.«

»Zu welcher Sache?«

»Überleg mal scharf – warum hast du mich darüber informiert, daß du kein Geld hast?«

»Ich dachte einfach, daß du das wissen solltest.«

»Okay, jetzt weiß ich es. Du kannst also fortfahren.«

»Wie kommst du auf die Idee, daß ich etwas zu sagen hätte?«

»Tom ...« Ihre Augen verengten sich zu schmalen Schlitzen, und er nahm sie rasch in die Arme.

»Na ja – ich wollte dich fragen, wo du in Zukunft wohnen wirst. Wenn du keine besseren Angebote hast, bist du hier bei mir herzlich willkommen.«

»Das ist nett von dir.«

»Ich weiß natürlich von Dan, daß du etwa ein Drittel des Besitzes deines Mannes erben wirst. Das sind Millionen Dollar. Du bist eine reiche Frau, Ronnie.«

»Dann werde ich mir vielleicht ein Haus kaufen, und du ziehst bei *mir* ein.«

Tom lächelte, aber in seinen Augen stand fast so etwas wie Schmerz geschrieben, als er murmelte: »Ich liebe dich.«

Ronnie stupste seine Nase. »Jetzt kommen wir der Sache endlich näher! Weiter so.«

Als er schwieg, schüttelte sie den Kopf. »Um Himmels willen, Tom Quinlan, würdest du jetzt bitte endlich aufhören, so töricht zu sein? Spuck's endlich aus!«

»Ich will *dich* doch nur beschützen.«

»Das kannst du getrost vergessen! Ich kann mich selbst ganz gut beschützen. Verdammt, Tom, ich liebe dich wahnsinnig, und wenn du jetzt nicht endlich sagst, was du eigentlich schon vor einer Viertelstunde sagen wolltest, erwürge ich dich eigenhändig.«

Er zog sie fester in seine Arme. »Du liebst mich also wahnsinnig? Darling, diese Aussage gefällt mir!«

»Und mir gefällt es, wie du ›Darling‹ aussprichst, so langgezogen.« Sie küßte ihn flüchtig. »Es hört sich sexy an.«

»O Gott, ich liebe dich.« Er blickte ihr tief in die Augen. »Also gut, ich ergebe mich! Willst du mich heiraten, Ronnie?«

»Ja, ja, *ja!*«

Tom küßte sie, und dann hob er sie hoch und trug sie ins Schlafzimmer.

Als er sie auf das Bett legte, fiel ein Lichtstrahl auf den Diamantring, aber die funkelnde Pracht vermochte Ronnie nicht mehr zu beeindrucken. Sie verblaßte gegen Toms Augen, die vor Liebe leuchteten.